JOHN (ROBERT) FOWLES

(1926-2005) İngiliz romancı, hikâyeci, şair ve denemeci. Fowles, mit ve gizemi gerçekçilik ve varoluşçu düşünce ile birleştiren romanlarıyla yüzyılın önemli yazarları arasına girmiştir. Gerilim romanı, Victoria dönemi romanı, ortaçağ öyküsü ve otobiyografi gibi geleneksel düzyazı biçimleriyle deneyler yapmış, bu biçimler aracılığıyla yirminci yüzyıl sanatını ve toplumunu yorumlamıştır. Fowles karmaşık durumlar ve efsane, sanat ve tarihten alınma unsurlarla dolu sahneler yaratan, anıştırma ve betimleme tekniklerini sık kullanan bir yazardır. Romanların anlatı yapısı güçlü, karakterleri canlı, inandırıcıdır. Bu karakterlerin çoğu toplumun genelgeçer kurallarının dışında yaşar; romanların dramatik gerilimi bu karakterlerin kendilerini yeniden değerlendirmelerini gerektiren can alıcı dönüm noktalarına ulaşmalarıyla sağlanır. Fowles'un kadın kahramanları zeki ve bağımsızdır; erkek kahramanlar ise hayatlarındaki bulmacalara yanıt arayan, genellikle kararsız ve yalıtılmış durumdadırlar. Çoğu durumda aradıkları basit çözümleri bulamadıkları gibi, arayışları esrarın daha da artmasıyla sonuçlanır. Fowles her şeyi bilen Tanrı-yazar rolünü reddeder; bu tavrı, romanlarını okuru tatmin edecek finallerle bitirmeyi reddetmeyi de içerdiği için bazı okurlarını kızdırmıştır. Oysa Fowles yarattığı karakterlere kendi sınırları içinde seçme ve davranma özgürlüğü tanımanın yazar sorumluluğunun gereği olduğuna inanır. Bu uygulama, Fowles'un, iradesini ve bağımsız düşüncelerini kullanarak topluma uyum göstermeye direnen ve böylece şansın hayat üzerindeki etkisini sınırlayan "sahici" insan anlayışına koşuttur.

İlk romanı *The Collector* (1963; *Koleksiyoncu*, çev.: Münir Göle, Ayrıntı Yayınları, 2001) büyük bir ticari başarı kazanmış, kitap hakkında yapılan değerlendirmelerde hikâyenin Herakleitos'tan alınan, Az yani seçkinler ile Çok, yani kitleler arasındaki mücadele temasını işlediği vurgulanmıştır. Fowles bir düşünce metni olan ikinci kitabı *The Aristos*'ta (1964; *Aristos-Yaşam Üzerine Notlar*, çev.: Serdar Rifat Kırkoğlu, Ayrıntı Yayınları, 2001) sanat, din, siyaset ve toplum hakkındaki düşüncelerine yer vermiştir. *The Magus* (1965; *Büyücü*, çev.: Meram Arvas, Ayrıntı Yayınları, 2006) labirentimsi yapısıyla Fowles'un anlatı ustalığını gözler önüne serer. Yazımına 1952'de başladığı bu roman ilk kez 1965'te yayımlanmış, 1977'de yazarın yaptığı birçok üslup ve yapı değişikliğiyle tekrar yayımlanmıştır. *The French Lieutenant's Woman* (1969; *Fransız Teğmenin Kadını*, çev.: Aslı Biçen, Ayrıntı Yayınları, 1999) Fowles'un en başarılı ve yenilikçi romanı olarak değerlendirilmiştir. *The Ebony Tower* (1974; *Abanoz Kule*, çev.: Aysun Babacan, Ayrıntı Yayınları, 2008) her biri bir sanat biçimiyle bağlantılı ve yaratım sürecinin bir yönüyle ilgili öykülerden oluşur. Ayrıntı Yayınları'nın yayın programında bulunan *Daniel Martin* (1977) bir adamın kendini arayışını konu alan, Fowles'un deyişiyle "duygusal anlamda otobiyografik" bir romandır. *Mantissa* (1982; Mantissa, çev.: Aysun Babacan, Ayrıntı Yayınları, 2001) cinsellikten edebiyat kuramına bir dizi konuyu ele alır ve modern edebiyatta yazarın rolü üzerinde odaklanır. Akıl ile boş inanç, delilik ve doğaüstü, özgürlük ve rastlantı, bilim ve büyü gibi kavramların tartışıldığı, çarpıcı bir gerilim romanının ötesine uzanıp metafizik boyutlara da erişen son romanı *A Maggot* (1985; *Yaratık*, çev.: Serdar Rifat Kırkoğlu, Ayrıntı Yayınları, 2000) ise on sekizinci yüzyılda Shaker mezhebinin ortaya çıkışını konu edinir. Kendi yapıtlarının yazılış serüveninden toplumsal analizlere kadar çeşitli yazılar içeren en son yapıtı *Wormholes* (1998; *Zaman Tüneli*, çev.: Süha Sertabiboğlu, Ayrıntı Yayınları, 2004) ise makale ve söyleşilerinden oluşuyor.

1968 yılından bu yana Fowles İngiltere'nin güneyinde, küçük bir liman kasabası olan Lyme Regis'te yaşamıştır. Yaşadığı yerin yerel tarihine duyduğu ilgiden dolayı 1979'da Lyme Regis Müzesi'nin kuratörlüğüne atanan Fowles, 7 Kasım 2005'te yaşama veda etti.

Ayrıntı: 329
Edebiyat dizisi: 112

Koleksiyoncu
John Fowles

İngilizceden çeviren
Münir H. Göle

Yayıma hazırlayan
Müge Karalom

Kitabın özgün adı
The Collector

Picador / 1989
basımından çevrilmiştir

Kapak illüstrasyonu
Sevinç Altan

Kapak düzeni
Arslan Kahraman

Düzelti
Ayten Koçal

Baskı ve Cilt
Mart Matbaacılık Sanatları (0 212) 321 23 00 (Pbx)
Mart Plaza Merkez Mah. Ceylan Sk. No: 24 80360 Nurtepe/Kâğıthane-İstanbul

Birinci basım Afa Yayınları *1992*
Ayrıntı Yayınları'nda birinci basım *2001*
İkinci basım *2005*, Üçüncü basım *2009*

Baskı adedi *2000*

ISBN 975-539-308-0
SERTİFİKA No.: 10704

AYRINTI YAYINLARI
Hobyar Mah. Cemal Nadir Sok. No: 3 Eminönü - İstanbul
Tel.: (0212) 512 15 00 - 01 - 05 Fax: (0212) 512 15 11
www.ayrintiyayinlari.com.tr & info@ayrintiyayinlari.com.tr

John Fowles

Koleksiyoncu

AYRINTI

E D E B İ Y A T   D İ Z İ S İ

GÜLÜNESİ AŞKLAR/*Milan Kundera* KALECİNİN PENALTI ANINDAKİ ENDİŞESİ/*Peter Handke* YÜZBAŞI VE KADINLAR TABURU/*Mario Vargas Llosa* BİZ/*Yevgeni Zamyatin* KESİK BİR BAŞ/*Iris Murdoch* YENİ TANRILAR/*Alberto Vasquez-Figueroa* İNFAZA ÇAĞRI/*Vladimir Nabokov* EVET AMA, BİR LOKOMOTİF BUNU YAPABİLİR Mİ BAKALIM?/*Woody Allen* ÇALI HOROZU/*Michel Tournier* BANYO/*Jean-Philippe Toussaint* BALKON/*Jean Genet* GÜNEŞ İMPARATORLUĞU/*J.G. Ballard* BEYAZ ZENCİLER/*Ingvar Ambjörnsen* SİYAH MADONNA/*Doris Lessing* KAPANDA ÜÇ KAPLAN/*G. Cabrera Infante* ZAMANIN KIYISINDAKİ KADIN/*Marge Piercy* ANARŞİNİN KISA YAZI/*Hans Magnus Enzensberger* FOTOĞRAF MAKİNESİ/*Jean-Philippe Toussaint* GÜLÜN GÜNLÜĞÜ/*Ursula K. LeGuin* HOTEL DU LAC/*Anita Brookner* AZİZLER ve ÂLİMLER/*Terry Eagleton* VEDA YEMEĞİ/*Michel Tournier* ORLANDO/*Virginia Woolf* UTANÇ BİTTİ/*Anja Meulenbelt* YAKIN GELECEĞİN MİTOSLARI/*J. G. Ballard* KARANLIĞIN SOL ELİ/*Ursula K. LeGuin* AĞ/*Iris Murdoch* WATT/*Samuel Beckett* EKOTOPYA/*Ernest Callenbach* GECEYİ ANLAT BANA/*Djuna Barnes* İNSAN POSTUNA BÜRÜNMÜŞ KÖPEK/*Ingvar Ambjörnsen* CUMA/*Michel Tournier* AFRODİT'İN BAŞKALDIRISI/*Lawrence Durrell* GÜNDELİK MUTLULUĞA ALIŞMA/*Anja Meulenbelt* MURPHY/*Samuel Beckett* MASAL MASAL İÇİNDE/*Khimaira/John Barth* ZEN VE MOTOSİKLET BAKIM SANATI/*Robert M. Pirsig* PARFÜMÜN DANSI/*Tom Robbins* SINIRSIZ RÜYALAR DİYARI/*J. G. Ballard* FRANSIZ TEĞMENİN KADINI/*John Fowles* BEYAZ OTEL/*D.M. Thomas* MYRA/*Gore Vidal* DALGALAR/*Virginia Woolf* ATLANTİK ÖTESİ/*Witold Gombrowicz* HAYRANLIK/*Anja Meulenbelt* FERDYDURKE/*Witold Gombrowicz* MELEKLER ZAMANI/*Iris Murdoch* PAULINA 1880/*Pierre Jean Jouve* EŞEKARISI FABRİKASI/*Iain Banks* ROCK LANETİ/*Iain Banks* KAYIP ZAMAN/*Anja Meulenbelt* SENİ İÇİME GÖMDÜM/*Andrew Jolly* BAŞTAN ÇIKARICININ GÜNLÜĞÜ/*Søren Kierkegaard* KONFIDENZ/*Ariel Dorfman* ALTIN DAMLA/*Michel Tournier* BİR GARİP VAKA: MATMAZEL P./*Brian O'Doherty* NIETZSCHE AĞLADIĞINDA/*Irvin D. Yalom* KIZILAĞAÇLAR KRALI/*Michel Tournier* AİLEDE BİR ÖLÜM/*James Agee* KUTSAL BÖLGE/*Carlos Fuentes* KALPSİZ AMANDA/*Jurek Becker* 62-MAKET SETİ/*Julio Cortázar* ÇARPIŞMA/*J.G. Ballard* ÜÇLEME-Molloy-Malone Ölüyor-Adlandırılamayan/*Samuel Beckett* DUR BİR MOLA VER/*Tom Robbins* HIRSIZIN GÜNLÜĞÜ/*Jean Genet* KÜÇÜK DEĞİŞİMLER/*Marge Piercy* LILA/*Robert M. Pirsig* ERGİNLİK YAŞI/*Michel Leiris* AŞKSIZ İLİŞKİLER/*Samuel Beckett* ESİRGEYEN GÖKYÜZÜ/*Paul Bowles* YALANCI JAKOB/*Jurek Becker* DİVAN/*Irvin D. Yalom* PORNOGRAFİ/*Witold Gombrowicz* MERCIER İLE CAMIER/*Samuel Beckett* BİR ERKEĞE NASIL TECAVÜZ EDİLİR?/*Märta Tikkanen* BENDENİZ VE MARCO POLO/*Paul Griffiths* DOĞMAMIŞ KRİSTOF/*Carlos Fuentes* RÜYA SAKİNLERİ/*Iris Murdoch* HİÇ İÇİN METİNLER ve Uzun Öyküler/*Samuel Beckett* DUYGU YOLCULUĞU/*Laurence Sterne* BETTY BLUE/*Philippe Djian* AĞAÇKAKAN/*Tom Robbins* ANARŞİST/*Tristan Hawkins* BAKAKAİ/*Witold Gombrowicz* PORTNOY'UN FERYADI/*Philip Roth* 101/2 BÖLÜMDE DÜNYA TARİHİ/*Julian Barnes* SUNİ TENEFFÜS/*Ricardo Piglia* MANŞ ÖTESİ/*Julian Barnes* ADA/*Aldous Huxley* GÜLÜN MUCİZESİ/*Jean Genet* MÖSYÖ/*Jean-Philippe Toussaint* ÇİÇEKLERİN MERYEM ANASI/*Jean Genet* BAŞUCU OĞLANI/*Alison Fell* YARATIK/*John Fowles* SENİ SEVMİYORUM/*Julian Barnes* ZENCİLER/*Jean Genet* TÜNEL/*Ernesto Sábato* KARA PRENS/*Iris Murdoch* KARNINDAN KONUŞANIN ÖYKÜSÜ/*Pauline Melville* TANRI'NIN AĞZINDAN EVRENİN HİKÂYESİ/*Franco Ferrucci* HAYATIN VE AŞKIN YASALARI/*Connie Palmen* KAHRAMANLAR VE MEZARLAR/*Ernesto Sabato* KAYNAK VE ÇALI/*Michel Tournier* CENNETE BİR KOŞU/*J.G. Ballard* DİŞİ ADAM/*Joanna Russ* FLAUBERT'İN PAPAĞANI/*Julian Barnes* ALDATMA/*Philip Roth* KOKAİN GECELERİ/*J.G. Ballard* ACABA NASIL?/*Samuel Beckett* MANTISSA/*John Fowles* KOLEKSİYONCU/*John Fowles* BENJAMIN: DAR GEÇİTTEKİ AYDIN/*Jay Parini* METEORLAR/*Michel Tournier* ARKADAŞLIK/*Connie Palmen* AŞK VESAİRE/*Julian Barnes* SİRİUS'TAN GELEN KURBAĞA/*Tom Robbins* BAYAN GULLIVER CÜCELER ÜLKESİNDE/*Alison Fell* GELECEKTEN ANILAR/*William Morris* BENİMLE TANIŞMADAN ÖNCE/*Julian Barnes* İNGİLTERE İNGİLTERE'YE KARŞI/*Julian Barnes* İYİ İŞ/*David Lodge* YİTİK RUHLAR IRMAĞI/*Connie Palmen* TERAPİ/*David Lodge* ÖLÜRKEN/*Jim Crace* GÜZELLİK HIRSIZLARI/*Pascal Bruckner* SÜPER KENT/*J.G. Ballard* SISKA BACAKLAR/*Tom Robbins* BETON ADA/*J.G. Ballard* İLK AŞK, SON TÖRENLER/*Ian McEwan* GILLES İLE JEANNE/*Michel Tournier* BİR KOMÜNİSTLE EVLENDİM/*Philip Roth* KIZILDERİLİNİN ŞARKISI/*James Welc* SİNEMA MÜDAVİMİ/*Walker Percy* KARANLIKLARIN EFENDİSİ/*Ernesto Sabato* METROLAND/*Julian Barnes* BİZİ NEDEN TERK ETTİN SAYIN BAŞKAN?/*François Vigouroux* DÜŞÜNCE BALONLARI/*David Lodge* MİLENYUM İNSANLARI/*J.G. Ballard* MÜNECCİM KRALLAR/*M. Tournier* BEYAZDAKİ KARA/*Maggie Gee* KAYBOLUŞ/*G. Perec* HINÇ AYLARI/*P. Bruckner* LİMON MASASI/*J. Barnes* BÜYÜCÜ/*J. Fowles* GÜNDOĞUMUNA YOLCULUK/*J. Barnes* OKLUKİRPİ/*J. Barnes* FISKADORO/*D. Johnson* HAYALETLERİN GÖÇÜ/*P. Melville* ÖLEN HAYVAN/*P. Roth* SICAK ÜLKELERDEN DÖNEN VAHŞİ SAKATLAR/*Tom Robbins* PASTORAL AMERİKA/*P. Roth* ABANOZ KULE/*J. Fowles* ARTHUR VE GEORGE/*J. Barnes* VAHŞET SERGİSİ/*J. G. Ballard*

"Onların dışındaki kimsenin asla haberi olmadı."

I

Yatılı okuldan eve geldiği zamanlar, hemen her gün görürdüm onu; çünkü evleri Belediye'nin ek binasının tam karşısındaydı. O ve kız kardeşi sık sık eve girip çıkarlardı, genelde de delikanlılarla; bundan hiç hoşlanmazdım tabii. Dosyalardan ve muhasebe defterlerinden başımı kaldıracak fırsatım olduğunda pencerenin önünde durup, buzlu camın üzerinden yola bakardım; kimi zaman onu da görürdüm. Akşam olunca bunu gözlem günlüğüme not ederdim, başlangıçta X, adını öğrenince de M diye. Onu birkaç kez başka yerlerde de gördüm. Bir keresinde, Crossfield Caddesi'ndeki halk kütüphanesinin önünde kuyrukta tam arkasındaydım. Bir kez olsun yüzüme bakmadı, ama ben ensesini ve uzun saç örgüsünü seyrettim. Çok açık renk ve yumuşacık örgüleri birer ipek kozasını andırıyordu. Tek bir örgü şeklinde beline kadar uzanıyordu; bazen önüne, bazen arkasına atıyor, arada bir de dolayıp yukarı topluyordu. Buraya konuğum olarak gelmeden önce, saçlarını omuzlarına dökülmüş olarak görme ayrıcalığına yalnızca bir kere eriştim; denizkızına benzer bu güzellik karşısında soluğum kesilmişti.

Bir başka sefer, çalışmadığım bir cumartesi günü Doğabilimleri Müzesi'ne gitmiştim, dönüşte aynı trendeydik. Üç sıra ötede, çaprazıma oturup kitabını okudu; böylece otuz beş dakika boyunca onu seyredebildim. Onu görmek bana her defasında, hani derler ya yüreğim ağzımda nadide bir şey yakalıyormuşum, büyük bir dikkatle yaklaşmalıymışım duygusu veriyordu. Örneğin, Orman Azameti* kelebeği. Onu hep böyle düşünürdüm, yani hoş veya başka bir şekilde değil; yaklaşılması zor, az rastlanan ve çok zarif. Gerçek bir uzman olmak gerekirdi değer biçebilmek için.

Henüz liseden mezun olmadığı o yıl, babasının doktor olduğundan ve bir keresinde Böcek Meraklıları toplantısında kulak misafiri olduğum bir konuşma sayesinde annesinin içtiğinden başka onun hakkında bir şey bilmiyordum. Kadını bir dükkânda gördüm bir kere, konuşuyordu; yapmacıklı bir sesi vardı ve ilk bakışta alkole düşkün bir tip olduğu anlaşılıyordu; çok fazla makyaj vs. vs.

Günün birinde, yerel gazetede kazandığı burs ve ne kadar akıllı olduğu hakkında bir yazı okudum, adı da kendi gibi güzeldi: Miranda. Sanat eğitimi için Londra'ya gittiğini öğrendim böylece. Bu gazete haberi gerçekten bir şeyleri değiştirdi. Her ne kadar henüz bildik anlamda tanışmamışsak da, sanki daha yakınlaşmış gibiydik.

Nedendir bilmem, daha ilk görüşte onun eşsiz olduğunu anlamıştım. Tabii ki deli değilim, bunun düşten öte olmadığını biliyordum ve o para olmasaydı bir düş olarak kalacaktı. Sık sık ona ilişkin hayallere dalıyordum; onunla tanıştığımı, hayran olacağı şeyler yaptığımı, evlendiğimizi ve işte her şeyi düşündüğüm hikâyeler. Daha sonra açıklayacağım ana kadar aramızda çirkin hiçbir şey yoktu, asla olmadı.

O resimler çiziyor, ben de koleksiyonumla ilgileniyordum (düşlerimde). Zamanını beni ve koleksiyonumu severek geçiriyordu, kelebek resimleri çiziyor, onları boyuyordu; modern, güzel bir evde, şu duvarı boydan boya pencere olan bir salonda birlikte çalışı-

---

* Calias hyale. (y.h.n.)

yorduk. Hata yapmaktan korktuğum için neredeyse hep sustuğum Böcek Meraklıları toplantıları da aynı salonda yapılıyordu; sevilen ev sahipleriydik. Açık sarı saçları ve gri gözleriyle öylesine güzeldi ki, bütün erkekler kıskançlıktan çatlıyordu.

Onun varlığına rağmen güzel olmayan hayaller kurduğum tek zaman onu spor arabalı ve kolej öğrencisi kılıklı, gürültücü bir delikanlı ile gördüğüm zamandı. Bir gün bankada, para yatırmak için oğlanın arkasındaydım ve çocuğun "Beşlik banknotlar halinde alacağım" dediğini duydum; elindeki 10 sterlinlik çekle espri yapıyordu sözde. Onun gibiler hep böyle davranırlar. Neyse, bazen onu oğlanın arabasına binerken görürdüm, ya da çocuğun yanına oturmuş kentte turlarken; o günler iş arkadaşlarıma karşı ters davranırdım ve böcekbilimci gözlem günlüğümde X işaretini kullanmazdım (tüm bunlar Londra'ya gitmeden önceydi, gidince delikanlıyı bıraktı). Bunlar kendimi kötü düşlere kaptırdığım günlerdi. Ağlar veya önümde diz çökerdi. Bir keresinde, kendimi hayale kaptırıp bir televizyon oyununda gördüğüm gibi bir tokat patlattım yüzüne. Belki de her şey o zaman başladı.

Babam bir trafik kazasında ölmüş. İki yaşındaymışım. 1937'de. İçkiliymiş, ama Annie Hala, arabayı annem yüzünden içkili kullandığını söylemiştir hep. Gerçekte ne olduğunu kimse bana anlatmadı, ama olaydan kısa bir süre sonra annem beni Annie Hala'yla bırakıp ortadan kayboldu. Annemin tek istediği keyfince yaşamaktı. Bir keresinde kuzenim Mabel bana (küçüktük, dalaşıyorduk) annemin bir sürtük olduğunu ve yabancı bir herifle kaçtığını söylemişti. Ben de aptal gibi bunun doğru olup olmadığını gidip doğruca Annie Hala'ya sormuştum; ortada saklanan bir şeyler varsa, bunu yapan halamdı. Artık umurumda değil; annem hâlâ yaşıyorsa bile onu görmek istemiyorum, beni ilgilendirmiyor. Annie Hala sık sık iyi atlattığımızı belirtirdi değişik ifadelerle ve onunla aynı fikirdeyim.

Böylece Annie Hala ve Dick Enişte tarafından, kızları Mabel'la birlikte büyütüldüm. Annie Hala babamın ablasıydı.

Dick Enişte, ben on beş yaşındayken öldü. 1950'ydi. Tring Göleti'ne balık tutmaya gitmiştik, ben her zaman yaptığım gibi kelebek ağı ve ıvır zıvırımla uzaklaşmıştım. Karnım acıkıp da onu bıraktığım yere döndüğümde bir sürü insan vardı. Kocaman bir balık yakaladı sanmıştım. Ama felç olmuştu. Eve kadar taşıdılar; o günden sonra ne tek söz söyledi, ne de bizleri tekrar doğru düzgün tanıyabildi.

Ben başımı alıp kelebeklerin peşine düştüğüm ve eniştem de oltalarının yanında kaldığı için tam olarak birlikte geçirdiğimiz söylenemese de yemekte ve yol boyunca beraber olduğumuz o günler (anlatacağım günlerin dışında) kesinlikle geçirdiğim en güzel günlerdi. Çocukken, Annie Hala ve Mabel kelebeklerime değer vermezlerdi, ama Dick Enişte hep benden yana çıkardı. İyi bir parçayı her zaman takdirle karşılardı. Gelişimini tamamlamış bir kelebek yakaladığımda benimle oturarak, kanatları gerilip kururken hafifçe çırpınışını seyredecek kadar aynı duyguları yaşıyordu. Üstelik tırtıl kavanozlarım için ardiyesinde yer açardı. Çerçevelediğim kelebeklerle hobi ödülünü kazandığım zaman, Annie Hala'ya söylememem koşuluyla bir sterlin vermişti. Neyse, uzun sözün kısası; benim için bir baba gibiydi. Müşterek bahiste kazandığım çeki elime aldığımda Miranda'dan sonra aklıma gelen kişi oydu. Ona en iyi olta takımını, istediği her şeyi alabilecektim. Ama artık buna olanak yoktu.

Müşterek bahiste tutturduğumda yirmi bir yaşıma gireli bir hafta olmuştu. Her hafta beş şilinlik oynardım. Vergi Dairesi'nde birlikte çalıştığımız Moruk Tom ve Crutchley, kızlardan birkaçıyla ortaklaşa, büyük oynarlardı. Benim de onlara katılmam için yakamı bırakmıyorlardı, ama ben yalnız kalmayı yeğledim. Moruk Tom ve Crutchley'den asla hoşlanmadım. Moruk Tom, belediyenin yaptıklarına ilişkin gevezelik edip, Belediye Haznedarı Mr. Williams'a yağ çekmeyi kendine iş edinmiş dalkavuğun biriydi. Crutchley'ye gelince aklı kötüye çalışan, sadist bir adamdı, kelebek merakımla alay etme fırsatını asla kaçırmazdı, hele etrafta kızlar varsa. "Bakın, Fred'in bitkin bir hali var, bir Yalancı Beyaz Melek* ile müthiş bir hafta sonu geçirdi herhalde," der ve "Dün gece seninle beraber gördüğüm Diken Kelebeği** kimdi?" diye devam ederdi. Moruk Tom kıs kıs güler, Crutchley'nin Sağlık Koruma'da çalışan ve bizim

* Pieris psevdorapae. (y.h.n.)
** Cynthia cardui (y.h.n.)

bürodan hiç çıkmayan kız arkadaşı Jane de kıkırdardı. Bu kız Miranda'nın tam karşıtıydı. Bayağı kadınlardan, hele genç kızların bayağısından her zaman nefret etmişimdir. Sonuç olarak, söylediğim gibi, bahislerde tek başıma oynamayı sürdürdüm.

Çek 73.091 sterlin, birkaç şilin ve birkaç peni tutarındaydı. Salı günü, müşterek bahis görevlileri her şeyin yolunda olduğunu onaylatır onaylatmaz, Mr. Williams'a telefon ettim. Böyle çekip gitmeme kızdığını söyleyebilirim; yine de öncelikle memnuniyetini dile getirdi ve öyle olmadığını gayet iyi bildiğim halde bütün iş arkadaşlarımın da bu duyguyu paylaşacaklarına emin olduğunu söyledi. Hatta paramı yüzde beş faizle Belediye'ye yatırmamı bile önerdi! Belediye binasındaki kimi insanlar hesap-kitap kavramını hepten yitirmiş.

Müşterek bahis yetkililerinin bana salık verdiklerini yaptım. Kopan yaygaranın yatışmasını beklerken, Mabel ve Annie Hala'yla gidip Londra'ya yerleştim. Moruk Tom'a Crutchley ve ötekilerle bölüşmesini rica ederek 500 sterlinlik bir çek gönderdim. Teşekkür mektuplarına yanıt vermedim. Pinti olduğumu düşündükleri belliydi.

Keyfimi kaçıran tek şey Miranda idi. Parayı kazandığım günlerde, okulu tatilde olduğu için evdeydi; onu yalnızca cumartesi gününün, o büyük günün sabahında görmüştüm. Londra'da para saçtığımız sırada, onu bir daha asla görmeyeceğimi düşünüyordum; artık zengin olduğuma göre, iyi bir koca adayı sayılırdım; yine de bunun gülünç olduğunu biliyordum, insanlar yalnız aşk için evlenirdi, özellikle Miranda gibi kızlar. Onu unutacağımı sandığım da olmuyor değildi. Ama unutmak insanın yapacağı değil, başına gelecek bir şeydir ve benim başıma gelmedi.

Günümüzdeki pek çokları gibi yozlaşmışsanız ve voliyi vurmanın peşindeyseniz gökten yağan çuval dolusu paranın keyfini bir güzel sürebilirsiniz sanırım. Ama benim asla böyle biri olmadığımı söyleyebilirim, okulda bir kere bile ceza almamışımdır. Annie Hala Anglikan kilisesine bağlı değildi, beni kiliseye veya benzer yerlere gitmeye asla zorlamadı; buna rağmen Dick Enişte'nin köşedeki birahaneye giderken kimseye çaktırmamaya çalıştığı bir ortamdı içinde büyüdüğüm, Annie Hala, askerden döndüğümde, bir sürü tartışmadan sonra sigara içmeme izin verdi, ama bundan hiç hoşlanmadı. Bunca paraya rağmen, para harcamanın prensiplerine aykırı olduğunu söylemekten vazgeçmedi. Ama, Mabel çaktırmadan bunun üzerine giderdi; bir gün bunu duydum ve eninde sonunda paranın da vicdanın da benim olduğunu söyledim. Aglikan kilisesine bağlı olmayanların armağan kabul etmesine karşı hiçbir şey yoktu, isteyip istememek ona kalırdı.

Lafı buraya getireceğim, levazım olarak askerliğimi yaparken, özellikle Almanya'da bir iki kez kafayı buldum, ama asla kadınlara bulaşmadım. Miranda'dan önce kadınları hiç düşünmedim. Kadınların aradığı şeylerden yoksun olduğumun bilincindeyim; onların arasının bana son derece bayağı gelen Crutchley gibi tiplerle iyi olduğunu biliyorum. Ek binadaki kızların bazılarının ona bakışı midemi bulandırırdı. Hayvanca bir şeydi, ben bu özellikten yoksun doğmuştum. (Böyle doğmuş olmaktan da memnunum; benim gibiler daha çok olsaydı, bence dünya daha iyi olacaktı.)

Paranız olmadığında, zengin olunca her şeyin değişeceğini sanırsınız hep. Hakkım olandan fazlasını ya da aşırı olan herhangi bir şey istemedim, Londra'daki otelde, personelin sadece görünüşte saygılı davrandıklarını düşünebilirdik, ama aslında, bu kadar paramız olup da ne yapacağımızı bilemiyor olmamızdan ötürü bizi adam yerine koymuyorlardı. Bana hâlâ, görüntümün altında eskiden neysem o, yani bir kâtip muamelesi yaptılar. Etrafa para saçmak da işe yaramadı. Yaptığımız herhangi bir şeyde ya da ağzımızı açtığımız anda kendimizi ele veriyorduk. "Bizi aldatmaya kalkmayın sakın, kim olduğunuzu biliyoruz, neden geldiğiniz yere dönmüyorsunuz?" der gibiydiler.

Bir akşam, müşterek bahis görevlilerinin bize verdiği listedeki lüks bir lokantaya yemeğe gittiğimizi anımsıyorum. Yemekler güzeldi, ama yabancı garsonların sırnaşıklıklarından, insanların bakışlarından dolayı yediklerimizden pek bir tat aldığım söylenemez; salondaki her şey nasıl da onlar gibi yetişmediğimiz için bize tepeden bakar gibiydi. Geçen gün, toplumsal sınıfların ortadan kalktığı üzerine bir yazı okudum; onlara bu konuda söyleyeceklerim olabilirdi. Bana sorarsanız Londra yalnızca şık bir kolejden çıkmış gibi davranabilenlere göre bir kent; eğer doğuştan onlar gibi değilseniz ve kibirli tonlamayı doğru veremiyorsanız orada yeriniz yok demektir; zenginlerin Londrası'ndan, yani West End dolaylarından söz ediyorum kuşkusuz.

Lüks lokantadan sonraydı ve kendimi bunalmış hissediyordum, bir akşam Annie Hala'ya biraz yürüyüş yapmak istediğimi söyledim ve öyle de yaptım. Biraz gezindim, sonra ansızın bir kadın arzuladığımı duyumsadım, daha doğrusu bir kadınım olduğunu bilmeyi arzuladım demek istiyorum, böylece, adamın birinin çeki aldığım gün verdiği telefon numarasını çevirdim. "Günün birinde, anlarsın işte, canın çekerse..." demişti.

Kadın, "Bugün doluyum," diye yanıtladı. Başka bir numara biliyor mu diye sordum, iki numara birden verdi. Bir taksiye binip ikincinin adresine yollandım. İyi olmadığım dışında ne olduğunu anlatmayacağım. Çok heyecanlıydım, her şeyi bilirmişim gibi yapmayı denediysem de kadın fark etti. Yaşlıydı, hem de iğrençti, iğrenç. Yani hem davranışlarındaki kabalığıyla, hem de görünüşüyle. Yıpranmış ve adi bir kadındı. Antikaydı, ama bir koleksiyona yakışmayacak cinsten. Miranda'nın beni o halde orada gördüğünü düşündüm. Dediğim gibi, yapmaya çalıştım, ama işe yaramadı, zaten fazla da üstüne düşmedim.

Paldır küldür kalkışan biri değilimdir, hiç de olmadım; hani derler ya, her zaman daha yüce özlemlerim vardı. Crutchley, bugünlerde bir yere varmak için girişken olmak gerektiğini, Moruk Tom'a ve sırnaşıklığıyla neler elde ettiğine bakmamı söylerdi hep. Dediğim gibi, siz de Crutchley'nin fazla teklifsiz olduğunu düşünürsünüz. Ama işin içinde çıkar varsa sırnaşmayı da gayet iyi bilir, örneğin Mr. Williams'a. "Biraz daha canlı olun, Clegg," demişti bir gün Mr. Williams, o zamanlar Danışma'da çalışıyordum, "İnsanlar güler yüzlü olunmasından, arada bir şaka yapılmasından hoşlanırlar. Bu herkeste, Crutchley gibi Tanrı vergisi değildir, ama biraz gayret gösterebiliriz, değil mi?" Fena halde tepem atmıştı. Ek binadan gına gelmişti, zaten çekip gitmeye kararlıydım.

Ben başkalarından farklı değildim, kanıtlayabilirim; Soho'daki dükkânlardan satın alabileceğiniz kadınlar ve onlara ilişkin her şeyi bulabileceğiniz kitaplara ilgi duymaya başladığımda Annie Hala da canıma tak ettirmişti. Dergileri saklayabiliyordum, ama halama yakalanmak korkusundan alamadığım kitaplar vardı. Fotoğraf çekmeyi hep istemiştim; ilk edindiğim şey bir makineydi elbette; bir Leica, en iyisi, teleobjektif vesaire bütün aksamı; bundaki temel amacım ünlü Mr. S. Beaufoy gibi canlı kelebek fotoğrafları çekmek olsa da, koleksiyonculuğa merak sarmadan önce de dikkatimi çeken şeyler vardı; çiftlerin neyin nerede yapılacağını daha iyi bileceklerini zannedenlerin, nerelerde neler yaptıklarını görseler şok olacakları şeyler de aklımdan geçmişti makineyi alırken.

Bütün diğer şeylerin üstüne şu kadınla başımdan geçenler, altüst etmişti beni kuşkusuz. Örneğin, Annie Hala gemiyle Avustralya'ya gidip, oğlu Bob'u ve erkek kardeşi Steve Amca'yla ailesini görmeyi takmıştı kafasına, benim de onlarla gitmemi istiyordu, ama dediğim gibi Annie Hala ve Mabel ile daha fazla beraber olmayı istemedim. Onlardan nefret ettiğimden değil, ama bir bakışta nasıl biri olduklarını benden bile daha iyi anlayabilirdiniz. Nasıl oldukları ortadaydı; deliklerini asla terk etmemiş gariban insanlar. Ayrıca, peşlerinden hiç ayrılmamamı veya kendime ayıracak bir saat bulsam, ne yaptığımı onlara anlatmamı isterlerdi sürekli. Yukarıda sözünü ettiğim günün ertesi, Avustralya'ya onlarla birlikte gitmeyeceğimi açıkça söyledim. Pek kötü karşılamadılar, paranın benim olduğunu anlayacak kadar zamanları olmuştu herhalde.

Miranda'yı aramaya ilk gidişim, Annie Hala'yı uğurlamak üzere Southampton'a geçişimden birkaç gün sonraydı; tam olarak 10 Mayıs. Londra'ya dönmüştüm. Kesin bir planım yoktu; Annie Hala ve Mabel'a belki bir yolculuğa çıkarım demiştim, ama pek kararlı değildim. Annie Hala korkmuştu, gerçekten; gidişlerinden bir gece önce beni karşısına alıp, ciddi bir ifadeyle gelini onunla tanıştırmadan evlenmeyeceğimi umduğunu anlattı. Bunun benim param ve yaşamım olduğu, ne kadar eli açık davrandığım üzerine bir sürü şey söyledi, ama kızın biriyle evlenebileceğimden ve onları onca utandıran paranın tamamını kaybedeceklerinden gerçekten korktuğunu görebiliyordum. Onu kınayamam, bu çok doğaldı, hele kötürüm bir kızla. Bence Mabel gibi insanların yaşam ışıkları canlarını yakmadan söndürülmeli, ama bu, konumuzun dışında kalıyor.

Az rastlanan türlerin ve türden sapmaların bulunmuş olduğu yörelere gidip doğru dürüst seriler oluşturmayı kuruyordum, hazırlık yapmış, Londra'dan en iyi malzemeleri almıştım. Yani bir yer bulup kâh toplayarak, kâh fotoğraf çekerek canımın çektiği kadar oralarda kalmaktı istediğim. Onlar gitmeden önce direksiyon kursuna gitmiş ve özel bir minibüs almıştım. Arzuladığım birçok tür vardı –örneğin Kırlangıçkuyruk* Siyah Erik Kelebeği** veya Büyük Korubeni*** hatta Amannisa**** ve İparhan***** gibi ender bulunanlar. Bunlar, birçok koleksiyoncunun yaşam boyu yalnızca bir kez karşılaştığı türlerdi. Ayrıca, pulkanatlılar da vardı, onları da toplayabileceğimi sanıyordum.

Söylemeye çalıştığım şey, Miranda'yı konuk edişim aniden oldu, paranın gelmesiyle planladığım bir şey değildi.

Annie Hala ve Mabel ayak altından çekilince, istediğim bütün kitapları satın aldım tabii ki; içlerindeki bazı şeylerin varlığından bile haberim yoktu, her şeyin bu kadar apaçık olması nefretimi uyandırmıştı; Miranda ve bana ilişkin düşlerimden çok farklı bu malzemelerle burada, bu otel odasında sıkıştığımı düşündüm. Birdenbire, onu, sanki yaşamımdan kopmuş biriymiş, sanki birbirimizden yalnızca birkaç kilometre uzakta oturmuyormuşuz (otel değiştirip, Paddington'a geçmiştim), sanki nerede yaşadığını öğrenmek için yeterince zamanım yokmuş gibi andığımı fark ettim. Kolay olmuştu; telefon rehberinde Slade Güzel Sanatlar Okulu'nun numarasını aradım ve bir sabah minibüsümün içinde, dersten çıkmasını bekledim. Minibüs kendime sağladığım gerçekten büyük bir lükstü. Arka tarafı özel olarak döşenmişti, bir kamp yatağını yere serip uyuyabiliyordunuz. Gezilerim boyunca her şeyimi yanımda taşımak için almıştım bunu; ayrıca, bir minibüsüm olursa Annie Hala ile

* Padilio machaon. (y.h.n.)
** Satyrium pruni. (y.h.n.)
*** Maculinea arion. (y.h.n.)
**** Mellicta athalia. (y.h.n.)
***** Melitaea cinxia. (y.h.n.)

Mabel döndüklerinde, sürekli peşime takmak zorunda kalmayacağımı düşünmüştüm. Bu işte kullanmak için almamıştım. Fikir ansızın kafamda çakmıştı, dâhinin keşfi gibi adeta.

İlk sabah onu görmedim, ama ertesi gün sonunda başardım. Çoğunluğu delikanlılardan oluşan bir grup öğrenciyle birlikte çıktı dışarı. Yüreğim sıkıştı, midem ağzıma geldi. Fotoğraf makinem hazırdı, ama kullanmaya cesaret edemedim. Hiç değişmemişti; yürüyüşünde bir zarafet vardı, hep düz ayakkabı giydiğinden diğer kızlar gibi kırıtmazdı. Hareketlerinden, aklından erkekleri hiç geçirmediği belli oluyordu. Kuş gibiydi. Alnında birkaç perçem bırakılmış kısacık siyah saçlı, sanatçı görünüşlü genç bir adamla konuşuyordu durmadan. Altı kişiydiler, ama sonra Miranda'yla delikanlı caddenin karşısına geçtiler. Minibüsten inip onları izledim. Az ötedeki bir kafeye girdiler.

Niye bilmiyorum, aniden ben de girdim içeri; sanki istencim dışında bir şey tarafından içeri çekilmiştim. İçerisi tıklım tıklım doluydu, öğrenciler, sanatçılar ve benzerleri çoğu beatnik gibiydi. Duvarlarda garip masklar ve objeler olduğunu anımsıyorum. Afrika işiydi sanırım.

Öylesine bir kalabalık ve gürültü vardı ki, kendimi gergin hissettim ve ilk bakışta onu göremedim. Arka taraftaki ikinci salonda oturuyordu. Barda gözleyebileceğim bir tabureye yerleştim. Pek sık bakmaya cesaret edemedim, üstelik oturdukları salonun aydınlatması da iyi değildi.

Derken, yanı başımda durduğunu gördüm. Gazete okur gibi yaptığımdan, ayağa kalktığını fark etmemiştim. Kızarmışım gibi geldi, gözümü kelimelere diktim, ama okuyamıyordum, kaçamak bir bakış atmaya bile cesaret edemedim; o ise neredeyse bana değiyordu. Lacivert beyaz, kareli bir elbise giymişti, çıplak kolları yanıktı, saçları omuzlarına dökülmüştü.

"Jenny, meteliğimiz yok. Hadi bir iyilik yap da, bize iki sigara ver," dedi. Tezgâhın arkasındaki kız, "Bu son ama," gibilerinden bir şey söyledi, o da, "Yarın, söz," diye karşılık verdi, kız iki sigara uzatınca da "Çok yaşa sen," diye ekledi. Her şey beş saniyede olup bitmiş, tekrar delikanlının yanına dönmüştü, ama sesini duymak onu benim gözümde bir düş perisinden, gerçek birine dönüştürmüştü. Sesindeki özel şeyin ne olduğunu söyleyemem. Yönlendirici bir ses olduğu söz götürmezdi, ama yapmacıklı değildi, sırnaşık da değildi, sigara için dilenmedi, rica bile etmedi, burnu büyüklük diye değerlendirilemeyecek bir rahatlıkla sordu sadece. Yürüdüğü gibi konuşuyordu denebilir.

Hemen hesabı ödeyip, minibüsüme atladım ve Cremorne'daki odama döndüm. Gerçekten altüst olmuştum. Özellikle benim cebimde onun ayaklarına sermeye hazır olduğum altmış bin sterlin varken (on binini Annie Hala'ya vermiştim) onun sigara alacak kadar parası olmayışı yüzünden –böyle hissetmiştim. Onu tanımak, beğenisini kazanmak, dostu olmak, peşindeki bir casus gibi değil de açıkça seyredebilmek için her şeyi yapacağımı hissediyordum. Nasıl biri olduğumu göstermek için yanımdaki beş yüz sterlini bir zarfa koyup, üzerine Miss Miranda Grey, Slade Güzel Sanatlar Okulu... yazdım, ama tabii ki postaya vermedim. Açtığında yüzünü görebilecek olsaydım, postaya da verirdim.

Sonradan gerçeğe dönüşecek bir düş kurma hakkını kendime ilk kez o gün tanıdım. Bir adamın saldırısına uğramasıyla başlıyordu, ben de koşup onu kurtarıyordum. Daha sonraları saldıran adam ben oldum bir şekilde; ama onu incitmiyordum; onu kapıp, minibüsümle uzaktaki bir eve götürüp, kibarca tutsak ediyordum. Yavaş yavaş beni tanıyor ve benden hoşlanıyordu; o zaman da düş, evlenip güzel, modern bir evde, çocuklarımız ve gereken her şeyle birlikte yaşadığımız bir başka düşe bağlanıyordu.

Bu düş hiç aklımdan çıkmıyordu. Geceleri uyutmuyor, gün içinde yapacaklarımı unutturuyordu. Cremorne'dan neredeyse hiç çıkmıyordum. Sonra, bir düş olmaktan çıktı, gerçekten olacakmış gibi yaptığım bir şey olmaya başladı (tabii sadece -mış gibi olduğunu düşündüm); böylece araç gereçleri, yolları, yani bunun için hazırlamam gereken şeyleri ve bütün bunları nasıl yapacağımı düşünmeye başladım. Normal yollardan onu asla tanıyamayacağımı düşündüm, ama benimle beraber olursa, iyi yönlerimi görüp, anlayabilecekti. Anlayacağı düşüncesi hep vardı.

Seçkin gazeteleri okumaya başlamam bu zamana rastlar; aynı nedenle Ulusal Müze'ye ve Tate Gallery'ye gidip gelmeye başlamam da. Pek bir zevk aldığım söylenemez, hatta bana Doğa Bilimleri

Müzesi'nin Böcekbilim'e ayrılan salonundaki yabancı türlerin sergilendiği camekânları anımsatmıştı; güzel olduklarını görebiliyordunuz, ama tanıyamıyordunuz; yani onları İngiliz böceklerini tanıdığım gibi tanımadığımı söylemek istiyorum. Yine de onunla konuşurken bilgisiz görünmemek için gitmeye devam ettim.

Pazar gazetelerinden birinin satılık evlere ayrılmış sayfasında, büyük harflerle yazılmış bir ilan gördüm. Ev aramıyordum, ama sayfayı çevirirken gözüme çarpmıştı. "ÇILGIN KALABALIKTAN UZAK" diyordu. Kelimesi kelimesine. Devamı da;

> "Eski kır evi, tenha ve hoş ortam, büyük bahçe, Londra'ya bir saat uzaklıkta, en yakın köye üç kilometre..."

diye sürüyordu. Ertesi gün, evi gezmek niyetiyle minibüsüme atladım. Lewes'taki emlakçiyi telefonla aradım ve biriyle evde buluşmak üzere sözleştik. Bir Sussex haritası aldım. Paranın yararı da işte bu. Engel tanımaması.

Harap bir şey bulacağımı sanıyordum. Ev eski görünüyordu gerçekten; siyah kirişler, beyaz sıva ve eski tip kiremitler. Ama sapasağlam ayaktaydı. Eve yaklaştığımda emlakçı beni karşılamak için dışarı çıktı; daha yaşlı olacağını düşünmüştüm, ama aşağı yukarı benim yaşlarımda tam bir kolejli tipti; sanki satış yapmak ona yakışmıyormuş veya ev satmakla tezgâhtarlık arasında bir fark varmış gibi tamamen aptalca imaları komikti. Meraklılığıyla hevesimi kaçırdı. Yine de bunca yolu geldikten sonra etrafa bir göz atsam daha iyi olur diye düşündüm. Çok fazla odası yoktu, ama elektrik, telefon gibi tesisatları elden geçirilip yenilenmişti. Sahibi emekli bir amiral mi neymiş, o ölünce satılmış, sonra yeni sahibi de aniden ölünce ev yeniden satılığa çıkmış.

Oraya esrarengiz bir misafiri barındırmaya uygun bir yer olup olmadığını görmek niyetiyle gitmediğimi bir kez daha belirtmek isterim. Niyetimin ne olduğunu gerçekten söyleyemiyorum.

Bilmiyorum, işte o kadar. Yaptığınız şeyler, daha önce yaptıklarınızı belirsizleştirir.

Adam tek başıma mı yerleşmeyi düşündüğümü öğrenmek istedi. Halam için, karşılığını verdim. Gerçeği anlattım; Avustralya'dan döndüğünde ona bir sürpriz yapmak istediğimi söyledim.

Ne kadar verebileceklerini öğrenmek istedi.

Büyük bir mirasa konduğumu söyledim haddini bildirmek için. Bunları konuşurken aşağıya inen merdivenlerin başına gelmiştik, evin her yanını gezdiğimizi sanıyordum. Biraz daha pazarlık payı bırakmak için, tam evin istediğim kadar büyük olmadığını söyleyerek ona haddini iyice bildirmeye hazırlanıyordum ki "Mahzenler hariç, her yeri gördünüz," diye ekledi.

Arka kapının yanındaki bu kapıya ulaşmak için dışarıdan evin arka tarafına dolaşmanız gerekiyordu. Bir saksının altından anahtarı aldı. Elektrikler tabii ki kesikti, ama emlakçinin el feneri vardı. İçerisi soğuktu, güneş görmüyordu, rutubetli ve pisti. Aşağıya taş basamaklarla iniliyordu. Aşağıya varınca, fener ışığını çevrede gezdirdi. Zamanında kireç badana yapmışlarsa da bunun üzerinden çok zaman geçmiş, badananın pul pul döküldüğü duvarlar benekli bir görünüm almıştı.

"Boydan boya; ayrıca burası da var" dedi. Feneri tuttuğunda merdivenin karşısındaki duvarın köşesinde başka bir kapı gördüm. İlkinden dört yüksek basamak aşağıda bir başka büyük mahzen; bu seferkinin tavanı daha alçak ve kiliselerin bodrum katlarındaki gibi hafif kubbemsiydi. Basamakların aşağıya oldukça eğimli olması yüzünden oda daha aşağıda, deyim yerindeyse sizden kaçıyormuş gibiydi.

"Tam âlem yapılacak yer," dedi.

Aptal şakasını duymazdan gelip, "Ne için kullanılıyordu burası?" diye sordum.

Ev ıssız bir yerde olduğundan, her işe yarayabileceğini düşündükleri cevabını verdi. Belki bol yiyecek stoku yapmışlardı. Eskiden kalma gizli bir Katolik kilisesi olarak da kullanılmış olabilirdi. Daha sonraları, bir elektrikçi, kaçakçıların Newhaven'dan Londra'ya giderken konakladıkları bir sığınak olduğunu ileri sürdü.

Merdivenleri tırmanıp açık havaya çıktık. Adam kapıyı kilitleyip, anahtarı yine saksının altına koyduğunda, sanki aşağısı hiç olmamıştı. İki ayrı dünyaydı. Hep de öyle kaldı. Bazı günler uyandığımda, tekrar aşağıya gidene kadar, her şeyin bir düş olduğuna inanırdım.

Adam saatine baktı.

"Evle ilgileniyorum. Hem de çok," dedim. Öylesine gergindim

ki bana şaşkınlıkla baktı. "Galiba satın alacağım," dedim. Aynen böyle. Ben bile söylediğime şaşırmıştım. Çünkü o zamana dek hep günümüze uygun, yani modern dedikleri bir şey düşlemiştim. Issız bir köşeye dikilmiş eski bir ev değil.

Aval aval bakakaldı, sanırım ilgilenmeme şaşırmıştı, param olmasına da, tıpkı bu tiplerin çoğu gibi.

Lewes'a geri döndü. Evle ilgilenen bir başka müşterisini alıp getirmesi gerekiyordu. Ben de bahçede oturup, kesin bir karara varmadan önce iyice düşüneceğimi söyledim.

Bahçesi güzeldi, arka tarafta, kelebeklerin çok hoşlandığı bir şey olan yonca ekili tarlaya kadar uzanıyordu. Tarla tepeye doğru uzanıyordu, yani kuzeye. Doğuda, vadiden Lewes'a doğru giden iki yanı ağaçlık bir yol vardı. Batıda ise tarlalar ve tepeye bir kilometre mesafede de bir çiftlik evi vardı, en yakın ev de buydu. Güneyde, doğal bir çit oluşturan çalıları ve birkaç ağaç tarafından kapanmasını saymazsak güzel bir manzara vardı. İyi durumda bir de garaj.

Bahçedeki turumu tamamladıktan sonra, saksının altındaki anahtarı alıp, yeniden mahzenlere indim. İçerdeki mahzen, toprağın en az bir buçuk metre altında olmalıydı. Rutubetliydi ve duvarlar kışın dışarda kalmış odun gibi ıslaktı; elimde yalnızca çakmağım olduğundan, pek iyi göremiyordum. Biraz ürkütücüydü, ama batıl inançları olan bir tip değilimdir.

Kimileri böyle bir yeri ilk gidişte bulduğum için şanslı olduğumu söyleyebilir, oysa her şartta, er ya da geç, bir yer bulacaktım. Param vardı. Amacım vardı. Ne tuhaf; tam da Crutchley'nin "gayret" dediği şey. Ek bina için gayret göstermedim, bu bana göre değil. Crutchley'nin geçen yaz benim yaptığımı yaptığını ve işi sonuna kadar götürdüğünü görmek isterdim. Böbürlenip durmaya niyetim yok, ama yaptığım hiç de küçümsenecek bir şey değildi.

Geçen gün gazetede (Günün Deyişi köşesinde) "Su beden için neyse, amaç da zihin için odur" yazıyordu. Naçizane görüşüme göre, bu çok doğru bir söz. Miranda yaşamımın tek amacı olduğu andan itibaren, en az ona yakın insanlar kadar iyi olduğumu söylemeliyim.

İlanda belirtilenden beş yüz sterlin daha fazla ödemek zorunda kaldım, ondan sonra da diğerleri, herkes beni yoldu. Kadastrocu, inşaat ustaları, dekoratörler ve Lewes'lu mobilyacılar. Hiç de umurumda değildi, niye olsundu ki, para amaç değildi. Annie Hala'dan uzun mektuplar aldım; cevaplarken gerçek harcamalarımı yarı yarıya gösteriyordum.

Mahzene hat çektirmek için elektrikçiler, su borusu ve lavabo taktırmak için tesisatçılar getirttim. Orayı marangoz atölyesi ve fotoğraf laboratuvarı yapmak istediğimi söylüyordum. Yalan da sayılmazdı, yapılacak çok marangoz işi vardı. Ayrıca dışarıda bastıramayacağım bazı fotoğraflar da çekmeye başlamıştım. Ayıp şeyler değildi. Yalnızca çiftler.

Ağustos ayının sonunda, işçiler evden çıktılar ve ben taşındım. Başlangıçta, kendimi bir düşte gibi hissediyordum. Ama bu pek uzun sürmedi. Umduğum kadar yalnız değildim. Adamın biri gelip bahçe işlerini üstlenmek istedi, şimdiye dek hep o yapmış, geri çevirince fena halde çirkinleşti. Ardından köyün papazı geldi ve kabalaşmak zorunda kaldım. Beni rahat bırakmasını, Anglikan kilisesine bağlı olmadığımı ve köyle herhangi bir ilişkim olmasını arzulamadığımı söyledim, büyük havalarda, öfke içinde çekip gitti. Sonra, kamyonetli satıcılar geldi, onları da sepetledim. Bütün alışverişimi Lewes'ta yaptığımı söyledim.

Telefonumu da kestirdim.

Çok geçmeden, bahçe kapısını da kilitlemeyi âdet edindim, sadece demirden bir parmaklıktı, ama üzerinde asma kilit vardı. Bir iki defa satıcıların parmaklıktan içeri doğru baktıklarını gördüm, ama sanırım insanlar anlamakta gecikmediler. Yalnız kalmıştım ve işime koyulabildim.

Bir ay ya da daha uzun bir süre planımı hazırlamak için çalıştım. Bütün bu süre boyunca tek başımaydım, gerçek dostlarımın olmaması şanstı. (Çalışanlar dost sayılamaz, ben onları özlemedim, onlar da beni.)

Annie Hala'nın bir sürü ufak tefek işini yapmaya alışkındım; Dick Enişte öğretmişti. Marangozluk ve onarım işlerinde fena sayılmazdım ve itiraf etmeliyim ki odayı gayet iyi toparladım. Rutubetin çekilmesini sağladıktan sonra izolasyon için birkaç kat keçe kapladım, sonra da duvarlarla (hani şu kireç badanalı olan) uyum sağlayan canlı turuncu renkte (iç açıcı) bir halı serdim. Bir yatak ve bir konsol aldım. Bir masa, bir koltuk vs. Bir köşeye bir paravana koydum, arkasına da bir tuvalet masası ve kamp tuvaleti ile gerekli bütün malzemeyi; hemen hemen ayrı bir oda olmuştu. Son olarak sıcak bir yuva havası yaratmak için bir sürü şey daha aldım; raflar, çok sayıda sanat kitabı, birkaç roman. Zevkinin daha ince olabileceğini tahmin ettiğimden tablo asma riskini göze almadım.

Çözümü güç sorunlardan biri, kapılar ve gürültüydü kuşkusuz. Onun odasına giden boşlukta meşe ağacından bir kiriş dışında kapı niyetine hiçbir şey yoktu; dolayısıyla bir kapı yapmam gerekti ve en zahmetli iş de bu oldu. İlk yaptığım oturmuyordu, ama ikincisi daha başarılıydı. Değil onun gibi narin biri, iriyarı bir adam bile deviremezdi. Beş santim kalınlığında, içine metal bir levha yerleştirilmiş tahtadandı, böylece tahtayı delmesi olanaksızdı. Bir ton ağırlığındaydı ve takması hiç de kolay değildi, ama yine de becerdim. Dıştan yirmi beş santim uzunluğunda sürgüler çaktım. Sonra da çok kurnazca bir şey geldi aklıma. Eski tahtalardan, kitaplığa benzeyen, ama araç gereçleri yerleştirmeye yarayan bir sıra raf yaptım ve şöyle bir bakınca eski bir dolap izlenimini vermesi için de tahta kapı mandallarıyla kapıya tutturdum. Altında bir kapı olduğunu anlamak için dolabı kaldırmak gerekiyordu. Sesin dışarı çıkmasını da önlüyordu. Rahatsız edilmemek için, üzerinde asma kilit bulunan ilk kapıya içeriden de bir sürgü taktım. Ayrıca hırsız alarmı. Gece için, basit bir şey.

Ana mahzende yaptığım ilk iş küçük bir ocak ve gerekli alet edevatı koymak olmuştu. Etrafta başkalarının işine burnunu sokanlar olup olmadığını bilmiyordum, ikide bir yukarıdan aşağı yemek dolu tepsiler taşırken görülmek tuhaf kaçabilirdi. Ama evin arka tarafı olduğundan fazla kafama takmıyordum, çünkü burası yalnızca tarlalara ve koruya bakıyordu. Zaten bahçenin iki yanında duvar var ve geri kalan yerler de içerisi görülemeyecek çalılıklarla kaplı. Hemen hemen idealdi. Evin içinden mahzene bir merdiven açtırmak geçti aklımdan, ama çok masraflı olurdu, ayrıca şüphe uyandırmak da istemiyordum. Artık işçilere güven kalmadı, adamlar her şeye burunlarını sokuyorlar.

Bütün bu zaman boyunca hazırlıkların ciddi olduğunu hiç düşünmedim. Çok tuhaf göründüğünü biliyorum, ama doğrusu buydu. Kendi kendime "Tabii ki asla böyle bir şey yapmayacağım, bu sadece yapıyormuş gibi görünmek," deyip duruyordum. O kadar param ve zamanım olmasaydı, yapıyormuş gibi bile yapamayacağım besbelliydi. Bence, şimdi mutlu görünen birçok insan, paraları ve zamanları olsaydı benim yaptığımı veya benzeri şeyleri yapardı. Yani ikiyüzlülük yapacaklarına, kendilerini eğilimlerine bırakırlardı. "Güç, insanı yoldan çıkarır," derdi hocalarımdan biri. Üstelik Para Güç'tür.

Yaptığım bir başka şey de, Londra'da bir dükkândan onun için bir sürü elbise almak oldu. Butiklerden birinde, onun ölçülerinde bir tezgâhtar kız gördüm ve ona Miranda'nın üstünde sık gördüğüm renkleri söyleyerek bir kız için gerekli olduğunu söyledikleri her şeyi alıp çıktım. Kuzey'den gelen bir kız arkadaşım olduğunu, bütün bavullarını çaldırdığını ve kendisine sürpriz yapmak istediğimi falan attım. Satıcı kızın bu hikâyeye kandığını sanmıyorum ama iyi bir müşteri olduğumdan ses çıkarmadı. Doksan sterline yakın para harcadım o sabah.

Alınması gereken bütün önlemleri düşünmem için önümde uzun geceler vardı. Odasına gidip oturur ve kaçmak için neler yapabileceğini enine boyuna düşünürdüm. Elektrikten anlayabileceğini varsaydım –bugünün kızlarının neler yapacağını bilmek mümkün değildi–, bu yüzden hep kauçuk tabanlı pabuçlar giydim ve iki kere bakmadan hiçbir elektrik düğmesine elimi sürmedim. Çöpleri yakmak için özel bir makine aldım. Ona ait hiçbir şeyin evden çıkmaması gerektiğinin bilincindeydim. Çamaşır yıkamak yok. Tedbiri asla elden bırakmamalı.

Evet, sonunda Londra'ya Cremorne Oteli'ne döndüm. Birkaç gün yolunu gözledim ama onu göremedim. Çok sıkıntılı bir dönemdi, ama direndim. Fotoğraf makinemi yanıma almadım, çok riskliydi; ayrıca büyük oyunum yolda kaçamak bir fotoğraf çekmekten çok daha önemliydi. İki kere kafeye uğradım. Bir keresinde kitap okur gibi yaparak iki saate yakın bir süre kaldım içeride, ama gelmedi. Aklıma kötü şeyler gelmeye başlıyordu, ya öldüyse, ya resim derslerini bıraktıysa. Sonunda bir gün, Warren Caddesi'nde metrodan iniyordum ki onu gördüm (minibüsün göze batmasını pek istemiyordum). Karşı peronda, kentin kuzeyinden gelen bir trenden iniyordu. Çok kolay olmuştu. İstasyondan çıkana kadar izledim ve okula doğru ilerlediğini gördüm. Sonraki günler, metro istasyonunda yolunu gözledim. İki gün göremedim, belki de her gün metroya binmiyordu, ama üçüncü gün caddeyi geçip istasyona girdiğini gördüm. Böylece nereden geldiğini keşfetmiş oldum; Hampstead. Orada da aynı şeyi yaptım. Ertesi gün dönüşünü bekledim, gelince de yaşadığı yere kadar aşağı yukarı on dakika bir sürü daracık sokak boyunca onu izledim. İçeri girdiği evin önünden geçip numarasına baktım ve son olarak da köşe başına gidip sokağın adını buldum.

O gün iyi iş çıkarmıştım.

Üç gün önceden Cremorne'da hesabımı kapatmıştım ve her gece farklı bir otelde kalıyor, ertesi gün de ayrılıyor, böylece takip edilebilecek iz bırakmamış oluyordum. Minibüsün içinde yatak, kayışlar ve eşarplar hazır bekliyordu. Kloroform kullanacaktım, kelebekleri kavanozda öldürmek için kullanmıştım bir zamanlar ve saklamıştım. Analiz laboratuvarından biri vermişti bana. Şişenin içinde buharlaşmamıştı, ama işi sağlama bağlamak için, biraz da KTK dedikleri ve her yerde bulunan, karbon tetrakloridle karıştırmaya karar verdim.

Hampstead'i karış karış dolaşarak hem yöreyi hem de Fosters yönünde çabucak ortadan kaybolmak için izlenmesi gereken yolu avcumun içi gibi öğrenmiştim. Her şey hazırdı. Artık geriye yalnızca pusuda beklemek ve ilk fırsatı değerlendirmek kalıyordu. O günlerde kendimi bir tuhaf hissediyordum, yaşamım boyunca hep bu işi yapmışım gibi, tek tek her şeyi düşünüyordum. Sanki bir casus ya da hafiyeymişim gibi.

Sonuçta, on gün beklemem gerekti, bazen kelebeklerle de böyle olur. Yani, nadir bir cinsin bulunduğu bilinen bir yere gidersin, hiçbir şeye rastlamazsın ama bir başka sefer, hiç aramadığın bir anda, bir çiçeğin üstünde, burnunun dibinde görüverirsin, derler ya, tepsinin içinde sunulmuş gibi.

O gece de her zaman olduğu gibi, metro istasyonunun yakınında bekliyordum; minibüsü yan sokağa park etmiştim. Gündüz hava güzel, ama kapalıydı ve fırtınanın patlaması yakındı. Çıkışın karşısındaki bir dükkânın önünde dikiliyordum, tam sağanak boşandığı anda, merdivenleri tırmandığını gördüm. Üzerinde sadece bir hırka vardı, yağmurluk almamıştı. Hemen, metronun ana girişine doğru koşmaya başladı. Karşıdan karşıya geçtim, ortalık ana baba günüydü. Bir telefon kulübesindeydi. Çıktığında, evine doğru her zamanki yoldan gideceğine, bir başka sokağa girdi. Peşine düştüm ama bir işe yaramayacağını düşünüyordum, çünkü ne yaptığını anlayamıyordum. Birdenbire bir ara sokağa dalıp, sinemaya yöneldi ve içeri girdi. Sonunda anlamıştım, eve telefon edip yağmura yakalandığını ve hava açıncaya kadar bir film seyredeceğini söylemişti. Bunun benim için bir şans olduğunun farkındaydım; biriyle buluşmayacaksa tabii. O içeri girdiğinde gidip seansın ne kadar sürdüğüne baktım. İki saat. O zaman riski göze aldım, belki de yazgıya beni durdurması için son bir şans verdim. Bir lokantaya girip yemek yedim. Sonra, minibüsü sinemayı görebileceğim bir yere çektim. Ne olacağını bilmiyordum, belki bir arkadaşıyla buluşmuştu. Kendimi hızlı bir akıntıya kapılmış gibi hissettim, her şeyi batırabileceğim gibi, başarabilirdim de.

Tam iki saat sonra tek başına çıktı, yağmur dinmiş sayılırdı ve hava kapalı olduğundan karanlık bastırmıştı. Her zamanki yoldan eve yöneldiğini gördüm. Minibüsle yanından geçip, daha yukarıda, oturduğu sokağın dönemecinde durdum. Bir yanda ağaçlar ve çalılar vardı, öte yanda koca bir bahçenin içinde koca bir ev. Anlaşıldığı kadarıyla boştu. Daha yukarıda, hepsi de kocaman birçok ev vardı. Geçeceği yolun ilk bölümünde sokaklar iyi aydınlatılmıştı.

Uygun tek yer burasıydı.

İçinde kloroform ve KTK karışımı ile bunu iyice emecek ama hemen kurumayacak cinsten bir bezin olduğu özel bir plastik torba hazırlamış, yağmurluğumun cebine dikmiştim. Dışarıya koku çıkmasın diye cep kapağımı örtülü tutuyordum, ama gerektiğinde çıkarmak an meselesiydi.

Şemsiyeli iki yaşlı kadın göründü (yağmur damlaları yeniden düşmeye başlamıştı), bana doğru yokuşu tırmanıyorlardı. Korktuğum başıma gelmişti, çünkü onun gelmesi an meselesiydi, az kalsın o anda oracıkta vazgeçiyordum. Ama çabucak eğildim ve ihtiyarlar çene çalarak yanımdan geçip gittiler; ne beni ne de minibüsü gördüklerini sanmıyorum. Çevrede park etmiş birçok araba vardı. Bir dakika geçti. Dışarı çıktım ve arka kapının bir kanadını açtım. Her şey tıkır tıkır işliyordu. Hemen sonra o göründü. Hızlı hızlı yürüyerek, beni görmeden dönemece gelmişti. O akşam hava açık olsaydı, ne yapardım bilemiyorum. Yağmur getiren şiddetli bir rüzgâr ağaçları sarsıyordu. Ortalıkta kimsecikler yoktu. Kaldırımda yürüyerek yanı başıma kadar geldi. Garip, kendi kendine bir şarkı mırıldanıyordu.

"Affedersiniz, köpeklerden anlar mısınız?" diye sordum.

Şaşırdı, durdu, "Nasıl?" diye sordu.

"Korkunç bir şey, şimdi bir köpeğe çarptım, ansızın önüme fırladı. Ne yapacağımı bilmiyorum. Ölmedi." Kaygıyla minibüsün arkasına baktım.

"Zavallı hayvancık," dedi.

İçeri göz atmak için yaklaştı. Tam umduğum gibi.

"Ortada kan yok, ama kımıldayamıyor," dedim.

Açık arka kapıya yanaşınca, görmesini sağlamak ister gibi kenara çekildim. İçeri bakmak için eğildiğinde yoldan aşağı bir göz attım, kimse yoktu ve işte o zaman onu yakaladım. Çıtı çıkmadı, şaşkına dönmüştü, cebimdeki bezi çıkarıp ağzına ve burnuna yapıştırdım, kendime çekerek iyice kavradım, karışımın kokusunu alabiliyordum, şeytan gibi debelendi, ama güçlü değildi, hatta sandığımdan daha ufak tefekti. Boğazından gargara yapar gibi bir ses geldi. Yeniden yola baktım, direneceğini ve zor kullanıp canını yakmam gerekeceğini ya da kaçıp gideceğimi düşünmüştüm. Tabanları yağlamaya hazırdım. Ama birdenbire gevşeyiverdi, ben de sıkıca kavramak yerine hafifçe kucakladım. Beline kadar minibüsün içine soktum, ikinci kanadı açıp kendim de girdim, ardımdan onu da çektim ve yavaşça kapıları kapadım. Yerde biraz çevirip kaldırarak yatağın üzerine bıraktım. Artık benimdi; ansızın bir coşkunluğa kapıldım, kazandığımın bilincindeydim. Önce ağzını tıkadım, ardından hiç acele etmeden, paniğe kapılmadan tam planladığım gibi kayışlarla yatağa bağladım. Sonra ön koltuğa geçip minibüsü çalıştırdım. Her şey bir dakika sürmüştü. Ağır ağır ve sakin yokuşu çıktım,

Hampstead Heath'te önceden saptadığım bir yere gitmek üzere köşeyi döndüm. Oraya varınca durup tekrar arkaya geçtim, bağlarını eşarplarla yeniden düzenledim; böylece ne canı acıyacak ne de bağırıp çağırarak tepinebilecekti. Hâlâ baygındı, ama soluk alıyordu; sanki fena halde nezleye yakalanmış gibi; her şeyin yolunda olduğunu anladım.

Redhill yakınlarında, planladığım gibi, anayoldan çıkıp ıssız bir yola saptım ve ona bakmaya arkaya geçtim. Biraz aydınlatmak için köşeye bir el feneri koydum ve ona döndüm. Ayılmıştı. Gözleri kocaman görünüyordu, korkmuş gibi değildi, ne olursa olsun korku duymamaya karar vermişçesine, bir çeşit kibir vardı sanki bakışlarında.

"Korkmayın, size zararım dokunmayacak," dedim. Bana bakmaya devam etti.

Durum can sıkıcıydı. Ne diyeceğimi bilemiyordum. "İyi misiniz? Bir isteğiniz var mı?" gibi laflar ettim, ama kulağa saçma sapan geliyordu. Aslında sorduğum küçük aptesiydi.

Başını sallamaya başladı. Tıkacın canını yaktığını anlatmak istiyordu.

"Ipıssız kırların ortasındayız, çığlık atmanızın yararı yok, eğer bağırmaya başlarsanız, yeniden ağzınızı bağlamak zorunda kalacağım, anladınız mı?" dedim.

Başını salladı, ben de eşarbı çözdüm. Hemen ardından olabildiğince doğruldu ve kusmak için yana döndü. Berbat bir şeydi. Kloroform ve kusmuk kokusunu alabiliyordum. Tek kelime etmedi. Yalnızca inledi. Ne düşüneceğimi şaşırdım, ne yapacağımı bilmiyordum. Bir an önce eve gitmemiz gerektiğini hissettim ve yeniden ağzını tıkadım. Debelendi, bezin altından "Hayır, hayır!" diye seslendiğini duydum, berbat bir şeydi, yine de kendimi zorlayarak da olsa yaptım, sonunda kendini daha iyi hissedeceğini biliyordum. Yeniden direksiyona geçtim ve yola koyulduk.

Eve vardığımızda, saat on buçuğu biraz geçiyordu. Arabayı garaja koydum ve bir şey olacağından değil ama yine de yokluğumda bir değişiklik olmadığından emin olmak için etrafı kolaçan etmeye başladım. Basit bir ihmalkârlık yüzünden bir çuval inciri berbat etmeye niyetim yoktu. Onun için hazırladığım odaya indim, her şey yerli yerindeydi, havasız da kokmuyordu, çünkü kapıyı açık bırakmıştım. Bir gece önce havasız olup olmadığını anlamak için orada yatmıştım, yeterince hava alıyordu. Ayrıca çay falan yapmak için gerekli her şey de vardı. Oda rahat ve sevimli görünüyordu.

Evet, büyük an sonunda gelip çatmıştı. Garaja dönüp, minibüsün arkasını açtım. Eylemin şimdiye kadarki kısmı gibi, kalanı plana uygun gelişti. Kayışları çözdüm, onu oturttum, ayakları ve bacakları hâlâ bağlıydı tabii. Bir süre tepindi, ben de rahat durmazsa, (elimdeki bezi göstererek) yeniden kloroform ve KTK'ya başvurmam gerekeceğini, ama sakinleşirse canını yakmayacağımı söylemek zorunda kaldım. Bu numara işe yaradı. Kaldırdım, sandığım kadar ağır değildi, kolaylıkla aşağıya taşıdım; odanın kapısında biraz dalaştık, ama pek bir şey yapamadı. Sonunda yatağın üzerine yatırdım. Sona ermişti.

Yüzü bembeyazdı, kusmuğun bir kısmı lacivert elbisesine bulaşmıştı, durumu pek iç açıcı değildi; ama gözlerinde korku yoktu. Garipti. Gözlerini bana dikmiş, bekliyordu.

"Burası sizin odanız," dedim. "İstediklerimi yerine getirirseniz, size bir zararım dokunmaz. Bağırmanızın faydası yok. Sesinizi dışarıya duyuramazsınız, zaten duyacak kimse de asla bulunmaz çevrede. Şimdi sizi yalnız bırakıyorum, orada yiyecek peksimet ve sandviç var (Hampstead'ten almıştım). Arzu ederseniz çay veya kakao da yapabilirsiniz. Yarın sabah tekrar geleceğim."

Tıkacı çıkarmamı istediğini fark edebiliyordum, ama buna niyetim yoktu. Yine de ellerini çözdüm ve hemen dışarı çıktım; o da anında tıkaçtan kurtuldu, ama ben çoktan kapıyı kapayıp sürgüleri çekmiştim. "Geri gelin!" diye bağırdığını duydum. Sonra tekrarladı, ama alçak sesle. Sonra, kapıyı açmaya çabaladı, ama üstelemedi. Sonra sert bir şeyle kapıya vurmaya başladı. Galiba saç fırçasıydı. Pek ses çıkmadı, yine de sahte dolabı yerleştirdim ve kimsenin bir şey işitemeyeceğinden emin oldum. Belki gerekebilir diye, bir saat kadar öteki mahzende bekledim. Gerek yoktu, yeterince kuvveti olduğunu varsaysak bile, kapıyı kırabilecek bir şey yoktu elinin altında; fincan ve altlıkları plastikten, çaydanlık ve tabak çanağı alüminyumdan, gerisini de uygun bir malzemeden seçmiştim.

Nihayet yukarı, odama çıkıp yattım. En sonunda benim konuğum olmuştu, en önemlisi buydu. Yattığım yerde bir sürü şey düşünerek uzun bir süre uyanık kaldım. Minibüsün izinin bulunacağından biraz çekiniyordum, ama böylesi minibüslerden piyasada yüzlercesi vardı, beni tek kaygılandıran kişiler de yoldan geçen iki yaşlı kadındı.

İşte, oracıkta uzanıp, onun da aşağıda uyanık yattığını düşündüm. Güzel düşler kurdum, aşağı gidip onun gönlünü aldığım düşler; öylesine coşmuştum ki, belki de kendimi kaptırıp hayallerimde biraz ileri gittim, ama fazla pişmanlık duymadım, çünkü aşkımın ona yaraşır olduğunu biliyordum. Sonra uykuya daldım.

Sonraları, çok kötü bir şey yaptığımı ve daha iyi kavramaya çalışmam gerektiğini söyleyip durdu. Daha önce de belirttiğim gibi, o akşam son derece mutlu olduğumu söyleyebilirim sadece; büyük cesaret isteyen bir şeyi gerçekleştirmiş gibi hissediyordum kendimi, örneğin Everest'e tırmanmış veya düşman bölgesinde önemli bir görevi başarmış gibi. Mutluluğum, amaçlarımın temiz olmasından kaynaklanıyordu. İşte bunu asla anlamadı.

Kısacası, kendimi hiç o akşamki kadar iyi hissetmemiştim (müşterek bahiste kazandığım günü saymazsak). Yeniden bir Mazarin Çokgözlü Güzel Mavi* veya İspanyol Kraliçesi** yakalamak gibiydi. Yani yaşam boyu insanın sadece bir kere başına gelen, belki de hiç gelmeyen bir şeydi; hep düşlenen, ama gerçekleşeceğine inanılmayan bir şey.

Saatin çalmasından önce ayaktaydım. Aşağı indim ve mahzen kapısını arkamdan kilitledim. Her şeyi tasarlamıştım, kapısına vurup uyanması için seslendim; on dakika bekledikten sonra sürgüleri çektim ve içeri girdim. Çantasını yanımda getirmiştim, iyice karıştırdıktan sonra tabii ki. İçinde bir törpü ve jiletli bir keskiden başka kullanabileceği bir şey yoktu, onları da çıkarmıştım.

Lambası yanıyordu, koltuğun yanında ayaktaydı. Elbiselerini giymiş ve korkudan iz olmayan, askermiş gibi yürekli gözlerini ba-

* Polyommatus bellis. (y.h.n.)
** Issoria lathonia. (y.h.n.)

na dikmişti. İşin garip yanı, hep hatırladığım gibi değildi. Tabii daha önce onu bu kadar yakından hiç görmemiştim.

"Umarım iyi uyudunuz," dedim.

"Burası neresi, siz kimsiniz, beni neden buraya getirdiniz?" diye sordu buz gibi bir sesle, ama öfkeli değildi.

"Söyleyemem."

"Beni hemen serbest bırakmanızı istiyorum. Korkunç bir şey bu yaptığınız."

Öylece dikilip birbirimize baktık.

"Çekilin yolumdan. Buradan gidiyorum." Dosdoğru üstüme, kapıya gelmeye başladı. Ama kılımı kıpırdatmadım. Bir an için bana saldıracağını sandım, ama bunun saçmalığını anlamış olmalıydı. Kararlıydım, kazanma şansı hiç yoktu. Hemen yanı başımda durdu ve "Çekilin yolumdan," dedi.

"Şimdilik bir yere gidemezsiniz. Lütfen beni yeniden güç kullanmak zorunda bırakmayın," dedim.

Bana ters ters baktı, sonra sırtını döndü. "Kim olduğumu düşünüyorsunuz bilmiyorum. Eğer zengin birinin kızı olduğumu ve yüklü bir fidye elde edebileceğinizi sanıyorsanız, hayal kırıklığına uğrayacaksınız demektir."

"Kim olduğunuzu biliyorum," dedim. "Para falan istediğim yok."

Onun kanlı canlı karşımda durmasından öylesine heyecanlanmıştım ki, ne diyeceğimi bilemiyordum. Çok gergindim. Yüzüne, güzelim saçlarına, ufak tefek ve sevimli her şeyine bakmak istiyordum, ama elimden gelmiyordu, çünkü o gözlerini benden ayırmıyordu. Gülünç bir duraksama oldu.

Aniden suçlayıcı bir şekilde: "Peki benim sizin kim olduğunuzu bilmediğimi mi sanıyorsunuz?" dedi.

Elimde olmadan kızarmaya başladım, bunu hiç düşünmemiş, beni tanıyor olabileceğini hiç aklımdan geçirmemiştim.

Yavaşça, "Belediye Ek Binası," dedi.

"Ne demek istediğinizi anlamıyorum," dedim.

"Bıyıklıydınız."

Nasıl bildiğini hâlâ çıkartamıyorum. Herhalde birkaç kere şehir merkezinde görmüştü, belki bir iki kere de evinin penceresinden. Bunu hiç hesaba katmamıştım, her şey kafamda dönüp duruyordu.

"Resminiz gazetedeydi," dedi.

Hakkımda bir şeyler biliniyor olmasından hep nefret etmişimdir, nedendir bilmem kendim anlatmak istemişimdir her zaman, yani bunun için hikâyeler icat etmeyi kastediyorum. Birden bir çıkış yolu buldum. "Ben yalnızca emirleri uyguluyorum," dedim.

"Emir mi? Kimin emirleri?"

"Size söyleyemem."

Bana bakmayı sürdürüyordu. Aramızdaki mesafeyi de koruyordu. Galiba saldıracağımı düşünüyordu.

"Kimin emirleri?" diye yineledi.

Bir isim bulmayı denedim. Her nedense, aklıma gelebilen tek isim, onun da tanıyabileceği Mr. Singleton olmuştu. Barclays Bankası'nın müdürüydü. Babasının hesabı da o bankadaydı ve ben oradayken adamı birçok kere Mr. Singleton ile konuşurken görmüştüm.

"Mr. Singleton'ın emirleri," dedim.

Hayretten ağzı açık kaldı. Ben de çabucak bağladım. "Size söylememem gerekirdi, duyarsa beni öldürür."

"Mr. Singleton mı?" dedi iyi duyamamış gibi.

"Düşündüğünüz gibi değildir o," dedim.

Birden koltuğun koluna çöktü, bu kadarı onun için çok fazlaymış gibi. "Yani Mr. Singleton'ın beni kaçırmanızı emrettiğini mi söylüyorsunuz?"

Başımı salladım.

"Ama kızını tanırım. Mr. Singleton... ama çok saçma bu!"

"Penhurst Road'daki kızı anımsıyor musunuz?"

"Hangi Penhurst Road'daki kız?"

"Üç yıl önce kaybolan kız."

Bunu ben uydurmuştum. O sabah kafam çok hızlı çalışmıştı. Sanırım bu yüzden.

"Herhalde okuldaydım o zaman. Kızın başına ne geldi?"

"Bilmiyorum. Tek bildiğim onun yaptığı."

"Neyi yaptığı?"

"Bilmiyorum. Kıza ne olduğunu bilmiyorum. Her ne olduysa, yapan oydu. Bir daha asla izi bulunamadı."

Birden, "Sigaranız var mı?" dedi.

Beceriksizce cebimden paketi çıkardım ve çakmakla birlikte

ona vermek için yaklaştım. Sigarasını yakmalı mıydım bilmiyorum, ama o an aptalca geldi.

"Hiçbir şey yememişsiniz."

Parmaklarının arasında tuttuğu sigarasını gösterdi son derece zarif bir biçimde. Elbisesini temizlemişti. Oda havasızdı.

Yemek konusundaki sözlerimi dikkate almadı. Garipti. Yalan söylediğimi anladığını fark ettim.

"Bana Mr. Singleton'ın seks manyağı olduğunu, genç kızları kaçırdığını ve sizin de ona yardım ettiğinizi mi söylüyorsunuz?"

"Mecburum. Bankadan biraz para çaldım, ortaya çıkarsa hapse atarlar, bunu bana karşı kullanıyor, anlarsınız."

Gözlerini benden hiç ayırmamıştı. Kocaman, duru, güzel gözleri vardı, öğrenmeye aç ve merak dolu. (Her işe burnunu sokan cinsten değil tabii.)

"Ama siz çok para kazandınız, değil mi?"

Saçmaladığımın farkındaydım. Canım sıkılmış, sıcak basmıştı.

"Peki neden o zaman parayı geri vermediniz? Ne kadar kazanmıştınız; yetmiş bin sterlin, değil mi? Çaldığınız bu kadar değildi herhalde? Belki de yalnızca eğlence olsun diye yardım ediyorsunuz ona?"

"Size söyleyemeyeceğim başka şeyler de var. Beni kıstırmış durumda."

Elleri eteğinin cebinde ayağa kalktı. Bir şeyler yapmış olmak için aynada (metalden tabii, cam değil) kendini süzdü.

"Bana ne yapacak?"

"Bilmiyorum."

"Şimdi nerede?"

"Yakında gelecek. Sanırım."

Bir dakika kadar sesini çıkarmadı. Sonra birdenbire, sanki anlattığım şeyler doğru olabilirmiş gibi, tiksintiyle baktı.

"Şimdi anlıyorum. Burası Suffolk'taki evi olmalı."

"Evet," dedim kurnazlık ettiğimi sanarak.

"Suffolk'ta evi yok," dedi buz gibi bir sesle.

"Bilemezsiniz," dedim, ama pek inandırıcı değildi.

Başka sorular da sormaya hazırlanıyordu, ama durdurmam gerektiğini hissettim, bu kadar zeki olduğunu hesaba katmamıştım. Sıradan insanlar gibi değildi.

"Kahvaltı için ne arzu ettiğinizi sormaya geldim. Kornfleks, yumurta falan var."

"Kahvaltı istemiyorum... Bu iğrenç odacık... Ve beni bayılttığınız şu şey. Kullandığınız madde neydi?"

"Midenizi bulandıracağını bilmiyordum. Gerçekten."

"Mr. Singleton'ın size söylemesi gerekirdi." Adamın varlığına inanmadığı besbelliydi. İğneleyici olmaya başlamıştı.

Aceleyle, "Çay veya kahve alır mısınız?" dedim.

"Önce sizin bir yudum almanız koşuluyla kahve içerim."

Bunun üzerine yanından ayrılıp ana mahzene geçtim. Tam kapıyı kapayacağım sırada, "Çakmağınızı unuttunuz," dedi.

"Başka bir tane daha var." (Doğru değildi.)

"Teşekkür ederim." İşin garip yanı, neredeyse gülümsüyordu.

Nescafe yapıp götürdüm; önce bir yudum almamı izledi, sonra o da biraz içti. Hiç durmadan soru soruyordu, hayır, hiç durmadan soru sorabileceğini hissediyordum; hazırlıksız bir anımı yakalayıp beni tuzağa düşürmeyi deneyecekti. Ne kadar kalması gerekiyordu, neden ona böyle iyi davranıyordum. Cevaplar uydurdum, ama inandırıcı olmadıklarının farkındaydım, ona anında karşılık bulmak hiç de kolay değildi. Sonunda, çarşıya gideceğimi, arzu ettiği bir şey varsa söylemesini, ne isterse alacağımı söyledim.

"Her ne istersem mi?" diye sordu.

"Mantıklı olması şartıyla tabii."

"Mr. Singleton mı söyledi bunu da?"

"Hayır. Bu benden."

"Sadece serbest kalmak istiyorum," dedi. Ağzından başka bir söz alamadım. Korkunçtu, aniden konuşmamakta karar kılmıştı, ben de buna uymak zorunda kaldım.

Öğle yemeğinde de konuşmadı. Dış mahzende yemeği pişirip getirdim. Ama sadece ucundan biraz aldı. Kurtulmak için düzen yapmaya çabaladı yine; buz gibi soğuktu, ama kanmadım.

O akşam, yine fazla el sürmediği yemekten sonra, gidip kapının yanına oturdum. Bir süre gözleri kapalı sigara içti; sanki beni gör-

mek onu yoruyormuş gibi.
"İyice düşündüm. Mr. Singleton hakkında bana anlattıklarınızın hepsi masal. İnanmıyorum. Öncelikle, böyle bir adam değildir. Olsaydı bile, sizi yanında çalıştırmazdı. Bütün bu olağandışı hazırlıkları da yapmazdı."
Karşılık vermedim. Yüzüne bakamıyordum.
"Kendinizi paralamışsınız. Oradaki bütün giysiler, bütün sanat kitapları. Bu öğleden sonra ne kadar tuttuklarını hesapladım. Kırk üç sterlin." Kendi kendine konuşur gibiydi. "Ben sizin tutsağınızım, ama mutlu bir tutsak olmamı istiyorsunuz. Bu durumda iki olasılık var; fidye için beni tutuyorsunuz, bir çetenin üyesisiniz veya buna benzer bir şey."
"Değilim. Söylemiştim."
"Kim olduğumu biliyorsunuz. Babamın varlıklı ya da önemli biri olmadığını da bilmeniz gerekir. Yani nedeni fidye olamaz."
Yüksek sesle düşünmesini dinlemek tedirgin ediciydi.
"Geriye bir tek seks kalıyor. Bana bir şey yapmak istiyorsunuz." Dikkatle beni izliyordu.
Açıklama değil soruydu. Bu beni çok şaşırtmıştı.
"Yanılıyorsunuz. Size karşı saygıda asla kusur etmeyeceğim. Zannettiğiniz gibi biri değilim." Sesim oldukça ters çıkıyordu.
"Öyleyse siz kaçıksınız," dedi. "Kibar bir kaçık kuşkusuz."
"Mr. Singleton masalının gerçek olmadığını kabul ediyor musunuz?"
"Yumuşaklıkla vazgeçirmek istedim."
"Hangi konuda vazgeçirmek?" diye sordu. "Tecavüz? Cinayet?"
"Asla böyle bir şey söylemedim," diye yanıtladım. Bende sürekli bir suçluluk duygusu uyandırıyordu. Oysa düşlerimde durum tam karşıtıydı.
"Neden buradayım?"
"Konuğum olmanızı istiyorum."
"Konuğunuz!"
Ayağa kalktı, koltuğun arkasına dolaşıp sırtına dayandı, bu arada gözleri hep üzerimdeydi. Lacivert elbisesini çıkarmıştı; okula giden kızların giydiği tüniğe benzer ekose bir elbise, içinde de yakası açık bir bluz vardı. Saçlarını her zamanki gibi arkada toplayıp

örmüştü. Yüzü nefisti. Yürekli görünüyordu. Nedendir bilmem, o an onu uslu uslu dizlerimin üzerine oturmuş, kendimi de omuzlarına dökülmüş sapsarı yumuşacık saçlarını okşarken hayal ettim.

Birdenbire, "Sizi seviyorum. Bu aklımı başımdan aldı," dedim.

"Anlıyorum," dedi tuhaf bir ağırbaşlılıkla.

Bir daha da bana bakmadı.

Bir kadına, onu sevdiğinizi söylemenin modası geçmiş bir davranış olduğunu biliyorum, böyle bir şey yapmak niyetinde de değildim. Düşlerimde hep birbirimizin gözlerinin içine bakar ve sonra öpüşürdük, o ana dek hiçbir şey söylenmezdi. Bir zamanlar kadınlar hakkında her şeyi bilen biriyle tanışmıştım, Nobby derlerdi; kadınlara asla ilanı aşk etmemek gerektiğini söylerdi hep. Seviyor olsanız bile. "Seni seviyorum" demek zorunda kalsanız bile işi şakaya vurmanız gerekir, bu, onların peşinizden koşmalarını sağlar, derdi. İşi sıkı tutmak şarttı. İşin garip yanı, kendi kendime yüz kere Miranda'ya onu sevdiğimi söylememe andı içmiştim, aramızdaki bağın karşılıklı, doğal bir biçimde ortaya çıkmasını istiyordum. Ama bu kadar yakınımda olması başımı döndürmüş ve çoğu kez istemediğim şeyler söylemiştim.

Her şeyi söyledim demiyorum. Belediye'de ek binada çalıştığımı, onu gördüğümü, onu düşündüğümü, davranışlarının ve yürüyüşünün benim için ne denli anlamlı olduğunu itiraf ettim; sonra param olsa da bana karşı tutumunda bir değişiklik olmayacağını anladığımı ve kendimi çok yalnız hissettiğimi söyledim. Sustuğumda yatağın üzerine oturmuş gözlerini halıya dikmişti. Bana çok uzun gelen bir süre konuşmadık. Tek ses dış mahzendeki vantilatörün vızıltısıydı.

Utandım. Kıpkırmızıydım.

"Beni tutsak ederek sizi sevmemi sağlayabileceğinize inanıyor musunuz?"

"Beni tanımanızı arzu ediyorum."

"Burada olduğum sürece, benim için, adam kaçıran birisiniz yalnızca. Bunu biliyor musunuz?"

Ayağa kalktım. Onun yanında daha fazla kalmak istemiyordum.

"Durun," dedi bana doğru ilerleyerek. "Size söz vereceğim. Durumu anlıyorum. Gerçekten. Bırakın gideyim. Kimseye söylemeyeceğim ve başınıza hiçbir şey gelmeyecek."

İlk kez bakışlarında bir yumuşaklık vardı. Açıkça ona güvenmemi istiyordu. Gözlerinde hafif bir gülümsemenin izi, bana bakıyordu. Büyük bir hevesle.

"Yapabilirsiniz. Dost olabiliriz. Size yardım edebilirim."

Hor gören hali yok olmuştu.

"Henüz çok geç değil."

Neler hissettiğimi anlatmam olanaksız, ondan hemen uzaklaşmalıydım, beni gerçekten incitiyordu. Kapıyı çektim ve çıktım. İyi geceler bile dilemedim.

Kimse beni anlamayacak, herkes sadece bir tek şey için onun peşine düştüğümü sanacak. O gelmeden önce, şu malum kitaplara bakarken bazen benim de aklımdan geçmişti, bilmiyorum. Ama geldiğinde her şey değişiverdi, kitapları veya onun poz vermesini hiç düşünmez oldum, böylesi şeylerden tiksinmeye başladım, çünkü onun da tiksineceğini biliyordum. Öylesine ince bir yanı vardı ki, insan ister istemez ince davranmak zorunda kalıyordu, bir anlamda o da bunu bekliyordu. Yanı başımda olması, çirkin her şeyi siliveriyordu. Saygı duyulmayan, bu yüzden de yanlarında ne yapıldığına dikkat edilmeyen kimi kadınlara benzemiyordu, insanda saygı uyandırıyordu ve çok dikkatli olunması gerekiyordu.

O gece gözüme pek uyku girmedi, çünkü olayların gelişme şekli beni altüst etmişti; daha ilk günden içimi dökmem ve beni aptal durumuna düşürmesi. Bir an geliyordu, aşağı inip, tıpkı arzu ettiği gibi onu gerisin geri Londra'ya götürmek geçiyordu aklımdan. Ben de yurtdışına gidebilirdim. Ama, sonradan tatlı yüzünü ve bir yana sarkan örgüsünü, ayakta duruşunu, yürüyüşünü ve güzelim duru gözlerini düşünüyor, onu bırakamayacağımı anlıyordum.

Kahvaltıdan sonra –hiç konuşmadığımız o sabah biraz kornfleks yiyip, biraz kahve içti– ayakta ve giyinik buldum onu. Ama yatak benim yaptığımdan farklı toplanmıştı; demek ki yatakta uyumuştu. Neyse, dışarı çıkıyordum ki durdurdu.

"Sizinle konuşmak istiyorum." Durdum.

"Oturun," dedi. Basamağa yakın sandalyeye çöktüm.

"Bakın, delilik bu. Eğer beni gerçek anlamda seviyorsanız, burada tutmayı isteyemezsiniz. Ne denli mutsuz olduğumu anlayabilirsiniz. Havasız bu oda, geceleri soluk alamıyorum, baş ağrısıyla uyandım. Beni burada uzun süre tutarsanız ölürüm." Bakışlarında gerçekten kaygı okunuyordu.

"Uzun sürmeyecek. Söz veriyorum."

Ayağa kalkıp konsolun yanında durarak gözlerini bana dikti.

"Adınız nedir?" diye sordu.

"Clegg," diye karşılık verdim.

"İlk adınız?"

"Ferdinand."

Sert bir bakış fırlattı.

"Doğru değil," dedi. Üzerine adımın başharflerini altınla işlettiğim yeni cüzdanımın ceket cebinde olduğunu hatırladım, çıkarıp gösterdim. F harfinin Frederick'i temsil ettiğini anlayamazdı. İşin garip yanı, Ferdinand ismi hep hoşuma gitmiştir, onu tanımadan önce bile. Kulağa seçkin bir yabancı adı gibi geliyordu. Arada bir, Dick Enişte takılmak için bana Ferdinand derdi. Lord Ferdinand Cleggs, Böceklerin Markisi.

"Öylesine konmuş bir isim işte," dedim.

"Herhalde yakınların sana Ferdie diyor. Veya Ferd."

"Hayır, hep Ferdinand derler."

"Bak Ferdinand, bende ne bulduğunu bilmiyorum. Neden bana âşık olduğunu bilmiyorum. Belki başka bir yerde ben de sana âşık olabilirdim. Ben..." Ne diyeceğini bilemez gibiydi, bu da alışılmamış bir şeydi... "Ben yumuşak, kibar erkeklerden hoşlanırım. Ama bu odanın içinde seni sevebilmem olanaksız, burada kimseye âşık olamam. Asla."

"Yalnızca sizi tanımak istiyorum."

Bütün bunları söylerken alçak konsolun üzerine oturmuş, sözlerinin bende uyandırdığı etkiyi inceliyordu. Bu yüzden tedirgindim. Bunun bir sınav olduğunun farkındaydım.

"Ama tanımak amacıyla insanları kaçıramazsın."

"Sizi tanımayı çok istiyorum. Londra'da hiç şansım olmazdı. Pek parlak biri değilim. Sizin ortamınıza ait değilim. Londra'da ölürdünüz de benimle çıkmazdınız."

"Haksızlık ediyorsun. Ben snop değilim. Snoplardan nefret ederim. İnsanlara karşı önyargılarım yoktur."

"Sizi suçlamıyorum."

"Snopluktan nefret ederim." Sesi öfkeliydi. Bazı kelimeleri üstüne basa basa söylüyordu. "Londra'daki en yakın arkadaşlarımdan bazıları... yani, işçi sınıfı dedikleri tabakadan çıkmadır; aslen en azından. Asla bu konuya kafa yormayız."

"Peter Catesby gibi," dedim (spor arabalı delikanlının ismiydi).

"O mu?! Aylardır görmedim onu. Basit bir orta sınıf kenar mahalle serseminin tekidir."

Şatafatlı MG'ye binişini hâlâ gözümün önüne getirebiliyordum. Ona inansam mı inanmasam mı bilemedim.

"Herhalde bütün gazeteler yazıyordur."

"Bakmadım."

"Yıllarca hapiste sürünebilirsin."

"Değer. Müebbet hapse bile değer," dedim.

"Söz veriyorum, beni serbest bırakırsan kimseye söylemeyeceğime yemin ediyorum. Herkese bir masal uyduracağım. Seninle istediğin kadar, çalışmadığım zamanlarda mümkün olduğu kadar sık buluşmak için elimden geleni yapacağım. Burada olanları da bizden başka kimsecikler öğrenmeyecek."

"Yapamam. Şimdilik olmaz," dedim. Bu biçimde yalvarması kendimi zalim bir kral gibi hissetmeme neden olmuştu.

"Beni bırakırsan, senden hoşlanmaya başlayabilirim. Benim yazgımı elinde tutuyordu, ama yiğitçe, gerçek bir centilmen gibi davrandı, diye düşüneceğim."

"Yapamam. İstemeyin benden. Lütfen istemeyin."

"Böylesine biri tanınmaya değer, diye düşüneceğim." Hâlâ konsolun üzerinde, gözlerini benden ayırmıyordu.

"Şimdi gitmem gerek," dedim. Öylesine hızla çıktım ki, son basamakta tökezledim. Konsoldan indi ve garip bir ifadeyle bana baktı.

"Lütfen," diye mırıldandı yumuşaklık ve incelikle. Karşı koymak güçtü.

Ağsız ava çıkmak ve sıra dışı bir örneği iki parmağın arasına kıstırmak (bu konuda becerikliyimdir) gibi bir şeydi; parmak uçlarınızda arkasına dolaşıp yakalardınız, ama göğüsten kıstırmak gerektiğinden, kelebek her seferinde tir tir titrerdi. Ölüm kavanozunda olduğu kadar kolay değildi. Miranda ile iki kat daha zordu, çünkü onu öldürmek değildi amacım, isteyebileceğim son şeydi bu.

Sık sık sınıf ayrımından nefret ettiğini tekrarlıyordu, ama beni asla kandıramadı. İnsanları ele veren konuşma biçimleridir, ne söyledikleri değil. Ne tür bir eğitim aldığını anlamak için zarif hareketlerini görmek yeterliydi. Çoğu gibi kibirli değildi, yine de göze çarpıyordu. Özellikle kendimi ifade edemediğimde veya yanlış bir şey yaptığımda takındığı iğneleyici ve sabırsız tavırlarında bunu görebilirdiniz. "Sınıfları düşünmekten vazgeç," derdi. Zengin bir adamın yoksul adama parayı kafasına takmamasını söylemesi gibi.

Bana karşı söylediği ya da yaptığı kimi şaşırtıcı şeyleri büyük olasılıkla pek de öyle seçkin bir sınıftan gelmediği izlenimi uyandırmak için yaptığını yüzüne vurmadım. Öfkelendiği zaman pekâlâ da taraf değiştirip üzerime yürüyebilirdi.

Aramızda hep sınıf farkı vardı.

O sabah Lewes'a gittim. Biraz da gazetelere bir göz atmaktı amacım, her birinden birer tane aldım. Hepsinde bir şeyler yazıyordu. Şu saçma sapan gazetelerden birkaç tanesi geniş yer vermişti, ikisinde fotoğraf da vardı. Anlatılanları okumak gülünçtü. Daha önce bilmediğim şeyler de vardı.

> Uzun saçlı, yirmi yaşındaki sarışın güzel sanatlar öğrencisi Miranda Grey kayıp. Genç kız, geçtiğimiz yıl Londra'nın ünlü Slade Güzel Sanatlar Okulu'ndan burs kazanmıştı. Okul döneminde, teyzesi Miss C. Vanbrugh-Jones'un yanında, N.W. 3, Hamnett Road 20 numarada kalıyordu. Teyzesi dün akşam geç saatte polise haber verdi.
> Salı günü, ders çıkışında Miranda telefon edip, sinemaya gittiğini ve saat sekiz buçuktan önce döneceğini bildirmişti.
> Genç kızı bir daha gören olmadı.

Onun kocaman bir fotoğrafı vardı, yanında da *Bu Genç Kızı Gördünüz mü?* yazıyordu.

Bir başka gazete beni iyice güldürdü.

Hampstead sakinleri geçtiğimiz aylarda, arabalı serserilerin artmasından gitgide daha çok kaygı duymaya başladı. Miranda'nın sınıf arkadaşı ve yakın dostu olan Piers Broughton, Miranda ile sık sık gittikleri kafede bana, kaybolduğu gün son derece mutlu olduğunu ve bugün bir sergiyi gezmek için buluşmayı kararlaştırdıklarını söyledi. "Miranda Londra'nın tehlikelerini çok iyi bilir, tanımadığı birinin arabasına binmeyeceği ya da benzeri bir işe girişmeyeceği kesindir. Büyük endişe duyuyorum," dedi.

Slade Güzel Sanatlar Okulu'nun bir sözcüsü, "Kendisi bizim ikinci sınıf öğrencilerimizin en parlaklarındandır. Kayboluşuna basit bir açıklamanın bulunacağına inanıyoruz. Sanatçı gençlerin tuhaf hareketleri vardır," diye açıklamada bulundu.

Bu aşamada olay esrarını koruyor.

Miranda'yı salı akşamı gören veya hakkında herhangi bir şey duyan veya Hampstead çevresinde şüpheli bir şey fark eden herkesin en kısa zamanda polise başvurması isteniyor.

Üzerindeki elbiseleri falan sayıp döküyordu, yanında da fotoğraf vardı. Bir başka gazete, polisin Hampstead Heath Göleti'nin dibini tarayacağını yazıyordu. Bir başkası Piers Broughton'dan söz ediyor ve Miranda ile resmen açıklanmasa da nişanlı olduklarını söylüyordu. Onun yanında gördüğüm beatnik mi diye merak ettim. Bir başkası, "Herkes tarafından çok sevilen bir öğrencidir, her an herkese yardım elini uzatmaya hazırdır," diyordu. Hepsi güzel olduğunu belirtiyordu, kanıt olarak fotoğraflar vardı. Zaten çirkin olsaydı, haber arka sayfada iki satırla geçiştirilirdi.

Dönüşte, yol kenarına çekip minibüsün içinde oturdum ve bütün gazeteleri son satırına kadar okudum. Bilmem neden, güçlü olduğum duygusuna kapıldım. Bütün bu insanlar arayıp duruyordu, cevabı ise bendeydi. Yeniden yola koyulurken, ona bir şey söylememeye karar verdim.

İşin garip yanı, bana ilk sorduğu gazetelerde ne yazdığı oldu. Onunla ilgili bir haber var mıydı? Bakmadığım ve bakmaya da niyetim olmadığı karşılığını verdim. Gazetelerle ilgilenmediğimi, yazdıklarının bir araba dolusu palavra olduğunu söyledim. Israr etmedi.

Asla gazeteleri okumasına izin vermedim. Asla radyo dinletmedim, televizyon seyrettirmedim. Gelmesinden çok önce, bir gün elime *Gestapo'nun Sırları* başlıklı bir kitap geçmişti; savaş sırasında kullanmak zorunda kaldıkları işkence ve benzeri şeyler hakkındaydı ve tutsakların katlanmak zorunda oldukları ilk şeylerden birinin neden dışarıda neler olup bittiğiyle ilişkilerinin kesilmesi olduğunu anlatıyordu. Yani bilgi edinmelerini engelliyor, aralarında bile konuşmalarını yasaklıyorlardı; böylece eski dünyalarıyla bağlantılarını koparıyorlardı. Bu da onların yıkımı oluyordu. Tabii ki Gestapo'nun tutsaklarını yıktığı gibi, onu yıkmak niyetinde değildim. Ama dış dünyayla ilişkisinin kesilmesinin daha iyi olacağını, böylece bana daha çok kafa yormak zorunda kalacağını düşündüm. Öyle ki bana gazete ve radyo getirtmek için giriştiği sayısız eyleme kayıtsız kalmayı başardım. İlk günler polisin çalışmalarını falan öğrenmemesi için okumasını istememiştim, çünkü bu onu üzmekten başka bir işe yaramayacaktı. Yaptığımın hayırlı bir iş olduğu bile söylenebilirdi.

O akşam yemekte bezelye ve beşamel soslu tavuk hazırladım; yedi bitirdi, beğenmiş gibiydi.

"Biraz daha kalabilir miyim?" diye sordum.

"Sen bilirsin," diye cevap verdi. Yatağının üstünde bağdaş kurmuş, yorganı da katlayıp yastık niyetine arkasına koymuştu. Kısa bir süre sigara içmekle ve ona aldığım sanat kitaplarına bakmakla yetindi.

"Sanattan anlar mısın?" diye sordu.

"Anlamak sayılmaz."

"Anlamadığını biliyordum. Yoksa, masum birini tutsak etmezdin."

"Bağlantıyı kuramadım."

Kitabı kapattı. "Bana kendinden söz et. Boş zamanlarında ne yaparsın?"

"Böcekbilimciyim. Kelebek koleksiyonu yaparım."

"Doğru tabii, anımsıyorum şimdi, gazetede yazıyordu. Şimdi de beni koleksiyonuna kattın."

Gülünç bulur gibi bir hali vardı. "Bir anlamda," dedim.

"Hayır, bir anlamda değil, tam anlamıyla. Beni bu ufacık odaya iğneledin. Böylelikle, canın çektiği zaman gelip, zevkle seyredebilirsin."

"Hiç de öyle düşünmüyorum."

"Benim Budist olduğumu biliyor muydun? Can almaya yönelik her şeyden nefret ederim. Böcek yaşamı bile olsa."

"Ama tavuğu yediniz." Bu sefer faka bastırmıştım.

"Kendimi bu yüzden hor görüyorum. Daha iyi bir insan olabilseydim vejetaryen olurdum."

"Benden kelebek toplamaktan vazgeçmemi isteseydiniz, vazgeçerdim. Benden istediğiniz her şeyi yaparım."

"Uçmama izin vermek dışında."

"Bu konu hakkında konuşmamayı tercih ederim. Bunu konuşarak bir yere varamayız."

"Her neyse, yalnızca benim hoşuma gitmek için bir şeyler yapacak birine, hele bir erkeğe asla saygı duyamam. Kişinin öncelikle yaptığının doğru olduğuna inanmasını isterim." Hiç durmadan damarıma basıyordu. Dinleseniz, sıradan bir sohbet olduğunu zannederdiniz, ama birdenbire iğnelemeye başlıyordu. Karşılık vermedim.

"Burada ne kadar kalacağım?"

"Bilmiyorum. Duruma bağlı."

"Hangi duruma?"

Bir şey söylemedim. Ne diyeceğimi bilmiyordum.

"Âşık olmama mı bağlı?"

Durmadan azarlar gibiydi.

"Eğer öyleyse, ölünceye kadar buradayım demektir."

Buna cevap vermedim.

"Git şimdi," dedi. "Git ve bunun üzerinde düşün."

Ertesi sabah, ilk kaçma girişiminde bulundu. Açığımı yakaladığı söylenemez, yine de bana güzel bir ders oldu. Kahvaltı ettikten sonra, yatağının ayaklarının iyi oturmadığını iddia etti, oynayan en uzak köşedeki ayaktı. "Her şey çöküyor sandım, vidalardan biri gevşemiş," dedi. Ben de enayi gibi, yardım etmek için yaklaştım, tam eğilirken aniden var gücüyle beni itti, ben dengemi bulmaya çalışırken bir koşu yanımdan geçip basamaklara yöneldi. Göz açıp kapayıncaya kadar merdiveni tırmanmıştı bile. Sesimi çıkarmadım, bir çengel ve bir takoz kapıyı tutuyordu, ben ona yetiştiğimde tekmeleyerek takozu çıkarmaya çalışıyordu. Yine de öteki odaya geçmeyi başardı, bir yandan da "İmdat! İmdat!" diye haykırıyordu. Ana mahzenin çıkışına kadar geldi, ama oradaki kapı kilitliydi tabii ki. Haykırmayı sürdürerek kilidi yumruklayıp sarsarken yakaladım onu. Yaptığımdan nefret ettim, ama zor kullanmak kaçınılmazdı. Bir elimi beline doladım, ötekiyle ağzını kapadım ve gerisin geri sürükledim. Tekmeler savurdu ve debelendi, ama bana karşı koyabilmek için çok ufak tefekti; ben Atlas değilsem bile, sümsüğün teki de sayılmam. Sonunda gevşedi, ben de salıverdim. Bir an durdu, sonra aniden sıçrayıp, yüzüme bir tokat patlattı. Canım pek acımadı, ama hiç beklemediğim bir anda gelmesinin etkisi çok kötüydü, hele başkalarının çoktan deliye dönecekleri bir durumda bu kadar soğukkanlı davrandıktan sonra. Ardından odaya girdi ve kapıyı çarptı. İçeri girip ciddi ciddi konuşmak istedim, ama öfke içinde olduğunun farkındaydım. Gözleri kin doluydu. Ben de sürgüyü çektim ve dolabı yerleştirdim.

Bu olaydan sonra, benimle konuşmayı kesti. Ertesi gün, öğle yemeğinde ona her şeyin üzerine sünger çekmeye hazır olduğumu söyleyince de tek kelime etmedi. Bana hor gören bir bakış fırlatmakla yetindi. Akşam da davranışı değişmedi. Tepsiyi almak için geldiğimde bana uzattı ve arkasını döndü. Kalmamı istemediğini açıkça gösteriyordu. Vazgeçeceğini zannediyordum, ama ertesi gün durum daha da kötüydü. Sadece konuşmayı değil, yemeyi de kesmişti.

"Lütfen bunu yapmayın," dedim. "Hiç gereği yok."

Ama karşılık vermedi. Hatta yüzüme bile bakmadı.

Sonraki gün de aynıydı. Ne yemek ne de konuşmak istiyordu. Onun için aldıklarımın bir kısmını giymesini bekliyordum, ama beyaz bluzla yeşil ekose elbisesini giymeyi sürdürüyordu. İyice kaygılanmaya başlamıştım, insanın yemek yemeden ne kadar dayanabileceğini bilmiyordum, bana solgun ve zayıf görünüyordu. Bütün gününü yatağının üstünde, alnı duvara dayalı, sırtı bana dönük geçiriyordu. Öylesine mutsuz bir hali vardı ki ne yapacağımı şaşırıyordum.

Ertesi gün, kahvaltı için kahve, kızarmış ekmek, kornfleks ve marmelat götürdüm. Koku iştahını kabartsın diye hemen önüne koymadım.

"Beni anlıyor olmanızı beklemiyorum," diye söze giriştim. "Öbür insanlar gibi beni sevmenizi de beklemiyorum, bütün dileğim mümkün olduğu kadar beni anlamayı denemeniz ve yapabilirseniz benden biraz olsun hoşlanmanız."

Kılını kıpırdatmadı.

"Uzlaşmaya hazırım. Size ne zaman gidebileceğinizi söyleyeceğim, ama koşullu olacak."

Neden bunu söylediğimi bilmiyorum. Gerçekte onu asla bırakamayacağımın bilincindeydim. Yine de yüzsüzce atılmış bir yalan da değildi. Sık sık kendime anlaştığımız zaman gidebileceğini, sözümün söz olduğunu falan tekrarladım. Ama içten içe onun gitmesine asla izin veremeyeceğimin farkındaydım.

O zaman döndü ve gözlerini bana dikti. Üç gündür gösterdiği ilk yaşam belirtisiydi.

"Şartlarım yemeğinizi yemeniz, başta olduğu gibi benimle konuşmaya devam etmeniz ve bir daha kaçmaya kalkışmamanız," dedim.

"Son koşulu kabul edemem."

"İlk ikisine ne dersiniz?" (Kaçmamaya söz verse bile önlemler almayı sürdürmek zorundaydım, dolayısıyla bu şart önemsizdi.)

"Ne zaman olduğunu söylemedin."

"Altı hafta sonra."

Yine başını çevirdi.

Bir süre sonra, "Beş hafta öyleyse," dedim.

"Burada bir haftadan bir gün bile fazla kalmam."

"Bunu da ben kabul edemem," dedim ve yeniden sırtını döndü. Ağlıyordu. Omuzlarının titrediğini görebiliyordum. Yanına gitmek istedim, ama daha yatağa yaklaşmadan son derece keskin bir dönüş yaptı, herhalde ona saldıracağımı zannetmişti. Gözleri yaşlarla doluydu. Yanakları ıslaktı. Onu bu halde görmek beni gerçekten üzdü.

"Biraz mantıklı olun lütfen. Benim için ne kadar önemli olduğunuzu artık biliyorsunuz; yalnızca bir hafta kalasınız diye bu kadar uğraşmadığımı anlamaya çalışın."

"Nefret ediyorum senden. Nefret ediyorum."

"Size söz veriyorum, zamanı gelince dilediğiniz gibi çekip gidebilirsiniz."

Ama boşunaydı. İşin garip yanı, yüzü kıpkırmızıydı ve orada oturmuş, bana bakarak ağlıyordu. Bir an için yine üstüme geleceğini sandım, öyle bir hali vardı. Ama gözyaşlarını silmeye başladı. Sonra bir sigara yaktı. Sonra da, "İki hafta," dedi.

"Siz iki diyorsunuz, ben de beş. Bir aya razı olacağım. Bu da 14 Kasım'a geliyor."

Bir an sessizlik oldu. "Dört hafta 11 Kasım'a geliyor."

Onun için kaygı duyuyordum. Konuyu kapatmak için, "Ben bir takvim ayını kastediyordum, ama peki, yirmi sekiz gün olsun. Üç gün de size kalsın."

"Çok teşekkür ederim." Alaylıydı tabii ki.

Bir fincan kahve uzattım, aldı.

"Benim de bazı koşullarım var," dedi içmeden önce. "Sürekli bu bodrumda yaşayamam. Biraz temiz hava ve aydınlığa çıkmalıyım. Arada bir yıkanmalıyım. Resim yapmak için malzemem olmalı. Bir radyo veya gramofon gelmeli. Eczaneden bazı şeyler gerekiyor. Taze meyve ve salata yemeliyim. Biraz jimnastik yapmalıyım."

"Dışarı çıkmanıza izin verirsem, kaçmak için bunu fırsat bilirsiniz," dedim.

"Söz vermenin ne demek olduğunu biliyor musun?"

"Evet."

"Sana söz verirsem, beni dışarı bırakabilirsin. Bağırmayacağıma ve kaçmayacağıma emin olabilirsin."

"Haydi şimdi kahvaltınızı edin. Bu konuyu düşüneceğim."

"Hayır! Çok fazla bir şey istemiyorum senden. Eğer bu ev gerçekten ıssız bir yerdeyse, çekinmene gerek yok demektir."

"Issız bir yerde olduğu doğru," dedim. Ama bir türlü karar veremiyordum.

"Yeniden açlık grevine girerim." Yine sırtını döndü, tam anlamıyla baskı yapıyordu.

"Çizim için malzeme alabilirim," dedim. "İstediğinizi söylemeniz yeterli zaten. Gramofona da peki. Dilediğiniz bütün plaklar. Kitaplar. Yiyecek için de aynı şey geçerli. Dediğim gibi, istemeniz yeterli. Ne dilerseniz."

"Temiz hava?" diye sordu sırtı hâlâ dönük.
"Bu çok tehlikeli."
Yine bir sessizlik oldu, ama kelimeler kadar anlamlıydı, ben de sonunda boyun eğdim.
"Belki gece olur. Bakalım."
"Ne zaman?" Yüzünü döndü.
"Düşünmeliyim. Ellerinizi bağlamam gerekecek."
"Ama söz verdim."
"Teklifim bu kadar. Siz bilirsiniz."
"Banyo?"
"Bir şeyler ayarlayabilirim."
"Gerçek bir banyo küvetinde, gerçek bir banyo istiyorum. Yukarıda bir banyo var herhalde."
Onun evimi ve mobilyaları görmesini çok istiyordum. Özellikle onu, tüm eşyaların ortasında görmeyi arzu ediyordum. Zaten düşlerimde, aşağıda mahzende değil, yukarıda benimle beraberdi tabii ki. Ben böyleyim işte, kimi zaman düşünmeden hareket ederim ve başkalarının göze alamayacağı risklere girerim.
"Bakalım. Düzenlemeler yapmam gerekiyor."
"Söz verdiysem, kesinlikle bozmam."
"Eminim bundan."
İşte böyleydi.
Bu havayı biraz yumuşattı doğrusu. Ben ona saygı gösterdim, o da beni daha çok saymaya başladı. İlk yaptığı şey istediklerinin bir listesini çıkarmak oldu. Lewes'ta sanat malzemesi satan bir dükkân bulup, özel resim kâğıtları ve çeşit çeşit kalemler, sepia ve çini mürekkebi, özel kıldan üretilmiş çeşitli boy ve biçimde boya fırçaları gibi bir sürü şey almam gerekti. Ayrıca, koku giderici gibi eczaneden alınacak şeyler de vardı. Benim kullanamayacağım, kadınlara özgü şeyler almak tehlikeliydi, ama bu riski göze aldım. Ardından yemek listesini yazdı, taze kahve, bir sürü meyve, sebze ve salata –buna büyük önem veriyordu– istiyordu. Daha sonraları, almamız gerekenleri hemen her gün bir kâğıda yazdı, nasıl pişirilmesi gerektiğini de uzun uzadıya anlatıyordu bana, evli olmak gibi bir şeydi, alışverişini yapmak zorunda olduğunuz kötürüm bir karısı olması gibi. Lewes'ta dikkatli davranıyordum, asla iki kez üst üste aynı dükkâna gitmedim, bir kişi için çok fazla şey aldığım düşünülme-

sin diye. Yani hep şunu düşündüm: Sorulursa insanlar tek başıma yaşadığımı söyleyebilsin.

İlk gün bir de gramofon aldım. Küçük bir şeydi, ama çok hoşuna gittiği belliydi. Müzikten anlamadığımın açığa çıkmasını istemiyordum, Mozart'ın bir senfonisinin plağını görüp aldım. İyi bir seçimdi, bundan hoşlandı, bunu almış olmamdan da. Çok sonraları bir başka dinleyişimizde ağlamaya başladı. Yani gözleri ıslaktı. Aradan zaman geçtikten sonra, Mozart'ın bu parçayı yazarken ölmek üzere olduğunu ve öleceğinin de bilincinde olduğunu anlattı. Bana ötekilerden farklı gelmemişti, ama ben onun gibi müziksever değilim tabii.

Ertesi gün, yıkanma ve temiz havaya çıkma konularını yeniden açtı. Ne yapacağımı bilmiyordum; herhangi bir söz vermeden önce bu konuda düşünmek için banyoya gittim. Banyonun penceresi arka tarafa bakıyordu, mahzenin giriş kapısının da hemen üstündeydi. Pek bir tehlikesi yoktu. Sonunda biraz tahta alıp, çerçeveye yedi santimlik vidalarla tutturdum, böylece ışıkla dışarı işaret vermesini ve tırmanıp kaçmasını engellemiş oluyordum. Zaten gece geç saatte çevrede birinin bulunması da olacak şey değildi.

Banyo işi hallolmuştu.

Sonra, sanki o yanımdaymış gibi aşağıdan yukarı yürüyüp, tehlikeli noktaların neler olabileceğini araştırdım. Alt kattaki odalarda içeriden kapanan, kilitlemesi kolay (daha sonra asma kilit de satın aldım) kepenkler vardı, yani pencereden dikkat çekici bir şey yapması ve meraklı birinin de içeriyi dikizlemesi mümkün değildi. Mutfakta, bütün kesici şeyleri ulaşılması güç yerlere koydum. Kaçmayı deneyebileceği her şeyi inceden inceye gözden geçirdim ve nihayet hiçbir şeyin aksamadığına kanaat getirdim.

Akşam yemeğinden sonra, yine banyo için başımın etini yemeye başladı, önce bıraktım biraz mızıldanıp surat assın, sonra da, "Peki, tehlikeyi göze alacağım, ama sözünüzde durmazsanız, bir daha buradan çıkarmam sizi," dedim.

"Ben her zaman sözümde dururum."

"Bana şerefiniz üzerine söz verir misiniz?"

"Kaçmaya kalkışmayacağım üzerine sana şeref sözü veriyorum."

"İşaret vermeyeceğiniz üzerine de."

"İşaret vermeyeceğim üzerine de."

"Ellerinizi bağlayacağım."

"Ama bu aşağılayıcı bir şey."

"Sözünüzde durmazsanız sizi kınamayacağım," dedim.

"Ama ben..." gerisini getirmedi, omuz silkmekle yetindi, sonra sırtını dönüp ellerini uzattı. İp acıtmasın diye altına koymak için bir fular hazırlamıştım, sıkıca bağladım, ama canını yakmadan. Ağzına tıkacı yerleştirmeye hazırlanıyordum ki yıkanması için gereken eşyaları toparlamamı istedi; benim satın aldığım giysilerden bazılarını seçmişti (buna çok sevindim tabii ki).

Eşyalarını aldım ve önden çıktım, dış mahzene çıkan merdivenleri tırmandım, o da ben kapının kilidini açıp, dışarıda kimsenin olmadığından emin olmak için kulak kabartıp ilerlemesini söyleyinceye kadar bekledi.

Dışarısı zifiri karanlıktı tabii, ama hava açıktı, gökyüzünde bazı yıldızları görmek mümkündü. Sıkıca koluna girip, beş dakika kadar orada durmasına izin verdim. Derin derin nefes aldığını duyabiliyordum. Çok romantikti, başı tam omzumun hizasında geliyordu.

"Her yerden çok uzak olduğumuzu anlayabilirsiniz," dedim.

Zaman dolunca (çekmem gerekti), mutfaktan, yemek odasından ve holden geçerek banyoya vardık.

"Kapıda kilit yok. Zaten olsa da kapatamazsınız, çünkü mekanizmasını işlemez hale getirdim, ama sözünüzde durursanız, mahremiyetinize saygı gösterecek ve burada bekleyeceğim."

Sahanlığa bir sandalye koymuştum.

"Şimdi ellerinizdeki bağı çözeceğim, ama tıkacı çıkarmayacağınız konusunda söz isterim. Başınızı sallayın."

Başıyla onaylayınca bağlarını çözdüm. Ellerini ovuşturdu, herhalde bunu pişmanlık duyayım diye yaptı. Sonra banyoya girdi.

Sorun çıkmadı, yıkanışını duydum, su sesleri falan, her şey doğaldı, ama dışarı çıkınca fena halde sarsıldım. Tıkacı çıkarmıştı. Bu ilk şoktu. Beni sarsan diğer şey yeni elbiselerini giyip, ıslak saçlarını da omuzlarına bırakmış olmasıydı. Daha yumuşak, hatta daha genç ve güzel görünüyordu; gerçi asla sert veya çirkin olduğunu söyleyemem. Biraz aptal gibi duruyordum herhalde, bir yandan tıkacı çıkardığı için kızgın görünmeye çalışsam da öyle hoş görünüyordu ki beceremiyordum.

Hemen açıklamaya girişti.

"Bak, çok canımı yakmaya başlamıştı. Sana söz verdim. Yine vermeye hazırım. Dilersen hemen yeniden ağzımı bağlayabilirsin, ama eğer bağıracak olsaydım, şimdiye kadar çoktan yapardım."

Tıkacı bana uzattı, bakışında öylesine dokunaklı bir şey vardı ki yeniden bağlayamadım. "Sadece eller yeterli," dedim. Yeşil tunik hâlâ üstündeydi, ama içine benim aldığım gömleklerden birini giymişti, içine de yeni iç çamaşırlarından giydiğini tahmin ettim.

Ellerini arkadan bağladım.

"Aşırı güvensiz olduğum için kusura bakmayın," dedim. "Ama siz yaşamımı çekilir kılan tek varlıksınız." Böyle bir şey söylemenin hiç de zamanı değildi, ama onu orada böyle dikilirken görünce dayanamadım. "Eğer giderseniz, herhalde canıma kıyardım."

"Sana bir doktor lazım."

Karşılık olarak yalnızca homurdandım.

"Sana yardım etmek isterdim."

"Yaptığımdan ötürü beni deli yerine koyuyorsunuz. Ama deli değilim. Yalnızca, yani... işte başka kimsem yok. Sizden başka tanımak istediğim kimse olmadı."

"Bu hastalıkların en beteridir." Sonra sırtını döndü. Bütün bunlar ben ellerini bağlarken oluyordu. Başını önüne eğdi ve, "Senin için üzgünüm," dedi.

Sonra konuyu değiştirdi. "Çamaşır yıkamak konusunda ne yapmayı düşünüyorsun? Birkaç şey yıkadım. Dışarı asabilir miyim, yoksa temizleyiciye mi gönderiyorsun?"

"Mutfakta kuruturum. Temizleyiciye göndermeniz mümkün değil."

"Şimdi ne yapıyoruz?"

Çevresine baktı. Kimi zaman afacan bir hali oluyordu, sevimli bir biçimde olay çıkarmaya çalıştığını anlayabilirdiniz. Sataşmaları da böyleydi.

"Bana evi gezdirmeyecek misin?"

İlk kez gerçekten gülümsediğini gördüm, karşılık vermeden edemedim.

"Geç oldu," dedim.

"Hangi dönemden kalma bu ev?" diye sordu beni duymamış gibi.

"Kapının üzerindeki taşa bakılırsa 1621."

"Bu halının rengi yanlış seçilmiş. Hasır gibi bir şey sermek gerekirdi. Ya şu tablolar, iğrenç!"

Tek tek hepsine bakarak bütün sahanlığı dolaştı. Kurnazlık.

"Çok pahalı tablolar."

"Değer parayla biçilmez."

Bizim orada dikilmemiz, onun da tam kadınca eleştirilerde bulunmasının bende yarattığı garip izlenimi anlatamam.

"Odalara bakabilir miyim?"

Kendimden geçmiştim. Ona odaları gezdirme zevkine karşı duramazdım, böylece onu her odanın kapısının eşiğine kadar götürüp, tek tek gösterdim, eğer günün birinde döner gelirlerse, Annie Hala ve Mabel için hazırlanmış olanları, benimkini. Miranda her birini dikkatle inceledi. Perdeler çekilmişti tabii ki, ben de saçma bir işe kalkışmaması için yanından hiç ayrılmadım.

Kendi odamın kapısına gelirken, "Her şeyi bir dekoratöre yaptırdım," dedim.

"Düzene meraklısın."

Bir antikacıdan satın aldığım eski kelebek resimlerini fark etti.

"Bunları ben seçtim," dedim.

"Buradaki aklı başında tek şey bu resimler."

İşte, oradaydık, bana iltifat ediyordu, ve memnuniyetle kabul ettim.

Sonra, "Ne kadar sessiz burası," dedi. "Tek bir araba sesi duymadım. Sanırım Kuzey Essex'teyiz." Bunun bir sınav olduğunun farkındaydım, beni gözlüyordu.

"Doğru tahmin ettiniz," dedim şaşırmış gibi yaparak.

Birdenbire, "Ne komik, korkudan titremem gerekiyor, ama senin yanında kendimi güvende hissediyorum," dedi.

"Beni mecbur etmezseniz, size asla bir kötülüğüm dokunmayacak."

Beklenmedik bir anda umduğum gerçekleşmiş ve birbirimizi tanımaya başlamıştık, beni gerçekte olduğum gibi görmeye başlamıştı.

"Açık hava harikuladeydi. Tahmin edemezsin. Hatta bu evin havası bile. Özgür. Benim için aynı şey söylenemez."

Sonra uzaklaştı, ben de merdivenlerden aşağı doğru onu izledim. Holün sonunda, "İçeri bakabilir miyim?" diye sordu. Ha bir eksik, ha bir fazla ne fark eder, diye düşündüm, zaten panjurlar kapalı, perdeler çekiliydi. Salona girdi ve etrafı gözden geçirmeye başladı, dönüp duruyor, elleri arkasında her şeye tek tek bakıyordu, bu gerçekten komikti.

"Çok sevimli bir mekân. Ama bu süprüntülerle doldurmak için zevksiz olmak gerek. Hepsi berbat!" Sandalyelerden birine tekme attı. Duygularım (alınmış olduğum) yüzümden belli oluyordu herhalde, çünkü, "Ama berbat olduğunu anlamalısın! Şu şıkıdım aplikler ve..." aniden gözüne ilişen şeylere doğru ilerleyerek, "Olamaz, bir de porselen yaban ördekleri!" Öfkeyle bana baktı, sonra yeniden ördeklere.

"Kollarım ağrıyor. Değişiklik olsun diye ellerimi önden bağlayamaz mısın?"

Derler ya, havayı bozmak istemedim, ayrıca bir sakınca da göremedim, ellerini çözer çözmez (saldırıya hazırlıklıydım) dönüp, ellerini yeniden uzattı, ben de bağladım. İşte o zaman beni ifrit edecek bir şey yaptı. Her biri otuz şilinlik üç yaban ördeğinin üzerinde durduğu şömineye gitti ve daha ağzımı açmaya fırsat kalmadan, aldığı gibi ocağa fırlattı. Tuz buz oldular.

"Çok teşekkür ederim," dedim bütün iğneleyiciliğimle.

"Böylesi eski bir evin bir ruhu vardır. Daha önce birçok insanın yaşamış olduğu bu çok çok eski güzelim odada bu tür şeyler bulunmamalı. Hissedemiyor musun bunu?"

"Dekorasyon konusunda pek deneyimim yoktur," dedim.

Bana garip bir bakış fırlattıktan sonra önümden geçip, benim yemek odası dediğim, yarısı benim çalışmam için hazırlandığından mobilyaları yapanların çok amaçlı dediği karşı odaya girdi. Orada çekmeceli üç dolabım vardı. Hemen dikkatini çekti.

"Kurban yoldaşlarımı göstermeyecek misin bana?"

Tabii ki en büyük dileğim buydu. En göz alıcı bir iki çekmeceyi gösterdim; aynı türden örneklerdi, bir seri değildi, sadece gösterişliydiler, o kadar, gerçekten.

"Satın mı aldın bunları?"

"Tabii ki hayır," dedim. "Hepsini ben yakaladım veya ürettim, ve düzenleyip yerleştirdim. Hepsini."

"Güzel çalışma doğrusu."

Çilli Çokgözlü* ve Çokgözlü Gökmavisi** örneklerinin bulunduğu bir çekmeceyi gösterdim, içinde bir *ceroneus Adonis*, birkaç da *tithonus* Chalkhill çeşitlemem vardı, onları işaret ettim. *Ceroneus* çeşitlemem Doğa Bilimleri Müzesi'ndekilerin hepsinden daha güzeldir. Ona bir şey öğretmekten gurur duymuştum. Türden sapma diye bir şeyden söz edildiğini hiç duymamıştı.

"Hepsi güzel. Ama hüzün dolu."

"Her şeyde hüzün bulursunuz, hüznü katan siz olursanız."

"Ama bunlara hüzün katan sensin!" Çekmecenin üzerinden bana bakıyordu. "Kaç kelebek öldürdün şimdiye kadar?"

"Sayabilirsiniz."

"Hayır, sayamam. Rahat bıraksaydın da yaşasalardı, bunların kaç kelebeğe can vereceğini düşünüyorum ben. Yok ettiğin bunca canlı güzelliği düşünüyorum."

"Böyle söyleyemezsiniz."

"Ayrıca kimseyle paylaşmıyorsun bile. Kim görüyor bunları? Pinti biri gibi tüm bu güzelliği toplayıp, çekmecelere tıkıyorsun."

Gerçek anlamda hayal kırıklığına uğramıştım, bütün söylediklerinin saçma olduğunu düşündüm. Birkaç örneği ortadan kaldırmanın tüm cinse ne zararı dokunabilir ki?

"Bilim adamlarından nefret ederim," dedi. "Nesneleri biriktiren, onları sınıflandıran, adlandıran, sonra da unutup giden insanlardan nefret ederim. Sanatta da insanların yaptıkları aynıdır. Bir ressama empresyonist veya kübist veya bilmem ne derler, sonra da bir çekmeceye koyup, sanki artık yaşayan bir ressam değilmiş gibi davranmaya başlarlar. Ama kelebeklerini iyi düzenlediğin ortada."

Yeniden sevimli olmaya çalışıyordu.

"Fotoğraf da çekerim," diye ekledim.

Evin arkasındaki ormanda çekilmiş resimler vardı, ayrıca Seaford'da mendireğe çarpan dalgaları gösteren birkaç tane daha, gerçekten güzel resimler. Kendim büyütmüştüm. Görmesi için masanın üzerine yaydım.

* Polyommatus Caridon. (y.h.n.)
** Polyommatus bellargus. (y.h.n.)

Baktı, ama bir şey söylemedi.
"Pek mühim şeyler değil. Başlayalı çok olmadı," dedim.
"Ölü bunlar." Bana yan yan garip bir bakış fırlattı. "Yalnızca bunlar değil. Bütün fotoğraflar. Bir şeyi çizersen yaşamayı sürdürür, fotoğrafını çekersen ölür."
"Plak için de aynı şey," dedim.
"Evet. Hepsi kuru ve ölü bunların." Tam kendi görüşümü belirtecektim ki konuşmama fırsat vermedi. "Yeteneğin var. Bu fotoğraflar güzel, eğer fotoğrafların güzel olması mümkünse."
"Sizin de fotoğrafınızı çekmek isterim," dedim bir süre sonra.
"Neden?"
"Fotojenik dedikleri bir tipiniz var."
Gözlerini yere indirdi, sonra bana çevirip, "Peki. Madem çok istiyorsun. Yarın," dedi.
Bu beni gerçekten heyecanlandırdı. Her şey yoluna girmeye başlıyordu yavaş yavaş.
O zaman, artık aşağı gitme zamanının geldiğine karar verdim. Fazla karşı koymadı; omuz silkmekle yetindi, tıkacı yerleştirmeme izin verdi ve geldiğimiz gibi sorunsuzca döndük.
İndiğimizde bir fincan çay istedi (bana aldırdığı özel bir marka Çin çayı). Tıkacı çıkardım, benimle dış mahzene geldi (elleri hâlâ bağlıydı) ve yemeğini nerede pişirdiğime falan baktı. Tek söz etmedik, ama hoştu. Ocakta suyun kaynamasını dinlemek ve onun yanı başımda olması. Tabii ki gözümü ondan ayırmıyordum. Çayı hazırladıktan sonra, "Evin hanımı ben mi olacağım?" diye sordum.
"Ne de *çirkin* bir deyim."
"Nesini beğenmediniz?"
"Yaban ördeklerin gibi. Kenar mahalle ağzı, bayatlamış, ölü... Eski kafalı işte. Sana öyle gelmiyor mu?"
"Sizin evin hanımı olmanızın daha uygun olacağını düşündüm."
Sonra garip bir şey oldu, kahkaha atacakmış gibi gülümsedi, sonra durdu ve dönüp odasına girdi. Tepsiyle ardından gittim. Çayı fincanlara koydu, ama bir şeyin onu öfkelendirdiği belli oluyordu. Yüzüme bakmıyordu.
"Sizi gücendirmek değildi amacım."
"Birden ailem geldi aklıma. Bu akşam çay içip eğlenmedikleri kesin."

"Dört hafta," dedim.

"Anımsatma bana!"

Bütün kadınlar gibiydi. Önceden kestirilmesi olanaksızdı. Bir an yüzünüze gülümsüyor, az sonra kinini kusuyordu.

"Tiksindirici bir insansın. Beni de kendin gibi tiksindirici yapıyorsun."

"Uzun sürmeyecek."

Sonra bir kadının söylediğini hiç işitmediğim bir şey söyledi. Bu beni gerçekten sarstı.

"Böyle kelimelerden hoşlanmıyorum. İğrenç," dedim.

O zaman tekrar söyledi, resmen yüzüme haykırdı.

Kimi zaman onun bu ani tavır değişikliklerine ayak uyduramıyorum.

Ertesi sabah, özür dilemese de, daha iyiydi. İçeri girerken, odasındaki iki vazoyu da basamaklarda kırdığını fark ettim. Kahvaltısıyla geldiğimde her zamanki gibi kalkmış, beni bekliyordu.

İlk öğrenmek istediği şey, gün ışığını görmesine izin verip vermeyeceğim oldu. Yağmur yağdığını söyledim.

"Öteki mahzende aşağı yukarı biraz yürümemde ne sakınca var. Biraz hareket etmek istiyorum."

Bu konuda uzun uzadıya yeniden tartıştık. Sonunda, öteki mahzende yürüyüş yapmak istiyorsa, tıkaca katlanması gerektiğinde uzlaşmaya vardık. Birinin arkada gezinmesi riskini göze alamazdım, gerçi buna pek ihtimal yoktu, bahçe giriş kapısı ve garaj hep kilitliydi. Gece sadece ellerinin bağlı olması yeterliydi. Haftada birden fazla banyo konusunda söz veremeyeceğimi söyledim. Gün ışığı konusuna hiç değinmedim. Yeniden surat asmaya başlayacağını sandım bir an, ama şimdiye kadar surat asmanın bir işe yaramadığını anlamaya başlamış olmalıydı, böylece kurallarımı kabullendi.

Belki de aşırı katı davranıyordum, belki abartıyordum. Ama dikkatli olmak şarttı. Örneğin, hafta sonları, trafik çok daha yoğundu. Pazar günleri hava güzelse, her beş dakikada bir araba geçiyordu. Fosters'i geçerken sık sık yavaşlıyor, kimileri bir kez daha bakmak için geri dönüyor, hatta bazıları bahçe kapısının parmaklığına fotoğraf makinelerini dayayıp resim çekme yüzsüzlüğünü bile gösteriyordu. Bu yüzden hafta sonları odasından çıkmasına izin vermiyordum.

Bir gün Lewes'a gitmek için minibüsü çıkarıyordum, bir adam beni durdurdu. Ev sahibi ben miydim? Gırtlaktan konuşan ukala tipli biriydi. Sen benim kim olduğumu biliyor musun dercesine kasılanlardan. Ev ve bir dergi için hazırladığı makale konusunda bir araba dolusu laf etti ve etrafa bir göz atıp birkaç fotoğraf çekmesi için izin vermemi istedi, özellikle şapele bir göz atmak istiyordu.

"Burada şapel yok," dedim.

"Aman sevgili dostum yapmayın. İlçe Tarihi ve bir düzine başka kitapta bu harika şeyin adı geçiyor."

"Ha, şu mahzendeki döküntü yerden mi bahsediyorsunuz?" dedim sanki ancak anlamışım gibi. "Geçit kapalı. Önüne duvar örüldü."

"Ama burası tarihi bir bina. Böyle şeyler yapamazsınız."

"Hâlâ yerinde duruyor. Yalnızca görmek mümkün değil, o kadar. Zaten ben gelmeden önce yapılmış," dedim.

O zaman içeri girmek için üsteledi, acelem olduğunu ve bekleyemeyeceğimi söyledim. Yeniden gelmeye hazırdı. "Gününü söyleyin, yeter." Ama yutmadım. Çok kişinin bu gibi istekte bulunduğunu belirttim. Burnunu oraya buraya sokmaya devam etti. Hatta tehdit bile etmeye başladı, gezmek için izin alacağını, Eski Eserler'deki insanları (her kimse bunlar) arkasına alacağını falan atıp tuttu, açıkça saldırgandı, aynı zamanda da yılışık. Sonunda çekip gitti. Bütün yaptığı blöftü, ama böyle şeyleri hesaba katmam gerekiyordu.

O akşam fotoğraflarını çektim. Sıradan şeyler, oturmuş kitap okurken. İyi çıktılar.

Bir gün de o benim resmimi çizdi, nezaket olsun diye. Bir sandalyeye oturup, odanın bir köşesine bakmam gerekti. Yarım saat sonra, daha durdurmaya kalmadan resmi yırtıp attı. (Sık sık yırtıp atıyordu, sanatçı mizacı herhalde.)

"Görmek isterdim," dedim, o ise karşılık olarak, "Kımıldama," demekle yetindi.

Arada bir konuştu. Çoğu kişisel belirlemelerdi.

"Seni yakalamak çok güç. Hatların o kadar donuk ki. Her şey belirsiz. Seni bir insan gibi değil, bir nesne gibi görebiliyorum yalnızca."

Az sonra, "Çirkin değilsin, ama yüzünde çeşitli çirkin alışkanlıklar var. En kötüsü de alt dudağın. Seni ele veriyor." Yukarıdaki aynada yüzüme baktım, ama ne dediğini anlayamadım.

Bazen hiç beklenmedik anlarda garip sorular soruyordu.

"*Tanrıya* inanır mısın?" örneğin.

"Pek inanmam."

"Yanıtı ya evet ya da hayır olmalı."

"Doğrusu, fazla kafa yormam bu konuda. Pek önemli olmadığını düşünürüm."

"Hücreye tıkılmışlardan biri de sensin," dedi.

"Ya sizin inancınız var mı?"

"Tabii inanırım. İnsanım ben," dedi ve tam ben karşılık verecektim ki konuyu kapattı.

Işıktan yakındı. "Bu ışık doğal değil. Böyle resim çizemiyorum. Her şeyi sahteleştiriyor."

Amacının nereye gelmek olduğunu kestirmiştim, sesimi çıkarmadım.

Bir başka sefer –hangi gün olduğunu hatırlamıyorum, galiba portremi çizmeye başladığı günün sabahıydı– ansızın "Annen baban olmadığı için şanslısın. Benimkiler yalnızca ben ve kız kardeşim yüzünden beraberliklerini sürdürdüler," deyiverdi.

"Nereden biliyorsunuz?"

"Çünkü annem söyledi. Babam da. Annem kaltağın tekidir. Kötü yürekli, özenti orta sınıf kaltağının biridir. İçkicidir."

"Duymuştum."

"Asla eve arkadaşlarımı çağıramadım."

"Üzgünüm," dedim. Sert bir bakış fırlattı bana, ama amacım iğnelemek değildi. Ona sürekli kafayı çeken babamdan bahsettim, annemden de.

"Babam zavallı bir adamdır, ama onu çok severim," diye sürdürdü. "Bir gün bana ne dedi, biliyor musun? Bu kadar kötü bir çiftten, böylesine iyi iki kızın nasıl çıktığına şaşıyorum, dedi. Özellikle kız kardeşimden söz ediyordu. Gerçekte akıllı olan odur."

"Gerçekte akıllı olan sizsiniz. Kazandığınız bursu yabana atmalı."

"Resme yatkınlığım var," dedi. "Günün birinde zeki bir sanatçı olabilirim, ama asla büyükler arasına giremem. En azından sanmıyorum."

"Bilinmez," dedim.

"Yeterince benmerkezci değilim. Bir kadınım. Bir şeye yaslanmam gerekiyor." Neden bilmem, birdenbire konuyu değiştirdi. "Sen ibne misin?"

"Tabii ki hayır," dedim. Yüzüm kızardı haliyle.

"Utanılacak bir şey değil bu. Birçok iyi insan öyledir." Sonra, "Bana yaslanmak istiyorsun. Bunu hissediyorum. Annene özlem duyduğunu düşünüyorum. Annenin arayışındasın," dedi.

"Bütün bu saçmalıklara inanmıyorum," dedim.

"Birlikte bir yere varamayız. İkimiz de yaslanacak birinin peşindeyiz."

"Parasal açıdan bana yaslanabilirsiniz."

"Sen de geri kalan her şey için bana yaslanacaksın demek. Tanrı korusun."

Sonra, "İşte bitti," diyerek resmi bana uzattı. Gerçekten başarılıydı, benzerlik şaşırtıcıydı. Beni olduğumdan daha saygın ve daha yakışıklı gösterdiği izlenimine kapıldım.

"Bana satmayı kabul eder miydiniz?"

"Niyetim yoktu, ama neden olmasın? İki yüz sterlin."

"Anlaştık," dedim.

Yine sert bir bakış fırlattı.

"Bunun için bana iki yüz sterlin vermeye hazır mısın?"

"Evet, çünkü siz yaptınız."

"Ver bana şunu." Geri verdim, ne olduğunu anlamadan, boydan boya yırtmıştı.

"Lütfen yapmayın," dedim. Durdu, ama resim ortadan ikiye ayrılmıştı bile.

"Ama çok kötü bu, kötü, kötü işte." Sonra birden yüzüme doğru savurdu. "Al da kelebeklerinle beraber bir çekmeceye yerleştir bunu da."

Lewes'a bir dahaki gidişimde, ona birkaç plak daha aldım, bulabildiğim bütün Mozart plaklarını, ondan hoşlanır gibi görünüyordu.

Başka bir gün, bir meyve tabağının resmini çizdi. En az on tane çizdi, ardından hepsini paravanaya iğneledi ve en beğendiğimi seçmemi istedi. Hepsini çok güzel bulduğumu söyledim, ama ısrar edince, bir tanesini aldım.

"En çirkini bu," dedi. "İyi bir öğrencinin özenli bir çizimi. İçlerinden bir tanesi iyi. İyi olduğunu biliyorum. Ötekilerden yüz kat daha iyi. Üç tahminde hangisi olduğunu bulursan, ben giderken bedavaya senin olur. Gidersem eğer. Bulamazsan, on sterlin isterim."

Kinayesine kulak asmadan, üç tahmin yürüttüm, hepsi yanlış çıktı. En güzel dediği bana yarım kalmış gibi görünmüştü, hangi meyve olduğunu anlamak olanaksız gibiydi, ayrıca tabak da orantısızdı.

"Bunda, meyve üzerine bir şeyler ifade etmenin eşiğindeyim neredeyse. Aslında bir şey söylediğim yok, ama her an söyleyebilirim izlenimi doğuyor. Bunu hissedebiliyor musun?"

"Doğrusu hayır."

Gidip Cézanne'ın resimlerini içeren bir kitabı aldı.

"Bak," dedi, renkli bir elma tabağı resmini işaret ederek. "Elmalar hakkında her şeyi söylemekle kalmıyor, aynı zamanda bütün elmalar ve bütün biçimler ve bütün renkler üzerine de her şeyi söylüyor."

"Sözünüze inanıyorum. Bütün resimleriniz bana güzel geliyor," dedim.

Yalnızca bana baktı.

"Ferdinand," dedi. "Senin adın Caliban olmalıymış."

İlk banyosunu yaptığı günden üç dört gün sonra, çok huzursuz görünüyordu. Akşam yemeğinden sonra dış mahzende bir aşağı, bir yukarı yürüyüp duruyor, yatağa oturuyor, sonra yeniden ayağa kalkıyordu. Ben, o gün öğleden sonra yaptığı resimlere bakıyordum. Sanat kitaplarından bazı resimlerin kopyaları, çok güzel olduklarını ve çok benzediklerini düşünüyordum.

Aniden, "Neden gidip biraz gezinmiyoruz? Uslu duracağıma söz veriyorum," dedi.

"Hava çok nemli. Üstelik de soğuk," dedim. Ekimin ikinci haftasıydı.

"Kafeste kala kala çıldıracağım. Hiç olmazsa bir bahçe turu atamaz mıyız?"

Çok yakınıma geldi, genelde bu kadar yaklaşmaktan kaçınıyordu, sonra bileklerini uzattı. Birkaç gündür, saçlarını, listeye yazıp bana aldırdığı lacivert bir kurdeleyle tutturup, omuzlarından aşağı salma alışkanlığı edinmişti. Saçları hep güzeldi. Onunkilerden daha güzel saç hiç görmemiştim. Hep dokunasım geliyordu. Sadece okşamak, hissetmek için. Tıkacı yerleştirirken, fırsattan yararlandım.

Birlikte dışarı çıktık. Garip bir geceydi, ay bir bulutun arkasındaydı ve bulut hareket ediyordu, ama aşağıda rüzgârdan eser yoktu. Açık havaya çıktığımızda, bir süre durup derin derin soluk aldı. Sonra saygıyla kolundan tutup, duvar ile çimenler arasındaki patikaya doğru yönelttim. Kurtbağrı çalılarını aşıp meyve ağaçlarının da bulunduğu sebze bahçesine girdik. Daha önce de söylediğim gibi, asla durumdan yararlanmak gibi çirkin bir arzu duymadım, ona karşı her zaman büyük bir saygıyla davrandım (yaptığını yapıncaya kadar), ama o an belki karanlıktan veya beraberce gezinmemizden ve elbisesinin üzerinden koluna dokunmamdan ötürü, onu kucaklayıp öpmek arzusuyla doldum, tir tir titriyordum. Bir şeyler söylemeliydim, yoksa kendimi kaybedecektim.

"Çok mutlu olduğumu söylesem bana inanmazdınız, değil mi?" dedim. Tabii cevap veremezdi.

"Benim doğru düzgün duygularım olamayacağını düşünüyorsunuz, sizin gibi ifade edemediğim için ne kadar derin duygularım olduğunu bilmiyorsunuz."

Duyguları ifade edememek, derin olmadıkları anlamına gelmez. Dalların karaltısı altında yürüyorduk.

"Bütün isteğim, sizi ne kadar çok sevdiğimi, size ne kadar ihtiyacım olduğunu, aşkımın içtenliğini anlamanız."

Ne büyük bir çaba bu, diye düşünüyordum bazen. Böbürlenmeye niyetim yoktu, ama benim yerime başka bir erkek onu elinde tutuyor olsaydı, neler yapabileceğini bir an için olsun düşünmesini istiyordum.

Çimenliği aşarak, karşı tarafa varmıştık, sonra da eve döndük. Bir arabanın yaklaştığını ve evin önündeki yoldan geçtiğini duydum. Kolunu sıkıca tutmam gerekti. Mahzenin kapısına gelmiştik.

"Bir tur daha atmak ister misiniz?"

Başını iki yana sallayarak beni şaşırttı.

Aşağı götürdüm onu elbet. Tıkacı çıkarıp, bağlarını çözdükten sonra, "Çay istiyorum. Lütfen gidip hazırla. Kapıyı kilitle. Ben burada kalacağım," dedi.

Çay yaptım. Getirip fincanını doldurmuştum ki konuşmaya başladı.

"Bir şey söylemek istiyorum," dedi. "Söylenmesi gerekiyor."

Dinliyordum.

"Dışarıda beni öpmek istedin, değil mi?"

"Özür dilerim," dedim. Her zamanki gibi kızarmaya başladım.

"Öncelikle, yapmadığın için sana teşekkür ederim, çünkü beni öpmeni istemiyorum. Senin merhametine kaldığımın bilincindeyim, bu konuda, bu kadar nazik olduğun için şanslı olduğumun da bilincindeyim."

"Bir daha olmayacak," dedim.

"Söylemek istediğim de buydu. Bir kez daha olursa... daha kötüsü. Kendini tutamazsan. Bana bir söz vermeni rica ediyorum."

"Bir daha olmayacak."

"Bunu adice yapmayacağın konusunda bana söz ver. Yani, başıma vurup bayıltma veya kloroform kullanma veya buna benzer bir yola başvurma. Karşı koymayacağım, ne istersen yapmana izin vereceğim."

"Bir daha olmayacak," diye tekrarladım. "Kendimi kaybettim. Nedenini bilmiyorum."

"Tek bilmeni istediğim, eğer böylesine adice bir şey yaparsan, sana asla, asla saygı duymayacağım, seninle bir daha asla asla konuşmayacağım. Anlıyor musun?"

"Başka türlüsünü beklemem sizden zaten," dedim. Pancar gibi kıpkırmızı kesilmiştim.

Elini uzattı. Sıktım. Odadan nasıl çıktığımı bilmiyorum. Beni o akşam da altüst etmişti.

Günler birbirine benziyordu: Saat sekiz ile dokuz arasında aşağıya iniyordum; kahvaltısını hazırlıyor, kirli suları boşaltıyordum; bazen biraz konuşuyorduk, bana satın almamı istediği şeylerin listesini veriyordu (kimi zaman evde kalıyordum, ama çoğunlukla sevdiği taze sebze ve sütü almak için dışarı çıkıyordum); hemen hemen her sabah Lewes dönüşü evi temizliyor, sonra yemeğini hazırlıyordum; sonra genellikle oturup biraz sohbet ediyorduk veya ona aldığım plakları dinliyordu veya oturup resim çizmesini seyrediyordum; çayını yalnız başına içiyordu, nedenini bilmiyorum, aramızda o sırada beraber olmamak konusunda bir çeşit anlaşmaya varmıştık. Ardından akşam yemeğini yiyor ve biraz daha sohbet ediyorduk. Arada bir beni hoşça karşılıyordu, genelde dış mahzende yürüyüş yapmayı istiyordu. Kimi zaman da yemek biter bitmez benden gitmemi istiyordu.

İzin verdikçe, fotoğrafını çekiyordum. Bir iki kere o da beni çekti. Ona birçok poz verdirmeyi başardım, hepsi de güzel pozlardı tabii ki. Özel bir şekilde giyinmesini arzu ediyordum, ama bunu ona söylemeye cesaret edemiyordum. Hep, "Bu fotoğrafları neden çektiğini anlamıyorum. Beni her gün görüyorsun ya," diyordu.

Olağanüstü hiçbir şey olmuyordu. Her akşam birlikte oturuyorduk ve bana bu bir daha hiç olamaz gibi geliyordu. Sanki yeryüzünde yalnız ikimiz vardık. Ne kadar mutlu olduğumuzu kimse asla bilemeyecek; gerçi mutlu olan bendim sadece, ama bazen düşünüyorum da, eğer kendi kendine itiraf edebilseydi, bütün söylediklerine rağmen hoşuna gittiğinin o da farkına varırdı. Bütün gece öylece oturup onu seyredebilirdim, başının biçimi, başından saçlarının özel bir kıvrımla omuzlarına dökülüşü; ne de zarifti, kırlangıç kuyruğu denen kelebeklere benziyordu. Tül ya da bulut gibiydi omuzlarına dökülüşü, ipek teller gibi, karışık ve dağınık, ama nefis. Anlatmak için bir şair veya sanatçının diline sahip olabilmeyi isterdim. Yüzüne düştüğünde saçlarını öyle bir arkaya atışı vardı ki anlatamam; nasıl sade, nasıl basit bir hareket. Bazen ona, "Lütfen yeniden yapın, saçlarınızı gözünüzün önüne indirip, sonra da tekrar geriye atın," demeyi isterdim. Ama bunun aptalca olacağının farkındaydım. Yaptığı her şey öylesine zarifti ki. Sadece bir sayfayı çevirmesi bile. Oturuşu, kalkışı, herhangi bir şeyi içişi, sigarasını tellendirişi veya her şeyi. Esnemek ya da gerinmek gibi, herkesin çirkin olduğunu düşündüğü şeylere bile güzellik kazandırıyordu. Gerçek şu ki çirkin şeyler yapması mümkün değildi. Öylesine güzeldi.

Ayrıca, her zaman tertemizdi. Tanıdığım başka kadınların aksine, nefesinden sadece tazelik ve serinlik yayılırdı. Kirden benim kadar nefret ederdi, ama bu konuda benimle alay etmekten de kendini alamıyordu. Bir keresinde bana, her şeyin temiz olmasında diretmenin deliliğin işareti olduğunu söylemişti. Bu doğruysa, her ikimiz de deliydik.

Aramızda her şey hep bu kadar güzel ve yolunda gitmiyordu tabii ki, kanıtı da birçok kereler kaçmayı denemesiydi. Bereket versin hep tetikte bekliyordum.

Bir gün az kalsın beni kandırıyordu. Tilki gibi kurnazdı; odasına girdiğimde kusuyordu, hali de gerçekten berbattı. "Neyiniz var? Neyiniz var?" diye sorup duruyordum, ama hiç cevap vermeden orada yatmayı sürdürdü, acı çeker gibiydi.

"Apandisit," dedi sonunda.

"Nasıl anladınız?" diye sordum.

"Gece ölüyorum sandım." Zorla konuşabiliyor gibiydi.

"Belki de başka bir şeydir."

Başını duvara doğru çevirip "Aman Tanrım!" dedi sadece.

Şoku atlattıktan sonra, bunun bir oyun olabileceği geldi aklıma. Tam o sırada, korkunç acı çekermişçesine iki büklüm oldu, sonra da oturup bana baktı ve, "Ne sözü istersen vermeye hazırım, yeter ki bir doktor çağır ya da hastaneye götür," dedi.

"Bu benim sonum olur," dedim. "Her şeyi anlatırsınız onlara."

"Yemin ederim. Yemin ederim," dedi. Gerçekten inandırıcıydı. Rol yapmasını iyi beceriyordu doğrusu.

"Size bir fincan çay hazırlayayım," dedim. Amacım düşünmek için zaman kazanmaktı. Ama yeniden kıvranmaya başladı.

Yerler kusmuk içindeydi. Annie Hala'nın apandisitin insanı öldürebileceğini söylemiş olduğunu anımsadım. Geçen yıl komşumuzun oğlunun başına gelmiş ve yine Annie Hala'ya göre ameliyat etmek için çok beklemişlerdi; o çoktan beri biliyordu ve nasıl olup da ölümden kurtulduğuna şaşıyordu. Bir şeyler yapmam gerekiyordu.

"Yolun sonundaki evde telefon var, bir koşu gidiyorum," dedim.

"Hastaneye götür beni. Daha güvenli senin için."

"Siz beni boş verin," dedim üzüntü içinde görünmeye çalışarak. "Nasıl olsa sonu geldi. Elveda. Mahkemede görüşürüz." Ben de rol yapabilirdim.

Çılgına dönmüşçesine bir acele dışarı çıktım. Kapıları açık bırakmıştım, onunkini ve bahçeye bakanı ve orada beklemeye başladım.

Fazla beklememe gerek kalmadı, bir dakika geçmeden dışarı çıktı. Sağlığı da benimki kadar yerindeydi. Karşı koymadı, bana bir bakış fırlattı ve gerisin geri yerine döndü. Gözünü korkutmak için tehdit edici bir tavır takınmıştım.

Ruh durumu o kadar çabuk değişiyordu ki ben de olanları bir tarafa bırakıyordum. Onu takip etmeye çalışırken bocalamamdan hoşlanıyordu (bir gün "Zavallı Caliban Miranda'nın ardında bocalayıp duruyor," demişti), bana kimi zaman Ferdinand, kimi zaman da Caliban diye sesleniyordu. Kimi zaman acımasız ve katı olabiliyordu. Beni gülünç duruma düşürüyor, taklidimi yapıyor ve cevabını veremeyeceğim sorular sorarak acı çektiriyordu. Kimi zaman da gerçekten sevimli davranıyordu, Dick Enişte'den sonra ilk kez birinin beni anladığını hissediyordum ve her şeyin üzerine sünger çekiyordum.

Ufak tefek birçok şey hatırlıyorum.

Bir gün, oturmuş bana bir resmin gizlerini gösteriyordu; gizler, anlamak için üzerinde düşünülmesi gereken şeylerdir, oran ve uyumun gizleri, diyordu. Aramızda kitap, oturmuştuk ve o bana resimlerden bahsediyordu. Yatağın üzerindeydik (o gün bana bir iki yastık ve bir örtü aldırmıştı), birbirimize yakındık, ama değmiyorduk. Bahçedeki olaylardan sonra, buna özen gösteriyordum. Ama o akşam, "Bu kadar gergin olma, gömleğinin kolu sürtündü diye seni öldürecek değilim," dedi.

"Peki," dedim, ama kımıldamadım.

Sonra kıpırdandı ve kollarımız, omuzlarımız birbirine değdi. Hiç durmadan, baktığımız resim üzerine konuşmayı sürdürdü, dokunmanın farkında olmadığını düşündüm başta, ama birkaç sayfa sonra birdenbire bana baktı.

"Dinlemiyorsun."

"Dinliyorum," dedim.

"Hayır, dinlemiyorsun. Bana dokunuyor olmanın derdindesin. Çok gerginsin. Biraz gevşe."

Yararı yoktu, kaskatıydım. Ayağa kalktı. Ona satın aldığım dar mavi etek, epey uzun siyah tunik ve beyaz bluz vardı üzerinde, renkler gerçekten yakışmıştı. Bir süre önümde dikilip durdu, sonra da "Hay Allah," dedi.

Ardından da gidip duvara hafif bir yumruk attı. Bunu arada bir yapıyordu.

"Beni her gördüğünde öpen bir arkadaşım var, hiç önemi yoktur onun gözünde; öpücükleri anlamdan yoksundur. Herkesi öper bu çocuk. Senin tam tersin yani. Sen kimseye dokunmuyorsun, o ise herkese. İkiniz de aynı derecede hastasınız."

Gülümsüyordum, bana saldırdığı zamanlar savunma olarak gülümseme alışkanlığı edinmiştim.

"Şu bön bön gülüşünden vazgeç lütfen."

"Yapacak fazla bir şey yok. Siz hep haklısınız."

"Hep haklı olmak istemiyorum. Yanıldığımı söyle bana!"

"Ama haklısınız," dedim. "Haklı olduğunuzu da biliyorsunuz."

İç çekti. "Ah, Ferdinand!" Sonra iki kez daha Ferdinand, Ferdinand, dedi; Tanrıya yakarırmış gibi, büyük acı çeken biri gibi görünüyordu, o zaman kahkahayı basıverdim, aniden ciddileşti veya ciddiymiş numarası yaptı.

"Bu hafife alınacak bir şey değil. Beni bir dost olarak görmekten aciz olman korkunç bir şey. Kadın olmamı bir yana bırak ve gevşe biraz."

"Elimden geleni yapacağım," dedim. Ama bir daha yanıma oturmadı. Duvara dayanıp, bir başka kitabı karıştırmaya koyuldu.

Bir başka gün, aşağıda, hiçbir neden olmaksızın, aniden haykırmaya başladı. Yaptığı ve duvarda görmek istediği bir resmi asmakla uğraşıyordum ve beklenmedik bir anda, yatakta oturup dururken basmıştı çığlığı, hem de insanın kanını donduran bir çığlık, beni yerimden sıçratmış, elimdeki seloteybi düşürtmüştü. Ardından gülmeye başladı.

"Ne oluyor?" diye sordum.

"Hiç. Canım bir güzel bağırmak istedi."

Ne yapacağı hiç belli olmuyordu.

Hiç durmadan benim konuşmamı eleştirirdi. Hatırlıyorum, bir keresinde, "Ne yaptığının farkında mısın? Yağmurun her şeyin rengini kaçırdığını bilir misin? Sen de İngilizceye aynı şeyi yapıyorsun. Ağzını her açışında, dili silikleştiriyorsun," demişti.

Bu bana nasıl davrandığını gösteren örneklerden sadece biri.

Bir başka gün, konuyu ailesine getirdi. Günlerden beri, onların meraktan deliye dönmüş olacaklarını ve haber vermediğim için ne kadar aşağılık biri olduğumu tekrarlayıp duruyordu. Böyle bir riske giremeyeceğimi söyledim. Ama bir gün akşam yemeğinden sonra, "Tehlikeye atılmadan nasıl haber verebileceğini söyleyeyim sana," dedi. "Eldiven takarsın, Woolworths'ten kâğıt ve zarf alırsın. Bana bir mektup yazdırırsın. En yakın kente gider gönderirsin. Kimse de izini bulamaz. Kâğıt, ülkedeki herhangi bir Woolworths'ten alınmış olabilir."

Bununla beni öylesine bunalttı ki, sonunda boyun eğdim ve gidip kâğıtla zarfları satın aldım. O akşam eline bir yaprak verip yazmasını söyledim.

"Sağ salimim ve tehlikede değilim," diye başladım.

"Ne çirkin bir İngilizce, ama önemi yok," diyerek yazdı.

"Söylediğimi yazın," diye cevap verdim ve devam ettim: "Beni bulmaya çalışmayın. Bu imkânsız."

"Hiçbir şey olanaksız değildir," dedi her zamanki küstahlığıyla.

"Bir arkadaş bana iyi bakıyor," diye sürdürdüm. Sonra "Hepsi bu kadar. Şimdi adınızı ekleyin," dedim.

"Mr. Clegg'in selamları var diyemez miyim?"

"Çok komik," dedim. Bir şey daha yazdı ve kâğıdı bana uzattı. En altta, "Yakında görüşürüz, sevgiler, Nanda," yazıyordu.

"Nedir bu?" diye sordum.

"Adımın kısaltılmışı. Böylelikle ben olduğumu anlarlar."

"Miranda'yı tercih ederim," dedim. Bana göre, daha güzel bir isim yoktu. Zarfa adresi yazdıktan sonra, kâğıdı yerleştirdim ve bereket versin ki içine bir göz atmayı akıl ettim. Zarfın dibinde, sigara kâğıdının yarısı kadar bir kâğıt parçası vardı. Nasıl bilmem ama içeri kaydırıvermişti, herhalde önceden hazırlamıştı. Çıkartıp açtım ve ona baktım. Yüzsüzlük derecesinde cesurdu. Sandalyenin arkalığına yaslandı ve gözlerini bana dikti. İnce uçlu bir kalemle küçücük yazmıştı, ama harfler belirgindi. Öteki nota benzemiyordu. Şöyle demişti:

> Bir deli beni kaçırdı. F. Clegg. Müşterek bahiste kazanan belediye memuru. Londra'ya iki saat mesafede, kırlık bir yerde, üzerinde 1621 yazılı ıssız ahşap bir evin mahzeninde tutsağım. Şimdilik güvendeyim. Korkuyorum. M.

Gerçekten öfkeliydim ve sarsılmıştım, ne yapacağımı bilemiyordum. Sonunda, "Korkuyor musunuz?" dedim. Ses çıkarmadı, sadece başıyla onayladı.

"Ama ne yaptım ki?"

"Hiçbir şey. Bu nedenle korkuyorum."

"Anlamıyorum."

Başını önüne eğdi.

"Bir şey yapacaksın diye bekliyorum."

"Bir şey yapmayacağıma söz verdim ve yeniden söz veririm," dedim. "Ben sizin sözünüze güvenmediğim zaman küplere biniyorsunuz. Durumun benim için neden farklı olduğunu merak ediyorum doğrusu."

"Kusura bakma."

"Size güvendim. Size incelikle davrandığımı anladığınızı zannediyordum. Artık benimle dalga geçilmesine izin vermeyeceğim. Mektubunuza yazık oldu."

Cebime koydum.

Uzun bir sessizlik oldu, beni gözlediğinin farkındaydım, ama ben ona bakamıyordum. Sonra birden ayağa kalkıp karşıma dikilerek ellerini omuzlarıma koyunca ona bakmak zorunda kaldım, beni gözlerine bakmaya zorladı, beni gözlerinin içine bakmaya zorladı. Nedendir bilmem, içten olduğu zamanlarda, bana her istediğini yaptırması mümkündü, elinde oyun hamuru gibiydim.

"Şimdi küçük bir çocuk gibi davranıyorsun. Beni burada zor kullanarak tuttuğunu unutuyorsun. Kibar bir güç kullanma, ama yine de ürkütücü."

"Siz sözünüzde durduğunuz sürece, ben de bozmayacağım," dedim. Kıpkırmızı oldum tabii ki.

"Ama sana kaçmaya çalışmayacağım üzerine söz vermedim, doğru değil mi?"

"Benden kurtulacağınız günün umuduyla yaşıyorsunuz," dedim. "Sizin gözünüzde hâlâ en ufak bir değerim yok, değil mi?"

Başını çevirdi. "Ben bu evden kurtulacağım günü bekliyorum. Senden değil."

"Şu deli," dedim. "Bir delinin size benim yaptığım gibi davranacağını mı sanıyorsunuz? Bir delinin ne yapacağını anlatayım size. Şimdiye kadar çoktan ölmüş olurdunuz. Meşhur Christie'nin ne yaptığını hatırlıyor musunuz? Herhalde benim de et bıçağıyla veya buna benzer bir şeyle üstünüze yürümemi bekliyorsunuz. (O gün gerçekten canıma tak ettirmişti.) Nasıl düşünürsünüz böyle bir çılgınlığı. Tamam, size hiçbir şey yapmadan burada tutmamı normal bulmadığınızı biliyorum. Belki de normal değilim. Ama emin olun, eğer insanların parası ve zamanı olsaydı, buna benzer pek çok olay çıkardı ortaya. Her şartta, şimdi bile herkesin bildiğinden çok daha fazlası var. Polisler biliyor, ama olayların sayısı öylesine kabarık ki, açığa vurmaya cesaret edemiyorlar."

Bana bakıyordu. Sanki birbirimize tamamen yabancıydık. Halimde bir gariplik vardı herhalde, hiç bu kadar çok konuşmamıştım.

"Böyle bakma," dedi. "Beni ürküten, içinde olduğunu senin bile bilmediğin bir şey."

"Neymiş bu?" diye sordum. Öfkem hâlâ geçmemişti.

"Bilmiyorum. Bu evde, bu odada gizlenen ve şimdi bile bizi izleyen, her an üzerimize atılmaya hazırlanan bir şey. Bir anlamda, benim olduğu kadar senin de düşmanın."

"Saçmalıyorsunuz."

"Hepimiz elde edemeyeceğimiz şeyleri arzularız. Sağlıklı bir yetişkin olabilmek için bunu kabullenmek gerek."

"Hepimiz koparabildiğimizi alırız. Eğer hayatımızın büyük bir bölümünde elimize fazla bir şey geçmediyse, ilk fırsatta açığı kapatmaya çalışırız. Bunu anlamanızı beklemiyorum sizden tabii ki."

Bana gülümsüyordu, sanki benden çok daha olgunmuş gibi. "Senin psikiyatrik bir tedaviye gereksinimin var."

"Benim tek ihtiyacım olan şey, sizin bana bir dost gibi davranmanız."

"Öyleyim, öyleyim," dedi. "Bunu anlayamıyor musun?"

Uzun bir sessizlik oldu. Sonunda o bozdu.
"Bu işin gereğinden uzun sürdüğünü düşünmüyor musun?"
"Hayır."
"Gitmeme izin vermeyecek misin?"
"Hayır."
"Beni bağlayıp, ağzımı tıkayıp Londra'ya götürebilirsin. Kimseye bir şey söylemem."
"Hayır."
"Ama benimle yapmak istediğin bir şeyler olmalı."
"Sadece beraber olmak istiyorum. Her zaman."
"Yatakta mı?"
"Daha önce söyledim. Hayır."
"Ama isterdin?"
"Bu konuda konuşmamayı tercih ederim."
O zaman sustu.
"Bir şeyin yanlış olduğunu biliyorsam, düşünmeyi yasaklarım kendime. Bunun da yakışık almadığını düşünüyorum."
"Sen olağandışı bir insansın."
"Teşekkür ederim," dedim.
"Beni bırakırsan, seninle görüşmek isterim, çünkü çok ilgimi çekiyorsun."
"Hayvanat bahçesine gitmek gibi mi?" diye sordum.
"Seni anlamaya çalışmak isterim."
"Bunu asla beceremezsiniz." (Doğrusu konuşmadaki bu esrarlı adam havası hoşuma gidiyordu. Ona her şeyi bilmediğini gösterdiğini hissediyordum.)
"Galiba haklısın."
Birdenbire, önümde diz çöktü ve ellerini kaldırdı, tamamen Doğu'ya özgü bir hava içinde, başının üzerine dokundu. Hareketi üç kere tekrarladı.
"Gizemli efendim aşağılık kölesinin özürlerini kabul ederler mi acaba?"
"Düşüneceğim," dedim.
"Aşağılık köle düşüncesiz mektup için çok üzgün."
Gülmekten kendimi alamadım; her role bürünebiliyordu.
Dizlerinin üzerinde, elleri yerde, ciddiyetle bana bakarak durdu.
"Mektubu gönderecek misin?"

Oralı olmadım, yeniden sormasını bekledim, bu sefer boyun eğdim. Hayatımın belki de en büyük hatasıydı.

Ertesi gün, arabayı alıp Londra'ya yollandım. Aptal gibi, ona gideceğim yeri söylemiştim, o da alınmasını istediği şeylerin bir listesini elime tutuşturdu. Bir sürü şey vardı. (Sonradan beni oyalamak için olduğunu anladım.) Özel bir yabancı peynir almalı ve sevdiği bir Alman sosisinin satıldığı Soho'daki bir yere gitmeliydim. Ayrıca plaklar, giysiler ve başka şeyler de vardı. Bir ressamın tablolarını bulmamı istiyordu, başkası olmazdı. O gün kendimi son derece mutlu hissediyordum, ufukta tek bir bulut yoktu. Dört haftalık süreyi unuttuğunu düşünüyordum, yani tam olarak unutmasa bile, daha fazlasını isteyeceğimi kabullendiğini. Ne güzel bir düştü.

Ancak çay saatinde dönebildim ve tabii ki doğru mahzene onu görmeye gittim, ve anında bir terslik olduğunu fark ettim. Beni gördüğüne memnun olduğu hiç de söylenemezdi, aldıklarıma göz ucuyla bile bakmadı.

Çok geçmeden tersliğin ne olduğunu anladım, dört taşı yerinden sökmeye çalışmıştı, herhalde bir geçit açmaktı niyeti. Basamaklar kirliydi. Pek zorlanmadan bir tanesini yerinden oynattım. Bu sırada o da hiç bakmadan yatağın üzerinde oturdu. Ardında başka bir taş bulunuyordu, yani endişe edilecek bir şey yoktu. Ama oyunu açığa çıkmıştı; sosisler, özel resimler falan. Hepsi beni oyalamak içindi.

"Kaçmaya çalıştınız," dedim.

"Kes sesini," diye bağırdı. Kullandığı aleti araştırmaya başladım. Birden, bir nesne beni sıyırarak geçip, metalik bir tınıyla yanı başımda yere düştü. On beş santim boyunda eski bir çiviydi, nasıl ele geçirdiğini hiç anlamadım.

"Bu sizi böyle uzun süre yalnız bıraktığım son seferdi," dedim. "Artık size güvenim kalmadı."

Sadece sırtını döndü, konuşmadı; yeniden bir açlık grevine girişirse diye ödüm kopuyordu, bu yüzden üstelemedim. Yanından ayrıldım. Daha sonra yemeğini getirdim. Sesini çıkarmadı, ben de rahat bıraktım.

Ertesi gün düzelmişti, ama kaçma girişimi üzerine bir açıklama yapmadı, sadece kaçmaya çok yakınlaşmış olduğuna ilişkin tek kelimelik bir imada bulunmakla yetindi; bir daha da asla sözünü etmedi. Bileğinde kötü bir sıyrık olduğu gözümden kaçmadı, resim çizmek için kalemi eline alırken yüzünü buruşturdu.

Mektubu postaya vermemiştim. Polisler bazı konularda çok uyanık davranıyorlar. Belediyede çalışan çocuklardan birinin ağabeyi Scotland Yard'da çalışıyordu. Sadece bir tutam tozdan sizin nereden geldiğiniz başta olmak üzere neredeyse her şeyi anlayıveriyorlardı.

Tabii ki bana sorduğunda kızardım gene; ama bana güvenmediğini bildiğimden ötürü kızardığımı falan iddia ettim. Bunu kabul eder göründü. Ailesine karşı pek kibar davranmış sayılmazdım, ama anlattıklarına bakılırsa, ailesinin onun gözünde de pek büyük bir değeri yoktu, üstelik herkesi düşünmek de mümkün değildi. Her işin bir sırası var, derler ya.

Atom bombasına karşı başlatılan kampanyaya göndermemi istediği para konusunda da aynı şeyi yaptım. Bir çek yazdım ve ona gösterdim, ama yollamadım. Kanıt göstermemi (alındıyı) istedi, ama ad belirtmeden yolladığımı söyledim. Bunu (çeki yazmayı) sadece onun gönlü olsun diye yapmıştım, ama insanın inanmadığı bir şey uğruna parayı çarçur etmesinin de bir anlamı yoktu. Zenginlerin bağışlarda bulunduklarını biliyorum, ama bence bunu adları yayınlansın diye ya da vergi memurlarını uyutmak için yapıyorlar.

Her banyoya girişinde, pencerelere yeni baştan tahta çakmam gerekiyordu. Her zaman orada durmalarını istemiyordum. Genellikle her şey yolunda gidiyordu. Bir keresinde saat geç olmuş (on bir), ben de içeri girerken tıkacı ağzından çıkarmıştım. Çok rüzgârlı bir geceydi, tam bir fırtına patlak vermişti dışarıda. Yeniden giriş katına indiğimizde, biraz oturma odasında kalmak istedi (buraya her salon deyişimde beni azarlıyordu), elleri bağlıydı tabii ki, bir tehlike yoktu, elektrikli sobayı yaktım (şömineyi yakıp, gerçek odunla ısınmalıymışım; sonradan sözünü dinledim). Bir süre orada oturduk, o halıya yerleşip ıslak saçlarını kuruttu, ben de sadece onu seyrettim tabii. Benim satın aldığım bir pantolonu giymişti, kırmızı bir eşarp dışında simsiyah giyinmiş olması onu çok çekici kılıyordu. Bütün gün saçlarını iki örgüyle toplamıştı, en büyük zevklerimden biri, her gün saçlarını nasıl değiştirdiğini görmekti. Doğrusu onun en çok ısıtıcının yanı başındaki halini, yani saçlarını dağınık olarak omuzlarına salmasını seviyordum.

Biraz sonra ayağa kalktı ve odayı boydan boya arşınlamaya koyuldu. Sürekli "Sıkıldım" diyordu. Tekrar tekrar. Dışarıdan gelen rüzgârın uğultusu içinde onun bu hali bana gülünç geldi.

Birdenbire önümde dikildi.

"Eğlendir beni. Bir şeyler yap."

"Ne yapmamı istersiniz?" diye sordum. "Fotoğraf çekeyim mi?" Ama fotoğraf istemiyordu.

"Bilmiyorum. Şarkı söyle. Dans et, ne yaparsan yap."

"Şarkı söyleyemem. Dans etmesini de bilmem."

"Bildiğin bütün fıkraları anlat."

"Fıkra bilmem," dedim. Doğruydu, hiç aklıma gelmiyordu.

"Biliyorsundur. Bütün erkeklerin pis fıkralar bildiğini sanırdım."

"Bilseydim bile sizin yanınızda anlatmazdım."

"Nedenmiş o?"

"Çünkü sadece erkekler içindir."

"Kadınların aralarında ne konuştuklarını sanıyorsun? Senden daha çok pis fıkra bildiğime bahse girerim."

"Buna hiç şaşmam."

"Cıvaya benziyorsun. İnsanın parmakları arasından kayıveriyorsun."

Biraz uzaklaştı, sonra ansızın sandalyelerden birinin minderini bağlı elleriyle kaptığı gibi yüzüme doğru fırlattı. Şaşırmıştım tabii ki; ayağa kalktım hemencecik, sonra sırayla öteki minderleri fırlatmaya koyuldu, bir tanesi ıska geçip, masanın üzerindeki bakır ibriği devirdi.

"Kendinize gelin." dedim.

"Yaklaş, ey kaplumbağa!" diye bağırdı (galiba edebi bir alıntıydı). Neyse, hemen ardından şöminenin üstündeki testiye benzer bir şeyi alıp "Yakala!" diye haykırarak bana attı, ben yakalamayınca duvara çarpıp parçalandı.

"Sakin olun," dedim.

Bir başka testi ilkini izledi. Durmadan gülüyordu, içinde kötülük olmadığı belliydi, ama çocuk gibi azmıştı. Pencerenin yanında asılı, üzerinde bir kulübe kabartması olan güzel yeşil bir tabak vardı, onu duvardan kaptığı gibi yerde parçaladı. Nedendir bilmem, bu tabağı hep çok sevmiştim ve kırılmasından hiç hoşlanmadım, var gücümle "Yeter!" diye bağırdım.

Karşılık olarak bana nanik yapıp, dil çıkardı. Tam bir sokak çocuğu gibiydi.

"Saçmalıyorsunuz," dedim.

"Saçmalıyorsunuz," diye dalga geçerek taklidimi yaptı. Sonra da "Lütfen şu tarafa geç de arkandaki şu güzel tabaklara erişebileyim," dedi. Kapının yanında iki tane daha asılıydı. "Belki de kendin kırmayı yeğlersin."

"Durun artık. Yeter," dedim yeniden.

Ama birden koltuğun arkasından çıkıp, tabaklara doğru ilerledi. Kapının önünde durdum ve koltuğumun altından geçmeye çalışırken kollarını yakaladım.

Birdenbire değişti.

"Bırak," dedi sakince. Bırakmadım tabii ki, hâlâ şaka yaptığını zannediyordum.

Ama aniden, "Bırak!" diye tekrarladı, sesi öylesine tersti ki, hemen dediğine uydum. Sonra gidip ısıtıcının yanına oturdu.

Kısa bir sessizlikten sonra, "Bir süpürge ver bana. Şunları toplayacağım," dedi.

"Ben yaparım yarın."

"Ben toplamak *istiyorum*," dedi. Kibirli bir havası vardı.

"Ben yaparım."

"Senin suçun bu."

"Tabii ki."

"Küçük burjuva geri kafalığının şimdiye kadar gördüğüm en kusursuz örneğisin sen."

"Öyle mi?"

"Evet, öylesin. Gerçek burjuvaları snopluklarından, kibirli konuşmalarından ve kural düşkünlüklerinden ötürü aşağılıyorsun. Öyle değil mi? Bunun yerine ne koyuyorsun peki? Yalnızca çirkin düşünce ve davranışları iğrenç bir şekilde reddetmeyi, yine de ne yapıp, ne edip çirkin olmayı. Bütün sanat tarihindeki en büyük eserlerin, bütün yaşamdaki en güzel şeylerin senin çirkin dediğin şeyler olduğunu veya senin çirkin diye adlandırdığın duygulardan kaynaklandığını biliyor musun? Tutku, aşk, kin, gerçek. Bunu biliyor musun?"

"Neden söz ettiğinizi anlamıyorum," diye cevapladım.

"Evet, anlıyorsun. Neden şu aptalca kötü, nazik, uygun, doğru sözcüklerini kullanıp duruyorsun? Uygunluk konusunu neden bu denli önemsiyorsun? Havasız, köhne bir odada sidik gibi çay içmenin dışında başta evlilik olmak üzere her şeyin iğrenç olduğunu düşünen evde kalmış yaşlı kızlar gibisin. Neden yaşayan her şeyin canını alıyorsun? Neden bütün güzellikleri öldürüyorsun?"

"Asla sizin avantajlarınıza sahip olmadım. İşte nedeni bu."

"Değişebilirsin, gençsin, paran var. Kendini yetiştirebilirsin. Oysa ne yaptın şimdiye dek? Beş paralık bir düş kurdun, sanırım küçük erkek çocuklarının kurup otuzbir çektikleri bir düş ve benim hoşuma gitmek için kendini paralıyorsun, böylelikle benim burada olmamın bütünüyle çirkin, çirkin, çirkin bir davranış olduğunu saklamaya çalışıyorsun..."

Birden durakladı. "Hiç yararı yok. Yunanca konuşsam aynı kapıya çıkardı," dedi.

"Anlıyorum, iyi yetiştirilmediğimi biliyorum," dedim.

Neredeyse haykırdı: "Seni salak. Sapkın."

"Paran var; aslında o kadar da budala değilsin, istediğin her şeye ulaşabilirsin. Yalnızca geçmişinden silkinmen gerekiyor. Halandan, içinde yaşadığın evden ve çevrendeki insanlardan yakanı kurtarman gerekiyor. Yeni bir insan olman gerekiyor."

Sanki benden istediği kolay bir şeymiş de yapmayı reddediyormuşum gibi, saldırgan bir tavırla yüzünü bana döndürdü.

"Yani umut var," dedim.

"Neler yapabileceğini bir düşün. Örneğin... örneğin resim toplayabilirsin. Seni yönlendirebilirim, yol gösterebilecek insanlarla tanıştırabilirim. Yardım elini uzatabileceğin bir sürü yoksul sanatçıyı bir düşün hele. Aptal bir ilkokul öğrencisi gibi kelebekleri katletmek yerine."

"Çok akıllı birçok kişi kelebek koleksiyonu yapıyor."

"Ah, akıllı demek... Neye yarar bu? İnsan mı o kişiler?"

"Ne demek istiyorsunuz?"

"Kendin anlamıyorsan, sana yanıt veremem."

Sonra, "Seninle konuşurken hiç çıkış olmadığı izlenimine kapılıyorum. Bundan da nefret ediyorum. Senin yüzünden. Her zaman benim inebileceğimden bir basamak aşağıda oluyorsun," diye ekledi.

Arada bir bana böyle kötü davranıyordu işte. Tabii ki bağışlıyordum bu hallerini, ama bazen de acı veriyordu. Olmamı istediği kişi benden farklıydı, asla olamayacağım biri. Örneğin, resim toplayabileceğimi söylediği gece epeyce kafa yordum; kendimi resim koleksiyonu yaparken düşledim; insanların onları görmek için geldikleri, resimlerin duvarları süslediği kocaman bir evin sahibi olarak. Miranda da oradaydı tabii ki. Ama bunun aptalca olduğunun da farkındaydım; asla kelebekten başka bir şey biriktiremezdim. Resimlerin benim için bir anlamı yoktu. Keyfim için yapmadığım bir şeyin gözümde en ufak bir değeri bile yoktu. Bunu asla anlayamayacaktı.

Benim birçok resmimi daha çizdi, hepsi birbirinden güzeldi, ama bu çizimlerde hoşlanmadığım bir şeyler vardı, güzel olmasına veya bana benzemesine uğraşmıyordu, onun için önemli olan içimdeki kişiliği dışavurabilmekti, böylece bazen burnumu öyle sivri yapıyordu ki dokunsanız batardı veya ağzıma incecik tatsız bir biçim veriyordu, yani olduğumdan daha kötü, yoksa dünya güzeli olmadığımı biliyorum. Dört haftalık süreyi düşünmeye cesaret edemiyordum, neler olacağı konusunda hiçbir fikrim yoktu, ama sıkı bir kavga çıkacağını, bana surat asacağını ve bir dört hafta daha kalmaya razı olacağını tahmin ediyordum; yani onun üzerinde bir çeşit etkim olduğunu ve ne istersem yapacağını zannediyordum. Günübirlik yaşıyordum, gerçekten. Yani belli bir plan yoktu. Sadece bekledim. Hatta polisin gelmesini bile bekledim. Bir gece korkunç bir rüya gördüm, polis geldiğinde, odaya girmeden önce onu öldürmek zorunda kalıyordum. Bir görev gibiydi ve elimde silah olarak sadece bir yastık vardı. Vurdum, vurdum, o da güldü, sonra üstüne atılıp boğdum, hareketsiz kaldı, sonra yastığı kaldırdığımda yattığı yerden gülüyordu; meğer ölü numarası yapmış. Ter içinde uyandım, hayatımda ilk kez rüyamda birini öldürdüğümü görüyordum.

Dört haftanın dolmasından birkaç gün önce, gitmekten bahsetmeye başladı. Kimseye söylemeyeceğini tekrarlayıp duruyordu, ben de ona inandığımı söylemek zorunda kaldım, ama samimi olduğunu varsaysam bile, polis veya ailesi ağzından baklayı çıkarıncaya kadar onu sıkıştıracaklardı. Nasıl dost olacağımız ve resim seçiminde bana nasıl yardımcı olacağı, beni kimlerle tanıştıracağı ve benimle nasıl ilgileneceği üzerine konuşup duruyordu. O günler bana hep iyi davranıyordu; kendine göre nedenleri vardı tabii ki.

Sonunda kaçınılmaz gün geldi çattı (10 Kasım. 11'i onun özgürlüğüne kavuşma günüydü). Kahvesini götürdüğümde söylediği ilk şey, "Bu akşam bir kutlama partisi yapacak mıyız?" oldu.

"Kimleri davet edeceğiz?" diye sordum şaka yollu, hiç gülecek halde olmadığımı belirtmeye gerek yok herhalde.

"Baş başa. Çünkü... eh, yani, sonunu iyi getirdik, değil mi?"

Sonra ekledi: "Kutlamayı yukarıda, yemek odasında yaparız."

Boyun eğdim. Başka çarem yoktu.

Lewes'taki lüks bakkaldan alınması gereken şeylerin bir listesini çıkardı, sonra da sherry ve bir şişe şampanya getirir miyim diye sordu, benim de evet demem gerekti tabii ki. Onu hiç bu kadar coşkulu görmemiştim. Her şeye rağmen, ben de heyecanlandım sanırım. Onun duyguları, benim de duygularımdı.

Onu güldürmek için, "Gece kıyafeti, tabii ki," dedim. "Ah, güzel bir giysim olsun isterdim. Ayrıca saçlarımı yıkamak için, biraz daha sıcak su gerekecek," diye karşılık verdi.

"Size bir elbise alacağım. Yeter ki ne renk, ne biçim istediğinizi bana söyleyin, her zaman olduğu gibi, ben de Lewes'ta ne bulabileceğime bir bakayım," dedim.

Garip, o kadar da dikkat ediyordum, ama işte ağzımdan kaçırmıştım, yine kızardım. Ama o bana gülümseyip geçti.

"Lewes olduğunu biliyordum. Minderlerden birinin üzerinde bir etiket vardı. Siyah bir elbise isterdim, hayır açık kahverengi, kum rengi... oh, bir dakika..." Boya kutusuna gidip, ben Londra'ya giderken, özel renkte bir eşarp istediği zaman olduğu gibi boyaları karıştırdı. "Bu renk işte, sade bir şey olmalı, diz boyu, uzun olmasın, kolları şöyle (çizdi) veya kolsuz olsun, neyse ya böyle ya da böyle bir şey." Çizdiği zamanlar hep hoşuma gidiyordu. İyice canlanıyor, adeta uçuyordu, ne çiziyor olursa olsun çizmekte sabırsızlandığı hissediliyordu.

Haliyle, düşüncelerim mutluluktan hayli uzaktı o gün. Hiçbir plan hazırlamamıştım. Ne olacağı konusunda hiç fikrim yoktu. Anlaşmaya sadık kalacağımı bile düşünüyor olabilirdim, her ne kadar bu söz benden zorla kopartıldıysa da ve zorla verilen sözlerin geçerli olmadığı bilinse de.

Gerçekte Brighton'a gittim, bol bol gezindikten sonra, küçük bir butikte, tam istediği elbiseyi buldum; kaliteli olduğu ilk bakışta anlaşılıyordu, ölçüleri uyuyorsa da başlangıçta prova etmeden satmak istemediler. Minibüsümü park ettiğim yere dönerken, bir başka dükkânın, bir kuyumcunun önünden geçtim ve birden bir hediyeden hoşlanacağı geldi aklıma, üstelik önemli noktaya gelindiğinde işleri de kolaylaştırabilirdi bu. Vitrinde, siyah bir kadifenin üzerine yerleştirilmiş safir ve elmastan bir kolye duruyordu, kalp şeklinde olduğunu hatırlıyorum, yani kolyeyi kalp şekline getirip vitrine koymuşlardı. İçeri girip üç yüz sterlin ettiğini öğrendiğimde dönüp çıkacaktım ki cömert mizacım baskın çıktı. Ne de olsa param vardı. Tezgâhtar kadın kolyeyi boynuna tuttu, gerçekten güzel ve pahalı görünüyordu. “Sadece küçük taşlar,” dedi “Ama hepsi de su gibi saydam ve lekesiz, ayrıca Viktorya dönemi modeli.” Miranda'nın bir keresinde Viktorya dönemine ait şeyleri ne kadar sevdiğini söylediğini hatırladım; tam ona göreydi bu. Çek konusunda problem çıktı tabii ki. Başta kadın kabul etmek istemedi, bankamı arayıp sormasını isteyince sesinin tonu değişiverdi anında. Kibirli bir tonla konuşmuş olsaydım ve Lort Bok veya bilmem kim olduğumu söyleseydim, iddiaya girerim... neyse kaybedecek zamanım yoktu.

Bir fikrin bir başkasını doğurması gariptir. Kolyeyi satın alırken, yüzükler de gördüm, bu da ona evlenme teklif etme, kabul etmezse de onu bırakmama planını getirdi aklıma. Çıkış yolu olabilirdi bu. Evet demeyeceğini biliyordum. Böylece bir yüzük aldım. Güzeldi, ama pek pahalı bir şey değildi. Göstermelik yani.

Dönüşümde, kolyeyi yıkadım (öbür kadının tenine değmiş olması düşüncesinden hoşlanmamıştım) ve zamanı gelince ortaya çıkarabilecek şekilde sakladım. Sonra da söylediği bütün hazırlıkları yaptım: Çiçekleri şişeler içinde örtünün üzerine yerleştirdim, her şeyi bir kral dairesine yaraşır bir özenle hazırladım, her zamanki önlemleri almaktan da geri kalmadım tabii ki. Onu saat yedide almamı kararlaştırmıştık. Paketlerini ona götürdükten sonra, o saate kadar bir daha yanına gitmeyecektim, düğün öncesi olduğu gibi.

Ağzını ve ellerini bağlamamaya karar vermiştim; bir kerelik bu riski alabilirdim, ama gözümü bir an olsun üzerinden ayırmayacak, ne olur ne olmaz diye klaroform ile KTK'yi elimin altında bulunduracaktım. Diyelim ki biri kapıyı çalarsa, mendili hemen kullanabilir, kısa zamanda mutfakta ağzını tıkayabilir, elini kolunu bağlayabilir ve kapıyı açabilirdim.

Saat yedide, en güzel takım elbisemi ve gömleğimi giydim, yeni satın aldığım kravatı bağladım ve onu almaya indim. Yağmur yağıyordu, her şey güzel görünüyordu. Beni on dakika kadar beklettikten sonra, odasından çıktı. Az kaldı kendimi kaybediyordum. Bir an için, sanki o değilmiş gibi geldi, öylesine farklıydı ki. Ona verdiğim Fransız parfümünden bolca sürünmüştü, benimle beraber olduğundan beri ilk defa makyaj yapmıştı, yeni elbisesini giymişti, bu da ona çok yakışmıştı, krem rengi, sade, ama çok şık bir giysiydi, boynunu ve kollarını açıkta bırakıyordu. Kesinlikle bir genç kız elbisesi değildi, gerçek bir kadına benziyordu. Saçlarını, daha önce hiç görmediğim bir şekilde tepesinde topuz yapmıştı, çok zarifti. Bu saç şeklinin adı İmparator'muş. Dergilerde gördüğünüz manken kızlara benziyordu tıpkı; istediği zaman ne kadar güzel olabileceğini görünce çarpıldım. Gözlerinin bile farklı olduğunu hatırlıyorum, çevrelerine çektiği siyah kalemle daha etkileyici olmuştu. Tam anlamıyla gösterişliydi. Ben de karşısında iyice sakarlaştım tabii ki. Sonradan öldürmek zorunda kalacağım bir kelebeğin kazasından çıkmasını seyrettiğimdekine benzer bir duyguya kapılmıştım. Yani, güzellik her zaman altüst eder; ne yapmak istediğini, ne yapması gerektiğini karıştırır insan.

"Nasıl?" dedi. Topukları üzerinde dönüp, kendini gösterdi.

"Çok hoş," dedim.

"Hepsi bu mu?" Kaşlarını hafiften çatarak baktı. Nefes kesen bir güzellikteydi.

"Güzel," dedim. Ne diyeceğimi bilemiyordum, hiç durmadan ona bakmak istiyor, ama gözümü kaçırıyordum. Bir çeşit korku duyuyordum.

Aramızdaki uçurum her zamankinden daha çok derinleşmişti ve

gitgide daha güçlü bir şekilde onu bırakmamın mümkün olmadığını anlıyordum.

"Haydi yukarı çıkalım," dedim.

"Bağsız ve tıkaçsız mı?"

"Artık çok geç. Hepsi bitti."

"Bugün ve yarın yapacaklarının, yaşamın boyunca en iyi anıların arasında yer alacağını düşünüyorum."

"En hüzünlülerinden biri," demekten kendimi alamadım.

"Hayır, değil. Yeni bir yaşamın başlangıcı. Sen de yeni bir insan olacaksın." Elini uzatıp benimkini tuttu ve beni basamaklara yöneltti.

Çabucak yukarı çıktık. Mutfağı ve yemek odasını bir solukta geçip salona girdi.

Çevresine bakındı. "Ne kibarlık," dedi.

"Bu sözcüğün sizin için bir anlamı olmadığını zannediyordum."

"Bazı şeyler kibarca olabilir. Bir kadeh sherry alabilir miyim?" İkimize de birer kadeh doldurdum. Bir süre orada dikildik ve beni güldürdü; oda insanlarla doluymuş gibi davranıyor, onları selamlıyor, bana onlarla ilgili bilgiler veriyor, onlara da benim yeni yaşamımdan bahsediyordu, sonra gramofona bir plak koydu, yumuşak bir müzikti ve o çok güzel görünüyordu. Ne kadar da değişmişti, gözlerine canlılık gelmişti ve ben odayı kaplayan Fransız parfümünün kokusuyla, sherry ile, şöminede yanan gerçek odunlardan yayılan ısıyla daha sonra yapmak zorunda olacaklarımı unutmayı başardım. Hatta saçma sapan espriler bile yaptım. Her neyse o da güldü.

Sonra ikinci bir kadeh aldı, ardından da birlikte öteki odaya geçtik, aldığım hediyeyi oturacağı yere koymuştum, hemen fark etti.

"Bana mı?"

"Bakın lütfen," dedim. Paketi açtı ve koyu mavi deri mücevher kutusuna baktı, küçük düğmeye bastıktan sonra sesini çıkaramadı. Sadece bakmakla yetindi.

"Gerçek taş mı bunlar?" Tam anlamıyla şaşkına dönmüştü.

"Tabii ki. Küçük olmalarına bakmayın, kaliteleri çok yüksektir."

"Harika şeyler," dedi. Sonra kutuyu bana uzattı. "Kabul edemem. Anlıyorum, onları neden bana verdiğini anladığımı sanıyorum ve çok teşekkür ediyorum, ama... kabul edemem."

"Kabul etmenizi rica ediyorum."
"Ama... Ferdinand, bir delikanlı bir genç kıza böylesine bir armağan verirse, bunun bir tek anlamı olabilir."
"Nedir o?" diye sordum.
"İnsanların aklı kötüye çalışır."
"Almanızı rica ediyorum. Lütfen."
"Şimdilik onları takacağım. Sanki benimmiş gibi davranacağım."
"Onlar sizin."
Kutuyla masanın çevresini dolaştı.
"Sen tak," dedi. "Bir kıza mücevher armağan edersen, kendin takmalısın."
Orada dikilip bana baktı, hemen yanı başımdaydı, kolyeyi boynuna takmam için arkasını döndü. İki ucunu bir araya getirmekte zorlandım, ellerim titriyordu, elini saymazsak ilk kez tenine dokunuyordum. O kadar güzel bir koku yayılıyordu ki bütün gece öylece kalabilirdim. Dergilerdeki reklam resimlerinden biri sanki canlanıvermişti. Sonunda başını çevirip bana baktı.
"Güzel durdular mı?" Başımı salladım, konuşamıyordum. Hoş bir şeyler söyleyip, iltifat etmek isterdim.
"Beni yanağımdan öpmek ister misin?"
Karşılık vermedim, ama ellerini omuzlarıma koydu, parmaklarının ucunda dikilip yanağıma bir öpücük kondurdu. Benden yayılan sıcaklığı hissetmiştir herhalde, çünkü o sırada bir kor parçası gibi kıpkırmızıydım.
Ardından, söğüş tavuk ve bir sürü şey yedik; şampanyayı açtım, çok hoştu, şaşırmıştım. Bir şişe daha almış olmayı isterdim, içimi kolaydı, pek sarhoş da etmiyordu. Pek çok güldük, gerçekten çok espriliydi, orada olmayan insanlarla konuşmasını falan seyretmek beni çok eğlendirdi.
Yemekten sonra, kahveyi mutfakta beraberce hazırladık (gözümü üstünden ayırmıyordum tabii ki) ve salona getirdik. Ona satın aldığım caz plaklarını çaldı. Kanepede gerçekten yan yana oturduk.
Sonra sessiz film oynadık; heceleri mimle anlatıyor, benim de sözcüğü bulmam gerekiyordu. Anlatmakta da, bulmakta da pek becerikli değildim. Anlattığı sözcüklerden birinin "kelebek" olduğunu hatırlıyorum. Tekrar tekrar anlatıp duruyordu, ama bir türlü bu-

lamıyordum. Uçak dedim ve bildiğim bütün kuş isimlerini saydım, sonunda kendini bir koltuğa bırakıp bu oyunu hiç beceremediğimi söyledi. Sonra sıra dansa geldi. Bana caz ve samba eşliğinde dans etmeyi öğretmeye çalıştı, ama bu ona dokunmak demekti ve kafamı öylesine karıştırıyordu ki zamanlamayı tutturamıyordum. Hepten ağır olduğumu düşünmüş olmalı.

Ardından, bir dakika ayrılması gerekti. Bundan hoşlanmadım, ama aşağı kata gitmesini bekleyemezdim, dolayısıyla yukarı çıkmasına izin vermek zorunda kaldım ve merdivende inişini beklerken, ışıkla dışarıya işaret verip vermediğini kontrol ettim (tahtaları pencerelere çakmamıştım, bu da bir hataydı). Pencereler yüksek olduğundan, ben işitmeden oradan sıvışması mümkün değildi, ayrıca atlamak da cesaret işiydi. Dışarı çıktığında beni merdivenlerde gördü.

"Bana güvenemiyor musun?" Sesi biraz kızgın çıkıyordu.

"Güveniyorum, mesele o değil," dedim.

Salona döndük.

"Nedir peki?"

"Eğer şimdi kaçarsanız, hâlâ sizi tutsak ettiğimi söyleyebilirsiniz. Ama sizi eve kadar ben götürürsem, sizi serbest bıraktığımı ileri sürebilirim. Aptalca olduğunu biliyorum," dedim. Biraz rol yapıyordum tabii ki. Çok güç bir durumdu.

Bana baktı ve "Biraz sohbete ne dersin?" dedi. "Gel yanıma otur."

Gidip oturdum.

"Ben gittikten sonra ne yapmayı tasarlıyorsun?"

"Bunu düşünmek istemiyorum."

"Beni yeniden görmek ister misin?"

"Tabii ki."

"Temelli Londra'ya mı yerleşeceksin? Seni gerçekten modern birine dönüştüreceğiz. Herkesin tanışmak isteyeceği birine."

"Arkadaşlarınızın yanında benden utanç duyarsınız."

Her şey gerçekdışıydı. Onun da benim kadar atıp tuttuğunun farkındaydım. Başım ağrıyordu. Her şey ters gitmeye başlamıştı.

"Benim çok arkadaşım vardır. Neden biliyor musun? Çünkü asla utanç duymam onların varlığından. Her çeşit insan vardır, aralarındaki en garibi de kesinlikle sen olmayacaksın. İçlerinden biri son derece ahlâksız bir adamdır. Ama çok iyi bir ressam olduğundan onu hoş görürüz. O da kendinden asla utanç duymaz. Senin de onun gibi olman gerekiyor. Yaptıklarından utanç duymamalısın. Sana yardımcı olacağım. Denersen kolaylıkla başarabilirsin."

Zaman uygun görünüyordu. Zaten artık kendimi de tutamıyordum.

"Lütfen evlen benimle," dedim, yüzük cebimde hazır bekliyordu.

Bir sessizlik oldu.

"Benim olan her şey senindir," dedim.

"Evlilik aşk demektir," dedi.

"Senden hiçbir şey beklemiyorum," dedim. "İstemediğin hiçbir şey yapmanı beklemiyorum senden. Canının istediğini yapabilirsin, sanat öğrenirsin, ne istersen yaparsın. Senden hiçbir şey, hiçbir şey istemiyorum, resmen karım olman ve benimle aynı evde yaşamandan başka."

Gözlerini halıya dikmiş, hareketsiz duruyordu.

"İstersen kendi yatak odan olur ve her gece kilitlersin," dedim.

"Ama korkunç bir şey bu. İnsanlık dışı! Asla birbirimizi anlayamayacağız. Yüreklerimiz çok farklı."

"Ama benim de bir yüreğim var," dedim.

"Benim için her şey ya güzeldir ya da değildir. Anlayabiliyor musun? İyi ve kötü diye düşünmüyorum. Yalnızca güzel veya çirkin. İyi olan birçok şeyin çirkin, kötü olan birçok şeyin de güzel olduğu görüşündeyim."

"Kelimelerle oynuyorsun," dedim. Bütün yaptığı bana bir bakış fırlatmak oldu, sonra ayağa kalktı ve ateşin yanına gitti, gerçekten güzeldi. Ama bütünüyle içine kapanıktı. Üstündü.

"Herhalde şu Piers Broughton'ı seviyorsunuz," dedim. İyice bir sarsmaktı niyetim. Gerçekten de şaşkına döndü.

"Onu nereden biliyorsun?"

Gazetelerde okuduğumu söyledim. "Onunla yarı resmi nişanlı olduğunuz yazıyordu."

Hemen o an bunun bir palavra olduğunu anladım. Gülüp geçti. "Evleneceğim son insan odur. Seninle evlenmeyi bile yeğlerim."

"Peki neden evlenmiyoruz öyleyse?"

"Çünkü her şeyimle ait olduğumu hissetmediğim bir adamla evlenemem. Ruhum onun olmalı, yüreğim onun olmalı, bedenim onun olmalı. Aynı şekilde onun da bana ait olduğunu hissetmeliyim."

"Ben size aidim."

"Hayır! Ait olmak iki yönlüdür. Bir veren, bir de verileni alan. Sen bana ait değilsin, çünkü seni kabul edemem. Karşılığında birşey veremem."

"Fazla bir şey istemiyorum ben."

"Biliyorum. Yalnızca vermek zorunda olduklarımı istiyorsun. Görüntüm, konuşmam, devinimlerim. Ama ben bu kadarcık değilim. Verecek başka şeylerim de var. Ama onları sana veremem, çünkü seni sevmiyorum."

"O zaman bu her şeyi değiştirir, değil mi?" dedim. Ayağa kalktım, başım zonkluyordu. Ne demek istediğimi hemen anladı, yüzünden belli oluyordu, ama anlamazdan geldi.

"Ne demek istiyorsun?"

"Ne demek istediğimi pekâlâ biliyorsunuz."

"Seninle evleneceğim. Ne zaman arzu edersen seninle evleneceğim."

"Bakın şu işe," dedim.

"İşitmek istediğin bu değil miydi?"

"Bunun için şahitlerin falan gerektiğini bilmediğimi sanıyorsunuz herhalde."

"Yani?"

"Size zerre kadar güvenmiyorum," dedim.

Bana bakışı beni gerçekten rahatsız etti. Sanki onun gözünde insan sayılmazmışım gibi bir bakıştı. Küçümsemeden eser yoktu. Başka bir gezegenden geliyormuşum gibiydi. Sanki büyülenmişti.

"Bütün bu palavralar altındaki gerçeği görmediğimi sanıyorsun," dedim.

Sadece "Ferdinand," diye mırıldandı. Yalvarır gibi çıktı sesi. Bu da bir hileydi.

"Bana Ferdinand demeyin."

"Söz verdin. Sözünden dönemezsin."

"Ne istersem onu yaparım."

"Ama benden ne istediğini bilmiyorum. Bana hiçbir fırsat tanımazsan, dostun olduğumu nasıl kanıtlayabilirim?"

"Susun."

Aniden harekete geçti, bekliyordum, hazırdım, ama hesaba katmadığım şey dışarıdan bir araba gürültüsü geleceğiydi. Araba tam eve yaklaşırken, ısıtmak ister gibi ayağını şömineye uzattı ve bir tekme savurup, yanan odunlardan birini halının üzerine düşürdü, aynı anda haykırarak pencereye doğru koşmaya başladı, asma kilitlerin takılı olduğunu görünce de kapıya yöneldi. Ama ben önce davrandım. Her şey o kadar hızlı olmuştu ki çekmecedeki kloroforma erişemedim. Bana döndü ve bağırmayı sürdürerek tırmalamaya kalkıştı, ama nezaket gösterilerine girişecek durumda değildim, kollarını indirip, elimle ağzını kapadım. Kurtulmaya çalıştı, ısırdı, tekmeledi, artık ben de paniğe kapılmıştım. Omuzlarından yakalayıp, plastik kutunun durduğu çekmeceye doğru sürükledim. Ne olduğunu görmüştü, elimden kurtulmayı denedi, başını sağa sola sallıyordu, ama sonunda mendili alıp ağzına dayadım. Kulağım da hep dışarıdaydı tabii ki. Ayrıca halıyı tutuşturan odundan da gözümü ayırmıyordum, oda dumana boğulmuştu. Nihayet etkisiz hale getirdikten sonra, gidip ateşi söndürdüm. Üstüne bir vazonun içindeki suyu boşalttım. Çok hızlı hareket etmem gerekti, zamanım varken onu mahzene indirmeliydim; öyle de yaptım, yatağına yatırdım; arkasından tekrar salona çıkıp ateşin gerçekten söndüğünden ve çevrede kimselerin olmadığından emin olmak istedim.

Sıradan bir tavırla ön kapıyı açtım, kimsecikler yoktu. Her şey yolundaydı yani.

Sonra yeniden mahzene indim.

Hâlâ baygındı, yatakta bıraktığım gibi duruyordu. Görülmeye değerdi, elbisesinin bir askısı omzundan kaymıştı. Neden bilmem, tahrik oldum, onu hemen önümde uzanmış görmek cinsel arzularımı kamçıladı. Sanki kimin efendi olduğunu göstermiş gibiydim. Elbise bir omzunun üzerinden sıyrılmıştı, üstelik çoraplarının birini en üst noktasına kadar görüyordum. Gariptir, bu bana bir zamanlar görmüş olduğum bir Amerikan filmini hatırlattı (belki de bir dergideydi). Bir adam sarhoş bir kızı eve götürüyor, sonra da soyup yatırıyordu, bütün yaptığı buydu, kötü bir şey yoktu, kız sabah adamın pijamalarıyla uyanıyordu.

Ben de aynı şeyi yaptım. Elbisesini ve çoraplarını çıkardım, ama bazı şeylere dokunmadım, sadece sutyen ve öteki küçük şey, sonuna kadar gitmemek için. Üzerinde Annie Hala'nın ipten başka bir şey değil dediğinden (birçok kadının kanser olmasının bundan ileri geldiğini söylerdi) başka bir şey olmadan orada yatarken tam bir resim gibiydi. Sanki bikini giymişti.

Düşlediğim fırsattı bu. Makinemi alıp, birkaç fotoğraf çektim, daha fazlasını da çekecektim, ama azıcık kıpırdandı, ben de bir acele her şeyimi toparlayıp dışarı çıktım.

Hiç beklemeden, resimleri basmaya koyuldum. Çok güzel çıkmıştı. Sanatsal değildi, ama ilginçti.

Öyle bir haldeydim ki, o gece gözüme uyku girmedi. Ara ara yeniden mahzene inip ağzına kloroformlu mendili dayayıp başka fotoğraflar çekmek geçti aklımdan, o kadar kötüydü. Aslında ben böyle değilim, o geceki halimin nedeni akşamki olaylar ve içinde bulunduğum gergin durumdu. Üstelik şampanyanın da olumsuz bir etkisi olmuştu. Ayrıca söylediği laflar. Hani derler ya, her şey üst üste geldi.

Bütün bunlar bir daha tekrarlanmadı, ama olan olmuştu. Bir anlamda, asla anlaşamayacağımızın, beni asla anlayamayacağının kanıtıydı, ama ona kalsa benim onu asla anlayamayacağımı, elimden gelse bile anlamayı denemeyeceğimi söylerdi.

Daha sonra düşündüm de, yaptığım, yani onu soymam o kadar da kötü bir şey değildi; o şartlarda kendini tutabilecek, sadece fotoğraf çekmekle yetinecek fazla erkek yoktur, benim lehime bir puan bile sayılır bu.

Ne yapacağımı tarttım ve mektup yazmanın en iyi şey olduğunda karar kıldım. Şöyle yazdım:

> Dün gece için özür dilerim, beni asla affedemeyeceğinizden emin olduğumu söyleyebilirim.
> Mecbur kalmadıkça zora başvurmayacağımı söylemiştim. Ama yaptığınızın beni mecbur bıraktığını kabul edersiniz herhalde.
> Gerekli olanı yaptığımı anlamaya çalışın. Elbisenizi çıkardım, çünkü yine kusabileceğinizi düşündüm.
> Bu şartlar altında gösterilebilecek saygıda kusur etmedim. Başkalarının aynı durumda gidebileceği kadar ileri gitmediğim için bana bir şans tanıyın.

Daha fazla bir şey söyleyecek değilim. Sizi burada bir süre daha tutmamın zorunlu olduğundan başka.
Saygılarımla, vs.

Mektuba başlarken bir şey yazmadım. Ona nasıl hitap edeceğimi bilemiyordum; "Sevgili Miranda" biraz fazla samimi gelmişti. Neyse, aşağı gidip, kahvaltısını götürdüm. Tam düşündüğüm gibiydi. Sandalyesine oturmuş, bana bakıyordu. "Günaydın," dedim, karşılık vermedi. "Kornfleks mi başka bir şey mi arzu edersiniz?" gibilerinden bir şey söyledim, sadece bana baktı. O zaman da kahvaltısını ve mektubu masanın üzerine bıraktım ve dışarı çıkıp bekledim, döndüğümde hiçbir şeye dokunulmamış, mektup açılmamıştı, hâlâ aynı köşede oturmuş bana bakmayı sürdürüyordu. Konuşmanın yararı olmadığının farkındaydım, bana ölümüne kin beslediği apaçıktı.

Birkaç gün boyunca surat asmayı sürdürdü. Bildiğim kadarıyla, bu süre içinde boğazından sadece birkaç yudum su geçmişti. Ona yemeğini götürdüğümde, günde en az bir kere razı etmeye çalışıyordum, ama o hiçbir şey yememekte direniyordu. Mektubu bir kez daha götürdüm, bu sefer okudu, sonu yırtılmak olsa da hiç olmazsa dokunmuştu. Her yola başvurdum: Tatlılıkla konuştum, kızmış ve bozulmuş gibi yaptım, yalvardım, ama hiçbiri işe yaramadı. Genellikle sanki beni duymuyormuş gibi sırtı bana dönük oturuyordu. İsviçre çikolatası, havyar ve paranın (Lewes'tan) alabileceği en iyi yiyecekleri aldım, ama elini bile sürmedi.

Gerçekten kaygılanmaya başlıyordum. Ama bir gün içeri girdiğimde, sırtı bana dönük, yatağın yanında dikiliyordu; ben içeri adımımı atar atmaz dönüp "Günaydın," dedi. Sesi garipti, kin doluydu.

"Günaydın," dedim. "Sesinizi yeniden duymak ne güzel."

"Öyle mi? Güzel olmayacak. Çok geçmeden asla duymamış olmayı dileyeceksin."

"Göreceğiz."

"Seni öldüreceğim. Beni açlıktan ölmeye terk edeceğini kavrıyorum şimdi. Evet, yapacağın şey kesinlikle buydu."

"Son günlerde size yiyecek bir şeyler vermediğimi mi söylemek istiyorsunuz?"

Buna cevap veremedi, her zamanki gibi bana baktı.

"*Beni* uzun süre tutsak edemeyeceksin. Elindeki ölü bir tutsak olacak."

"Yine de kahvaltınızı edin lütfen."

O zamandan sonra, normal yemeye başladı, ama eskisi gibi değildi. Çok az konuşuyordu, ağzını açtığında da hep iğneli ve alaylı oluyordu, o kadar keyifsizdi ki yanında kalmanın hiç tadı yoktu. Odada gereğinden bir dakika fazla kalsam, hemen beni kovuyordu. Birkaç gün sonra, kızarmış ekmek üstüne iyice pişmiş barbunya fasulyesi götürdüğümde, tabağı alıp dosdoğru suratıma fırlattı. İçimden suratının ortasına bir tokat patlatmak geçti. Bu tuz biber oldu, artık bütün bunlardan bıkmıştım, bir anlamı kalmamıştı, her yolu denedim, ama o akşam olanlardan beni sorumlu tutmakta inat ediyordu. Çıkmaza girmiş gibiydik.

Günün birinde, benden bir şey istedi. Akşam yemeğinden sonra, bana bağırmasına fırsat bırakmadan odadan çıkma alışkanlığı edinmiştim, ama bu sefer, "Dur bir dakika," dedi.

"Yıkanmak istiyorum."

"Bu gece uygun değil," dedim. Hazırlıklı değildim.

"Yarın?"

"Neden olmasın. Söz verirseniz eğer."

"Söz veriyorum." Bunu aksi bir sesle söylemişti. Sözünün ne kadar değerli olduğunu biliyordum.

"Ayrıca dış mahzende yürüyüş yapmak istiyorum." Ellerini uzattı, ben de bağladım. Günlerdir ilk kez ona dokunuyordum. Her zaman olduğu gibi dış kapıya çıkan basamaklara oturdum, o da garip bir şekilde bir aşağı, bir yukarı gidip gelmeye başladı. Çok rüzgâr vardı dışarıda, aşağıdan duyuluyordu, sadece onun adımları ve üstümüzde rüzgâr sesi. Uzun bir süre ağzını açmadı, neden bilmiyorum, ama konuşmak istediğini hissediyordum.

"Yaşamdan zevk alıyor musun?" diye sordu aniden.

"Pek değil," diye cevapladım. Dikkatli.

Dört beş kere daha gidip geldi. Sonra da mırıldanarak şarkı söylemeye başladı.
"Güzel bir şarkı," dedim.
"Hoşuna mı gitti?"
"Evet."
"Öyleyse susuyorum."
İki üç tur daha attı.
"Konuş benimle."
"Ne hakkında?"
"Kelebekler."
"Kelebekler hakkında ne öğrenmek istiyorsunuz?"
"Neden biriktirdiğini anlat bana. Nerede bulduğunu söyle. Haydi. Konuş işte."
Garip geliyordu, ama konuştum, her sustuğumda "Devam et, konuş," dedi. Sonunda, "Yeter" deyip kesene kadar aşağı yukarı yarım saat konuşmuş olmalıyım. İçeriye girdi, ben de bağlarını çözdüm, dosdoğru gitti, sırtı bana dönük yatağın üzerine oturdu. Çay ister mi diye sordum, cevap vermedi, birden ağladığını fark ettim. Onu ağlarken görmek bana fena dokunuyordu, onu böylesine mutsuz görmeye dayanamıyordum. Yanına gidip "Ne isterseniz söyleyin bana, arzu ettiğiniz her şeyi satın almaya hazırım," dedim. Başını çevirdi, ağlıyordu ağlamasına, ama gözleri ateş püskürüyordu, ayağa fırladı ve "Dışarı, dışarı, dışarı," diye bağırarak üstüme yürüdü. Korkunçtu. Gerçekten deli gibiydi.

Ertesi gün sakinleşmişti. Ağzını açmadı. Tahtaları çaktım, her şeyi hazırladım ve gözden geçirdim, yürüyüşünü yaparken hazır olduğunu belli etti (bu sefer sessiz bir şekilde). Ben de ağzına tıkacı yerleştirdim, ellerini bağladım ve yukarı götürdüm. Yıkandı ve çıkınca bağlamam için ellerini uzattı, tıkaca da ses çıkarmadı.

Önlem olsun diye, onu elinden tutup mutfaktan hep önce ben çıkardım, orada bir basamak vardı, bir keresinde ben de takılmıştım; belki de bu yüzden sendelemesi ve elindeki fırçaların, şişelerin ve havlunun içinde taşıdığı her şeyin gürültüyle yere saçılması bana doğal göründü (elleri önden bağlı olduğu için havlunun içindeki eşyalarını hep kucağında taşıyordu). Çok masum bir şekilde ayağa kalktı, eğilip diz kapaklarını ovuşturdu. O zaman ben de aptal gibi çömelip eşyalarını toplamaya koyuldum. Elim hep sabahlığına yapışıktı tabii ki, ama gözlerimi bir an üzerinden ayırmam kötü oldu. Sonra hatırladığım, başımın yanına müthiş bir darbe yediğimdi. Bereket versin, kafamı ıskalamıştı, omzumda, daha doğrusu ceketimin yakasında patlamıştı. Neyse, bir sonraki darbeyi savuşturmak için yana yuvarlandım. Sabahlığının eteğini bırakmamıştım, ama dengemi yitirdiğimden ellerine ulaşamadım. Elinde bir şey tuttuğunu görebiliyordum ve ansızın bunun arada bir ufak tefek tamiratlar için kullandığım eski balta olduğunu kavradım; daha o sabah onunla bahçede, bir önceki gece rüzgârın söktüğü yaşlı elma ağacının bir dalını kesmiştim. Yaptığım hata şimşek gibi çaktı kafamda. Baltayı mutfak penceresinin dışına dayamıştım, o da gelirken fark etmişti herhalde. Her şeyi mahvetmek için bir tek hata yeterliydi.

Birkaç saniye kaderimi elinde tuttu, beni öldürmemiş olması bir mucizeydi. Bir darbe daha savurdu, kolumu yarı kaldırarak engelledim, yine de şakağımda korkunç bir yaranın açıldığını hissettim, kafamın içinde çanlar çalmaya başladı ve sanki bir anda kan fışkırdı. Nasıl yaptığımı bilmiyorum –içgüdü herhalde– ama yanlamasına bir tekme savurdum ve düşerken onu da beraberimde devirdim, neredeyse üzerime düşüyordu, baltanın taşa çarpışını duydum.

Hemen alıp çimenlere fırlattım, sonra da tıkacı çıkarmasına fırsat vermeden, ellerinden yakaladım. Biraz daha dövüştük, sadece birkaç saniye sürdü; bunun bir işe yaramayacağını anlamış olmalıydı, eline fırsat geçmişti ve bunu iyi kullanamamıştı, birden duruldu, ben de tutup aşağıya odasına sürükledim. Sert davrandım, kendimi çok kötü hissediyordum, kan yüzümden boşanıyordu. İçeri ittim, kapıyı çarpıp sürgülemeden önceki bir anlık duraksamam sırasında bana çok garip bir şekilde baktı. Tıkacını çıkarıp, bağlarını çözmemiştim. İyi bir ders olur, diye düşündüm.

Yukarıya çıkıp yaramı yıkadım, aynada yüzümü görünce az kalsın bayılıyordum, her yanım kan içindeydi. Bereket versin ki balta yeterince keskin değildi ve kolum darbeyi hafifletmişti, yara parça parçaydı, görünüşü korkunçtu, ama derin değildi. Havluyu üzerine bastırarak uzun süre oturdum. Kan görmeye böylesine dayanabileceğime inanmazdım, o akşam kendi kendimi şaşırttım.

Bu olay beni çok üzmüştü elbette. O hafif baygınlığı geçirmemiş olsaydım neler yapardım hiç bilmiyorum. Bardağı taşıran son damla dedikleriydi tam; aklımdan kötü şeyler geçti. Eğer sakinleşmeseydi, nereye kadar gidebilirdim bilemiyorum. Ama artık bu sorunun bir anlamı yok.

Ertesi sabah mahzene indim, hâlâ başım ağrıyordu, o kötü davranırsa ben de çok kötü olmaya hazırdım, ama beni görür görmez hemen ayağa kalkıp, başımın nasıl olduğunu sordu, bu da derin bir nefes almamı sağladı. Sorma şeklinden, farklı davranmaya çalıştığını, incelik yapmak istediğini anladım.

"Ölmediğim için şanslıyım."

Yüzü solgun ve ciddiydi. Ellerini bana uzattı, tıkaçtan kurtulmayı başarmıştı, ama bağlarıyla uyumak zorunda kalmıştı (üzerinde hâlâ sabahlığı vardı). Ellerini çözdüm.

"Yarana bir göz atayım."

Geri çekildim, sinirlerimi geriyordu.

"Elimde bir şey yok. Yarayı yıkadın mı?"

"Evet."

"Dezenfekte ettin mi?"

"Tamamdır."

Gidip eşyalarının arasından küçük bir Dettol şişesi çıkardı, bir pamuk parçasını ıslattı ve geri geldi.

"Şimdi neler kuruyorsunuz?" diye sordum.

"Bununla temizlemek istiyorum. Otur. Otur." Söyleme şeklinden iyi niyeti anlaşılıyordu. İşin garip yanı, bazen yalan söylemediğini anlayabilirdiniz.

Yavaş bir hareketle, pansumanı çıkardı, gördüğünde ürperdiğini hissettim, bakması hoş değildi, ama yumuşaklıkla temizledi ve yeni bir pansuman koydu.

"Çok teşekkür ederim," dedim.

"Yaptığımı... yaptığım için özür dilerim. Öç almadığın için de teşekkür ederim. Hakkın vardı."

"Bütün yaptıklarınızdan sonra bağışlamak hiç de kolay değil."

"Üzerinde konuşmak istemiyorum. Yalnızca özür diliyorum."

"Özrünüzü kabul ediyorum."

"Teşekkürler."

Bunların hepsi yüzeyseldi, uzaklaşıp kahvaltısını etmeye gitti, ben de dışarıda bekledim. Toplamak için kapıya vurduğumda, giyinmiş ve yatağını da güzelce yapmıştı, başka bir şey ister mi diye sordum, karşılığı "Hayır" oldu. Kendim için antibiyotikli bir merhem almamı söyledi, tepsiyi geri verirken yüzünde belli belirsiz bir gülümseme vardı. Pek önemli değildi, ama büyük bir değişimin kanıtıydı. İçimden "Neredeyse insanın başından yaralanmasına değer bu," diye geçirdim. O sabah gerçekten mutluydum. Sanki güneş yeniden görünüyordu.

O günü izleyen birkaç gün, ikimiz de nasıl davranacağımızı bilemedik. Pek konuşmuyordu, ama hüzünlü veya saldırgan değildi. Nihayet bir gün kahvaltıdan sonra, önceden yaptığımız gibi, oturmamı ve resmimi çizmek istediğini söyledi. Bu, konuşmak için uydurduğu bir bahaneydi.

"Bana yardım etmeni istiyorum," dedi.

"Dinliyorum," diye karşılık verdim.

"Bir delikanlının âşık olduğu bir kız arkadaşım var."

"Eee," dedim. Durmuştu. Tepkimi ölçmek için şüphesiz.

"O kadar âşık olmuştu ki, sonunda kızı kaçırdı. Tutsak olarak evinde tutuyor."

"Ne büyük bir rastlantı."

"Değil mi? Kız yeniden özgürlüğüne kavuşmayı arzu ediyor, ama delikanlıyı kırmak da istemiyor. Ne yapması gerektiği konusunda hiçbir fikri yok. Sen ne önerirdin?"

"Sabır."

"Delikanlının kızı bırakması için ne olması gerekiyor?"

"Herhangi bir şey olabilir."

"Peki. Bırakalım oyunu. Özgürlüğüme kavuşmak için ne yapmam gerektiğini söyle."

Cevap veremezdim, sonsuza kadar benimle birlikte yaşamasını söylesem, başladığımız noktaya dönmüş olacaktık.

"Evliliğin yararı yok. Bana güvenemezsin," dedi.

"Daha değil."

"Ya seninle yatarsam?"

Çizmeyi bırakmıştı. Verecek karşılığım yoktu.

"Evet?"
"Senin bu türden biri olduğunu düşünmezdim."
"Yalnızca koşullarını öğrenmeye uğraşıyorum." Yeni bir çamaşır makinesinin ödeme şartları üzerinde bilgi edinmeye çalışır gibiydi.
"Ne istediğimi biliyorsun."
"Ama bu benim istemediğim şey," dedi.
"Gayet iyi biliyorsunuz."
"Aman Tanrım. Bak, yalnızca evet veya hayır diye yanıt ver. Benimle yatmak istiyor musun?"
"İlişkimizin şu andaki halinde hayır."
"Peki ilişkimiz nasıl şimdi?"
"Görünüşe bakılırsa bütün sorulara bir cevabı olan sizsiniz."
Derin bir nefes aldı. Biraz damarına basmak hoşuma gidiyordu. "Yalnızca bir kaçış yolu aradığımı mı sanıyorsun? Yaptıklarım yalnızca bu amaca yönelik, değil mi?"
"Evet," dedim.
"Ya ardında başka bir nedenin saklı olduğunu duysaydın? Senden hoşlandığım için. Eğlence olsun diye. O zaman hoşuna gider miydi?"
"Sözünü ettiğiniz şeyi, Londra'da canımın çektiği zaman satın alabilirim."
Bu onu susturdu. Yeniden çizmeye başladı.
Az sonra, "Beni cinsel açıdan çekici bulduğun için buraya getirmedin öyleyse," dedi.
"Sizi son derece çekici buluyorum. En çekici."
"Tam anlamıyla bir sır küpüsün," dedi. Sonra da çizimini sürdürdü ve bir daha konuşmadık. Ben denedim, ama duruşumun bozulduğunu söyledi.

Kimilerinin neler düşüneceğini biliyorum, davranışımı garip bulacaklar. Erkeklerin çoğunun durumdan yararlanacağının, bunun için fırsatların da eksik olmadığının farkındayım. Kloroformlu mendili kullanabilirdim. Canımın çektiğini yapabilirdim, ama ben öyle bir insan değilim, kesinlikle öyle değilim. Beslenmesi üç ay gerektiren bir tırtılı, birkaç günde tıka basa yedirmeyi deniyordu. O kadar aceleciydi ki, bunun iyiye varmayacağını biliyordum. Günümüzde, insanlar her şeyi hemencecik elde etmek istiyorlar, arzularını canları çektiğinde hiç beklemeden tatmin etmenin peşindeler, ama ben onlar gibi değilim, daha eski kafalıyım, geleceği kurmak ve her şeyin zamanla gelişmesini beklemek hoşuma gidiyor. "Yavaş yavaş çek," derdi Dick Enişte, oltasına büyük balık vurduğunda.

Asla anlamadığı, bana yanımda olmasının yettiğiydi. Gerisinin önemi yoktu. Bir şey yapmak gerekmiyordu. Onun yanımda olmasını istiyordum, o kadar, bir de kendimi güvende hissetmek.

İki ya da üç gün geçti. Pek konuşmuyordu, ama bir gün öğle yemeğinden sonra, "Yaşam boyu tutsağım ben, değil mi?" dedi.

Sadece biraz laflamak için bunu söylediğini fark ettiğimden karşılık vermedim.

"Yeniden dost olmamız daha iyi değil mi?"

"Benim için bir sakıncası yok," dedim.

"Bu gece yıkanmak istiyorum."

"Tamam."

"Sonra da, biraz değişiklik olsun diye yukarıda kalmaya ne dersin? Bu odadan çıkmaya can atıyorum."

"Bakalım," dedim.

Ama şömineyi yaktım ve her şeyi hazırladım. Ortada ele geçirip kafama vuracağı bir şey kalmaması için iyice kontrol ettim. Hâlâ eskisi gibi ona güven duyuyormuş gibi yapmanın yararı yoktu.

Yukarı, banyoya çıktı, her şey yolunda gitti. Dışarı çıktığında ellerini bağladım, tıkaca gerek görmedim ve peşinden aşağı kata indim. Çok fazla Fransız parfümü sürünmüş olduğunu fark ettim, saçlarını eskisi gibi tepesinde topuz yapmıştı ve benim satın aldığım mor beyaz sabahlığı giymişti. Hiç bitiremediğimiz sherry'den bir kadeh istedi (şişenin yarısı duruyordu), ben de bardağını doldurdum; ateşin yanı başında, gözlerini yalazlardan ayırmadan ve ısıtmak için çıplak ayaklarını sırayla uzatarak dikiliyordu. İçkilerimizi yudumladık; konuşmadık, ama bir iki kez bana garip bir şekilde baktı, sanki benim bilmediğim bir şeyi biliyormuş gibi, bu da beni tedirgin etti.

Bir kadeh daha aldı ve bir dakikaya kalmadan bitirdi, sonra bir daha istedi.

"Otur lütfen," dedi, gösterdiği kanepeye oturdum. Bir süre oturuşumu seyretti. Sonra gelip önüme dikildi, gözlerini benden ayırmıyor ve garip bir şekilde ağırlığını bir ayağından ötekine aktarıyordu. Ardından geldi ve pat diye kucağıma oturdu. Boş bulunmuştum. Ben farkına bile varamadan kollarını boynuma doladı ve beni dudaklarımdan öpmeye başladı. Sonra da başını omzuma yasladı.

"Bu kadar donuk olma," dedi.

Allak bullak olmuştum. Kendimi toplayamıyordum.

"Kolunu belime dola," dedi. "İşte böyle. Hoşuna gidiyor, değil mi? Ağır mıyım?" Ve başını yeniden omzuma yasladı, benim elim belindeydi. Sıcacıktı ve güzel kokuyordu. Sabahlığının önünün dizlerinin üstüne kadar açıldığını ama onun bunu pek de dert edinmiş görünmediğini söylemeliyim; bacaklarını öylece kanepeye uzatmıştı.

"Neler oluyor?" diye sordum.

"Çok gerginsin. Gevşe biraz. Kaygılanacak bir şey yok." Rahatlamayı denedim, o hâlâ öylece uzanmaktaydı, ama doğal olmayan bir şey hissediyordum.

"Neden öpmüyorsun beni?"

Bu soru üzerine işin gerçekten ciddiye bindiğini anladım. Ne yapacağımı bilemiyordum, alnına bir öpücük kondurdum.

"Böyle değil."

"Canım istemiyor," dedim.

Kucağımda oturmayı sürdürerek doğruldu ve bana baktı.

"Canın mı istemiyor?"

Başımı çevirdim, bağlı elleri boynumdayken bu güç oldu, onu durdurmak için ne demem gerektiğini bilemiyordum.

"Neden peki?"

Bana gülüyordu.

"Çok ileri gidebilirim," dedim.

"Ben de."

Güldüğünün, yine benimle alay ettiğinin farkındaydım.

"Ne olduğumu biliyorum," dedim.

"Nesin sen?"

"Senin sevdiğin cinsten bir adam değilim."

"Bazı zamanlar vardır, insana her erkek çekici gelir. Bilmiyor musun bunu?" Beni aptal bulduğunu göstermek ister gibi, hafifçe başıma vurdu.

"Bilmiyordum," dedim.

"Artık biliyorsun."

"İpin ucunu kaçırabiliriz."

"Hiç fark etmez. Yavaş kavrıyorsun." Birdenbire, yeniden öpmeye başlamıştı, hatta dilini bile hissettim.

"Hoşuna gitmiyor mu?"

Tabii ki evet demek zorunda kaldım. Gerçek oyunun ne olduğunu anlayamıyordum, bu da beni rahatsız ediyordu, üstelik bütün bu öpüşme ve ardından gelebilecekler de beni geriyordu.

"Hadi öyleyse, dene bir kez."

Başımı kendine çekti. Yapmak zorunda kaldım, ağzı çok hoştu. Yumuşacık.

Zayıf olduğumu biliyorum. Dosdoğru ona iğrençlik yapmamasını söylemem gerekirdi. Çok zayıftım. Her şey iradem dışında oluyor gibiydi.

Başını yeniden omzuma dayadığından yüzünü göremiyordum.

"Öptüğün ilk kız ben miyim?"

"Saçmalama."

"Gevşe biraz. Bu kadar gergin olma, utanma."

Sonra dönüp yeniden öpmeye başladı, gözleri kapalıydı. Üç kadeh sherry içmişti tabii ki. Ardından olan şey beni gerçekten huzursuz etti; iyice tahrik olduğumu hissetmeye başlamıştım ve (askerliğimi yaparken duyduklarımdan) gerçek bir erkeğin uygun zamanı gelinceye kadar kendine hâkim olabilmesi gerektiğini bildiğimden, ne yapacağımı şaşırdım. Onu gücendireceğini düşündüğümden, beni öpmeye ara verince, doğrulmaya çalıştım.

"Ne var? Canını mı acıtıyorum?"

"Evet," dedim.

O zaman dizlerimden indi ve kollarını boynumdan çekti, ama çok yakınıma oturdu.

"Ellerimi çözmeyecek misin?"

Ayağa kalktım, öylesine utanç duyuyordum ki pencerenin yanına gidip, perdeyi düzeltiyormuş gibi yaptım, dizlerinin üzerinde

dönmüş, kanapenin arkalığının üzerinden beni izliyordu.
"Ferdinand. Sorun nedir?"
"Sorun yok," dedim.
"Korkulacak bir şey yok."
"Korkmuyorum ki."
"O zaman gel yanıma. Işığı da söndür. Yalnızca şömine ateşi yeterli."
Söylediğini yaptım, ışıkları söndürdüm, ama pencerenin yanından ayrılmadım.
"Gel yanıma." Sesi çok kandırıcıydı.
"Doğru değil. Sadece numara yapıyorsun," dedim.
"Öyle mi?"
"Sen de gayet iyi biliyorsun."
"Neden gelip kendin bakmıyorsun?"
Kımıldamadım. Ta başından beri kötü bir hata olduğunun farkındaydım. Ateşin yanına gitti. Artık heyecanlı falan değildim, içim buz gibiydi. İnanılmaz bir şeydi.
"Gelip buraya otursana."
"Burada iyiyim."
Aniden o benim yanıma geldi, başımı iki elinin arasına alıp, beni ateşe doğru çekti, sesimi çıkarmadım. Oraya vardığımızda, ellerini uzattı, gözlerinde öyle bir ifade vardı ki, ellerini çözmeden edemedim. Hemen ardından yaklaşıp, beni yine öptü, bunu yapabilmek için parmak uçlarında yükselmesi gerekmişti.
Sonra da gerçekten uygunsuz bir şey yaptı.
Gözlerime inanamıyordum, bir adım geri attı ve sabahlığının kuşağını çözdü, içinde hiçbir şey yoktu. Çırılçıplaktı. Bir andan fazla bakmadım, onun ise orada gülümseyerek harekete geçmemi beklediğini hissedebiliyordum. Kollarını kaldırdı ve saçlarını çözmeye başladı. Ateşin aydınlığında, yarı gölgede çıplak durması, kasten iç gıcıklamaktı. İnanamıyordum bir türlü, daha doğrusu gözlerime inanmak zorundaydım, ama onun bu yaptıklarına inanamıyordum.
Korkunçtu, midem bulanıyor ve her tarafım titriyordu, yerin yedi kat dibine girmek isterdim. Bir fahişeyle olmaktan daha beterdi; ona saygı duymuyordum, ama benim tanıdığım Miranda'nın böylesine utanç dolu bir şey yapmasını kesinlikle kaldıramazdım.

Öylece durduk, o tam karşımda durmuş saçlarını sallıyordu, ben de gitgide daha büyük bir utanç duyuyordum. Ardından, yanıma gelip beni soymaya koyuldu, ceketimi ve kravatımı çıkardı, gömleğimin düğmelerini bir bir çözdü, ellerinde macun gibiydim. Sıra gömleğimi sırtımdan almaya geldi.

Kendi kendime, "Durmalısın, durmalısın, yanlış bu," deyip duruyordum, ama çok zayıftım. Parmağımı oynatmama fırsat kalmadan çıplaktım, o karşımdaydı ve bana sarılıyordu, ama son derece gergindim, sanki ikimiz de aslında olduğumuzdan başka kişilerdik. O anda normal davranmadığımı biliyorum, bekleneni yapmadım; onun yaptıkları içinse, onun yapabileceğini asla aklımdan geçirmediğim şeyler olduğundan başka bir şey söylemeyeceğim. Kanepede yanıma uzanmakla başlayan pek çok şey, ama ben kaskatı kesilmiştim.

Beni tam anlamıyla aptala çevirmişti. Ne düşündüğünü biliyorum, hep saygılı davranmamın nedeninin bu olduğunu düşünüyordu. Ne pahasına olursa olsun, uygun olanı yapmak arzusundaydım, ona yapabileceğimi göstermek ve saygımın gerçek olduğunu kanıtlamak arzusundaydım. Yapabileceğimi görmesini istiyordum, sonra da yapmayacağımı, bana da ona da yakışmadığını ve iğrenç olduğunu söyleyecektim.

Bir süre daha kımıldamadan uzandık, beni aşağıladığını hissediyordum, anormal adamın tekiydim onun gözünde.

Sonunda kanepeden kalktı ve yanımda diz çöküp, başımı okşadı.

"Birçok erkeğin başına gelir, önemi yok," dedi. Duyan da dünyanın en tecrübeli kişisi sanırdı.

Yeniden şömineye doğru gitti, sabahlığını giydi ve oturup beni seyretmeye koyuldu. Ben de giyindim. Bunu asla yapamayacağımı önceden bildiğimi söyledim ona. Bana acımasını sağlamak için uzun bir hikâye uydurdum, hepsi yalandı, inandı mı bilmem; âşık olabileceğimi, ama asla aşk yapamayacağımı, onu da hiç dokunmadan tutmamın nedeninin bu olduğunu falan söyledim.

"Ama bana dokunmaktan hiç hoşlanmıyor musun? Beni öpmekten zevk alır gibiydin."

"Öpüşmekten ileri gidince oluyor," dedim.

"Seni böylesine sarsmamalıydım."

"Senin hatan değil," dedim. "Ben başkalarına benzemiyorum. Kimse beni anlayamaz."

"Ben anlıyorum."

"Düşlerime giriyor. Ama gerçekleşmesi mümkün değil," dedim.

"Tantalos gibi." Kim olduğunu açıkladı.

Uzun bir süre sessiz kaldı. Kloroformu ağzına dayamak geçti içimden. Onu aşağı sürüklemek ve varlığından bu şekilde kurtulmak. Yalnız kalmak istiyordum.

"Asla yapamayacağını kim söyledi?"

"Doktorun biri." (Söylediklerimin hepsi palavraydı. Hiç doktora görünmemiştim tabii ki.)

"Psikiyatrist miydi?"

"Askerliğimi yaparken. Bir psikiyatristti," dedim.

"Benim hakkımda nasıl düşler gördün?"

"Her çeşit."

"Ya cinsel düşler?"

Sonuna kadar gitmekte kararlıydı. Vazgeçmeye de hiç niyeti yoktu.

"Seni kollarımın arasında tutuyordum. Hepsi bu," dedim. "Dışarıda rüzgâr ve yağmur, yan yana uyuyorduk. Ya da buna benzer şeyler."

"Bunu şimdi denemek ister misin?"

"Bir işe yaramaz ki."

"İstiyorsan yapmaya hazırım."

"İstemiyorum," dedim. "Hiç başlamamış olmasını tercih ederdim."

Bir süre sesini çıkarmadı. Yıllar kadar uzun geldi.

"Neden yaptığımı sanıyorsun? Yalnızca bir kaçma fırsatı yaratabilmek için mi?"

"Nedeni aşk değil şüphesiz."

"Söylememi ister misin?" Ayağa kalktı. "Bu gece bütün ahlâk ilkelerimi hiçe saydığımı kavraman gerekir. Evet, buradan kaçmak da aklımdan geçmedi değil. Ama sana gerçekten yardım etmek istiyorum. Buna inanmalısın. Cinsel... cinsel ilişkinin yalnızca bir davranış olduğunu göstermeye çalıştım, herhangi bir eylem gibi. Kirli bir şey değildir, iki kişinin birbirlerinin bedeniyle oynamasıdır. Dans etmek gibi. Bir oyun gibi." Cevap vermemi bekler gibiydi, ama sözüne karışmadım. "Başka bir erkek için asla yapmadığım bir şeyi senin için yapıyorum. Ve... yani, bana bir şeyler borçlu olduğun görüşündeyim."

Oyununu anladım tabii ki. Amaçlarını bir sürü lafın ardına saklamak konusunda çok becerikliydi. Ona gerçekten borçlu olduğumu hissettirmek konusunda, sanki her şeyi başlatan o değilmiş gibi.

"Bir şeyler söyle lütfen."

"Ne?" dedim.

"Hiç olmazsa şimdi söylediklerimi anladığını."

"Anlıyorum."

"Hepsi bu mu?"

"Canım konuşmak istemiyor," dedim.

"Bana söyleyebilirdin. Daha başta beni durdurabilirdin."

"Denedim," dedim.

Ateşin önünde diz çöktü.

"Harika. Şimdi birbirimize her zamankinden daha çok yabancılaştık."

"Önceleri benden nefret ediyordun," dedim. "Şimdi adam yerine bile koymuyorsun sanırım."

"Sana acıyorum. Sen olduğun için ve benim kim olduğumu anlayamadığın için acıyorum sana."

"Senin ne olduğunu görüyorum," dedim. "Göremediğimi sanma."

Aksi bir sesle konuşmuştum, ama yetmişti artık. Etrafına bir göz attı, sonra da elleriyle yüzünü örterek iki büklüm oldu. Biraz ağlama numarası yapıyordu sanırım. Sonunda sakin bir sesle "Lütfen beni aşağı götür," dedi.

Böylece mahzene indik. Odasına girdikten sonra, ben ellerini çözüp çıkmaya hazırlanırken, döndü:

"Karşılıklı çıplaktık," dedi. "Bunu bir tarafa atamayız."

Dışarı çıktığımda çılgına dönmüştüm. Tarif edemem. Bütün gece gözüme uyku girmedi. Aynı şeyler dönüp dolaşıp aklıma geliyordu, ben ateşin önünde ayakta veya elbisesiz uzanmış, davranışlarım ve onun aklından geçenler. Onu aşağıda benim halime gülerken canlandırıyordum kafamda. Her aklıma gelişinde, sanki bütün vücudum kıpkırmızı kesiliyordu. Gecenin bitmesini istemiyordum. Sonsuza dek karanlık kalmasını arzu ediyordum.

Saatlerce üst katta gezinip durdum. Sonunda, minibüsü dışarı çıkarıp, hızla denize doğru sürdüm, ne olabileceği umurumda bile değildi.

Her şeyi yapabilecek durumdaydım. Onu öldürebilirdim. Sonradan yaptıklarımın hepsi o gece yüzündendi.

Kendi kendime aptal, tam anlamıyla aptalın teki olduğunu tekrarlıyordum. Aslında aptal değildi, ama beni sevmek için nasıl davranması gerektiğini kesinlikle bilmiyordu. Hoşuma gitmenin birçok yolu vardı.

Öteki kadınlardan farkı yoktu, tek bildiği bayat yöntemlere başvurmaktı.

Bir daha ona saygı duymadım. Günler boyu öfkem geçmedi.

Çünkü iktidarsız değildim.

Bazen fotoğraflara (bayılttığım gece çektiklerime) bakıyordum. Zamanımı onlarla geçirebilirdim. Üstelik resimler benimle konuşmazlardı.

Bunu asla öğrenmedi.

Ertesi sabah mahzene indiğimde, sanki aramızda hiçbir şey geçmemiş gibiydi. Ne o bu konuda tek kelime söyledi, ne de ben. Kahvaltısını getirdim, Lewes'tan bir şey istemiyordu, dış mahzene biraz yürüyüş yapmaya çıktı, sonra da onu kilitledim ve çekip gittim. Daha doğrusu, yukarı çıkıp uyudum.

O akşam durum farklıydı.

"Seninle konuşmak istiyorum."

"Evet," dedim.

"Her yolu denedim. Geriye bir tek şey kalıyor. Yeniden açlığa başlıyorum. Beni serbest bırakıncaya kadar ağzıma bir şey koymayacağım."

"Uyarı için teşekkürler."

"Eğer..."

"Hmm, demek bir de eğer var."

"Eğer bir anlaşmaya varabilirsek durum değişir."

Bekler gibiydi. “Daha ne olduğunu duymadım,” dedim.

“Beni hemen bırakmayı kabul etmemen konusunda hazırlıklıyım. Ama aşağıda daha fazla kalmayı da kabul edemem. Tutsaklığımın yukarıda sürmesini istiyorum. Gün ışığı ve temiz hava istiyorum.”

“Hepsi bu kadarcık,” dedim.

“Hepsi bu kadarcık.”

“Bu akşamdan itibaren herhalde,” dedim.

“En kısa zamanda.”

“Bir marangoz, dekoratör falan da çağırmam gerekecek herhalde.”

İç geçirdi, ne demek istediğimi anlamaya başlamıştı.

“Böyle davranman gerekmez. Lütfen böyle davranma.” Bana garip bir bakış fırlattı. “Tüm bu iğnelemelere gerek yok. Amacım sana kötülük yapmak değildi.”

Bu sözlerin bir yararı yoktu, aramızdaki romantizmi öldürmüş, kendini bütün o diğer kadınlara benzetmişti, artık ona saygı duymuyordum, geriye saygı duyulacak bir şey kalmamıştı. Kurnaz olduğunu biliyordum, yukarıya yerleşir yerleşmez kaçmak için bir yol bulacaktı nasıl olsa.

Yine de, açlık grevi işine bir daha katlanmak istemedim, zaman kazanmakta yarar vardı.

“Ne kadar kısa?”

“Beni yatak odalarından birine yerleştirebilirsin. Her yanı demir parmaklıklarla ve tahtalarla örtersin. Orada uyuyabilirim. Ayrıca bağlayıp ağzımı tıkayarak, belki arada bir açık bir pencerenin önüne oturtabilirsin. Tüm isteğim bu.”

“Bu kadarcık mı? Peki insanlar pencerelere tahta çakılmış olduğunu görünce ne diyecekler?”

“Aşağıda kalmaktansa açlıktan ölmeyi yeğlerim. Beni yukarıda istersen zincirlerle bağla. Ne yaparsan yap. Ama birazcık olsun temiz hava almama ve gün ışığını görmeme izin ver.”

“Düşüneceğim,” dedim.

“Hayır. Şimdi karar ver.”

“Kimin efendi olduğunu unutuyorsun galiba.”

“Şimdi.”

“Şimdi bir şey söyleyemem. Düşünmem gerekiyor.”

"Peki öyleyse. Yarın sabah son. Ya yukarı yerleşebileceğimi söylersin ya da yiyeceklere elimi bile sürmem. Bu da cinayet sayılır." Gerçekten kötü ve yırtıcı bir bakışı vardı. Sırtımı dönüp uzaklaştım.

Bütün gece boyunca üzerinde kafa yordum. Zaman kazanmam gerektiğini, kabul eder gibi görünmem gerektiğini biliyordum. Bir şeyler yapıyormuş gibi görün, derler ya.

Sırası gelince yapabileceğim bir şeyler de düşündüm.

Ertesi sabah, mahzene indim, teklifi üzerinde düşündüğümü, ayrıntıları hesapladığımı falan söyledim, odalardan birinin düzenlenmesi mümkündü, ama bunun gerçekleşmesi en az bir hafta alırdı. Surat asmaya başlayacağını zannediyordum, ama iyi tarafından aldı.

"Ama bir kez daha ertelenirse, açlık grevine başlarım. Haberin olsun," dedi.

"Yarın işe koyulacağım," dedim. "Ama çok sayıda tahta kalas ve demir parmaklık gerekiyor. Bunların gelmesi bir iki gün alabilir."

Bana ters bir bakış fırlattı, ben de boşaltmak için kovasını almakla yetindim.

Bundan sonra iyi geçindik, benim sürekli numara yaptığım sayılmazsa tabii. Pek konuşmuyorduk, ama aksilik de yapmıyordu. Bir gece yıkanmak, odasını ve benim yaptığım değişiklikleri görmek istediğini söyledi. Bunu isteyeceğini bildiğimden, biraz tahta almış ve odayı (evin arkasına bakıyordu) gerçekten ciddi ciddi bir şeyler yaptığım izlenimini verecek şekilde düzenlemiştim. İçine şu eski Windsor stili koltuklardan bir tane almamı istedi (tıpkı daha önceleri bir şeyler istemesi gibi), ertesi gün satın aldım ve getirip ona gösterdim. Aşağıda durmasını istemiyordu, gerisin geri yukarı gitmeliydi. Aşağıdakilerden (eşyalardan bahsediyordu) hiçbirinin yukarıdaki odaya konmasını istemediğini söyledi. Her şey tereyağından kıl çeker gibiydi. Odayı ve açtığım delikleri gördükten sonra, yukarı yerleşmesine izin verecek kadar yumuşak davranacağıma inanmış görünüyordu.

Ayrıca, yerleşeceği akşam gelip onu almamı, birlikte yemek yememizi, yukarıda geçireceği ilk gecenin sabahı uyandığında da gün ışığını görmeyi diliyordu.

Bazen oldukça neşeleniyordu. Gülmekten kendimi alamıyordum. Gülmek diyorum, ama taşınma günü geldiğinde iyice asabiydim.

O akşam saat altıda mahzene indiğimde, ilk söylediği şey nezlemin ona geçtiği oldu, bana da Lewes'taki berberden bulaşmıştı.

Bütün canlılığı ve hükümranlığı üzerindeydi, tabii ki benimle alay ediyordu. Ama şakasının geri tepeceğinden haberi yoktu.

"Bu akşamki eşyalarım bunlar. Gerisini yarın getirebilirsin. Her şey hazır, değil mi?" Bunu öğlen yemeğinde de sormuştu, ben de evet demiştim.

"Hazır," dedim.

"Haydi öyleyse. Bağlanmalı mıyım?"

"Bir şey daha var. Bir şart."

"Bir şart mı?" Suratı asıldı. Hemen anlamıştı.

"Düşünüyordum da," dedim.

"Evet?" dedi sabırsızlıkla. Gözlerinden alev fışkırıyordu.

"Birkaç fotoğraf çekmek isterdim."

"Benim mi? Şimdiye kadar bir sürü çektin ama."

"Yani öyle fotoğraflar değil tam olarak."

"Anlamıyorum." Ama anladığı belliydi.

"Geçen akşamki halinle fotoğraflarını çekmek istiyorum."

Yatağın bir ucuna çöktü.

"Dinliyorum."

"Ve poz vermekten hoşlanıyor gibi görünmelisin," dedim. "Sana söyleyeceğim gibi poz vermelisin."

Ağzını bile açmadan, öylece oturdu. Sonunda öfkeleneceğini zannediyordum. Burnunu çekmekle yetindi.

"Yaparsam ne olacak?"

"Ben de kendi sözümde duracağım," dedim. "Kendimi korumam gerekiyor. Başkalarının görmesinden utanacağın fotoğraflarını çekmek istiyorum."

"Yani kaçmayı başarırsam, polise seni şikâyet edemeyeyim diye, müstehcen fotoğraflar için poz vermemi istiyorsun."

"Ana fikir bu," dedim. "Müstehcen olmayacak. Sadece yayınlanmasını arzulamayacağın fotoğraflar. Sanat fotoğrafları."

"Hayır."

"Geçen gün, ben rica etmeden yaptığından fazla bir şey istemiyorum."

"Hayır, hayır, hayır."

"Oyununu açıkça görüyorum," dedim.

"O zaman yaptığım yanlıştı. Yaptıysam, eğer yaptıysam, aramızda bayağılıktan, güvensizlikten ve kinden başka bir şey bulunmadığı umutsuzluğuna kapıldığım için yaptım. Ama bu farklı. Bu rezilce."

"Neden farklı olduğunu anlamıyorum."

Ayağa kalktı ve duvarın köşesine gitti.

"Bir kez yaptığına göre, bir daha yapabilirsin."

"Tanrım, Tanrım, tımarhanede gibiyim." Bakışlarını odada dolaştırdı, sanki ben orada değilmişim gibi, sanki başka biri dinliyormuş ya da duvarları yıkacakmış gibi.

"Ya fotoğrafları çekmeme izin verirsin ya da bir daha dışarı adım atamazsın. Dışarıda yürüyüş yok. Yıkanmak yok. Hiçbir şey."

"Beni yeteri kadar uyuttun," diye ekledim. "Kafanda bir tek düşünce var. Benden kaçıp kurtulmak. Bana oyun edip polisi peşime salmak."

"Adi bir sokak kadınından daha iyi değilsin," dedim. "Bir zamanlar sana saygı duyuyordum, çünkü kendini asla bu kadar aşağılayabileceğine inanmıyordum. Başkalarına benzemediğini zannediyordum. Ama zerre kadar farkın yok. İstediğini elde etmek için, her çeşit iğrençliği yapmaya hazırsın."

"Yeter, yeter," diye haykırdı.

"Londra'da senden daha becerikli bir sürü kız bulabilirim. Canım ne zaman çekerse. Ve canımın istediğini yaparım."

"Seni gidi iğrenç, aşağılık, adi herif!"

"Devam et," dedim. "İşte sana uygun bir konuşma şekli."

"Hiçbir insanca yasaya, hiçbir insanca ilişkiye saygı duymuyorsun. Senin cinsinle benimki arasında şimdiye dek var olan güzel her şeyi yıkıp yok ediyorsun."

"Tencere dibin kara, seninki benden kara," dedim. "Soyunan

sensin, arandın. Şimdi de katlanacaksın."

"Defol! Defol!"

Gerçek bir haykırıştı.

"Evet mi, hayır mı?" dedim.

Döndü ve bir mürekkep şişesini kaptığı gibi bana savurdu.

İşte böyle oldu. Dışarı çıktım ve kapıyı sürgüledim. Akşam yemeğini götürmedim; keskin sirke küpüne zarar. Madem böyleydi, aldığım tavuğu yedim, biraz da şampanya içtim, kalanı da lavaboya boşalttım.

Nedendir bilmem, kendimi mutlu hissediyordum, önceleri zayıf davrandığımı anlıyordum, şimdi ise bana bütün söyledikleri ve benim hakkımda bütün düşündükleri için cezasını çekiyordu. Yukarıda yürüdüm, odasına bir göz attım, kafamda onu öyle aşağıda canlandırınca gülme tuttu, artık kelimenin her anlamıyla altta kalacak olan oydu, her ne kadar işin başında bunu hak etmemişse de, o zamandan beri elinden geleni ardına koymayıp, sonunda hak etmeyi başarmıştı. Aklını başına toplaması için neyin ne olduğunu öğretmeliydim.

Neyse, sonunda uykuya dalabildim; önceden çektiğim fotoğraflara ve bazı kitaplara bakmış ve kimi düşünceler yakalamıştım. Kitaplardan birinin başlığı *Ayakkabılar* idi; kızların çok ilginç fotoğrafları vardı içinde. Çoğunlukla bacaklarını gösteriyordu, ayaklarına çeşit çeşit ayakkabılar giymişlerdi, kimilerinde ise üzerlerinde ayakkabı ve jartiyerlerinden başka bir şey yoktu, gerçekten alışılmamış fotoğraflardı, sanatsal.

Sabah mahzene indiğimde, kapıyı vurup, her zaman olduğu gibi girmeden önce biraz bekledim, ama içeride yatağından hâlâ kalkmamış olduğunu görünce şaşırdım, elbiselerini çıkarmadan yatak örtüsünün üzerinde uyumuştu ve bir an nerede olduğunu ve benim kim olduğumu kestiremezmiş gibi baktı. Orada dikilip, bana saldırmasını bekledim; ama sadece yatağın kenarında, dirseklerini bacaklarına dayayıp yüzünü avuçları arasına alarak oturdu, sanki her şey bir kâbusmuş ve uyanmaya dayanamayacakmış gibi.

Öksürdü. Göğsünden gelir gibiydi. Hali berbattı.

O zaman sesimi çıkarmamaya karar verdim ve gidip kahvaltısını getirdim. Kahvesini içti ve kornfleksi yedi, açlıktan vazgeçmişti, sonra da yine aynı duruşa geçti, başını elleri arasına aldı. Oyunu kavramıştım, amacı kendini acındırmaktı. Dayak yemiş gibiydi, ama bunun bir numara olduğunu düşündüm, ayaklarına kapanıp beni bağışlaması için yalvarmamı veya buna benzer bir saçmalık yapmamı bekliyordu.

"Soğuk algınlığına karşı bir şey ister misin?" diye sordum. Grip olduğu doğruydu.

Hâlâ ellerinin arasında duran başını salladı evet anlamına, ben de gidip getirdim, döndüğümde hâlâ aynı şekilde duruyordu. Büyük bir rol olduğu besbelliydi. Surat asmaya da devam ediyordu. Ben "Bırakayım kendi haline, istediği kadar surat assın, benim zamanım bol nasıl olsa," dedim içimden. Başka bir şey ister mi, diye sordum. Başıyla hayır dedi, ben de çıktım.

O gün öğleyin yanına gittiğimde, yataktan çıkmamıştı. Yorganların üstünden bana baktı, sadece biraz çorba ve çay istediğini söyledi, ben de getirip çıktım. Akşam yemeğinde de durum hemen hemen aynıydı. Aspirin istedi. Pek bir şey yemiyordu. Ama bu oyunu önceden bir kere daha oynamıştı. Gün boyunca konuştuklarımız taş çatlasa yirmi kelimeyi aşmamıştır.

Ertesi gün durum aynıydı, içeri girdiğimde yataktaydı. Ama uyanıktı, çünkü uzanmış, beni seyrediyordu.

"Nasıl gidiyor?" diye sordum. Karşılık vermedi, öylece uzandı.

"Yatakta yatma kurnazlığı ile beni uyuttuğunu zannediyorsan, yanılıyorsun," dedim.

Buna tepki gösterdi.

"Sen insan değilsin. Pis otuzbirci solucanın tekisin sen."

Duymamış gibi yaptım, gidip kahvaltısını getirmekle yetindim. Kahvesini vermek için ilerlediğimde, "Yaklaşma yanıma!" dedi. Sesinden zehir akıyordu.

"Seni burada bıraksam ve çekip gitsem, ne yapardın o zaman?" diye biraz damarına bastım.

"Eğer seni öldürecek gücüm olsaydı, hiç çekinmeden yapardım.

Akrep gibi. Biraz iyileşince yapacağım da. Asla polise gitmeyeceğim. Tutukevi senin için çok. Gelip seni öldüreceğim."

Oyununa kanmadığım için öfkeye kapıldığının farkındaydım. Benim nezlem geçeli çok olmadığından, durumunun pek ciddi olmadığını biliyordum.

"Çok konuşuyorsun," dedim. "Kimin efendi olduğunu unutuyorsun. Seni unutuveririm, kimsenin de ruhu duymaz."

Bu sözler üzerine gözlerini yumdu.

Ben de dışarı çıkıp Lewes'a alışverişe gittim. Öğle yemeğinin hazır olduğunu söylediğimde uyur gibiydi, ama eliyle gitmem için bir işaret yaptı.

Akşam yemeğinde, hâlâ yataktan çıkmamıştı, ama bu sefer oturmuş ona aldığım Shakespeare'i okuyordu.

Kendini daha iyi hissediyor mu, diye sordum. Yarı alaylı tabii ki.

Okumasına devam etti, cevap vermeye yanaşmadı, işte o zaman az kalsın ders olsun diye elindeki kitabı çekip alıyordum, neyse ki kendimi tuttum. Yarım saat kadar geçmişti, yemeğimi bitirdikten sonra mahzene döndüm, yemeğine el sürmemişti, bunu belirtince, "İyi değilim. Sanırım ateşim var," dedi.

Ama az sonra "Bir doktor çağırmak gerekseydi, ne yapardın?" diye sorma aptallığında bulundu.

"Bekle ve gör," diye cevap verdim.

"Öksürürken çok acıyor."

"Sadece grip," dedim.

"Grip *değil.*" Gerçekten haykırmıştı.

"Tabii ki grip," dedim. "Üstelik rol yapmayı bırak. Oyununun farkındayım."

"Rol *yapmıyorum.*"

"Öyle mi? Hayatında hiç rol yapmadın zaten. Tabii ki hayır, asla."

"Aman Tanrım, erkek değilsin sen, insan bile değilsin."

"Tekrar etsene şu son söylediğini." Yemekte biraz şampanya içmiştim, Lewes'ta yarımşar şişe satan bir dükkân bulmuştum, yani saçmalıkları kaldıracak durumda değildim.

"Erkek olmadığını söyledim."

"Pekâlâ," dedim. "Kalk bakalım yataktan. Bundan böyle emirleri ben veriyorum."

Bardağı taşırmıştı. Benim yerimde başkası olsa, şimdiye kadar çoktan ipin ucunu kaçırmıştı. Yaklaştım, yorganını çektim ve kolunu yakaladım. Yüzümü tırmalamaya ve debelenmeye başladı.

"Öyle olsun. Şimdi sana güzel bir ders vereceğim," dedim.

İpler yanımdaydı, biraz itişmeden sonra, ellerini bağladım, sonra da ağzını tıkadım, çok sıkı oldularsa bu onun suçuydu, kısa bir iple yatağa bağladım ve gidip fotoğraf makinesini ve flaşı aldım. Tabii ki biraz daha debelendi, başını salladı, hani derler ya yapabilse bakışlarıyla öldürecekti, hatta beni yumuşatmaya bile çalıştı, ama kararlıydım. Elbiselerini çıkardım, başlangıçta dediklerime boyun eğmedi, ama sonunda çaresiz uzanıp, söylediğim pozları verdi (işbirliği yapmazsa fotoğraf çekmeyi reddediyordum). Sonunda istediğim resimleri elde ettim. Flaşımın pili bitinceye kadar çekmeye devam ettim.

Sorumlusu ben değilim. Göründüğünden daha hasta olduğunu nasıl bilebilirdim? Sadece grip gibi duruyordu.

Resimleri o gece bastım. En iyileri yüzünün görünmediği fotoğraflardı, çünkü tıkaçla pek iyi sonuçlar alınamıyordu tabii ki. En iyileri, onu arkadan yüksek topukları üzerinde gösterenlerdi. Yatağa bağlı eller, onların deyişiyle ilginç bir motif oluşturuyordu. Sonuçlardan çok memnun olduğumu saklamayacağım.

Ertesi gün, yatağından kalkmış, sabahlığını giymişti, beni bekler gibiydi. Yaptığı çok şaşırtıcıydı, bir adım atıp, ayaklarımın dibine diz çöktü. Sarhoşa benziyordu. Yüzünün ateşten kıpkırmızı olduğunu görüyordum; bana baktı, ağlıyordu ve kendinden geçmiş gibiydi.

"Fena halde hastayım. Zatürreeye tutuldum. Ya da zatülcenp. Bir doktor çağırmalısın."

"Kalk ve yatağına dön," dedim ve kahve getirmeye gittim.

Döndüğümde, "Hasta olmadığını sen de gayet iyi biliyorsun, zatürree olsaydı ayağa bile kalkamazdın," dedim.

"Geceleri soluk alamıyorum. Burama bir sancı saplanıyor, sol yanıma dönüp yatmak zorundayım. Lütfen ateşime bak. O zaman anlarsın."

Dereceye baktım. 39° idi, ama insanın ateşini çıkarmasının bin bir türlü üçkâğıdı vardı.

"Buranın havası çok boğucu."

"İçeride yeterince hava var." Bu oyuna daha önce başvurmuş olması kendi suçuydu.

Yine de, Lewes'taki eczaneden, adamın nefes darlığına iyi geldiğini söylediği bir ilaç, gribe iyi gelen haplar ve bir buğu aygıtı satın aldım, önerdiğimde hepsini aldı. Akşam bir şeyler yemeyi denedi, ama hiçbir şey yutamadı ve çıkardı, görünüşü çok fenaydı ve ilk defa doğruyu söylediğine inanmam için bir neden vardı. Yüzü kıpkırmızıydı, birkaç saç tutamı terden yüzüne yapışmıştı, ama bunu ayarlamak mümkündü.

Kusmuğu temizledim ve ilaçlarını verdim, tam çıkmak üzereydim ki benden yanına oturmamı istedi, böylece yüksek sesle konuşmak zorunda kalmayacaktı.

"Eğer çok kötü hasta olmasaydım, seninle konuşmaya kalkışır mıydım? Bütün yaptıklarından sonra."

"Ne yaptıysam sen istedin," dedim.

"Gerçekten hasta olduğumu anlamalısın."

"Grip. Lewes'ta birçok kişinin durumu aynı."

"Grip değil. Zatürree oldum. Korkunç bir şey. Soluk alamıyorum."

"İyileşeceksin," dedim. "Şu sarı haplar seni kurtaracak. Eczacı çok etkili olduklarını söyledi."

"Doktoru çağırmamak cinayettir. Beni öldüreceksin."

"Önemli bir şeyin olmadığını söylüyorum sana. Ateşin etkisi bu," dedim. Doktordan bahsedince şüphelenmiştim.

"Lütfen havlumla yüzümü siler misin?"

Tuhaftır ki, dediğini yaptım ve günlerden beri ilk kez onun haline üzüldüm. İstediği şey kadın işiydi. Yani, böyle durumlarda, kadınların başka kadınlara ihtiyacı vardır. Teşekkür etti.

"Şimdi ben gidiyorum," dedim.

"Gitme. Öleceğim." Kolumu yakalamaya çabaladı.

"Budalalık yapma," dedim.

"Dinlemelisin, dinlemelisin," ve ansızın yeniden ağlamaya başlamıştı; gözlerinin yaşlarla dolduğunu görebiliyordum, başını yastığında bir o yana bir bu yana savuruyordu. O zaman haline gerçekten acıdığımı söyleyebilirim, yatağın ucuna oturup ona bir mendil verdim ve gerçekten hasta olsaydı asla doktor çağırmamazlık etmeyeceğimi söyledim. Onu hâlâ sevdiğimi, üzgün olduğumu ve buna benzer şeyler bile söyledim. Ama gözyaşları yanaklarından süzülmeye devam ediyordu, beni dinlemez gibiydi. Bir gün öncekinden daha iyi göründüğünü –tabii ki kesinlikle doğru değildi– söylediğim zaman bile tepki göstermedi.

Sonunda sakinleşti, bir süre gözleri kapalı, kımıldamadan yattı. Ben ayağa kalkınca, "Benim için bir şey yapar mısın?" dedi.

"Nedir?" diye sordum.

"Burada benimle kalıp, hava girmesi için kapıyı açık bırakır mısın?" dedi.

Kabul ettim ve odasının ışıklarını söndürdük, içeri sadece dış mahzenin ışığı giriyordu, bir de vantilatörün sesi. Yanı başında uzun bir süre oturdum. Koşarak merdiven çıkmış gibi garip bir şekilde çabuk çabuk nefes almaya başladı, dediği gibi boğuluyordu, birkaç kez sayıkladı; bir keresinde "Yapmayın lütfen," dedi, bir başka sefer galiba adımı mırıldandı, ama tam anlaşılmıyordu; neyse, uykuya daldığını hissettim ve adını söyledikten sonra karşılık gelmeyince çıktım, kapıyı arkamdan kilitledim ve çalar saati çok erkene kurdum. Bu kadar kolaylıkla uykuya dalmasının iyi olduğunu, hapların işe yaradığını ve ertesi sabah, kötüyü atlatıp, kendini daha iyi hissedeceğini düşündüm. Hatta hasta olmasının iyi olduğunu, yoksa başıma eskisi gibi bir sürü dert açacağını bile aklımdan geçirdim.

Söylemek istediğim, her şeyin hiç beklenmedik bir şekilde geliştiği. Ertesi gün yaptığımın bir hata olduğunu biliyorum, ama o güne kadar en iyi şekilde davrandığımı ve hakkım olanı yaptığımı düşündüm.

II

14 Ekim

Yedinci gece bu.

Durmadan aynı şeyi düşünüp duruyorum. Bir bilselerdi. Bir *bilselerdi*.

Öfkeyi kusmak.

Bunu anlatmayı deniyorum şimdi, bu sabah bana aldığı deftere. Lütfu.

Sakince.

Yüreğimde gitgide daha çok korkuyorum. Sakinlik sadece yüzeysel.

İğrençlik yok, cinsel bir şey yok. Ama gözlerinde delilik var.

Işığını yitirmiş duygusuz bir gri. Başlangıçta sürekli gözlüyordum onu. Aradığının seks olduğunu sanıyordum ve sırtım dönükken bile kolluyordum üstüme atılmasından korkarak. Odanın tam olarak neresinde olduğunu kestirmek için kulak kabartıyordum.

Güç. Bu kez bir *gerçeğe* dönüştü.

Atom bombasının yanlış olduğunu biliyorum. Ama şimdi bu denli zayıf olmak da yanlış geliyor.

Keşke judo bilseydim. O zaman benden aman dilerdi.

Bu tonozlu oda ne kadar da havasız, insan duvarların arasına sıkışmış gibi oluyor. Yazarken kulak kabartıyorum, düşüncelerim kötü çizimler gibi. Hemen yırtılıp atılması gerek.

Kaçmayı denemek, bir daha, bir daha.

Aklımdan çıkmayan tek şey bu.

Ne de garip. Beni büyülüyor. Ona karşı en derin kini güdüyor, müthiş hor görüyorum; bu odaya dayanamıyorum, herkes meraktan çılgına dönmüştür şimdiye dek. Ne denli kaygılandıklarını hissedebiliyorum.

Beni nasıl sevebilir? İnsan tanımadığı birini nasıl sevebilir?

Beğenimi kazanmak için aşırı çaba harcıyor. Delilerin hepsi böyle davranıyor olmalı. Delilikleri ellerinde değildir, sonunda korkunç bir şey yaptıklarında, onlar da bir anlamda herkes gibi altüst olurlar herhalde.

Onu yalnızca son iki gündür bu gözle görmeye başladım.

Minibüsün içinde buraya gelişim bir karabasandı. Kusmak isteği ve tıkacın altında boğulma korkusu. Sonra kusmak. Sık çalılık bir yere çekilip tecavüze uğrayacağımı ve öldürüleceğimi düşünmek. Minibüs durduğunda korktuğumun başıma geldiğinden emindim, sanırım kusmamın nedeni de buydu. Yalnız iğrenç kloroform değil. (Penny Lester'ın yatakhanede anlattığı hikâyeler; Japonlar ırzına geçtikten sonra annesinin nasıl sağ kaldığını anlattığı ürkütücütü öyküler hiç aklımdan çıkmıyordu. Kendi kendime karşı koyma, karşı koyma deyip duruyordum. Ladymont'tayken biri söylemişti; birinin ırzına geçmek için iki adam gerekirmiş. Eğer bir kadına tek başına bir erkek tecavüz etmişse, kadın bunu istediği için mümkün olabilmiş demekmiş.) Zaten artık bunun onun tarzı olamayacağını biliyorum. Ya yeniden kloroform kullanacak veya buna benzer bir yola başvuracaktır. Ama o ilk gece aklımda yalnız bir düşünce vardı: Karşı koyma, karşı koyma.

Hayatta kaldığıma şükretmiştim. Berbat bir korkağım ben, ölmek istemiyorum, yaşamı büyük bir tutkuyla seviyorum; yaşama ne kadar bağlı olduğumun farkında değilmişim daha önce. Buradan kurtulursam, asla eskisi gibi olmayacağım.

Ne yapacağının önemi yok. Yeter ki canlı kalayım.

Ağza alınamayacak kadar rezilce şeyler *yapabilir*.

Elime bir silah geçirebilmek için her yere baktım, ama yeterli gücüm ve ustalığım olsa bile işe yarayabilecek hiçbir şey bulamadım. Her gece demir kapının önüne bir sandalye yerleştiriyorum, hiç olmazsa ben duymaksızın içeri girmeye kalkışırsa haberim olsun.

Nefret edilecek ilkel lavabo ve oda.

Dev kör kapı. Anahtar deliği bile yok.

Sessizlik. Şimdi biraz daha alıştım. Yine de *korkunç* bir şey. En küçük bir ses bile yok. Bana sürekli bir bekleyişte olduğum hissini veriyor.

Canlı. Bir ölünün olabileceği biçimde canlı.

Sanat üzerine kitap koleksiyonu. Hesapladım, elli sterline yakın para harcamış. O ilk gece, birden bunların *benim* için satın alındığını anladım. Rastlantı sonucu seçilmiş bir kurban değildim demek ki.

Ardından, çekmeceler dolusu giysiyi fark ettim; bluzlar, etekler, elbiseler, renkli çoraplar, son derece şık bir iç çamaşırı seçkisi, gece elbiseleri. Hepsi aşağı yukarı benim ölçülerimdeydi. Her şeyden bol miktarda almış, benim üzerimde gördüğü renkler olduğunu söylüyor.

Yaşamımdaki her şey güzel görünüyordu. G.P. vardı. Ama bu bile garipti. Heyecan vericiydi. Heyecan verici.

Sonra bu geldi başıma.

Bir süre yatağın üzerinde, ışığı söndürmeden kestirdim. Bir şeyler içmek istiyordu canım, ama içine uyuşturucu katmasından çekiniyordum. Hâlâ da yemeğe ilaç karıştırmasından huylanıyorum.

Yedi gün önce. Şimdi yedi hafta gibi geliyor.

Beni durdurduğunda ne kadar da masum ve kaygılı görünmüştü. Bir köpeğe çarptığını söylemişti. Misty olabileceği geçmişti aklımdan. Kesinlikle kuşku *duyulmayacak* birine benziyordu. Kuzu gibi bir hali vardı.

Dünyanın kenarından düşüvermek gibi. Birdenbire sınırda olmak.

Geceleri, yıllardır yapmadığım bir şey yapıyorum. Yatağıma uzanıp dua ediyorum. Diz çökmüyorum, Tanrının diz çökenleri hor gördüğünü biliyorum. Yatıyorum ve suçluluk duyduklarına inandığım annemi ve babamı, Minny'yi ve Caroline'i ve diğer herkesi, hatta benim (veya herhangi birinin) acı çekmemden zevk alacak olanları bile (örneğin, Piers ve Antoinette) avutması için yalvarıyorum Tanrıya. Beni elinde tutan şu sefilin yardımına koşmasını diliyorum. Bana yardım etmesini diliyorum. Irzıma geçilmesine, hırpalanmama, cinayete kurban gitmeme izin vermemesini. Bana ışık vermesini diliyorum.

Genel olarak gün ışığı.

Bütünüyle karanlıkta duramam. Bana gece lambaları satın aldı. Şimdi bir tanesini yakıp uykuya dalıyorum. Daha önce, lambayı açık bırakıyordum.

Uyanmak en kötüsü. Uyandığımda bir an için kendimi evde veya Caroline'de sanıyorum. Sonra gerçek beni fena çarpıyor.

Tanrıya inanıyor muyum bilmiyorum. Minibüste öleceğimi düşündüğüm sırada, şiddetle ona dua ettim (G.P.'nin "Bu da, *olmadığının* bir kanıtıdır" dediğini duyar gibiyim). Ama dua etmek insanı rahatlatıyor.

Her şey parça parça, bölünmüş. Konsantre olamıyorum. Bir sürü fikir geldi aklıma, şimdi ise hiçbiri üzerinde düşünemiyorum.

Ama bu kendimi daha sakin hissetmemi sağladı. Bir yanılsama herhalde. Sanki ne kadar para harcadığımı ve geriye ne kaldığını hesaplamak gibi bir şey.

15 Ekim

Ana babasını hiç tanımamış, onu halası büyütmüş. Kadını gözümde canlandırabiliyorum. Sıska, uçuk tenli, çirkin ince dudaklı, donuk gri gözlü, başından çaydanlık külahı benzeri kirli bej şapkaları eksik etmeyen, kir ve toz konusunda saplantılı bir kadın. Arka mahalledeki yoksul evinin dışında tüm dünyanın kir ve tozla kaplı olduğuna inanmış biri.

Asla sahip olmadığı bir anne arayışında olduğunu söyledim, ama hiç kulak asmadı.

Tanrıya inanmıyor. Bu da bana inanma isteği veriyor.

Kendimden söz ettim. Zekice, önemsiz gerçekleri dile getirmekten kaçınmadan babamdan ve annemden söz ettim. Annem hakkında birtakım şeyler biliyor, sanırım bütün kasaba biliyor.

Benim kuramım, onun adanmışlığını kırmam gerektiği.

Tutsak zaman. Sonsuz zaman.

İlk sabah. Kapıya vurdu ve on dakika bekledi (her zaman yaptığı gibi). Keyifli bir on dakika değildi benim için, gece boyunca kurduğum yüreğe su serpen düşünceler uçup gitmişti ve ben yalnız kalmıştım. Orada dikilip kendi kendime, eğer yapmaya kalkarsa karşı koyma, karşı koyma deyip durdum. İçimden, ne isterseniz yapın, ama beni öldürmeyin demek geçiyordu. Beni öldürmezseniz, yeniden yapabilirsiniz. Yıkanınca çekmeme garantim varmış gibi. Hor kullanmaya dayanıklı.

Her şey beklediğimden farklıydı. İçeri girince, ahmakça bir halde, öylece durmakla yetindi, onu şapkasız görünce bir anda kim olduğunu çıkarıverdim. Sanırım insanların yüzlerini farkında olmadan belleğime yerleştiriyorum. Belediye Ek Binası'nda çalışan memurdu. Ünlü müşterek bahis talihlisi. Fotoğrafı gazetelere geçmişti. Hepimiz onu ortalıklarda görmüş olduğumuzu söylemiştik.

Yadsımaya kalkıştı, ama yüzü kızardı. Her şeye kıpkırmızı kesiliyor.

Onu savunmaya geçirmek aksırmak kadar kolay. Yüzünde doğuştan "incinmiş" bir hava var. Koyuna benziyor. Daha doğrusu zürafaya. Sırık, sakar bir zürafa. Onu soru yağmuruna tuttum, yanıt vermekten kaçındı, bütün yaptığı sanki sorma hakkım yokmuş gibi bakmaktı. Sanki umduğu *bu* değilmiş gibiydi.

Kızlarla hiç işi olmamış. Benim gibi kızlarla en azından.

Ağzı süt kokan bir oğlan.

Boyu bir seksen kadar, yani benden on sekiz yirmi santim daha uzun. Sıskalığından ötürü, daha da uzun duruyor. Elleri çok iri, çirkin bir pembe-beyazlıkta. Erkek eline benzemiyorlar. Gırtlak çıkıntısı çok büyük, bilekleri çok kalın, çene kocaman, alt dudak içeri çekilmiş, burun deliklerinin kenarları kızarık. Burnunda et olduğu belli. Eğitimli görünmeye çalışan eğitimsiz, garip bir konuşma biçimi var. Durmadan kendini ele veriyor. Yüzü upuzun. Siyah, mat saçlar. Dalgalı, geriye taranmış; kesimi kötü. Kaskatı. Hep düzgün. Hep spor bir ceket, yün gömlek giyiyor ve iğneyle tutturulmuş bir kravat takıyor. Kol düğmeleri bile var.

İnsanların "efendi bir delikanlı" tanımına uyuyor.

Kesinlikle cinsiyetsiz (gibi duruyor).

Elleri iki yanında sarkık veya arkasında kavuşturulmuş bir duruşu var ki, dünya yüzünde onların ne işe yaradığını bilemiyormuş gibi. Saygıyla buyruk vermemi bekliyor.

Balık gözü. İzliyor. Hepsi o kadar. İfadeden yoksun.

Beni, zengin, bir türlü hoşnut edilemeyen kaprisli bir müşteriye dönüştürüyor (o da tezgâhtar).

Tam onun stili. Sahte bir alçakgönüllülük. Her zaman özür diler gibi.

Oturup yemeğimi yiyorum ve kitap okuyorum, o da beni seyrediyor. Gitmesini söylersem gidiyor.

Neredeyse iki yıldan beri gizlice beni gözlüyormuş. Umutsuzca bana tutkun, kendini çok yalnız hissediyor, benim ondan hep daha "yukarıda" olacağımı biliyor. Çok beceriksizce konuşuyor, hep dolambaçlı bir şekilde konuşması gerekiyor, aynı zamanda da sürekli kendini aklamaya uğraşıyor; bu çok berbat. Oturup dinledim. Yüzüne bakamadım.

Yüreğinde yatan ne varsa olduğu gibi iğrenç turuncu halının üzerine döktü. Bitirdiği zaman da, bir süre hiç kımıldamadan oturduk. Gitmek için ayağa kalktığında da, onu anladığımı, beni eve götürürse kimseye anlatmayacağımı söylemeye çalıştım, ama geri geri giderek kapıdan çıktı. Anlayışlı davranıp yakınlık göstermeye çabaladım, sanırım bu da onu ürküttü.

Ertesi sabah yeniden denedim, adının ne olduğunu buldum (berbat rastlantı!), gayet makul davrandım, yumuşatmaya ve ilgi göstermeye çalıştım, ama bu onu yine ürküttü.

Öğle yemeğinde, yaptığından utanç duyduğun yüzünden anlaşılıyor, henüz iş işten geçmiş değil, dedim. Vicdanına sığınınca tepki gösteriyor, ama davranışını hiç etkilemiyor. Utanıyorum, diyor; utanmam gerektiğini biliyorum, diyor. Kötü birine benzemediğini söyledim. Yaptığım ilk kötü şey bu, diye karşılık verdi.

Büyük olasılıkla da doğru. Ama açığını kapatıyor.

Arada bir, çok kurnaz olduğunu düşünüyorum. Gizli bir üçüncü varlığın etkisine kapıldığı izlenimi yaratarak benim yakınlığımı sağlamayı deniyor.

Bir gece, terbiyeli olmak yerine, katı ve ters görünmeye çabaladım. Her zamankinden daha mutsuz göründü. Mutsuz görünmesini iyi beceriyor.

Her yanıma gizli yaralarını seriyor.

Benim '*sınıf*'ımdan değil.

Onun gözünde ne olduğumun bilincindeyim. Yakalamayı hep arzu ettiği bir kelebek. G.P.'nin (daha ilk karşılaşmamızda) koleksiyoncuların hayvanların en berbatı olduklarını söylediğini anımsıyorum. Sanat koleksiyoncularından söz ediyordu. Doğrusu pek kavrayamamıştım, yalnızca Caroline'i sarsmayı amaçladığını düşünmüştüm o zaman ve beni de tabii. Ama haklı olduğu söz götürmez. Biriktirme zihniyeti yaşama, sanata, her şeye karşıt.

Bu korkunç karanlık sessizlikte, sanki kendimi normal hissediyormuş gibi yazıyorum. Ama değilim. Öylesine hasta, öylesine korku dolu, öylesine yalnızım ki. Yalnızlık dayanılmaz. Kapının her açılışında kendimi dışarı atmak geçiyor içimden. Ama şimdi, kaçma girişimlerim için uygun zamanı beklemem gerektiğini biliyorum. Onu kandırmalıyım. Kusursuz bir şekilde tasarlamalıyım.

Sağ kalmak.

16 Ekim

Öğleden sonra. Model Çizimi dersinde olmalıydım. Dış dünya varlığını hâlâ sürdürüyor mu? Güneş hâlâ doğuyor mu? Geçen gece, ben öldüm, diye düşündüm. Ölüm bu. Cehennem bu. Cehennemde de başkaları yok herhalde. Belki de yalnızca bir kişi, onun gibi. Şeytan, şeytan gibi dedikleri türden değil, ona benziyor olmalı.

Bu sabah portresini çizdim. Yüzünün çizgilerini yakalamayı, resimle anlatmayı istedim. Ama sonuç bir şeye benzemedi, o satın almak istedi. Bunun için İKİ YÜZ sterlin vereceğini söyledi. Deli bu adam.

Nedeni benim. Ben onun deliliğiyim.

Yıllar boyu deliliğine bir özne arıyordu. Sonunda beni buldu.

Böylesine bir boşlukta yazamam. Hiç kimseye. Çizim yaparken de sürekli G.P. gibi birinin yanı başımda olduğunu kuruyorum.

Tüm anne babalar bizimkiler gibi olmalıydı; böylelikle kardeşler de gerçek anlamda kardeş olurlardı. Hepsi Minny ile benim gibi davranmak *zorunda* kalırlardı birbirlerine karşı.

Sevgili Minny.

Buraya geleli bir haftayı geçti ve seni çok özlüyorum ve temiz havayı ve metroda görüp de hep nefret ettiğim o yeni yüzleri ve eğer görebilseydim –yeniliklerini yani– her günün her saati olan yeni şeyleri özlüyorum. En çok özlediğim şu taptaze ışık. Işıksız yaşayamam. Yapay ışıkta tüm hatlar aldatıcı, insan neredeyse karanlığı diliyor.

Nasıl kaçmaya kalkıştığımı sana anlatmadım. Bütün gece boyunca planını yaptım, gözüme uyku girmedi, oda havasızdı ve karnım ağrıyordu (elinden geldiğince iyi yemek yapmaya çabalıyor, ama ümitsiz vaka). Yatağın bir ayağında sorun varmış gibi yaptım ve dönüp koşmaya başladım. Ama kapıyı kapatıp onu içeri kilitleyemedim ve beni öteki mahzende yakaladı. Anahtar deliğinden gün ışığını görebildim.

Her şeyi düşünüyor. Kapıya içeriden asma kilit takıyor. Ama buna değmişti, yedi gün sonra bir anahtar deliği dolusu gün ışığı. Dışarı çıkıp onu içeri kapatmayı deneyebileceğimi öngörmüştü.

Üç gün boyunca, onu sırtım ve asık suratımla cezalandırdım. Yemeğe dokunmadım. Uyudum. İçeri girmeyeceğinden emin olduğum zamanlarda, kalkıp biraz dans ediyor, biraz sanat kitaplarını okuyor, biraz su içiyordum. Ama yemeğine dokunmadım.

Sonunda bir anlaşma kopardım. Öne sürdüğü koşul altı haftaydı. Bir hafta önce olsaydı, altı saat bile çok gelirdi. Ağladım. Dört haftaya fit oldu. Onunla birlikte olmak beni daha az dehşete düşürmüyor. Bu iğrenç küçük mahzenin her yanını avcumun içi gibi tanımaya başladım, yavaş yavaş üstünde bir kabuk bağladığı izlenimine kapılıyorum, ırmaklarda bulunan çakıllarla kaplı kurtçuklar gibi. Ama dört haftaya dayanmak gözüme altı haftadan daha az zor geliyor.

Gücüm ve iradem tükenmiş gibi, her anlamda kabız oldum.

Minny, dün onunla yukarı gittim. İlk kez temiz havada, altı metreye üç metreden (ölçtüm bir güzel) daha büyük bir alanda olmak, yıldızların altında ve harika, harika, nemli ve puslu olsa da harika açık havada olmak.

Bir koşu kaçabileceğimi düşünüyordum. Ama koluma yapışmıştı, ağzımda tıkaç vardı ve ellerim bağlıydı. Çok karanlıktı. Çok ıssızdı. Işık yoktu. Sadece karanlık. Ne yana doğru kaçmam gerektiğini bile bilemiyordum.

Ev adamakıllı eski bir kır evi. Sanırım dışarısı ahşaptan, içeride bir sürü putrel var, döşemelerin her yanı çökmüş, tavanlar çok alçak. Aslında sevimli eski bir ev, ama kadın dergilerinin dayanılmaz "zevk"iyle döşenmiş. En dehşetli renk uyuşmazlıkları, karmakarışık mobilya stilleri, köylü biblolarıı, sahte antikalar, iğrenç bakır süsler. Ve resimler! Resimlerin berbatlığını anlatmaya kalksam bana inanmazdın. Mobilya seçimini ve dekorasyonu bir şirketin yaptığını söyledi. Depolarında buldukları ne kadar işe yaramaz süprüntü varsa elden çıkarmış olmalılar.

Yıkanmak harikaydı. Haber vermeden içeri girebileceğini biliyordum (kapıda sürgü yoktu, kapanmıyordu bile, kilidin dilini sabitlemişti). Ama bir şekilde, yapmayacağının farkındaydım. Bir küvet dolusu sıcak su ve insanın gözüne batan şeylerin olmadığı bir yerde olmak öylesine hoştu ki. Saatlerce beklettim onu. Hemen kapının dışında. Pek oralı değil gibi görünüyordu. "İyi"ydi.

Hiçbir şeye aldırmıyor.

Yine de dışarı bir haber gönderme yolu düşündüm. Küçük bir şişenin içine bir mesaj yerleştirip tuvalete atabilirim, üstüne de sifonu çekerim. Parlak renkli bir kurdeleyi de etrafına sararım. Belki günün birinde biri bir yerde görür. Gelecek sefer yapacağım.

Araba geçiyor mu diye kulak kabarttım, bir puhu kuşu ve bir uçak sesinden başka bir şey işitmedim.

Keşke insanlar altlarında neler olup bittiğini bilselerdi.

Hepimiz uçakların içindeyiz.

Banyo pencerelerine büyük vidalarla kalaslar tutturmuş. Silah yerine kullanabileceğim bir şey bulabilmek için her yeri aradım. Küvetin altını, boruların arkasını. Ama hiçbir şey bulamadım. Bulsaydım bile nasıl kullanacağımı bilemezdim. Ben onu, o da beni gözlüyor. İkimiz de sürekli tetikteyiz. Pek öyle güçlü görünmüyor, ama benden çok daha güçlü. Beklemediği bir anda saldırmalıyım.

Her şey iki kez kilitlenmiş. Hücrenin kapısında bir alarm zili bile var.

Her şeyi düşünmüş. Çamaşırların arasına bir kâğıt koymak geldi aklıma. Ama temizleyiciye göndermedi. Çarşafları nasıl yıkadığını sorunca, yenilerini alırım, istediğinizde haber verin, dedi.

Kanalizasyon tek şansım.

Minny, sana yazmıyorum, kendi kendime konuşuyorum.

Benim için aldığı gömleklerin en az çirkin olanını giydikten sonra banyodan çıktığımda ayağa kalktı (bütün bu zaman kapının dışında oturmuştu). Balo salonuna inen merdivenlerdeki prenses gibi hissettim kendimi. Aklını başından almıştım. Sanırım, beni "onun" gömleklerinden biriyle görmekten ileri geliyordu. Ve saçlarımın çözülmüş olması.

Yoksa ağzımda tıkacın olmamasının şaşkınlığı mıydı? Her neyse, gülümsedim ve en kandırıcı tavrımı takındım, tıkacı bir yana bırakıp çevreye göz atmama ses çıkarmadı. Hep bana çok yakın duruyordu. En ufak bir yanlış adımda üstüme atılacağının farkındaydım.

Üst kat, yatak odaları, aslında sevimli sayılabilecek odalar, ama havasızlıktan kokuyor; içinde kimsenin yaşamadığı belli. Her şeyde garip bir ölüm havası. Aşağıda, onun "salon" dediği (demekte direttiği) çok güzel bir oda var, ötekilerden çok daha büyük, çok hoş bir kare biçiminde; ortada üç dikey tahtanın taşıdığı boydan boya dev bir kiriş ve bir mimarın ancak bin yılda bir tasarlayabileceği başka putreller, köşeler ve nefis açılar. Doğal olarak, hepsi mobilyalarla katledilmiş. Harika bir şöminenin üzerinde porselen yaban ördeklerini görünce dayanamadım. Ellerimi önden bağlamasını istedim ve gudubetleri askılarından söküp şöminede parçaladım. Bu hareketime, kaçmama izin vermediği için tokatladığım zamanki kadar üzüldü neredeyse.

Beni deli ediyor; bana çevresinde dans etmek, keyfini kaçırmak, serseme çevirmek, şaşırtmak arzusu veriyor. Öylesine yavaş kavrıyor, imgelemi öylesine zayıf, öylesine cansız ki. Bembeyaz, çinko oksit boyası gibi. Üzerimde bir çeşit zorbaca hüküm sürdüğünün farkındayım. Beni değişkenliğe, rol yapmaya, hava atmaya zorluyor. Zayıf insanların tiksindirici zorbalığı. Bir keresinde G.P. bana bundan söz etmişti.

Sıradan insan uygarlığın lanetidir.

Ama o denli sıradandı ki, olağandışıydı.

Fotoğraf çekiyor. Benim bir "portre"mi çekmek istiyor.

Ayrıca kelebekleri var, anladığım kadarıyla oldukça da güzel şeyler. Evet, daha doğrusu, zavallı kanatçıkları aynı yana gerilmiş, güzel bir şekilde düzenlenmişler. Zavallı ölü kelebeklere acıdım, benim kurban yoldaşlarım. En çok gurur duydukları "türden sapma" dediği cinslerdi!

Aşağıda, çay yaparken yanında kalmama izin verdi (dış mahzende) ve söylediği bir saçmalık beni güldürdü, daha doğrusu bana gülme isteği verdi.

Korkunç.

Ansızın ben de çıldırmaya başladığımı kavradım; kötü, günahkâr bir kurnazlığı vardı. Doğal olarak, onun hakkında söylediklerime hiç bozulmuyor. Porselen yaban ördeklerini kırmama da. Çünkü birdenbire beni güldürebildi (ne çılgınlık, adam beni *kaçırdı*) ve en iyi kız arkadaşıymışım gibi, fincanıma çay doldurdu.

Ona hakaret ettim. Anamın kızıyım. Tam bir kancık.

İşte böyle Minny. Burada olmanı ve karanlıkta söyleşmeyi isterdim. Birkaç dakika için olsun biriyle konuşabilseydim keşke. Sevdiğim biriyle. Aslında durumu olduğundan daha parlak, çok daha parlakmış gibi anlatıyorum.

Yeniden ağlayacağım.

Ne *büyük* bir haksızlık.

Kendim değilim artık, olduğum kişiden nefret ediyorum.

Ne çok şeye katlanıyorum. Başlangıçta, gerçekçi davranmak için çaba sarf etmem gerektiğini söyleyip durdum kendime, onun anormalliğinin duruma hâkim olmasına izin vermemeliydim. Ama bunu da tasarlamıştı sanırım. Benim tam anlamıyla *kendi* istediği gibi davranmamı sağlıyor.

Yalnızca saçma bir durum değil bu, aynı zamanda saçma bir durumun saçma bir değişkesi. Yani şu anda yazgımı elinde tutarken, beklenildiği gibi hareket etmiyor. Böylece de beni sahte bir minnet duygusuna zorluyor. Öylesine yalnızım. Bunun bilincinde olmalı. Ona bağımlı olmamı sağlayabilir.

Dayanacak halim kalmadı, göründüğüm kadar (yazdıklarımı okuyunca) soğukkanlı olmanın çok uzağındayım.

Geçirmek zorunda olduğum zaman o kadar uzun ki. Sonsuz sonsuz sonsuz zaman.

Yazdıklarım doğal değil. Söyleşiyi sürdürmeye çabalayan iki insan gibi.

Çizimin tam karşıtı. Bir çizgi çekildikten sonra, iyi mi kötü mü olduğu bellidir. Oysa bir satır yazarsınız ve doğru gibi görünebilir, yeniden okununcaya dek.

Dün akşam, fotoğrafımı çekmek istedi. Birkaç tanesine ses çıkarmadım. Dikkatsizlik edip bir iki tanesini ortalıklarda bırakacağını ve birinin beni tanıyabileceğini umuyorum. Ama sanırım tek başına yaşıyor. Öyle olmalı. Bütün geceyi filmi yıkayıp basmakla geçirdi herhalde (bir fotoğraf laboratuvarına götürmüş olsa! Hiç zannetmiyorum). Buradan parlak kâğıda basıldığımı görebiliyorum. Flaş patlamasından hoşlanmadım. Gözümü rahatsız etti.

Bugün bir şey olmadı, biraz jimnastik yapmam konusunda vardığımız anlaşmayı saymazsak. Henüz gün ışığına sıra gelmedi. Ama dış mahzene çıkabiliyorum. Aksiliğim üzerimdeydi, aksilik de yaptım. Öğle yemeğinden sonra da, akşam yemeğinden sonra da gitmesini söyledim, her ikisinde de çıkıp gitti. Her söyleneni yapıyor.

Bana bir pikap, bir sürü plak ve verdiğim dev alışveriş listesindeki her şeyi aldı. Benim için bir şeyler almak istiyor. Ne dilersem vermeye hazır. Özgürlüğüm dışında.

Bana pahalı bir İsviçre saati hediye etti. *Burada olduğum sürece* kullanacağımı ve ayrılırken geri vereceğimi söyledim. Ayrıca turuncu halıya daha fazla dayanamayacağımı belirttim, gidip bana Hint ve Türk yaygıları aldı. Üç Hint hasırı ve bir de koyu mor, yavruağzı ve sepya renkli, iki ucu püsküllü harika bir Türk halısı (söylediğine göre "ellerinde" başkası yokmuş, yani ortada takdir edilecek bir seçimi söz konusu değil.)

Bu, hücreyi daha yaşanır kılıyor. Yerler yumuşacık ve esnek. Tüm o çirkin kül tablalarını ve vazoları kırdım. Varolmayı hak etmeyen çirkin süsler.

Ondan öylesine üstünüm ki. Bunun kulağa son derece kibirli geldiğini biliyorum, ama *öyleyim.* Onun gibi yetiştirilmedim. Ladymont ve Boadicea. Yeniden ve her zaman *noblesse oblige.** Ona insanların nasıl yakışık alır şekilde yaşadıklarını ve davrandıklarını göstermek gerektiği inancındayım.

O çirkinliğin ta kendisi. Ama insani çirkinliği yok edivermek olanaksız.

Üç gece önce çok garipti. Mahzenden çıktığım için öylesine heyecanlıydım ki. Kendimi her şey yoluna girmiş gibi hissediyordum. Birden her şey büyük bir serüven gibi göründü gözüme, günün birinde herkese anlatacağım bir şey. Sanki ölüme karşı girişilmiş bir satranç oyunu ve beklenmedik bir biçimde kazanmışım. Korkunç bir tehlikeye *atılmış olduğum* ve artık her şeyin düzeleceği duygusu. Hatta beni serbest bırakacağı.

Deli.

Ona bir ad takmalıyım. Ona Caliban diyeceğim.

Piero. Bütün günümü Piero'yla birlikte geçirdim, üzerine yazılan her şeyi okudum, kitaptaki bütün resimlere uzun uzun baktım, onları yaşadım. Bu azıcık geometri ve matematik bilgimle nasıl iyi bir ressam olabilirim? Caliban'dan bana kitaplar almasını isteyeceğim. Geometriyi sökeceğim. Modern sanat hakkında kuşku doluyum. Piero'nun Jackson Pollock'ın, hayır, hatta Picasso'nun veya

* Soyluluğun gerekleri. (ç.n.)

Matisse'in bile karşısında durduğunu düşündüm. Gözleri. Piero'nun gözlerini görebiliyorum.

Bir elde Piero'nun dile getirdikleri, bir gömlek yeninin kıvrımında. Tüm bunları biliyorum. Bize defalarca söylendi, ben de söyledim. Ama bugün gerçekten hissediyorum. Çağımızın bütünüyle bir aldatmaca, bir yapmacıklık olduğunu hissediyorum. İnsanların durmadan taşizmden, kübizmden dem vurması, sonu –izm'le biten sözcükleri kullanması ve bu –izm ile birlikte kullandıkları alengirli kelimeler, saçma sapan yapışkan sözcük ve cümleler. Hepsi de resim yapabilme veya yapamama olgusunu saklamak için sarf ediliyorlar.

Berthe Morisot gibi resim yapmayı arzu ediyorum. Onun renkleri, biçimleri veya üslubuyla değil, ama onun sadeliği ve ışığıyla. Zeki veya büyük veya "anlamlı" olma veya eleştirmen beylerin saçma sapan maço analizlerine alet olma meraklısı değilim. Güneş ışığı ve çocuk yüzleri veya bir çitin ardından görünen çiçekler veya nisan yağmurundan sonra bir sokağın görünümünü yapmak istiyorum.

Özler. Nesnelerin kendileri değil.

En ufak şeylerin üzerindeki ışık oyunları.

Duygusal mı oluyorum yoksa?

Kederli.

Her şeyden o kadar uzağım ki. Normallikten. Işıktan. Olmak istediğimden.

18 Ekim

G.P., "İnsan tüm kişiliğiyle resim yapar. İlk önce bunu öğren. Gerisi şans işidir," derdi.

İyi bir çözüm: Özenti olmamalıyım.

Bu sabah bir dizi meyve tabağı taslağı çizdim. Caliban vermekten kaçınmadığı sürece, ne kadar kâğıt harcadığım umurumda değil. Onları "asıp", en iyisini seçmesini istedim. Doğal olarak, işe yaramaz meyve tabağına en çok benzeyenleri seçiyor. Ona anlatmaya çalıştım. Taslaklardan biriyle (*benim* en sevdiğim) neredeyse gurur duyuyordum. Onun içinse hiçbir anlamı yoktu; beni sinirlendirdi, üstelik o sefil "siz ne derseniz doğrudur" halleriyle zerre kadar ilgi duymadığını açığa vuruyordu. Onun gözünde kendini oyalayan bir çocuktan farkım yoktu.

Kör, kör, başka bir dünya.

Benim suçum. Hava atıyordum. Ben böyle kasıntılık yaparken sanatın (benim sanatımın değil, *sanatın*) büyüsünü ve önemini nasıl görebilirdi?

Öğle yemeğinden sonra tartıştık. Her seferinde yanımda kalıp kalamayacağını soruyor. Kimi zaman kendimi o kadar yalnız hissediyorum, düşüncelerimden öylesine rahatsız oluyorum ki kalmasına izin veriyorum. Kalmasını *istiyorum*. İşte tutsaklığın yaptırdığı şey. Aklımda da yalnızca kaçmak var.

Tartışmamız nükleer silahsızlanma hakkındaydı. Geçen gün kuşkularım vardı, artık kalmadı.

Miranda ile Caliban arasındaki diyalog:

M. *(Yatağımın üzerine oturmuş, sigara içiyordum. Caliban demir kapının yanındaki sandalyede, her zamanki yerindeydi, dışarıda vantilatör çalışıyordu.)* Atom bombası hakkında ne düşünüyorsun?

C. Pek bir şey düşünmüyorum.

M. Bir şey düşünüyor olmalısın.

C. Umarım sizin üzerinize düşmez. Ya da benim.

M. Olayları ciddiye alan ve ciddi bir şekilde tartışan insanlarla asla birlikte olmadığını anlıyorum. *(Acılı ifadesini takındı.)* Yeniden deneyelim. Atom bombası hakkında ne düşünüyorsun?

C. Ciddi bir şey söylesem, ciddiye almayacaktınız. *(Sözünü sürdürmek zorunda kalıncaya kadar gözlerimi üzerinden ayırmadım.)* Çok açık. Hiçbir şey yapamazsınız. Olduğu gibi kalacak. Yok etmemiz mümkün değil.

M. Dünyada ne olduğu umurunda değil mi?

C. Umurumda olsa ne fark eder ki?

M. Aman Tanrım.

C. Bu konuda bizlerin söz hakkı yok.

M. Bak, eğer bizim gibi atom bombasının canavarca bir şey olduğuna ve aklı başında bir ulusun böyle bir silahı edinmeyi aklından bile geçirmeyeceğine inananların sayısı yeterince kabarık olsaydı, koşullar ne olursa olsun, hükümet bir şeyler yapmak zorunda kalacaktı. Değil mi?

C. Benim görüşümü sorarsanız, pek ümit yok.

M. Hıristiyanlığın nasıl başladığını sanıyorsun? Ya da başka herhangi bir şeyin? Umudunu yitirmeyen küçük bir grup insanla.

C. Peki ya Ruslar gelseydi, o zaman ne olacaktı? *(Akıllı bir laf ettiğini düşünüyor.)*

M. Üstlerine bomba atmakla, burayı istila etmeleri arasında seçimse, her zaman ikincisi.

C. *(Şah ve mat)* Ama bu pasiflik.

M. Öyle tabii, budala adam. Aldermaston'dan Londra'ya gösteri yürüyüşüne katıldığımı biliyor musun? Bildiri dağıtıp imza toplayarak ve senin gibi hiçbir şeye inanmayan acınacak haldeki insanlarla tartışarak saatlerimi harcadığımı biliyor musun? Tepelerine bomba düşmesini hak eden kim acaba?

C. Bu bir şeyi ispat etmez.

M. Bu, yeryüzündeki duygu, sevgi, sağduyu yoksunluğunun yarattığı umutsuzluktur *(hile yapıyorum, bütün bunları söylemedim; yine de söylediklerim kadar söylemeyi istediklerimi de yazacağım)*. Bomba atma fikrini göze alabilecek veya bomba atma emrini verebilecek insanların var olduğu düşüncesinin yarattığı umutsuzluktur. İçimizde bunu sadece bir avuç insanın dert edindiği düşüncesinin yarattığı umutsuzluktur. Dünyada bu denli şiddet ve katı yüreklilik olmasının yarattığı umutsuzluktur. Son derece normal delikanlıların ellerine çok para geçtiğinde sapık ve kötü olabileceği ve senin bana yaptığını yapabileceğinin verdiği umutsuzluktur.

C. Sonunda buraya varacağınızı tahmin ediyordum.

M. Evet, sen de bunun parçasısın. Yaşamda özgür ve sağlıklı olan her şey, senin gibi hiçbir şeyi umursamayan pis herifler tarafından iğrenç, ufacık hücrelere kapatılmış.

C. Sizin gibileri bilirim. Kör olası dünyadaki her şeyin size göre düzenlenmesi gerektiğini düşünürsünüz.

M. Laubalileşme.

C. Askerliğimi yaparken erdim. Ben daha iyi bilirim. Benim gibiler sadece emredileni yapmak zorundadır *(kendince çok sinirlenmişti)*, aksi halde de köteğe hazırlıklı olması gerekir.
M. Kendini aşamamışsın. Şimdi varlıklısın. Sana zarar verecek *hiçbir şey* kalmadı.
C. Para bütün bunları değiştirmez.
M. Artık kimse sana bir şey buyuramaz.
C. Beni hiç anlamıyorsunuz.
M. Anlıyorum. Deri ceketlilerden olmadığını biliyorum. Ama içinde onlardan biri gibi hissediyorsun. Herkesçe küçümsenen biri olmaktan nefret ediyorsun, meramını doğru düzgün anlatamamaktan nefret ediyorsun. Onlar gidip ortalığı yıkıyorlar, sen oturup surat asıyorsun. Başkalarına yardım etmeyeceğim, insanlar için kılımı bile kıpırdatmayacağım, diyorsun. Yalnızca kendimi düşüneceğim, geri kalanlar da ne halleri varsa görsünler, beni ilgilendirmez, diyorsun. *(Birinin yüzüne durmadan, art arda tokat atmaya benziyordu bu; neredeyse geri çekilecekti.)* Para kullanılmazsa ne işe yarayabilir sana göre? Neden söz ettiğimi anlıyor musun?
C. Evet.
M. Öyleyse ne diyorsun?
C. Oh, haklısınız. Her zaman olduğu gibi.
M. İğnelemeye mi başlıyorsun yine?
C. Annie Hala'ma benziyorsunuz. İşi gücü günümüz insanlarının yaptıklarına verip veriştirmektir. Umursamazlık falan.
M. Haksız olmanın iyi olduğunu düşünür gibisin.
C. Çayınızı ister misiniz?
M. *(İnsanüstü bir çabayla)* Bak, toplum için yapmaya çalıştığın iyilik ne olursa olsun, asla bir işe yaramaz diyelim. Ben böyle düşünmüyorum elbet, ama önemi yok. Hâlâ sendeyiz. Nükleer Silahsızlanma Kampanyası'nın gerçekte hükümeti pek fazla etkileme şansı olduğuna inanmıyorum. Göz önüne alınması gereken şeylerin ilki bu. Yine de bunu kendimize saygımızı korumak için, kendimize, erkek olsun kadın olsun her birimize ilgilendiğimizi kanıtlamak için yapıyoruz, kaygı duyduğumuz bu. Ve öteki insanlara, senin gibi tembel, kasvetli, kurtuluşu olmayanlar için de birilerinin kaygı duy-

duğunu göstermek için. Düşünesiniz ve harekete geçesiniz diye, sizleri utandırmaya çabalıyoruz. *(Sessizlik; sonra haykırdım.)* Bir şey söylesene!

C. Kötü olduğunu biliyorum.

M. O zaman bir şey yapsana! *(Atlas Okyanusu'nu yüzerek aşmasını söylemişim gibi gözlerini koca koca açtı.)* Bir arkadaşım Essex'teki Amerikan hava üssüne doğru bir gösteri yürüyüşüne katılmıştı. Hiç kulağına çalındı mı? Kapıda durdurmuşlar tabii yürüyüşçüleri ve bir süre sonra nöbetçi çavuş çıkıp onlarla konuşmaya başlamış, onlar da cevap verince ortalık iyice kızışmış, çünkü çavuş Amerikalıların bir zamanlar tutsak prensesi kurtarmaya gelen şövalyelere benzediğini, atom bombalarının kesinlikle gerekli olduğunu falan düşünüyormuş. Tartışma ilerledikçe, Amerikalıdan hoşlanmaya başladıklarını fark etmişler bizimkiler. Çünkü kendi görüşlerine var gücüyle inanıyor ve dürüst davranıyormuş. Bunu tek düşünen benim arkadaşım değilmiş, ötekiler de sonradan aynı fikri paylaştıklarını söylediler. Gerçekten önemli olan tek şey insanın inandığını hissetmesi ve yaşamasıdır; yeter ki bu, yalnızca kendini rahatlatacak basit bir inanç olmasın. Arkadaşım kendini Amerikalı çavuşa, yürüyüşleri boyunca sırıtarak onları seyreden budalalardan daha yakın hissettiğini söylemişti. Futbol gibi. İki takım da birbirlerini yenmek için oynarlar, karşı takımdan oldukları için ötekilerden nefret bile edebilirler, ama biri gelip de futbolun aptalca olduğunu ve oynamaya veya zaman harcamaya değmediğini söylerse, bu kişiye karşı birlik oluştururlar. Önemli olan bir şeyler *hissetmektir*. Anlayamıyor musun?

C. Atom bombasından bahsettiğimizi zannediyordum.

M. Çık dışarı. Beni usandırıyorsun. Kocaman, yere çöken bir bulut gibisin.

C. *(Hemen ayağa kalktı.)* Sizi konuşurken dinlemek hoşuma gidiyor. Söyledikleriniz hakkında kafa yoruyorum.

M. Doğru değil bu. Söylediklerimi aklının bir köşesine koyup özenle paketliyorsun ve sonsuza dek yitip gidiyorlar.

C. Bu... bu insanlara bir çek göndermek istersem, adresleri nedir?

M. Benim takdirimi kazanmak için mi?

C. Bunda ne kötülük var?

M. Bize para gerekiyor. Ama duygu ondan daha çok gerekli. Ve senin başkasına verecek duygun olduğunu sanmıyorum. Bunu müşterek bahis kuponu doldurarak da kazanamazsın.

C. *(Dayanılmaz bir sessizlik oldu.)* Sonra görüşürüz o halde. *(Caliban çıktı. Yastığıma öyle güçlü bir darbe indirdim ki, o zamandan beri bana kınayarak bakıyor.)*

(Bu akşam –yapabileceğimi bildiğimden– onu pohpohlayıp dürtükledim ve yarın göndereceğine söz verdiği yüz sterlinlik bir çek imzaladı. Bunun doğru bir şey olduğunu biliyorum. Bir yıl önce olsa, ahlâk konusunda çok daha katı davranırdım. Bernard Shaw'ın Binbaşı Barbara'sı gibi. Ama işin önemli tarafı paramızın olması. Paranın nereden geldiği ya da neden gönderildiği değil.)

19 Ekim

Dışarıdaydım.

Bütün öğleden sonrayı (Piero'yu) kopyalamakla geçirdim; öyle bir ruh halindeydim ki, bir sinemaya veya kafeye gitmem, yeter ki dışarıda olsun, herhangi bir yere çıkmam *gerekiyordu.*

Köle rolü yaparak beni dışarı çıkarmasını sağladım. Bağla beni, ama dışarı çıkar.

Ellerimi bağladı ve ağzıma tıkacı yerleştirdi, koluma girdi ve bahçenin çevresinde gezindik. Kocaman bir bahçe. Hava çok karanlıktı, yalnızca yolu ve birkaç ağacı seçebiliyordum. Üstelik de çok ıssız. Kırların ortasında kayıp bir yer.

Ansızın karanlıkta, ona bir şeyler olduğunu anladım. Tam olarak göremiyordum, ama birdenbire korkuya kapıldım, beni öpmeyi veya daha da kötüsünü arzuladığını hissettim. Çok mutlu olduğu hakkında bir şeyler kem küm etti, ama sesi zorla çıkıyordu. Boğuktu. Ayrıca, düşündüğümün tersine, derin duyguları olduğunu da söyledi. Meramını anlatamamak korkunç bir şey. Genelde, onun yanında en iyi savunma silahı olarak dilimi kullanıyorum. Dilim ve bakışlarım. Kısa bir sessizlik oldu, ama içine kapandığını algıladım.

Bütün bu süre boyunca, temiz havayı içime çekiyordum. Çok hoştu, tarif edemeyeceğim kadar hoştu. Ne kadar da canlıydı, bahçenin, kırların, gecenin serin ve gizemli bin bir kokusuyla yüklüydü.

Sonra bir araba geçti. Demek ki evin önünde, insanların olduğu bir yol vardı. Motorun gürültüsü kulağımıza gelir gelmez, eli kasıldı. Arabanın durması için dua ettim, ama farların ışığı evin arkasında kayboldu.

Bereket versin böyle bir olasılığı aklımdan geçirmiştim. Ola ki kaçmaya kalkıp başaramazsam, beni bir daha asla dışarı çıkarmazdı. Yani ilk fırsatın üstüne atılmamalıydım. Ayrıca bahçedeyken, beni serbest bırakmaktansa öldürmeyi tercih edeceğinin farkına vardım. Kaçmaya çalışsaydım keşke (ama beceremezdim, çünkü kolumu mengene gibi kavramıştı).

Bu çok berbattı. Farkına varmak başka insanların bu kadar yakında olduklarının. Her şeyden habersiz.

Bir tur daha atmak ister miyim, diye sordu. Ama başımı salladım. Çok korkuyordum.

Mahzene döndüğümüzde, işin cinsel yanını açığa kavuşturmak istediğimi söyledim.

Birden ırzıma geçmek isterse karşı koymayacağımı, canının çektiğini yapmasına ses çıkarmayacağımı, ama bir daha asla onunla konuşmayacağımı söyledim. Kendinden utanç duyacağını bildiğimi de ekledim. Sefil herif, utanç duymaya başlamıştı bile. "Sadece anlık bir zayıflık"mış. El sıkıştık, ama yeniden dışarı çıktığında derin bir soluk aldığına iddiaya girerim.

Kimse bu duruma inanamaz. Elinde *kesinlikle* tutsağım. Ama geri kalan her şeyde efendi benim. Böyle davranmam konusunda beni yüreklendirenin o olduğunun farkındayım, bunu haklı hoşnutsuzluğumu önlemenin bir yolu olarak kullanıyor.

Geçen bahar, Donald ile gönlümce oynadığımda da aynı şey olmuştu. Bana ait olduğunu ve onu avcumun içi gibi tanıdığımı hissetmeye başlamıştım. Bana tek kelime etmeden, çekip İtalya'ya gitmesine ne kadar bozulduğumu anlatamam. Ona gerçekten âşık falan değildim, ama neredeyse bana ait sayılırdı ve benden izin almamıştı.

Beni içinde tuttuğu bu yalıtım. Gazete yok. Radyo yok. Televizyon yok. Haberleri fena halde özlüyorum. Daha önce hiç başıma gelmemişti bu. Şimdi dünyanın artık var olmadığı duygusuna kapılıyorum.

Her gün gazete getirmesini istiyorum, ama bu ayak diredigi konulardan biri. Nedensiz. Garip, istemenin yararı olmadığını biliyorum. Beni en yakın istasyona götürmesini istemekten farkı yok.

Yine de istemeyi sürdüreceğim.

Nükleer Silahsızlanma Kampanyası için çeki gönderdiğine yemin ediyor, ama emin değilim. Makbuzunu bana göstermesini isteyeceğim.

Bir olay: Bugün öğle yemeğinde canım *Worcester* sosu çekti. Canımın çekebileceği bir şeyi getirmeyi pek unutmaz genelde. Ama bu kez *Worcester* sosu yoktu. Ayağa kalktı, dışarı çıktı, kapıyı tutan asma kilidi açtı, kapıyı kilitledi, dış mahzenden sosu aldı, kapının kilidini açtı, yeniden asma kilidi taktı, geri geldi. Beni gülerken görünce de şaşırdı.

Kapayıp kilitleme rutinini asla sektirmiyor. Dış mahzene ellerim serbest çıksam bile ne yapabilirim? Ne onu içeri kilitleyebilirim ne de kendim dışarı çıkabilirim. Tek şansım elinde tepsiyle geldiği zamanlar. Bazen asma kilidi hemen takmıyor. Eğer ardından dolaşabilirsem, onu içeri kapatabilirim. Ama ben yeterince uzakta değilsem içeri girmez. Genelde, gidip tepsiyi ben alıyorum.

Geçen gün kımıldamadım. Kapının yanındaki duvara sırtımı dayayıp durdum. Benden uzaklaşmamı rica etti. Yalnızca yüzüne baktım. Tepsiyi bana doğru uzattı. Görmezden geldim. Ne yapacağına karar veremeden kalakaldı. Sonra pür dikkat, gözlerini bir an olsun benden ayırmadan eğildi ve tepsiyi kapının önünde yere bırakıp öteki mahzene döndü.

Karnım açtı. O kazandı.

Boşuna. Uyku tutmuyor.

Bugün her şey bana garip geliyordu. Burası için bile.

Bu sabah bir sürü fotoğrafımı daha çekti. Bunu gerçekten seviyor. Kameraya gülümsememden hoşlanıyor, ben de iki kere suratımı acayip bir biçimde buruşturdum. Pek memnun olmadı. Sonra bir elimle saçlarımı kaldırıp manken numarası yaptım.

Manken olmalıydınız, dedi. Çok ciddi bir şekilde. Bunu onunla alay etmek için yaptığımı anlamadı.

Fotoğrafı neden bu kadar çok sevdiğini biliyorum. Onu sanatçı sandığıma inanıyor. Birazcık olsun yetenekten yoksun olduğu söz götürmez. Bütün yaptığı beni odaya yerleştirmek. İmgelemi sıfır.

Garip bu. Tekinsiz. Buna karşın, aramızda bir çeşit yakınlık var. Onunla alay ediyorum, durmadan saldırıyorum, ama "yumuşak" olduğum zamanları seziyor. Beni kızdıramadan iğneleme sırası ona geçiyor. Neredeyse arkadaşça denebilecek bir takılma ortamı doğuyor. Kısmen yalnız olmamdan, kısmen de iyi bir taktik olduğunu düşünmemden (biraz gevşemesini istiyorum, hem kendi iyiliği için hem de günün birinde bir hata yapabilir diye); yani biraz zayıflık, biraz kurnazlık, biraz merhamet. Ayrıca tanımlayamadığım gizemli bir başka öğe daha var. Dostluk olamaz. Çünkü ondan nefret ediyorum.

Belki de sadece bilgi. Onun hakkında çok şey öğrenmeye başladım ve birini tanımak insanı ister istemez o kişiye yakınlaştırır. Başka bir gezegende olmasını istese bile.

İlk günlerde odada olduğu zamanlarda hiçbir şey yapamazdım. Oysa şimdi varlığını unuttuğum zamanlar bile oluyor. Kapının yanında oturuyor, ben de sandalyemde kitabıma dalıyorum; yıllardır evli çiftler gibiyiz.

Yine de, öteki insanların neye benzediklerini unutmadım. Ama gerçekliklerini yitirmiş gibiler. Benim dünyamdaki tek gerçek kişi Caliban.

Anlaşılması olanaksız. Sadece *böyle.*

20 Ekim

Sabah saat on bir.

Kaçmayı denedim.

Kapı dışarı doğru açıldığı için sürgüyü açmasını bekledim, sonra da var gücümle ittim. Kapı tahtadan, yalnızca benim bulunduğum taraf metal kaplama, yine de çok ağır. Zamanlamasını tam yapabilirsem, ona çarpıp yıkabilirim diye düşündüm.

Kapının oynadığını görür görmez, bütün gücümle ittim. Kapı ona çarptı ve geriletti, bir koşu dışarı fırladım. Bu hamlenin başarıya ulaşma şansı onun sersemlemesine bağlıydı. Ama hiç de umduğum gibi olmadı. Herhalde darbe omzuna inmişti, çünkü kapı sonuna kadar açılmamıştı.

Her neyse, beni tuniğimden yakaladı. Bir an için onun öteki yüzünü sezdim; şiddet, kin ve beni kesinlikle bırakmama kararlılığı. O zaman peki deyip geri çekildim ve yerime döndüm.

"Beni yaralayabilirdiniz, bu kapı çok ağır," dedi.

"Burada tuttuğunuz her saniye, siz de beni yaralıyorsunuz," dedim.

"Pasiflik yanlısı olanların insanların canını yakmaktan hoşlanmadıklarını zannederdim."

Yalnızca omuz silktim ve bir sigara yaktım. Titriyordum.

Her zamanki sabah görevlerini sessizlik içinde yaptı. Bir keresinde dikkat çekecek bir şekilde omzunu ovuşturdu. Hepsi de bu kadardı.

Şimdi taşların sağlamlıklarını dikkatle inceleyeceğim. Tünel fikri. Daha önce de baktım kuşkusuz, ama yeterince yakından değil; bütün duvarları, yukarıdan aşağı tek tek her taşı kontrol etmedim.

Akşam oldu. Daha yeni çıktı dışarı. Bana yemek getirdi. Pek sesi çıkmıyordu. Kınayıcı bir hali vardı. Tepsiyle birlikte çıktığında kahkahayı koyuverdim. Sanki benim utanmam gerekirmiş gibi davranıyor.

Kapı tuzağına bir daha düşmeyecek. Yerinden oynayan taş bulamadım. Hepsi sapasağlam. Diğer her şey gibi bunu da düşünmüş olduğu anlaşılıyor.

Günün büyük bir bölümünü düşünerek geçirdim. Kendim hakkında. Ne olacak bana? Geleceğin gizemini asla burada olduğu kadar hissetmemiştim. Ne olacak? Ne olacak?

Yalnızca şimdide, şimdiki durumumda değil. Buradan çıktıktan sonra da. Ne yapacağım? Evlenmek istiyorum, çocuklarım olsun istiyorum, her evliliğin annemle babamınki gibi olmayacağını kendime kanıtlamak istiyorum. Nasıl biriyle evlenmek istediğimi tam olarak biliyorum, G.P. ile aynı kafada, ama yaşı bana uygun ve hoşlandığım tipte bir erkek. Ayrıca onun o tek iğrenç kusuru gibi bir kusuru da olmamalı. Hayatı dolu dolu, keyfimce yaşamak istiyorum. Yeteneklerimi boşa harcamak istemiyorum. Güzelliği *yaratmak* istiyorum. Bu nedenle evlilik ve annelik beni ürkütüyor. Ev yaşamının, ev işlerinin, bebek dünyasının, çocuk dünyasının, yemek dünyasının, alışveriş dünyasının içinde yutulmak. İçimdeki bir çeşit tembelliğin bunları hoş karşılayacağını ve bir zamanlar ne emellerim olduğunu unutturacağını ve beni evcimen, anaç bir kadına dönüştüreceğini hissediyorum. Ya da evi geçindirebilmek için berbat bir işi, örneğin illüstrasyon yapmayı veya para kazandıracak türden resimler yapmayı kabullenmek zorunda kalabilirim. Veya annem gibi alkolik, melankolik, kancık olabilirim (hayır, onun gibi olamam). En beteri de Caroline'e benzemek olurdu; aslında bambaşka biri olmasına rağmen bunu asla göremeyip acınacak bir biçimde modern sanat ve modern düşüncelerin peşinden koşup asla erişememek.

Bu mahzende düşünüp duruyorum. Daha önce üzerinde hiç kafa yormadığım şeyleri anlıyorum.

İki şey. Biri annem. Şimdiye dek annem hakkında gerçekten yansız bir şekilde hiç düşünmemiştim. Hep nefret ettiğim veya utanç duyduğum annemdi. Oysa şimdiye dek karşılaştığım düşkünlerin içinde en acınacak olanı oydu. Ona *asla* yeterince anlayış göstermedim. Son bir yıldır (evden ayrıldığımdan beri) ona, yukarıdaki yaratığa şu bir hafta boyunca gösterdiğim ilginin yarısını bile göstermedim. Şimdi ise onu sevgiye boğabileceğimin farkındayım. Çünkü yıllardır ona hiç bu kadar acımamıştım. Hep kendime bahaneler bulmuştum; –kendi kendime herkese karşı iyi ve hoşgörülü davrandığımı, böyle yapamadığım tek kişinin o olduğunu, her kuralın bir istisnası olacağını söyleyip durmuştum. Yani önemi yoktu. Ama elbette yanlıştı. İstisna olabilecek son kişi oydu.

Minny ile ben sık sık ona katlandığı için babamızı hor görürdük. Önünde diz çökmemiz gerekirmiş oysa.

Düşündüğüm öteki şey G.P.

İlk tanıdığımda, önüme gelene, ne kadar olağanüstü olduğunu söyleyip durmuştum. Ardından karşı tepki geldi, bunun aptalca bir liseli kız hayranlığı olduğunda karar kıldım ve içimde başka bir duygu şekillenmeye başladı. Tüm bunlar aşırı heyecan doluydu. Çünkü her olaydan, her insandan daha çok değiştirdi beni o. Londra'dan da, Slade'den de daha çok.

Bunun nedeni çok daha fazla şey yaşamış olması, sanatsal deneyiminin daha fazla olması veya ünü değil. Çünkü düşündüğünü aynen dile getirebiliyor ve *beni* düşünmek zorunda bırakıyor. En önemlisi bu işte. Kendi kendimi sorgulamamı sağlıyor. Kaç kere onunla aynı fikri paylaşmadım. Ama bir hafta sonra, bir de bakıyordum ki, başka birine karşı onun kelimeleriyle tartışıyorum. İnsanları onun ölçüleriyle tartıyorum.

Beni budalalığımdan, yaşam ve sanat ve tabii ki modern sanat üzerine gülünç ve kalıplaşmış görüşlerimin (hiç olmazsa bir kısmından) kurtardı. Ya hanım hanımcıklığım... Çıtkırıldım kadınlardan nefret ettiğini söylediğinden beri değiştim. Bu terimleri bile ondan öğrendim.

Bende yarattığı değişikliklerin listesi. Ya doğrudan etkiledi. Ya da süreci dönüştürerek.

1. Gerçek bir sanatçıysan, tüm varlığını sanatına vermelisin. Daha azı sanatçı olmadığın anlamına gelir. G.P.'nin "yaratıcı" dediği olmaktan çıkarsın.

2. Hava atma. Hazır küçük eserlerin ve insanları etkilemek üzere hava atmakta kullanacağın hazır fikirlerin olmamalı.

3. Politik açıdan Sol'da olman *gerekir*, çünkü yalnızca sosyalistler, tüm hatalarına karşın, başkalarını kendilerine tasa edinirler. *Hissederler*, daha iyi bir dünya isterler.

4. Her zaman *yapman* gerekir. Bir şeye inanıyorsan, eyleme geçmen *gerekir*. Eylemden söz etmekle yetinmek, henüz yapılmamış tablolar üzerine böbürlenmek gibidir. En *korkunç* davranış.

5. Bir şeyi derinden hissediyorsan, duygunu göstermekten utanmamalısın.

6. İngiliz olduğunu kabullenmelisin. Fransız veya İtalyan veya başka herhangi bir milletten olman gerektiğini iddia etmenin bir yararı olmaz. (Piers sürekli Amerikalı anneannesinden söz ederdi.)

7. Ama geldiğin sınıfa takılı kalmanın da anlamı yok. Yaratıcı olmanla arana dikilen bütün eski şeyleri kesip atmalısın. Kenar mahalleden geliyorsan (annemin ve babamın oradan geldiklerini kavramaya başlıyorum, kenar mahalleden gelenleri alaya almaları da göstermelik), bunu içinden atarsın (dağlarsın). İşçi sınıfından geliyorsan, içindeki işçi sınıfını dağlarsın. Bu bütün sosyal sınıflar için aynıdır, çünkü sınıf kavramı ilkel ve budalacadır.

Yalnız ben değilim. Louise'in Gal'li bir madencinin oğlu olan erkek arkadaşının onunla tanıştığı ve ağız dalaşına giriştikleri, hepimiz işçi sınıfı insanlarını ve işçi sınıfı yaşamını bu denli aşağıladığı için G.P.'ye karşı cephe aldığımız günü ele alalım. İnsan değil, hayvan bunlar, diyordu. David Evans, öfkeden bembeyaz kesilmiş ve kekeleyerek "Babamın kahrolası bir hayvan olduğunu ve kıçına tekmeyi basmam gerektiğini söylemeyin bana," deyince G.P. "Ben hayatımda hiçbir hayvanın canını yakmadım, bir insanı incitmek için bir neden her zaman bulunur, ama insan hayvanlar her tür hoşgörüyü her zaman hak ederler," diye karşılık veriyordu. Geçen ay David Evans bana geldiğinde, o akşamın kendisini gerçekten değiştirdiğini *kabul* etmişti.)

8. Politikadaki milliyetçilikten nefret etmelisin. Politikada ve sanatta ve her ne olursa olsun içten, derin ve gerekli olmayan her şeyden nefret etmelisin. Önemi olmayan budalalıklarla kaybedecek zamanın olmamalı. Ciddi bir yaşam sürmelisin. Saçma sapan filmlere canın çekse bile gitme; ucuz gazeteleri okuma; radyo veya televizyondaki aptallıkları dinleme; havadan sudan konuşarak zamanını boşa harcama. Yaşamını *kullan.*

Bunlara hep inanmak istediğimi sanıyorum; onunla tanışmadan önce belli belirsiz inanıyordum da. Ama o inanmamı *sağladı*; bu kuralların dışına çıktığımda suçluluk duygusuna kapılmama yol açan *onun* düşüncesi.

İnanmamı sağlaması, yeni kimliğimin büyük bir kısmını da onun oluşturduğu anlamına gelir.

Eğer bir koruyucu perim olsaydı, ondan G.P.'yi yirmi yaş gençleştirmesini dilerdim. Bir de bana fiziksel açıdan çekici gelmesini.

Nasıl da hor görürdü bunu!

Garip (biraz da suçluluk duyuyorum), ama bugün, buraya geldiğimden beri kendimi en mutlu hissettiğim gün. Her şeyin iyiye gideceği duygusu. Belki de kısmen bu sabah bir şey yapmış olmamdan ileri geliyor. Kaçma girişiminde bulundum. Ve Caliban bunu kabullendi. Yani bana saldıracak olsaydı, bunu öfkeli olmak için bir neden bulduğu bir zamanda yapardı kuşkusuz. Bu sabah da kızgındı. Bazı konularda, müthiş bir kendini kontrol etme yeteneği var.

Mutluluk duymamın bir başka nedeni de, günün büyük bir bölümünde burada olmayışım. Esas düşündüğüm G.P.'ydi. Burada değil, onun dünyasındaydım. Çok şey anımsadım. Hepsini yazıya dökmek isterdim. Kafamı tıka basa anılarla doldurdum. Şimdi içinde yaşadığım dünya ötekini öylesine gerçek, öylesine canlı, öylesine güzel kılıyor ki. Sefil yanlarını bile.

Kısmen de, bayağı bir kibirlilikle kendime duyduğum bir hoşnutluktan kaynaklanıyor. G.P.'nin ve başka insanların benim hakkımda söylediği şeyleri anımsamaktan. Farklı bir kişi olduğumu bilmekten. Zeki olduğumu bilmekten, yaşamı yaşıtım birçok insandan daha iyi anlamaya başladığımı bilmekten. Ayrıca asla bununla övünecek kadar budala olmayacağımı, minnet duyacağımı ve yaşadığım için ve kendim –Miranda oluşum, benzersiz oluşum– olduğum için son derece mutluluk duyacağımı (özellikle bu deneyimden sonra) bilmekten.

Kimsenin bu yazdıklarımı görmesine izin vermeyeceğim. Bunlar gerçek olsa bile, kulağa böbürlenme gibi geliyor.

Güzel olduğumu bildiğimi de asla öteki kızlara belli etmedim; bu üstünlüğü kullanma konusunda kendimi aşmak için ne kadar büyük bir çaba sarf ettiğimi kimse bilemez. Üzerimde gezinen erkek gözlerini hiçe saydım, en çekicilerini bile.

Minny'ye bir gün dansa giderken giydiği elbise için iltifatlar yağdırıyordum. Sus, dedi. O denli güzelsin ki, bu oyunu oynamana gerek bile yok.

G.P. bu güzellikle her şeye cüret edebilirsin, derdi.

Günahkâr.

21 Ekim

Ona daha iyi yemek yapmasını öğretmeye başladım. Donmuş yiyecekleri bütünüyle kaldırdım. Taze meyve ve sebze yemeliyim. Biftek ve sombalığı yiyorum. Dün havyar ısmarladım. Daha önce tadına bakmadığım, ama bakmak istediğim nadir yiyeceklerin hepsini anımsayamamak beni kızdırıyor.

Pisboğazlık.

Havyar harika.

Yine yıkandım. Reddetmeye cesaret edemiyor. "Hanımlar" canları istediğinde yıkanmazlarsa, ölüp giderler sanıyor herhalde.

Tuvaletten bir mesaj gönderdim. Etrafına bir metre kadar kırmızı kurdele sardığım küçük bir plastik şişeyle. Çözülmeyeceğini ve birinin göreceğini umuyorum. Günün birinde. Bir yerde. Evi kolayca bulabilmeleri gerekir. Kapının üzerindeki tarihi bana söylemesi aptallıktı. Keşke BU BİR ŞAKA DEĞİLDİR diye ekleseydim sonuna. Saçma sapan bir şakayı andırmasını önlemek son derece zor. Babamı arayıp haber verenin 25 sterlin ödül alacağını da yazdım. Her banyoda, denize bir şişe atmaya karar verdim.

Merdivenlerde ve sahanlıkta asılı bütün iğrenç nesneleri kaldırmış. Mayorka balıkçı köylerini betimleyen yeşil, turuncu ve kırmızı renklerin ağırlıkta olduğu berbat tabloları da. Zavallı duvarlar rahatlayıp oh çekmiştir.

Yukarıda olmaktan hoşlanıyorum. Özgürlüğe daha yakın orası. Her şey kilitli. Evin cephesindeki tüm pencerelerde içten kepenkler var. Ötekilerde de asma kilit. (Bu gece iki araba geçti, ama az kullanılan bir yola benziyor.)

Onu eğitmeye de başladım. Bu gece "salon"da (ellerim bağlı, elbet) bir resim kitabını karıştırdık. Kişisel hiçbir fikri yok. Söylediklerimin yarısını bile dinlediğini sanmıyorum. Yalnızca yanı başımda oturduğunu düşünüyor ve dokunmadan olabildiğince yaklaşmaya çabalıyor. Cinsel bir içe atma mı, yoksa numara çevirmemden duyduğu korku mu bilemiyorum.

Resimler hakkında bir şeyler düşünüyorsa bile, ben ne dersem kabulleniyor. Michelangelo'nun *David*'inin tava olduğunu söylesem "Evet, evet" diyecek.

Böyle insanlar da var. Metroda yanlarında durmuşumdur veya yolda yanlarından geçmişimdir; kuşkusuz konuşmalarına kulak misafiri olduğum da oldu; varlıklarından haberim vardı. Ama gerçek olduklarına asla inanamadım. Bu denli körlük. Asla olası değil gibi.

Diyalog. Oturduğu yerde "sanat olağanüstüdür" gibilerinden bir havaya bürünmüş (inandığından değil, benim hatırım için kuşkusuz) elindeki kitaba bakıyordu.

M. Bu evdeki en şaşırtıcı şeyin ne olduğunu biliyor musun? Hiç kitabın olmaması. Benim için aldıklarının dışında.
C. Yukarıda birkaç tane var.
M. Kelebekler hakkında.
C. Başka da var.
M. Bir avuç beş para etmez polisiye roman. İlginç kitap, yani gerçek kitap okumaz mısın hiç? (*Sessizlik.*) Yaşama ilgiyle bakan insanların yazdığı önemli konuları işleyen kitaplar? Sadece tren yolculuğunda zaman öldürmeye yarayan ucuz kitaplar değil. Ne demek istediğimi anlıyor musun? Kitaplar.
C. Hafif romanlar benim çizgime daha uygun. (*Yere yapışıp nakavt olmalarını arzu ettiğiniz kimi boksörlere benziyordu.*)
M. Örneğin David Jerome Salinger'in *Çavdar Tarlasında Çocuklar**'ını okuyabilirsin. Ben bitirmek üzereyim. Senden beş yaş küçük olmama karşın iki kez okudum, biliyor muydun?
C. Okurum.
M. Ceza değil bu.
C. Size vermeden önce bir göz atmıştım.
M. Ve pek hoşlanmadın.
C. Okumayı deneyeceğim.
M. Beni hasta ediyorsun.

Yeniden sessizlik. Gerçek değilmiş gibi bir duyguya kapılmıştım, sanki bu bir *oyunmuş* ve hangi rolde olduğumu anımsayamıyormuşum gibi.

---

* *Çavdar Tarlasında Çocuklar,* çev.: Coşkun Yerli, Yapı Kredi Yayınları, 2005.

Bugün, daha erken bir saatte, neden kelebek koleksiyonu yaptığını sordum.

C. Daha hoş insanlarla birlikte olmamı sağlıyor.

M. Tek nedeni bu olamaz.

C. Küçükken bir öğretmenim vardı. Nasıl yapılması gerektiğini göstermişti bana. O da koleksiyon yapıyordu. Pek bir şey bilmiyordu, eski usul düzenliyordu. *(Kanatların açılarıyla ilgili bir şeymiş bu düzenleme, anlaşıldığı kadarıyla bugün dik açıyla yerleştiriyorlarmış.)* Bir de eniştem vardı. Doğaya büyük ilgi duyardı. Bana hep yardımcı oldu.

M. Hoş bir adama benziyor.

C. Doğaya ilgi duyan insanların hepsi hoştur. Böcek Bölümü dediğimiz bir kursa yazıldım. Doğa Bilimleri Derneği'nin amatörler için açtığı Böcekbilim Bölümü'dür. Orada insanın kişiliğine göre davranırlar. Size yukarıdan bakıp burun kıvırmazlar. Hiçbiri.

M. Her zaman hoş oldukları söylenemez. *(Anlayamadı.)*

C. Aralarında snoplar da vardır. Ama genellikle dediğim gibidirler. Her zaman karşılaşılan... benim karşılaştığım... karşılaşmış olduğum insanlardan daha hoşturlar.

M. Arkadaşların seni hor görmediler mi? Yaptıklarını gülünç olduğunu düşünmediler mi?

C. Arkadaşım olmadı hiç. Sadece beraber çalıştığım kişilerdi. *(Az sonra aptalca şakalar yaptıklarını söyledi.)*

M. Nasıl yani?

C. Aptalca şakalar işte.

Üstelemedim. Bazen derinliklerinde neler olduğunu öğrenmek, sözünü etmeye yanaşmadığı şeyleri çekip çıkarmak için karşı konulmaz bir arzu duyuyorum. Ama kötü bu. Sanki onu ve sefil, çürük, dikiş tutturamamış yaşamını umursuyormuşum gibi oluyor.

Sözcükler ne kadar yetersiz. Caliban'ın oturuşu; başı omuzlarının arasına sıkışmış ve kaskatı. Neden? Mahcupluğundan mı? Yoksa, kaçmaya kalkışırsam üstüme atlamak için mi? Çizebilirim. Yüzünü ve ifadelerini çizebilirim; ama sözcükler eskimiş, şimdiye dek o kadar çok insan ve daha birçok şey için kullanıldılar ki. "Gülümsedi" diye yazıyorum. Ne anlama geliyor bu? Yarım ay biçiminde gülümseyen bir şalgamı betimleyen bir çocuk yuvası resminden daha fazla bir anlamı yok. Ama, gülümsemesini çizince...

Çizim, resim ve heykelle karşılaştırıldığında, sözcükler son derece ham, korkunç bir biçimde ilkel kalıyor. "Yatağıma oturdum, o da kapının yanına oturdu ve konuştuk ve onu parasını eğitimine harcaması için ikna etmeye çalıştım ve yapacağını söyledi ama bana pek inandırıcı gelmedi." Acemi elinden çıkma berbat bir karalama.

Kırık bir kurşunkalemle çizmeye çalışmak gibi bir şey.

İşte düşüncelerim bunlar.

G.P.'yi görmeliyim. Tüm bunların daha güzel söze döküldüğü on kitabın adını o söyler bana.

Cahillikten ne kadar nefret ediyorum! Caliban'ın cahilliğinden, kendi cahilliğimden, dünyanın cahilliğinden! Ah, öğrenmeyi ne kadar, ne kadar, ne kadar istiyorum. Ağlayabilirim, öylesine çok öğrenme arzusu duyuyorum ki.

Ağzımda tıkaç, ellerim bağlı.

Yazdıklarımı yatağa, şiltenin altındaki yerine koyacağım. Sonra da öğrenmek için Tanrıya yakaracağım.

22 Ekim

Bugün on beş gün oldu. Robinson Crusoe gibi, günleri paravanın köşesine işaretledim.

Kendimi bunalmış hissediyorum. Uykusuzum. Kaçmalıyım, kaçmalıyım, kaçmalıyım.

Günden güne solgunlaşıyorum. Kendimi sürekli hasta, zayıf düşmüş hissediyorum.

Bu korkunç sessizlik.

Öylesine acımasız ki. Öylesine anlaşılmaz. Ne istiyor ? Ne olacak?

Gitgide sağlığımın bozulduğunu görüyor olmalı.

Bu akşam, biraz gün ışığına çıkmam gerektiğini söyledim. Bana bakıp rengimin ne kadar solgun olduğunu görmesini istedim.

Yarın, yarın. Asla doğrudan hayır diyemiyor.

Bugün beni sonsuza dek burada tutabileceğini düşündüm. Pek uzun sürmez bu, çünkü ölürüm. Ne saçma, ne şeytanca; ama kaçmanın yolu yok. Yine yerinde sağlam durmayan taşlar aradım. Kapının çevresinden bir tünel kazabilirim. Beni dosdoğru dışarı götürecek bir tünel. Ama en azından altı metre uzunluğunda olmalı. Her taraf toprak. İçinde kapana kıstırılmış olmak. Asla beceremem. Ölmeyi yeğlerim. Kapının yanından bir tünel açmalı. Ama bunu yapabilmek için zaman gerekiyor. En azından altı saatliğine evden uzaklaşması gerek. Üç saat tüneli kazmak, iki saat de dış kapıyı kırmak için. Tek şansımın bu olduğunu sanıyorum, boşa harcamamalıyım, hazırlıksız olmaktan ötürü mahvetmemeliyim.

Uyuyamıyorum.

Bir şey yapmalıyım.

G.P. ile tanıştığım günü yazacağım.

Caroline, "Sizi tanıştırayım," dedi, "Bu Miranda. Yeğenim." Ve benim hakkımda olmadık bilgiler vermeye başladı (bir cumartesi sabahı, Village'da alışveriş yapıyorduk) ve ben onunla tanışmayı istememe rağmen nereye bakacağımı bilemedim. Caroline daha önce bana ondan söz etmişti.

İlk bakışta Caroline'e karşı davranışı hoşuma gitmişti, buz gibiydi, sıkıldığını saklamaya çalışmıyordu. Başkaları gibi önünde geri çekilmiyordu. Eve dönene kadar hiç durmadan ondan bahsetti. Her ne kadar kabullenmeye yanaşmasa da, hareketlerinden rahatsız olduğu ortadaydı: Uzun sürmeyen iki evliliği ve Caroline'e pek değer vermediğini açıkça belli etmesi. Bu nedenlerle daha en başından tuttum onu.

Sonra, Heath'te gezinirken karşılaştık. Onu tekrar görmeyi istememe rağmen, yine çekingenliğim ağır bastı.

Yürüyüş biçimi. Oldukça ölçülü, gevşek değil. Hele o hoş pilot montu. Pek konuşmadı, aslında bizimle (Caroline ile) beraber olmaya pek can atmıyordu, ama yanımıza kadar geldi; yanında kim olduğuna aldırmıyordu, sadece bizimle aynı yönde ilerliyordu.

Neyse, sıvışmadıysa belki benim sayemdeydi (biraz kendini beğenmişlik bu), çünkü Caroline aptalca ileri görüşlü kadın numarasına girişince, birbirimize kaçamak bir bakış fırlattık. Kızdığını biliyordum, o da benim utandığımı. Bizimle Kenwood'a kadar yürüdü. Caroline de atıp tutmasını sürdürdü.

Ta ki Rembrandt'ın önüne gelip Caroline, "Bu tabloyu yaparken onun da biraz sıkıldığını düşünmüyor musunuz? Yani asla hissettiğimin hissetmem gerektiği olduğunu hissedemiyorum. Ne demek istediğimi anlıyorsunuz, değil mi?" diyerek o aptal tatmin olmuş kahkahasını koyuverinceye kadar.

O anda ona bakıyordum; sanki bu saçmalıklardan korunmak ister gibi çehresi bir anda şiddetle kasıldı. Ben göreyim diye yapmamıştı, ama dudağını belli belirsiz bükmüştü. Caroline'e bir bakış attı. Neredeyse eğleniyor gibiydi. Ama sesi aynı tonda değildi. Buz gibiydi.

"Şimdi gitmem gerekiyor. Hoşçakalın." Bu hoşçakalın bana yöneltilmişti. Üstüme bir çizik attığı duygusuna kapıldım. Veya "Demek siz bunu çekebiliyorsunuz?" anlamını taşıyordu. Yani (geriye dönüp baktığımda) sanki *bana* bir ders veriyordu. Seçmek zorundaydım. Ya Caroline gibi olmak ya da onun gibi.

Ve çekip gitmişti, karşılık verecek zaman bile bırakmadan; Caroline ardından bakıyordu, omuz silkti ve bana dönüp, işte böyle, der gibi bir bakış attı.

Elleri cebinde uzaklaşmasını seyrettim. Kıpkırmızı olmuştum. Caroline öfke içindeydi, savuşturmaya çabalıyordu ("O hep böyledir, mahsus yapar"). Eve dönünceye kadar onun yaptığı resimlere verip veriştirdi ("İkinci sınıf bir Paul Nash"; bence büyük haksızlık). Bense Caroline'e hem kızıyordum hem de haline üzülüyordum. Söyleyecek şey bulamıyordum. Caroline'e üzülemiyordum, ama adamın haklı olduğunu da söyleyemedim.

Caroline ve annem kadınlarda nefret ettiğim tüm niteliklere sahipler. Sonraki günler, onların bozuk, kendini beğenmiş kanlarının ne kadarının bende dolaştığını düşünerek bir çeşit umutsuzluğa kapıldım. Caroline'den hoşlandığım zamanlar da var elbet. Canlılığı, coşkusu, sevimliliği. Hatta gerçekle karşı karşıya gelince takındığı o kendini beğenmişlik; yani hiçbir şey yapmamaktan iyidir. Bizde kaldığı zamanlar, dünyası üzerine kafa yorardım. Onunla beraber kalmaktan hoşlanırdım. Geleceğim üzerine büyük aile savaşı patlak verdiğinde, bana arka çıkmıştı. Ama bütün bunlar, onunla birlikte yaşamaya başlayıncaya, onun her yönünü görünceye kadardı. Büyümek. (Sert Genç Kadın oluyorum.)

Bir hafta sonra, metrodaki asansöre son anda yetişip kendimi içeri attım ve içerideki diğer kişi o idi. Aşırı bir canlılıkla merhaba dedim. Sonra yine kızardım. Canı konuşmak istemez gibi, başını eğmekle yetindi. Aşağıya vardığımızda (kendini beğenmişlikti, Caroline ile aynı teraziye konmaya dayanamadım) "Teyzemin Kenwood'da söyledikleri için özür dilerim," dedim.

"Beni hep sinirlendirir zaten," dedi. Bu konuda daha fazla konuşmak istemediğini anladım. Aşağı indiğimizde, "Teyzem eski kafalı görünmekten çekiniyor," dedim.

"Ya siz?" diyerek o kuru gülümsemelerinden birini takındı. Caroline'e karşı "biz" ve "o" oyununa kalkışmamdan hoşlanmadığını düşündüm.

Bir film afişinin önünden geçerken, "Güzel bir film bu," dedi. "Görmediyseniz gidin."

Perona geldiğimizde, "Bir gün uğrayın," dedi. "Ama baş belası teyzenizi evde bırakın." Gülümsedi. Bulaşıcı, yaramazca küçük bir gülümseme. Hiç de yaşına göre değildi. Sonra uzaklaştı. Kendi başına. Lakayt.

Sonra uğradım. Bir cumartesi sabahı. Şaşırmıştı. Hiç konuşmadan yirmi dakika oturup tuhaf Hint müziğini dinlemek zorunda kaldım. Dönüp divana uzanmış, gözlerini kapamıştı, sanki gelmemeliymişim gibi; ve ben de asla gelmemeliymişim gibi hissettim (hele Caroline'e haber vermeden) ve biraz abartılı bir tutum olduğunu düşündüm. Gevşeyemiyordum. Sonunda kuru bir şekilde, sanki bu iş canını sıkarmış gibi, benim hakkımda sorular sordu. Ben de aptal gibi, onu etkilemeye uğraştım. Yapmamam gereken tek şeyi yaptım. Hava attım. Gerçekte, uğramamı istemediğini aklımdan çıkaramıyordum.

Birdenbire lafımı kesti ve eşyaları göstermek için bana odayı gezdirdi.

Atölyesi. En güzel oda. Orada hep mutluluk duyuyorum. Her şey uyum içinde. Her şey yalnızca onu anlatıyor (bunu bile bile yapmıyor, "iç dekorasyon"dan ve gösterişten ve *Vogue* tipi dergilerden nefret eder). Yine de her şey onu yansıtıyor. Toinette, salak dişiliği ve *House and Garden*'dan apartma basmakalıp zevk ve fikirleriyle "kargaşa" deyip çıkmıştı işin içinden. Kafasını koparabilirdim o gün. Bu odanın içinde, birinin hayatını yaşadığı, çalıştığı, düşündüğü, *var olduğu* duygusuna kapılıyor insan.

Ve aramızdaki buzlar eridi. Zeki görünmeye çalışmaktan vazgeçtim.

Bana "pus" etkisini nasıl sağladığını gösterdi. Guvaşla boyayıp bir bezle gölgeleri yumuşatıyordu. Hep kendi yaptığı gereçleri kullanıyordu.

Sonra birkaç arkadaşı geldi; Barber ve Frances Cruikshank. Bir solukta, "Bu, teyzesine tahammül edemediğim Miranda Grey," dedi, onlar da güldüler; eski dosttular. Kalkmaya yeltendim. Ama yürüyüşe çıkıyorlardı ve onu da almak için uğramışlardı, beni de çağırdılar. Özellikle Barber Cruikshank; bana göz süzüyordu.

"Ya teyzen bizi görürse," dedi G.P., "Barber, Cornwall'un en berbat ününe sahip adamıdır."

"Dadım değil ya, teyzem," diye karşılık verdim.

Böylece hep beraber Vale of Health'te bir pub'a gittik, oradan da Kenwood'a. Frances bana Cornwall'daki yaşamlarından söz etti ve hayatımda ilk kez eski kuşaktan olup da, benim anlayabildiğim insanlarla, gerçek kişilerle bir arada olduğum duygusuna kapıldım. Aynı zamanda Barber'ın biraz yapmacıklı olduğunu düşünmekten de kendimi alamıyordum. Her şeyi espriye dökme hastalığı. Buna karşın G.P.'nin her söylediği bizi doğrudan öze yöneltiyordu. Onun neşeli olmadığını kastetmiyorum, o da öyle. Ama onun kendine özgü, önemli olana değinme yöntemi vardır. Bir keresinde içkileri almaya gittiğinde, Barber bana G.P.'yi ne kadar zamandır tanıdığımı sordu. Sonra da "Keşke ben de G.P. gibi birini öğrenciyken tanıyabilseydim," dedi. Sessiz Frances de, "Biz onun dünyadaki en harika insan olduğunu düşünüyoruz. Bir avuç kişiden biridir," dedi. Hangi bir avuç kişiden biri olduğunu söylemedi, ama ne demek istediğini anladım.

Kenwood'da G.P. beni kenara çekti. Rembrandt'a doğru götürüp sesini alçaltmadan resim hakkında konuştu ve ben oradaki başka insanlar bize bakıyor diye utanma aşağılığını gösterdim. Baba ve kız gibi göründüğümüzü düşündüm. Tablonun kökeni üzerine her şeyi, Rembrandt'ın o sırada neler hissetmiş olabileceğini, ne söylemek istediğini, nasıl söylediğini anlattı. Sanki sanat üzerine hiçbir şey bilmiyormuşum gibi. Bu resim hakkında edindiğim bir sürü önyargıyı yok etmek istermiş gibi.

Ötekileri beklemek için dışarı çıktık. "Bu tablo beni çok duygulandırıyor," dedi. Ve bana baktı, gülmemi bekler gibi. Arada bir garip bir çekingenliğe kapılıyor.

"Şimdi beni de duygulandırıyor," dedim.

Ama yüzünü buruşturdu. "Olamaz. Daha değil. Yıllar lazım."

"Nereden biliyorsunuz?"

"Belki bir sanat eserini görür görmez duygulanan insanlar da vardır. Ben böyle bir ressamla hiç karşılaşmadım. Hayır karşılaşmadım. Bu resmi gördüğümde tek aklımdan geçen, varmak için bütün yaşamımı feda ettiğim, ama ulaşamadığım ve asla ulaşamayacağım yüce ustalığa sahip olduğudur. Sen gençsin. Anlayabilirsin. Ama henüz hissedemezsin."

"Hissedebileceğimi sanıyorum," dedim.

"Öyleyse bu iyi bir şey değil," dedi. "Başarısızlığa kesinlikle ilgisiz kalmalısın. Senin yaşında. Bizim yaşımızda olmaya çalışma," diye ekledi. "Büyümeyi denersen, seni hor görürüm."

"İki metrelik bir duvarın üzerinden bakmaya çalışan bir velet gibisin," dedi.

Bu ilk seferdi. Onu etkilediğim için benden nefret etti. Bu onun Bernard Shaw'ın *Pugmalion*'undaki daha bilindik haliyle *My Fair Lady*'deki Profesör Higgins'e benzer yanı.

Daha sonra, Cruikshank'lar çıkıp bize doğru ilerlerken, "Barber çapkının tekidir," dedi. "Teklif ederse, onunla buluşmayı kabul etme."

Şaşkınlıkla baktım. Uzaktan onlara gülümserken, "Senin için değil, Frances'in acı çekmesine dayanamıyorum," dedi.

Hampstead'e döndüğümüzde, onlardan ayrılıp eve gittim. Yol boyunca, G.P.'nin beni Barber ile yalnız bırakmamaya özen gösterdiğinin farkına vardım. Cruikshank'lar (Barber) yolum Cornwall'a düşerse ziyaretimi beklediklerini söylediler.

G.P., "Görüşürüz," dedi. Bunu pek takmaz gibi bir hali vardı.

Caroline'e onunla rastlantı sonucu karşılaştığımızı söyledim. G.P.'nin geçen gün için özür dilediğini söyledim (yalandı). Eğer bir daha görüşmemizi istemiyorsa, görüşmeyecektim. Ama insanı harekete geçiren, yepyeni fikirlerle dolu biri gibi gelmişti bana, böyle insanlarla görüşmeye *ihtiyacım* vardı. Hiç de iyi değildi yaptığım, ama durumu bu şekilde ortaya koyarsam, teyzemin uygun olanı yapacağını; dilediğin gibi davranmakta serbestsin, diyeceğini biliyordum.

"Bak tatlım," dedi Caroline, "Namus taslayacak son kişinin ben olduğumu biliyorsun, ama o adamın ünü... bu kadar duman varsa, bir yerlerde ateş de olsa gerek," diye eklemeden edemedi.

"Benim de kulağıma geldi, ama başımın çaresine bakabilirim," diye karşılık verdim.

Kendi hatası. Ona Caroline dememizi ve her fırsatta genç bir kızmış gibi davranmamızı isteyen yine kendisiydi. Ona karşı bir teyzeye, nasihat veren bir kişiye duyulan saygıyı duymuyordum.

Her şey değişiyor. G.P.'yi düşünüp duruyorum: Onun ve benim söylediğimiz şeyleri ve ikimizin de birbirimizi gerçekte asla anlamadığımızı. Hayır, sanırım o anlıyordu. Olasılıkları benden çok daha çabuk ortaya koyabiliyordu. Bu mahzende çok çabuk büyüyorum. Mantarın yerden bitmesi gibi. Yoksa dengemi mi yitirdim diye düşünüyorum. Belki de hepsi bir düşten ibaret. Ama kalemin ucunu etime batırdığımda canım yanıyor. Belki düş içinde düş görüyorum.

Şimdi kapıda belirseydi, kollarına atılırdım. Haftalar boyunca ellerimi bırakmasın isterdim. Yani onu öteki şekilde, onun arzuladığı şekilde *sevebileceğime* inanıyorum şimdi.

23 Ekim

Aybaşı oldum. Caliban'a karşı şirret bir kadın gibi davranıyorum. Hiç acımıyorum. Özel yaşamın olmaması her şeyden öncelikliymiş. Bu sabah dış mahzende gezinmeme izin vermeye zorladım. Tarla süren bir traktörü işittiğimi sanıyorum. Ve serçeler. Gün ışığını esinleyen serçeler. Bir de uçak. Gözyaşlarımı tutamadım.

Kafeste çılgına dönmüş maymunlar gibi, bütün duygularım altüst durumda. Dün gece aklımı kaçırıyorum gibi geldi. Oturdum yazdım, yazdım, yazdım, ta kendimi öteki dünyada buluncaya dek. Gerçekte değilse bile, ruhen kaçış. Hâlâ varolduğunu kanıtlamak için.

Özgür olduğum zaman yapacağım tablo için birkaç eskiz yaptım. Bahçeye açılan bir kapı. Sözcüklere vurulduğunda aptalca duruyor. Ama bahçeyi çok farklı bir şekilde gözümde canlandırıyorum, simsiyah, kızıl toprak, kahverengi, koyu gri, yumuşak bal sarısı, ışık dolu bir dörtgene, kapıya yönelen çaprazlama gizemli gölgeler. Kapı bir çeşit yatay kuyu gibi.

Akşam yemeğinden sonra, onu uzaklaştırdım ve Jane Austen'in *Emma*'sını bitirdim. Emma Woodhouse *benim*. Onun için, onunla ilgili, onda olan duyguları paylaşıyorum. Benim snobluğum farklı, ama onunkini anlıyorum. Ukalalığını beğeniyorum. Davranış biçiminin doğru olmadığını biliyorum, başkalarının yaşamlarını düzenlemeye kalkışıyor ve Mr. Knightley'nin milyonda bir bulunur bir adam olduğunu anlamıyor. Geçici bir aptallık yaşıyor, ama kitap boyunca aslında akıllı ve canlı. Yaratıcı, en yüksek amaçlara ulaşmaya kararlı olduğu belli oluyor. Gerçek bir insan. Onun hataları benim de hatalarım: Onun erdemlerini kendi erdemlerim *yapmam* gerekiyor.

Ve bütün gün düşünüyorum; bu gece G.P. hakkında biraz daha yazacağım.

Bir göz atması için, çalışmalarımı evine götürmüştüm bir gün. (Yalnızca Ladymont manzaraları gibi çok özenli küçük şeyleri değil) *Onun* seveceğini düşündüğüm şeyleri almıştım yanıma. Bakarken tek kelime etmedi. En iyisi olduğunu düşündüğüm (o zaman) resimlere (*Ivinghoe'da Carmen* gibi) bakarken bile. Sonunda, "Bence pek iyi sayılmazlar, ama beklediğimden birazcık daha iyi," dedi. Sanki bir yumruk yemiş gibi oldum. Saklamam mümkün değildi. "İstediğin, duygularına dokunmamamsa, bunları hiç getirmemeliydin," diye sürdürdü. "Çiziminin kuvvetli olduğunu görüyorum, renkler ve değerler üzerine oldukça iyi bir duyumun var, duyarlısın. Bunlar ortada. Ama aksi olsaydı, seni zaten Slade'e almazlardı."

Durmasını istedim. Ama susmaya niyeti yoktu. "Birçok güzel

resim gördüğüne şüphe yok. Araklamayı çok aleni yapmamayı denemişsin, ama kız kardeşinin portresi, bir kilometreden Kokoschka." Yanaklarımın kızardığını görmüştü herhalde, "Söylediklerim seni hayal kırıklığına mı uğratıyor? Amacım da bu," dedi.

Kendime gelmekte güçlük çektim. Haklı olduğunu biliyordum; tamı tamına aklından geçeni söylemeseydi, sevimli amca numarası yapsaydı gülünç kaçardı. Ama acıydı. Surata yenen bir dizi tokat gibiydi. Çalışmalarımın bir kısmını beğeneceğini ummuştum. İşin en beter yanı, soğukluğuydu. Öylesine kesin bir şekilde ciddi ve duygulardan arınmıştı ki. Yüzünde en ufak bir şakanın veya sevecenliğin, hatta alayın bile izi yoktu. Birdenbire, benden çok çok yaşlı göründü gözüme.

"Güzel resim yapma bilgisi, akademik ve teknik anlamda, bir ressamda aranan niteliklerin sonuncusudur," dedi. "Söylemek istediğim, senin bu yeteneğe sahip olduğun. Binlerce insan gibi. Ama benim aradığım bunların arasında değil. Hayır, bulamadım."

Sonra, "Bunun can yaktığını biliyorum," dedi. "Doğrusu, bunları getirmemeni söyleyecektim sana, sonra düşündüm ki... sende bir çeşit şevk var. Bunu atlatabilirsin."

"İyi olmayacaklarını biliyor muydun?" diye sordum.

"Tam beklediğim yanıtı aldım. İstersen bunları getirmiş olduğunu unutalım gitsin," dedi. Ama bana meydan okuduğunu anladım.

"Bunda kötü olan şeylerin neler olduğunu ayrıntılarıyla söyle bana," deyip önüne sokak tasvirlerinden birini uzattım.

"Grafik açıdan iyi, kompozisyon fena sayılmaz, ayrıntılara giremem. Ama yaşayan sanat değil. Bedeninin bir parçası değil. Bu yaşta bunu anlamanı beklemiyorum senden. Kimse de sana öğretemez. Günün birinde sahip olursun ya da olmazsın. Slade'de sana kişiliği, genel olarak kişiliği, dışavurmayı öğretiyorlar. Ama çizgine veya resmine kişilik vermekte ne kadar yetenekli olursan ol, kendi kişiliğin dışavurmaya değmiyorsa, bu hiçbir işe yaramaz. Şans işi. Safi rastlantı."

Konuşması düzensizdi. Bir sessizlikten sonra, "Hepsini yırtmalı mıyım?" diye sorunca, "Histerik olmaya başlıyorsun," dedi.

"Öğrenmem gereken çok şey var," dedim.

Ayağa kalktı ve "Sende bir şeyler olduğunu düşünüyorum, ama emin değilim," dedi. "Kadınlarda çok seyrek rastlanan bir nitelik.

Yani kadınların çoğu bir konuda iyi olmakla yetinirler, kafaları pratik sorunlara yönelmiştir ve becerikliliklerini, güzeli çirkinden ayırma marifetlerini kanıtlamaktır dertleri. Bir türlü anlayamadıklarıysa şudur: Bir insanda kendinin en uç sınırına kadar gitme arzusu varsa, sanatının aldığı şeklin önemi kalmaz. Sözcükleri, boyaları, sesleri ve hangi anlatım aracını kullanırsa kullansın."

"Devam et," dedim.

"İnsanın sesi gibidir," dedi. "Sesine katlanırsın ve başka seçim şansın olmadığından konuşursun. Ama önemli olan ne söylediğindir. Yüce sanatı ötekilerden ayıran da budur. Teknikleri kuvvetli insanlar her çağda karınca gibi sürüyledir. Hele de evrensel eğitimin baş tacı edildiği bu çağda." Divanında oturmuştu ve benim sırtım dönüktü. Pencereden dışarı bakmak zorundaydım. Bir an ağlayacağımı sandım.

"Konu teknik başarıdan açılınca, eleştirmenlerin ağzı bol laf yapar. Jargonları kesinlikle anlamsızdır. Sanat acımasızdır. Edebiyatta oyun oynarsan, kimse farkına varmayabilir. Ama resim, dosdoğru yüreğinin derinliğinden açılan bir pencere gibidir. Oysa, şimdiye kadar senin bütün yaptığın, bugün moda olan birçok ressamın resimleriyle dolu bir yüreğe bir sürü küçük pencere açmak olmuş." Gelip yanımda durdu ve evde yapmış olduğum yeni soyut resimlerden birini eline aldı. "Burada Nicholson veya Pasmore'un diliyle konuşuyorsun. Kendi dilinde değil. Fotoğraf makinesi kullanıyorsun. Başka birinin stilinde resim yapmak, *trompe-l'œil'ün** tuhaf bir fotoğraf olmasından farklı değildir. Burada fotoğraf çekiyorsun. Hepsi bu."

"Asla öğrenemeyeceğim," dedim.

"Gereken, öğrendiklerini unutmaktır. Öğrenmeyi bitirdin sayılır. Gerisi şans. Hayır, şanstan biraz daha fazla. Cesaret. Sabır."

Saatlerce konuştuk. O konuştu, ben dinledim.

Yel ve gün ışığı gibiydi. Sözcükleri bütün örümcek ağlarını uçuruyor, yerlerinde gün ışığı parıldıyordu. Şimdi, söylediklerini kâğıda dökerken, ne denli açık görünüyor. Ama söyleme şeklinde bir şey var. Sanattan söz ederken, düşündüğüyle söylediği birbirini tutuyor izlenimi veren *tek* kişi o tanıdıklarımın içinde. Günün birinde, bunun tersi ortaya çıkarsa, kendimi hakarete uğramış hissederim.

---

* Göz aldatma. (ç.n.)

Ayrıca iyi bir ressam *olduğu* gerçeği var ve bir gün çok ünlü olacağını da biliyorum, bu da beni haddinden fazla etkiliyor. Yalnız ne olduğu değil, ne olacağı da.

Bir başka zaman (yine Profesör Higgins yanı), "Bir yere varma şansın hiç yok sayılır. Çok güzelsin. Aşk sanatı sana daha uygun: Sanat aşkı değil," dedi.

"Heath'e gidip kendimi göle atacağım," dedim.

"Ben senin yerinde olsam evlenmezdim," dedi. "Trajik bir aşk *deneyimi* yaşa. Yumurtalıklarını aldır. Buna benzer bir şey yap." Ve yan gözle bana kötücül bakışlarından birini fırlattı. Yalnızca kötücül de değildi, ayrıca garip bir korku da vardı, suçlu bir çocuk gibi. Sanki söylememesi gereken bir şeyi söylemiş de nasıl tepki göstereceğimi bekler gibiydi. Birdenbire benden çok daha genç göründü.

Çok sık, anlatamayacağım bir şekilde genç görünüyor. Belki de beni kendimle karşı karşıya bıraktığı ve inandıklarımın eskimiş ve çürümüş olduğunu gösterdiği için. Öğretmenler bize o kadar çok eski fikirler, eski görüşler, eski yöntemler yüklüyorlar ki. Minicik filizlerin üzerine kat kat eski toprak atmak gibi; altından taze, yeşil bitkilerin böylesine az çıkmasına şaşmamak gerek.

Ama G.P. öyle. Uzun zaman kanlı canlı ve yemyeşil fışkırdığını kabul etmedim. Şimdi ediyorum.

24 Ekim

Kötü bir gün daha. Caliban'ın da aynı şekilde kötü geçirmesi için elimden geleni yaptım. Bazen beni öylesine kızdırıyor ki, bas bas bağırmak geliyor içimden. Dış görünüşü değil bunun asıl nedeni, hoş o da yeter ya. Her zaman saygın bir hava var üzerinde, pantolonu hep ütülü, gömleği hep tertemiz. Kolalı yaka taksaydı mutluluktan yanına varılmazdı diye düşünüyorum gerçekten. O kadar uyumsuz ki. Hele duruşu. Dünyada gördüğüm en büyük kazık. Bir de yüzünden hiç eksik etmediği affedersin ifadesi, şimdi şimdi bunun *aslında* bir memnunluk olduğunu anlıyorum. Beni boyunduruğu altında tutmanın, her gün sabahtan akşama beni seyredebilmenin saf keyfi. Ne söylediğime veya kendimi nasıl hissettiğime

–duygularım onun için anlamdan yoksun– zerre kadar ilgi duymuyor, elindeyim ya, bu ona yetiyor.

Hiç durmadan hakaret etseydim, oralı bile olmazdı. İstediği benim; dış görünüşüm, duygularım veya aklım veya ruhum, hatta vücudum bile değil. *İnsanca* bir şey değil.

Biriktiriyor o. İçindeki korku verici ölü şey de bu.

Beni en çok sinirlendiren konuşma biçimi. Klişe üstüne klişe, klişe üstüne klişe. Art arda basmakalıp sözler, hepsi de öylesine modası geçmiş şeyler ki, gören de bütün yaşamını elli yaşının üzerindeki insanlarla geçirdiğini sanır. Bugün öğle yemeğinde, "Ismarladığınız plaklar konusunda dükkândan talepte bulundum," dedi. "Neden yalnızca, 'İstediğiniz plakları ısmarladım' demiyorsun," dedim.

"İngilizcemin çok iyi olmadığını biliyorum, ama düzeltmek için uğraşıyorum," diye karşılık verdi. Tartışmaya girmedim. Bu sözcükler onu özetliyor. Yaşamdaki tek amacı düzgün olabilmek, biz doğmadan önce "doğru" ve "iyi" olan her şeyi yerine getirebilmek.

Durumunun acıklı olduğunun bilincindeyim. İçinde büyüdüğü Anglikan olmayan, iğrenç kenar mahalle ortamının kurbanı olduğunu, bir üst sınıfı taklit eden bir sürü insanın da bulunduğu sefil orta sınıfın kurbanı olduğunu biliyorum. Annemle babamın sınıflarının en kötü örnekleri olduğunu sanırdım. Varsa yoksa golf, cin ve briç, araba, düzgün konuşma, yeterli para, iyi okullar ve sanata duyulan nefret (tiyatro, Noel'de oynanan bir pantomim ve yerel topluluğun sahnelediği *Saman Nezlesi* oyunundan ibaretti; Picasso ve Bartok fıkrada geçmiyorsa edepsiz sözcüklerdi). Evet, tüm bunlar berbat, ama Caliban'ın İngilteresi daha da berbat.

İngiltere'de körlük, uyuşukluk, çağdışılık, yavaşlık ve evet, kitlelerin bayağılığı midemi bulandırıyor.

G.P., İngiltere'nin yüzüne bakamadıkları için Paris'e gidip saklanan farelerden söz ediyor. Onları öyle iyi anlayabiliyorum ki. Silindirin canlı, yeşil, özgün demeden her şeyin üstünden geçmesi gibi, İngiltere'nin de insanı boğduğu, soluğunu kestiği ve ezdiği duygusu. Matthew Smith ve Augustus John'un trajik başarısızlıklarının –Paris faresi oldukları andan itibaren Gauguin'in, Matisse'in veya herhangi birinin gölgesinde yaşıyorlar– nedeni de budur; tıpkı G.P.'nin söylediği gibi; o da bir zamanlar Braque'ın gölgesi altında yaşamış ve bir sabah uyandığında aniden beş yıldır yaptığı her şeyin, kendisinin değil de Braque'ın gözlerine ve duyarlılığına dayandığı için, bir yalan olduğunu kavramış.

Fotoğraf çekmek.

Hepsi de İngiltere'de çok az umut olduğu için, Paris'e veya başka bir ülkeye yönelmek zorunda kalınmasından. Ama insan, gerçeği –Paris'in her zaman *aşağı doğru* bir kaçış olduğu gerçeğini (G.P.'nin kelimeleri)– kabullenmeye zorlamalı kendini, Paris'e karşı kötü bir şey söylemek için değil, İngiltere'ye ve çevrenin uyuşukluğuna (tüm bunlar G.P.'nin lafları ve fikirleri) ve İngiltere Caliban'lığının ölü ağırlığına karşıdan bakmak için.

Gerçek azizler, İngiltere'de İngiliz sanatçısı olabilmek için savaşan Moore ve Sutherland gibi, Constable ve Palmer ve Blake gibi kişilerdir.

Geçen gün Caliban'a başka bir iğne batırdım –caz dinliyorduk– "Bunu belleyemiyorsun, değil mi," dedim; yanıtı, "Neyi? Bahçeyi mi?" oldu. Böylesi bir dar kafalılığın inanılmaz olduğu karşılığını verdim. "Ya," dedi.

Yağmur gibi, rengi öldüren, dinmek bilmez kasvetli yağmurlar gibi.

Dün gece gördüğüm kötü rüyayı yazmayı unuttum. Bunların hep tan sökümünde geldiği izlenimine kapılıyorum; gece boyu içeri kilitlendikten sonra odadaki havasızlıkla bir bağlantısı olduğunu zannediyorum. (Sabah gelip kapıyı açtığında ve vantilatörü çalıştırdığında duyduğum ferahlama. Hemen dışarı çıkıp mahzenin havasını içime çekmeme izin vermesini istedim, ama her zaman kahvaltımı bitirene dek beklememi istiyor. Erken çıkarsam, öğleden önceki yarım saatimi iptal etmesinden çekindiğimden üstelemedim.)

Düş şöyleydi. Bir resim yapmıştım. Neye benzediğini anımsamıyorum, ama sonuçtan çok hoşnut kalmıştım. Evdeydim. Dışarı çıktım ve çıkar çıkmaz da bir tuhaflık hissettim. Hemen eve dönmeliydim. Bir koşu odama geldiğimde, annem masanın başında oturuyordu (Minny –korku içinde gibiydi– duvarın dibinde dikilmişti, galiba G.P. de oradaydı, garip bir nedenden ötürü başkaları da vardı) ve resmim lime lime olmuştu uzun şeritler halinde. Annem masanın üzerine bahçe makasıyla darbeler indirmeyi sürdürüyordu, öfkeden bembeyaz olduğunu görebiliyordum. Ben de aynı şeyleri hissettim. Kudurmuş bir öfke ve nefret.

O zaman uyandım. Anneme karşı böylesine büyük bir öfke asla duymamıştım; sarhoş olup da, o iğrenç Peter Catesby'nin gözü önünde bana bir tokat attığı gün bile. Yüzümde tokadın izi, utanç, hakarete uğramışlık, şok gibi karmakarışık duygularla kalakalmıştım... Yine de ona acıyordum. Gidip yatağının üzerine oturmuş, ellerini avuçlarıma alıp ağlamasını dinlemiş ve bağışlamış, babama ve Minny'ye karşı savunmasını üstlenmiştim. Ama bu düş öylesine gerçeğe benziyordu ve öylesine korkunç bir doğallığı vardı ki.

Bir sanatçı olmamı önlemeye kalkışmasını kabullenmiştim. Anne babalar çocuklarını hep yanlış anlarlar (hayır, ben kendiminkileri yanlış anlamayacağım), benim bir oğul ve zavallı babamın asla olamadığı cerrah olmam gerektiğini biliyordum. Şimdi bu görev zavallı Carmen'e kaldı. Benim arzularıma karşı, onların da kendi arzularıyla savaşmalarını hoş görmüştüm. Kazandığıma göre, bağışlamalıydım.

Ama bu düşteki öfke. Öylesine gerçekti ki.

Bundan nasıl kurtulmam gerektiğini bilemiyorum. G.P.'ye açabilirdim. Ama burada, kalemimin bir sürü karalamayla doldurduğu şu kâğıt parçası var yalnızca.

Bir zindanda yaşamayan hiç kimse, buradaki *mutlak* sessizliği anlayamaz. Ben yapmazsam çıt çıkmıyor. Kendimi ne kadar da ölüme yakın hissediyorum. Gömülmüş. Yaşamama yardımcı olacak dışarıdan gelen en ufak bir ses bile yok. Sık sık plak çalıyorum. Müzik dinlemek için değil, *bir şey* duymak için.

Oldukça sık garip bir yanılsamaya kapılıyorum. Sağır olduğumu düşünmeye başlıyorum. Olmadığımı kanıtlamak için hafif bir gürültü yapmam gerekiyor. Her şeyin yolunda olduğunu kendime göstermek için öksürür gibi yapıyorum. Hiroşima'nın yıkıntıları arasında buldukları küçük Japon kız gibi. Her şey ölmüştü; o ise oyuncak bebeğine şarkı söylüyordu.

Kaçmalıyım, kaçmalıyım, kaçmalıyım.

Bugün kaçma yolları üzerinde saatlerce kafa patlattım. Saçma fikirler. Akıl almaz derecede kurnaz. Kusursuz.

Kaçmak için hiç çaba harcamadığım düşünülebilir. Ama her gün denemem mümkün değil, sorun da bu ya. Girişimler arasına zaman koymam gerekiyor. Oysa burada geçen her gün dışarıdaki bir haftaya bedel.

Şiddetin anlamı yok. Kurnazca bir şey olmalı.

Doğrudan şiddete başvuramam. Düşüncesi bile dizlerimin bağını çözüyor. Bir keresinde, Whitechapel'den sonra, East End dolaylarında Donald ile aylak aylak gezindiğimizi anımsıyorum. Karşımıza, orta yaşlı iki Hintli'nin etrafına üşüşmüş, bir grup serseri çıktı. Karşı kaldırıma geçtik, midem bulanıyordu. Serseriler adamlara bağırıp küfürler yağdırıyor, onları hırpalıyor ve kaldırımdan yola itekliyorlardı. Donald, "Bu durumda insanın elinden ne gelir?" diye sordu; ikimiz de omuz silkip acelemiz varmış gibi yaptık. Ama serserilerin şiddeti de, bizim şiddetten duyduğumuz korku da canavarca bir şeydi. Şimdi o gelse ve önümde diz çöküp elime bir balyoz verse, darbeyi indiremezdim.

Boşuna. Yarım saattir uyumaya çalışıyorum, ama olmuyor. Yazmak bir çeşit uyuşturucu gibi. Dört gözle beklediğim tek şey. Bugün öğleden sonra, evvelsi gün G.P. hakkında yazdıklarımı okudum. Ve bana canlı göründü. İmgelemimin başka kimsenin anlayamayacağı parçaları eklemesinden ötürü canlı göründüğünün farkındayım. Yani, kendini beğenmişlik. Ama yine de, geçmişimi yeniden yaşatmak bir çeşit büyüyü andırıyor. Ve bu şimdide yaşamam olanaksız. Yoksa çıldırırdım.

Bugün Piers ile Antoinette'i ona götürdüğüm günü düşünüyordum. Kişiliğinin dayanılmaz yanı. Hayır, benim aptallığım. Bir kahve içmeye Hampstead'e gelmişlerdi, beraberce *Everyman*'e gidecektik, ama kuyruk çok uzundu. O zaman da ona uğramamız için beni sıkıştırdılar, ben de ses çıkaramadım.

Ukalalıktı benim yaptığım. Ondan çok söz etmiştim. Onlar da imada bulunup eğer onlarla birlikte evine gitmekten çekiniyorsam, söylediğim kadar iyi bir dostluğum olamayacağını söylediler. Ben de tuzağa düştüm.

Bu ziyaretten pek hoşlanmadığını daha kapıyı açtığında anladım, yine de yukarı çıkmamızı söyledi. Ah, korkunçtu. *Korkunç.* Piers'in şirinliği üzerindeydi, yani berbattı. Antoinette de o kadar kırıtıyordu ki, gören kendi kendini taklit ediyor sanırdı. Ortamı yumuşatmaya çalıştım. G.P.'nin hali son derece garipti. Mesafe koyabileceğini biliyordum, ama bu kez kabalık yapmak için elinden geleni ardına koymuyordu. Piers'in yalnızca güvensizlik duygusunu saklamaya çalıştığını kolaylıkla anlamıştı şüphesiz.

Kendi çalışmaları üzerine konuşmasını sağlamaya çabaladılar, ama onun böyle bir şeye hiç de niyeti yoktu. Hakaret etmeye başladı. Altı harflik sözcükler. Slade ve çeşitli sanatçılar üzerine ipe sapa gelmez ters şeyler söyledi, aslında bunlara inanmadığını biliyordum. Beni ve Piers'ı sarsmayı başardı, ama Antoinette pek oralı olmadı. Aptalca sırıttı, gözlerini kırpıştırdı ve daha da bayağı sözler sarf etti. G.P. de o zaman taktik değiştirdi. Her ağzımızı açışımızda lafımızı kesti (benim de).

Sonra oraya gitmeye karar vermekten daha da büyük bir hata yaptım. Bir an sessizlik oldu, G.P. herhalde gideceğimizi sanıyordu. Antoinette ile Piers'ın alaylı bakışlarını fark ettim; bu bakışlar, onu iddia ettiğim kadar iyi tanımadığımı ima ediyordu. Ben de onu idare edebileceğimi kanıtlamaya kalkıştım.

"Bir plak dinleyebilir miyiz G.P.," diye sordum.

Bir an hayır diyecek gibi baktı; sonra "Neden olmasın," dedi. "Değişiklik olsun diye, söyleyecek şeyi olan birini dinleyelim." Ne dinlemek istediğimizi sormadı, gidip bir plak koydu.

Her zamanki gibi, gözlerini kapatıp divana uzandı, Piers ile Antoinette'in bunun bir poz *olduğunu* düşündükleri besbelliydi.

Ve birden, garip, ince, titrek bir ses bu gergin ve rahatsız ortama yayıldı; yani, müzik her şeyin üzerine yerleşti. Piers yılışık yılışık sırıtmaya başladı, Antoinette de ona uydu; zaten normal gülemez, çok sinsidir, ben de gülümsedim. İtiraf ederim. Piers küçük parmağıyla kulağını karıştırdı, sonra alnını tutarak yere eğildi ve çalgının (ne olduğunu ayırt edemedim) ritmine göre kafasını sallamaya başladı. Antoinette tıkanır gibiydi. Durum korkunçtu. G.P.'nin duyacağından emindim.

Öyle de oldu. Yeniden kulaklarını karıştırmaya koyulan Piers'ı gördü. Piers kendisine bakıldığını fark etti ve ukala bir gülümsemeyle siz bize aldırmayın der gibilerden bir surat takındı. G.P. sıçradı ve pikabı susturdu. "Beğenmediniz mi?" diye sordu. Piers, "Beğenmemiz mi gerekirdi?" diye karşılık verdi.

"Piers, bu hiç de komik değil," dedim.

Piers, "Gürültü yapmıyordum ki," dedi; "Yaptım mı? Beğenmeye mecbur muyuz?

G.P., "Çıkın," dedi.

Antoinette, "Korkarım, Beecham'ın bana düşündürdüğü," dedi, "Hani tenekeden bir damda çiftleşen iki iskelet."

G.P. (ürkütücüydü, zebani gibi bakar bazen), "Öncelikle Beecham'dan zevk almanıza sevindim," dedi. "Zamanının sanatında yaratıcı ne varsa karşı çıkmış gösterişçi, iddialı, kıçı boklu küçük bir çalgıcıbaşıdır. İkincisi, bir klavsenin sesini ayırt edemeyecek kadar cahilseniz, Tanrı sizin yardımcınız olsun. Üçüncüsü (Piers'a) yıllardır karşıma çıkan beş para etmez gençlerin içinde en alığı sizsiniz ve (bana) *bunlar* arkadaşların mı senin?"

Orada donup kaldım, bir şey söyleyemiyordum; beni kızdırmıştı, beni kızdırmışlardı ve zaten kızgınlığımdan on kat fazla utanç duyuyordum.

Piers omuz silkti, Antoinette sersemlemiş gibiydi, ama hafiften eğleniyordu namussuz, ben de kıpkırmızı kesilmiştim. Aklıma geldikçe yeniden kızarıyorum (ve daha sonra olanlar; nasıl yapabilmişti?).

"Takmayın lütfen," dedi Piers. "Yalnızca bir plak." Öyle sanıyorum ki, öfkelenmişti, yoksa saçma bir şey söylediğinin farkına varırdı.

"Yalnızca bir plak olduğunu düşünüyorsunuz, değil mi? Yalnızca bir plak ha? Demek siz de bu küçük salak sürtüğün teyzesi gibisiniz, Rembrandt'ın resim yaparken birazcık sıkıldığını mı düşünüyorsunuz? Bach'ın bunu yazarken suratını komik biçimlere sokup kıkırdadığını mı sanıyorsunuz. Öyle mi?"

Piers bozguna uğramış, ürkmüştü. "ÖYLE Mİ?!" diye bağırdı

G.P.

Korkunçtu. Hem kendi başladığı için, böyle davranmaya baştan karar vermiş olduğu için korkunçtu, hem de öfkesini dışavurduğu için son derece korkunçtu. Ben, hep tutkularını gizlemeye çalışan insanların arasında büyüdüm. O ise olduğu gibiydi. Çıplak. Öfkeden tir tir titriyordu.

Piers, "Biz sizin kadar yaşlı değiliz," dedi. Acınacak haldeydi, zayıftı. Olduğu gibi ortaya çıkmıştı.

"Tanrım," dedi G.P., "Sanat öğrencileri. SANAT öğrencileri..."

Daha sonra söylediklerini yazamam. Antoinette bile neye uğradığını anlayamamış gibiydi.

Hemen çıkıp gittik. Merdivenlerdeyken, atölyenin kapısı arkamızdan çarpıldı. Aşağıya vardığımızda Piers'a, "Lanet olsun," dedim ve ikisini de dışarı ittim. Antoinette, "Seni öldürecek şekerim," dedi. Kapıyı kapatıp bekledim. Bir süre sonra, yeniden müziği duydum. Merdivenleri çıkıp yavaşça açtım. Belki duydu, bilmiyorum, ama gözlerini açmadı, ben de kapının yanındaki tabureye oturup plağın bitmesini bekledim.

"Ne istiyorsun Miranda," dedi.

"Özür dilemek ve senin de özür dilediğini duymak için bekliyorum."

Gidip pencereden dışarı baktı.

"Salaklık yaptığımı biliyorum, küçük de olabilirim, ama sürtük değilim."

"Elinden geleni yapıyorsun." (Sürtük olabilmek için elinden geleni yapıyorsun demek istediğini zannetmiyorum.)

"Bize gitmemizi söyleyebilirdin. Biz de anlayabilirdik."

Bir sessizlik oldu. Atölyenin öte ucundan dönüp bana baktı. "Çok özür dilerim," dedim.

"Hadi evine git. Beraber yatağa gidemeyiz," dedi. Ayağa kalktığımda, "Geri geldiğine sevindim, yapılması gereken en uygun şeydi," dedi. Sonra da, "İsterdin ama," diye ekledi.

Merdivenlerden inerken arkamdan geldi. "Seninle yatmak istemiyorum," dedi, "Durumdan söz ediyorum, bizden değil. Anlıyor musun?"

"Anlıyorum tabii," dedim.

İnmeye devam ettim. Dişi olmak. Beni yaraladığını göstermek

istiyordum ona.

Aşağı kapıyı açarken, "Başıma vurmuştu," dedi. Herhalde anlamadığımı görmüştü, "İçiyordum," diye ekledi.

"Sana telefon edeceğim," dedi.

Aradı da, beni Rusların Şostakoviç çaldıkları bir konsere götürdü. Ve *tatlı* davrandı: Bu sözcük tam yerinde. Yine de hiç özür dilemedi.

26 Ekim

Ona güvenmiyorum. Bu evi satın almış. Beni serbest bırakırsa, bana güvenmek zorunda. Ya da ben polise gitmeden önce evi satıp ortadan yok olması gerekir. Her ikisi de ona uygun düşmüyor.

Çok bunaltıcı bir durum. Sözünde duracağına inanmak *zorundayım*.

Benim için büyük paralar harcıyor. Şimdiden iki yüz sterlini bulmuştur. Hangi kitabı, hangi plağı, hangi giysiyi istersem alıyor. Bütün ölçülerimi biliyor. İstediğim şeyleri çizerek gösteriyorum, renk hakkında bir fikir vermek için de boyaları karıştırıyorum. İç çamaşırlarımı bile alıyor. Daha önce aldığı siyah ve şeftali renginde olanları giyemem, ona gidip Marks and Spencer'dan daha doğru düzgün bir şeyler almasını söyledim. "Hepsini bir kerede alabilir miyim?" diye sordu. Benim alışverişimi yapmak ona cehennem azabı olsa gerek (eczanede ne yapıyor acaba?), bu yüzden hepsini alıp bitirmek istiyor herhalde. Kim bilir onun hakkında ne düşünüyorlar? Bir düzine külot, üç kombinezon, birkaç sutyen. Siparişi verdiğinde ne dediklerini sordum, kıpkırmızı oldu. "Biraz tuhaf olduğumu düşünüyorlar galiba," dedi. Buraya geldiğimden beri ilk kez gerçekten güldüm.

Bana her yeni şey alışında, bunun beni öldürmeyeceğinin veya kötü bir şey yapmayacağının kanıtı olduğunu düşünüyorum.

Sevinmemem gerek, biliyorum, ama, öğle yemeğinde gittiği yer her neresiyse dönmesine seviniyorum. Her gelişinde paketler getiriyor. Sürekli Noel gibi, üstelik Noel Baba'ya teşekkür bile etmek gerekmiyor. Bazen benim ısmarlamadığım şeyleri de getiriyor. Her seferinde çiçek getiriyor, bu da hoş bir şey. Çikolata da, ama benden çok kendi yiyor. Durmadan da bana neler alabileceğini soruyor.

Şeytan olduğunu biliyorum onun; benim olabilecek bir dünyayı gösterip duruyor. Kendimi ona satmıyorum. İstediğim küçük şeylerle ona çok paraya mal oluyorum, ama büyük bir şey istememi beklediğini de biliyorum. Beni minnettar bırakmaya can atıyor. Ama olmayacağım.

Bu sabah ürkütücü bir düşünce geçti aklımdan: G.P.'den şüphelenecekler. Caroline'in adını polise vermesi kaçınılmaz. Zavallı adam. İğneleyici davranacak, bu da başına dert açacak.

Bugün G.P.'nin portresini çizmeye çalıştım. Ne garip. Olanaksız. Ona hiç benzemiyor.

Kısa boylu olduğunu biliyorum. Benden yalnızca dört beş santim daha uzun. (Ben hep uzun boylu erkekleri düşledim. Saçma.)

Saçları dökülüyor ve kendisi olmasa da (olsa bile bir şey fark etmezdi benim için) burnu bir Yahudininki gibi. Yüzü çok geniş. Kırışık, yıpranmış; kırışık ve yıpranmış ve çukur çukur; bir maske gibi; öyle ki yüzündeki ifade ne olursa olsun, tam anlamıyla sezdiğimden emin olamıyorum. Maskenin ardındaki şeyleri kestirmeye çalışıyorum, ama asla kesin olmuyor. Bazen suratına özellikle katı bir ifade veriyor. Önceden anlaşılıyor. Bana sahtekârlık gibi gelmiyor, G.P.'nin kişiliği böyle. Sanat konusunda ciddi ol, geri kalan her şeyle alay et. Atom bombasının yıldönümünden "Büyük kızartma günü", "Büyük kızartma günü geldiğinde" diye bahsediyor. Mide bulantısı. Onun gözünde sağlıklı olma şekli bu.

Kısa boylu ve geniş yüzlü, kanca burunlu; hatta Türke benzer bir hali var. Hiç de İngilize benzemiyor.

İngilizlerin güzel olduğu gibi saçma sapan kavrama inanıyorum hâlâ. Reklamlardaki gibi.

Ladymont erkekleri.

27 Ekim

Kapının altından geçen bir tünel kazmak tek şansım. Yakında denemem *gerektiğini* hissediyorum. Sanırım onu uzaklaştırmak için bir yol buldum. Bugün öğleden sonra dikkatle kapıyı inceledim. Bu yanı demir kaplı, ama tahtadan. Son derece sağlam. Kırıp indirmem veya kaldırıp açmam olanaksız. Kıracak veya kaldıracak bir gereç bırakmamaya dikkat etmiş zaten.

Bazı "aletler"i toplamaya başladım. Kırabileceğim bir bardak. Bu sivri bir şey olacak. Bir çatal ve iki çay kaşığı. Alüminyumdan, ama yararlı olabilirler... En çok gereksinim duyduğum şey, taşların arasındaki çimentoyu kazıyabileceğim sivri ve sert bir nesne. Duvara bir delik açmayı başardıktan sonra, kazıp dış mahzene geçmek pek zor olmayacak.

Bu tasarı bana somut şeylerle uğraşıyormuşum duygusu veriyor. İş yapmak gibi. Ama daha bir şey yapmadım.

Daha çok umutluyum. Nedenini bilmiyorum. Ama umut duyuyorum.

28 Ekim

Sanatçı olarak G.P. için Caroline'in "İkinci sınıf bir Paul Nash" sözleri iğrenç, ama içinde gerçek bir şeyler var. Eserlerinde "fotoğraf" diyebileceğimiz şeyden eser yok, yine de kesinlikle kişisel değil. Belki kendisi de aynı sonuçları çıkardı. Belki (peyzajlarında Nash'ı andıran bir şeyler olduğunun) kendisi de farkında, belki de değil. Her iki durumda da, bu ona yöneltilen bir suçlama. Onun gördüğü ya da söylediği bir şey değil.

Onun hakkında nesnel olmaya çalışıyorum. Kusurları bunlar.

Soyut resme duyduğu kin; Jackson Pollock ve Nicholson gibi ressamlara bile. Neden? Entelektüel açıdan söylediklerine yarı yarıya inandırdı beni, ama hâlâ kötü olduğunu iddia ettiği resimlerin bir kısmının güzel olduğunu hissediyorum. Yani kıskançlık duyduğunu seziyorum. Çok kolay mahkûm ediyor.

Bunun pek önemi yok. Onun ve kendim hakkında dürüst olmaya çabalıyorum. "Derinliklerine inmeyen" insanlardan nefret ediyor ve kendi de aynı yanılgıya düşüyor. Çok sık. Ama prensiplerine bağlı (kadınlar dışında). Prensip sahibi görünen insanların çoğu, onun yanında boş teneke gibi duruyor.

(Bir keresinde Mondrian hakkında söylediğini anımsıyorum: "Sorun sevip sevmediğin değil, sevmeli misin, sevmemeli misin"; yani prensip olarak soyut resmi sevmiyor. *Hislerini* görmezden geliyor.)

En beterini sona bıraktım. Kadınlar.

Evine dördüncü veya beşinci ziyaretimdi sanırım. Nielsen denen bir kadınla beraberdi. Yatmış olduklarını sanıyorum (bugün). Böylesine saftım. Ama benim gelişimden pek sıkılmışa da benzemiyorlardı. Kapıyı açmak zorunda değillerdi. Kadın, kendi evindeymiş gibi rahat, bana yakınlık gösterdi. Yaşı kırk civarındaydı; G.P. onun nesini beğeniyordu ki? Bundan çok sonraları, mayıs ayında bir akşam uğramıştım, ama evde yoktu (veya biriyle yataktaydı), ertesi akşam tekrar geldim, evde ve tek başınaydı, biraz lafladık (bana John Minton'dan söz etti), sonra pikaba bir Hint plağı koydu ve sessizce dinledik. Ama her zamanki gibi gözlerini kapatmadı; bana bakıyordu ve ben utanmıştım. *Raga* sona erdiğinde sessizlik çöktü. "Öteki yüzünü koyayım mı?" dedim, yanıtı, "Hayır" oldu. Gölgedeydi ve hatlarını iyi seçemiyordum.

Birden, "Benimle yatmak ister misin?" dedi.

"Hayır istemem," dedim. Boş bulunmuştum, sesim aptalca çıktı, korkulu.

Gözlerini benden ayırmadan, "On yıl önce olsaydı seninle evlenirdim," dedi. "Sen benim ikinci kötü evliliğim olurdun."

Doğrusu pek şaşırtıcı değildi. Haftalardır bunu bekliyordum.

Gelip yanı başımda durdu. "Emin misin?"

"Buraya bu nedenle gelmedim. Hepsi bu," dedim.

Hiç de ona benzemiyordu. Bu kadar çiğ. Şimdi düşünüyorum da, şimdi biliyorum ki kendince nazik davranıyordu. Bile bile açık konuşuyor ve çiğlik yapıyordu. Tıpkı arada bir satrançta benim kazanmama izin vermesi gibi.

Türk kahvesi hazırlamaya gitti ve kapıdan, "Zorluk çıkarıyorsun," diye seslendi. Cezveye bakarken, gidip mutfak kapısının yanında durdum. Bana döndü. "Arada bir senin de canının çektiğine yemin edebilirim."

"Kaç yaşındasın?" diye sordum.

"Baban olacak yaştayım, eğer kastettiğin buysa."

"Rastgele cinsel ilişkiden nefret ederim," dedim; "Kastettiğim de bu değildi."

Sırtı bana dönüktü. Kızgınlık duyuyordum, öylesine sorumsuz görünüyordu ki. "Her neyse," dedim; "Bu yönde beni şu kadarcık bile çekmiyorsun."

Sırtı hâlâ dönük, "Rastgele cinsel ilişkiden kastın nedir?" diye sordu.

"Yalnızca zevk için yatmak," dedim. "Cinsel ilişki, o kadar. Sevgisiz."

"Demek ki ben hep rastgele cinsel ilişkide bulunuyorum. Sevdiğim insanlarla asla yatmam," dedi. "Bir kere yapmıştım."

"Beni Barber Cruikshank konusunda uyaran sendin," dedim.

"Şimdi de kendim konusunda uyarıyorum öyleyse," diyerek cezveye bakmayı sürdürdü. "Ashmolea'lı Uccello'yu biliyor musun? *Av* tablosunu? Bilmiyor musun? Tablo insanı gördüğü anda yıldırım çarpmışa çevirir. Bütün teknik yanlarını bir yana bırakalım. Kusursuzdur, biliyor musun? Orta Avrupa'nın önemli profesörleri ilk bakışta insanın hissettiği bu şeyin sırrını çözebilmek için hayatlarını adamışlardı. Şimdi senin de büyük bir sırrın olduğunu anlıyorum. Ne olduğunu Tanrı bilir. Ama ben Orta Avrupalı profesör değilim, *nasıl* olduğu umurumda bile değil. Ama sende var bu. Sheraton mobilyaları gibisin. Parçalara ayrılmıyorsun."

Bunu çok doğal bir ses tonuyla söylemişti. Aşırı doğal.

"Bir tür şans bu," dedi; "Kesinlikle. Genetik bir mesele."

Cezveyi son anda gaz ocağından çekti. "Beni meraklandıran gözündeki şu kırmızı nokta," dedi; "Nedir o? Tutku mu? Yoksa dur işareti mi?"

Alaycı bakışıyla beni süzmeye devam etti.

"Yatak işareti değil," dedim.

"Başka biri için?"

"Ne sen, ne başkası."

Ben divana oturdum, o da çalışma masasının yanındaki yüksek tabureye.

"Seni şoke ettim," dedi.

"Uyarmışlardı."

"Teyzen mi?"

"Evet."

Döndü ve yavaşça ve büyük bir dikkatle, fincanlara kahve döktü.

"Hayatım boyunca kadınsız yapamadım," dedi. "Genelde benim için mutsuzluk kaynağı oldular. Çoğu da hesapta saf ve temiz ilişkiler getiriyorlardı beraberlerinde. Oradakiler –iki oğlunun fotoğrafını gösterdi– bu soylu ilişkinin meyvesi."

Gidip kahvemi aldım ve ondan uzakta çalışma masasına dayandım.

"Robert senden sadece dört yaş küçük," dedi. "İçme hemen. Bekle de telvesi dibine çöksün."

Pek rahat değildi. Sanki kendini konuşmak için zorluyordu. Savunmaya çekilmiş. Beni hayal kırıklığına uğratmak, ama yakınlığımı da kazanmak ister gibiydi.

"Şehvet basittir," dedi. "İnsan anında anlaşmaya varır. Ya iki kişi birden yatmayı arzu ediyordur ya da biri istemiyordur. Ama aşk. Sevdiğim kadınlar bana hep bencil olduğumu söylemişlerdir. Oysa beni sevmelerini sağlayan da budur. Sonra da benden iğrenmelerini. Nedir bencillik olarak kabul ettikleri şey biliyor musun?" diye sordu. Bir yandan da Portobello Road'dan parça parça alıp onardığı, üzerinde gazaba gelmiş iki atlının köşeye sıkıştırdığı bir alageyik resmi olan mavi beyaz Çin porseleni fincanın kulbundaki zamkı tırtıklıyordu. Küt parmaklı, yaptığını bilen eller. "Kendimce resim yapmam," diye sürdürdü; "Kendimce yaşamam, kendimce konuşmam canlarını sıkmaz. Hatta bundan zevk bile alırlar. Katlanamadıkları, *kendileri* gibi davranmadıkları zaman onlara duyduğum nefrettir."

Ben de erkekmişim gibi konuşuyordu.

"Senin aptal teyzen gibiler benim ahlâksız, yuva yıkan biri olduğumu düşünürler. Sefihin teki. Hayatımda bir tek kadını baştan çıkarmadım. Sevişmekten, kadın vücudundan, giysilerini üzerlerinden çıkardıktan ve derin, geri dönülmez bir adım attıklarını zannettiklerinde en sıradanının bile güzelleşmesinden hoşlanıyorum. İlk seferinde hepsi aynı duyguya kapılırlar. Senin cinsinde yok olmaya başlamış şeyin ne olduğunu biliyor musun?"

Bana yan yan baktı, ben de başımı iki yana salladım.

"Masumluk. Bunun fark edilebileceği tek zaman, kadının soyunduktan sonra insanın gözlerinin içine bakamadığı andır (benim de dinlerken ona bakamadığım gibi). Yalnız ilk kez elbiselerini çıkardıktan sonraki ilk Boticelli anı. Ama çabuk geçer. Havva üste çıkar. Orospu. Anadyomene kaybolur."

"O da kim?" diye sordum.

Açıkladı. Kendi kendime, böyle konuşmasına izin vermemeliyim, çevreme ağ örüyor, diye düşündüm. Düşünmedim, hissettim.

"Kadınlar ve senin gibi kızlardan düzinelerce tanıdım. Kimini iyi tanıdım, hatta iki tanesiyle evlendim bile; kimileriyle onların ve benim iyi niyetime karşın adi şeyler yaşandı. Kimisiyle de tanışmadım bile, sadece bir sergide veya metroda veya herhangi bir yerde yanlarında durdum."

Bir süre sonra, "Jung'u okudun mu?" diye sordu.

"Hayır," dedim.

"Senin gibi kadınlara bir ad vermişti. İsim vermek bir işe yaramaz ama. Hastalığın ağırlığı değişmez."

"Neymiş o ad?"

"Hastalıkların adı söylenmez."

O zaman odaya garip bir sessizlik çöktü, çıkmaza girmişiz gibi; sanki benden başka bir şekilde tepki göstermemi beklermiş gibi. Öfkeye kapılmamı ve serseme dönmemi belki. Sonradan hem öfkeye kapılmış hem de serseme dönmüştüm gerçi (kendimce). Ama kaçmadığım için mutluyum. Olgunlaşılan akşamlardan biriydi. Birdenbire ya okulunu yeni bitirmiş şaşkın küçük bir kız gibi ya da bir yetişkin gibi davranmam gerektiğini anladım.

Sonunda, "Acayip bir çocuksun sen," dedi.

"Eski kafalı," dedim.

"Bu kadar güzel olmasaydın, çekilmezdin."

"Teşekkür ederim."

"Benimle gerçekten yatmanı beklemiyordum zaten."

"Biliyorum," dedim.

Uzun uzun bana baktı. Sonra değişti, satranç tahtasını çıkardı ve oynamaya başladık, benim kazanmama göz yumdu. Kendi kabullenmeye yanaşmadı, ama bile bile yaptığına eminim. Pek konuşmadık, piyonlar aracılığıyla iletişime giriyor gibiydik, benim kazanmamın simgesel bir yanı vardı. Benim hissetmemi istediği bir şey vardı. Ne olduğunu bilmiyorum. Onun "sefahat"inin benim "erdem"ime yenik düştüğünü görmemi arzu etmesi miydi, yoksa bazen kaybetmenin kazanmak olduğu gibi daha ince bir şey miydi bilmiyorum.

Bir sonraki ziyaretimde bana bir çizimini verdi. Çalışma masasının üzerindeki cezve ve iki fincanın betimlemesiydi. Kesinlikle basit, kesinlikle telaş ve gerginlikten arınmış, kesinlikle benim resimlerimdeki uyanık sanat öğrencisinin sahte ustalığının izine rastlanmayan güzel bir çizimdi.

Yalnızca iki fincan ve küçük bakır cezve ve eli. Veya bir el. Alçıdan bir kalıp gibi fincanlardan birinin yanına konmuş. Arkasına *Apres** yazıp tarih atmıştı. Ve ardından *pour 'une' princesse lointaine*** diye eklemişti. '*Une*' sözcüğünün altı bastıra bastıra çizilmişti.

Bu akşam Toinette'den de bahsetmek istiyordum. Ama çok yorgunum. Yazarken sigara içmem gerekiyor, o zaman da odanın içi soluk alınmaz hale geliyor.

29 Ekim

(Sabah.) Nereye gitti? Lewes.

Toinette.

Plak olayının yaşandığı akşamdan bir ay sonraydı. Tahmin etmeliydim, günlerdir kedi gibi mırıldanarak cilveli bakışlarla etrafımda dönüp duruyordu. Bunun Piers ile ilgili olduğunu düşünmüştüm. Sonra bir akşam G.P. 'nin kapısını çaldım, kilidin açık olduğunu fark edince de açıp içeri girdim, gözlerimi merdivene çevirdiğimde Toinette de yukarıdan girişe bakıyordu. Göz göze geldik. Bir süre sonra sahanlığa ilerlediğinde giyiniyordu. Bir şey söylemedi, eliyle atölyeye gelmem için işaret etti, daha da beteri ben kıpkırmızıydım, o ise değildi. Tersine, eğlenir gibi bir hali vardı.

"Neye uğradığını şaşırmış gibi bakma," dedi. "Biraz sonra gele-

* Sonra. (ç.n.)
** Uzak "bir" prenses için. (ç.n.)

cek. Dışarı çıktı..." Ne söylediğini duyamadım, çünkü çekip gittim.

Neden bu denli öfkeli, bu denli şoke, bu denli kırılmış olduğumun analizini yapmaya kalkışmadım hiç. Donald, Piers, David hepsi Toinette'in Londra'da da İsveç'te olduğu gibi yaşadığını biliyordu; kendi de, ötekiler de bunu bana söylemişlerdi. G.P. de kendinin nasıl olduğunu söylemişti.

Yalnızca kıskançlık değildi. G.P. gibi birinin onun gibi biriyle bu kadar yakınlık kurabilmesiydi; bu kadar gerçek birinin bu kadar yüzeysel, bu kadar sahte, bu kadar hafif bir kızla birlikteliği. Nasıl olur da bana ilgi duyabilirdi? Bunun akla yakın yanı yoktu.

Benden yirmi bir yaş daha büyük, babamdan dokuz yaş küçük.

Sonraki günler midemi bulandıran G.P. değil, kendimdim. Dar kafalılığım. Kendimi Toinette ile buluşmaya, onu dinlemeye zorladım. Hiç de hava atmadı. Sanırım G.P.'nin eseriydi. Dalga geçmesini yasaklamıştı herhalde.

Ertesi gün özür dilemek için beni görmeye geldi. Ve (onun sözcükleri) "Oluverdi işte" dedi.

Öylesine kıskançlık duyuyordum ki. Onlardan daha yaşlıymışım gibi hissettirmişlerdi kendimi. Yaramaz çocuklar gibiydiler. Aralarında sır saklayan. Sonunda iyice soğudum. G.P.'yi yeniden görmeye dayanamıyordum. Sonuçta, bir hafta sonraydı galiba, bir akşam Caroline'in evinden beni aradı. Sesinde suçluluk yoktu. Onu göremeyeceğimi, işlerimin çok yoğun olduğunu söyledim. Hayır, o akşam evine uğrayamazdım. Üsteleseydi reddedecektim. Ama telefonu kapatacağını hissedince, ertesi gün uğrayacağımı söyledim. Kırıldığımı öğrenmesini öyle istiyordum ki. Ne denli kırıldığını telefonda gösteremiyor insan.

Caroline, "Bence onu biraz fazla görüyorsun," dedi.

"Şu İsveçli kızla *ilişkisi* varmış," dedim.

Konu üzerinde biraz da konuştuk. Dürüst davrandım ve G.P.'nin tarafını tuttum. Ama yatağımda tek başıma kalınca suçlamadan edemedim. Saatlerce.

Ertesi gün ilk söylediği (hiç numara yapmadan) "Sana pislik yaptı mı?" oldu.

"Hayır, kesinlikle hayır," dedim. Sonra da, sanki önemsemezmiş gibi, "Neden pislik yapsın ki?" diye sordum.

Gülümsedi. Ne hissettiğini biliyorum, der gibiydi. Az kalsın suratının ortasına bir tokat patlatıyordum. Artık aldırmıyormuş gibi hareket etmem mümkün değildi, öyle yapsam durum daha da kötüleşirdi.

"Erkekler aşağılık yaratıklardır," dedi.

"En aşağılık yanları, bu sözleri yüzlerinde bir gülümsemeyle söyleyebilmeleridir," dedim.

"Doğru," diye onayladı. Bir sessizlik oldu. Gelmemiş olmayı dilerdim, onu yaşamımdan çıkarıp atmış olmayı dilerdim. Yatak odasının kapısına baktım. Aralıktı, yatağın ayakucunu görebiliyordum.

"Yalnızca yaşamımı bölümlere ayıramıyorum henüz. Hepsi bu," dedim.

"Bak, Miranda, aramızda yirmi uzun yıl yatıyor. Benim yaşam hakkındaki bilgim, seninkinden daha fazla, senden daha uzun yaşadım, daha çok ihanet ettim, daha çok ihanete uğradım. Senin yaşında insan delicesine idealist olur. Arada bir sanatta neyin bayağı, neyin önemli olduğunu ayırt edebildiğim için, erdemli olmam gerektiğini düşünüyorsun. Ama erdemli olmak istemiyorum ben. Benim senin gözündeki çekiciliğim (varsa eğer) sadece açıksözlülüğümden ileri geliyor. Ve deneyimimden. Ama erdem değil. Ben iyi bir adam değilim. Belki ahlâki açıdan senden bile daha gencim. Bunu anlayabiliyor musun?"

Bütün yaptığı benim neler hissettiğimi dile getirmekti. Ben gergindim, o ise rahattı; oysa olması gereken tam tersiydi. Hepsi benim hatamdı. Benimle konsere gitti, sonra dönüp onun yanına geldi, diye düşünmeden edemiyordum. Telefon ettiğimde kimsenin cevap vermediği zamanları anımsadım. Şimdi hepsinin cinsel kıskançlık olduğunu anlıyorum, ama o zaman prensipte ihanete uğradığıma inanıyordum. (Hâlâ da tam bilemiyorum, kafam o kadar karışık ki, yargılayacak durumda değilim.)

"Ravi Shankar dinlemek istiyorum," dedim. Seni bağışlıyorum diyemezdim.

Oturup plağı dinledik. Sonra satranç oynadık. Beni yendi. Toinette'den laf açılmadı, yalnızca en sonunda, merdivenlerde, "Onunla aramızda her şey bitti," dedi.

Karşılık vermedim.

"Yalnızca eğlence olsun diye yaptı," dedi.

O günden sonra, aramızda hiçbir şey eskisi gibi olmadı. Bir çeşit ateşkese varmış gibiydik. Onu birkaç kez daha gördüm, ama baş başa değildik hiç, İspanya'dan iki mektup attım, o da bir kartpostal gönderdi karşılık olarak. Bu ayın başında bir kez daha gördüm. Ama bunu bir başka zaman yazacağım. Nielsen adlı kadınla yaptığım garip konuşmayı da daha sonra yazacağım.

Toinette'in söylediği bir şey. "Oğullarından söz etti ve ona acıdım," dedi. Galiba oğlanlar babalarının o seçkin okullarına gitmesini istemiyorlarmış ve şehirde randevu veriyorlarmış. Onunla görülmekten utanç duyuyorlarmış. Robert (Marlborough'daki) şimdi ona küçümseyerek bakıyormuş.

Bana asla onlardan söz etmedi. Belki de gizlice benim de aynı dünyaya ait olduğumu düşünüyor.

Orta sınıf şımarık bir kolej çocuğu.

(Akşam.) Bugün anımsadığım kadarıyla G.P.'yi çizmeyi denedim yeniden. Olanaksız.

Yemekten sonra Caliban oturup *Çavdar Tarlasında Çocuklar*'ı okumaya başladı. Birkaç kere durup, geriye okuması gereken kaç sayfa kaldığına baktığını gördüm.

Okumasının tek nedeni bana ne kadar çaba sarf ettiğini göstermek.

Gece ön kapının önünden geçerken (banyo yapmak üzere), "Bu güzel akşam için teşekkürler, şimdilik hoşça kal," dedim ve kapıyı açar gibi yaptım. Kilitliydi tabii. "Sıkışmış galiba," diye ekledim. Gülümsemedi, dikilip bana bakmayı sürdürdü. "Yalnızca bir şakaydı," dedim, "Biliyorum," diye yanıtladı. Ne garip; onun yanında deli olduğum izlenimine kapılıyorum. Gülümsemediği için.

Kuşkusuz, G.P. sürekli beni yatağa atmaya çalışıyordu. Nasıl olduğunu bilmiyorum, ama şimdi o zamankinden daha iyi kavrıyorum bunu. Beni utandırıyor, tedirgin ediyordu, sataşıyordu; bunu çirkin bir biçimde yapmıyordu. İma yollu. Hiçbir şeye beni zorlamadı asla. Bana dokundu. Yani, bana tuhaf bir saygı gösterdi. Kendisinin bile farkında olduğunu sanmıyorum. Beni sarsmaya uğraşıyordu;

-kendine çekmek veya kendinden uzaklaştırmak için, bilmiyordu. Oluruna bırakmıştı.

Bugün yine fotoğraf çekti. Çok değil. Gözlerimi çok rahatsız ettiğini söyledim. Bana ikide bir nasıl duracağımı söylemesinden de hoşlanmıyordum. Aşırı saygı gösterilerinde bulunuyor; böyle yapmamı rica edebilir miydi, şöyle durma lütfunda bulunabilir miydim filan. Hayır, "lütuf" demiyor. Ama dememesi mucize.

Filmini sararken, "Güzellik yarışmasına katılmalıymışsınız," dedi.

"Teşekkürler," dedim. (Konuşmalarımız deli işi, yazıya dökünceye kadar farkına varmamıştım. Her an gitmekte serbestmişim gibi konuşuyor, ben de öyle.)

"İddiaya girerim şu iki parçalarla müthiş çarpıcı olurdunuz."

Şaşkın şaşkın baktığımı görünce. "Yani şu Fransız yüzme şeyleri," dedi.

"Bikini mi?" diye sordum.

Böyle konuşmalardan pek hazzetmediğim için, soğuk soğuk baktım suratına. "Söylemek istediğin bu mu?"

Kıpkırmızı oldu ve "Sadece fotoğraf çekmek için," dedi.

En tuhafı, gerçekten yalnızca bunu kastettiğini biliyor olmam. Kötü bir niyeti yoktu, hiçbir imada da bulunmuyordu, sadece her zaman olduğu gibi beceriksizdi. Söylediğinden öte bir anlam taşımıyordu. Bikinili fotoğraf çektirmek ilginç olabilirdi.

Altında gizli bir amaç olmalı, diye düşünüp duruyordum. Çok derine bastırılmış, ama orada olmalı.

Artık fikir değiştirdim. Bir şeyi bastırdığına falan inanmıyorum. Baskı altında tutulacak bir şey yok.

30 Ekim

Güzel bir gece yürüyüşü. Bulutsuz, tertemiz bir gökyüzü, ay yok, yerde bembeyaz elmaslar gibi parıltılı yıldız serpintileri ve doğudan esen harika bir yel. Beni bahçenin çevresinde on on iki kere gezdirmesini istedim. Dalların çıtırtısı, ormanda bir puhu kuşunun ötüşü. Ve gökyüzü; olağanüstüydü, özgürlük, esinti, açıklık ve yıldızlar.

Esinti kokularla yüklüydü, yeryüzünün ta öte yanından geliyordu. Umutla dolu. Deniz. Deniz kokusunu duyduğumdan eminim. Ona "Denize yakın mıyız?" diye sordum (daha sonra, çünkü dışarıdayken ağzımda tıkaç vardı). "On beş kilometre," diye karşılık verdi. "Lewes'a yakın mı?" "Söyleyemem." Sanki başka biri konuşmasını kesinlikle yasaklamıştı. (Onun yanında sık sık aynı duyguya kapılıyorum; kötücül bir yaradılışın baskın olduğu küçük, sinmiş iyi bir mizaç.)

İçerisi ancak bu kadar farklı olabilirdi. Yeniden ailesinden söz ettik. Elma şarabı içiyordum. Bunu (biraz da) onu sarhoş edip dikkatini dağıtıp dağıtamayacağımı görmek için yapıyordum, ama elini bile sürmeye niyeti yoktu. Ağzına içki koymayanlardan olmadığını söylüyor. Demek ki bekçilik ruhunda var. Ayartılması olanaksız.

M. Bana biraz daha ailenden söz et.
C. Söyleyecek başka bir şeyim yok. *Sizin* ilginizi çekebilecek bir şey.
M. Bu bir yanıt sayılmaz.
C. Söylediğim gibi.
M. Benim söylediğim gibi.
C. İngilizcede iyi olduğumu söylerlerdi. Sizi tanımadan önceydi bu.
M. Aldırma.
C. Siz herhalde liseyi en iyi dereceyle bitirdiniz.
M. Evet, doğru.
C. Matematiğim ve biyolojim kuvvetliydi.
M. (*İlmiklerimi sayıyordum –yelek örüyordum– pahalı Fransız yününden.*) İyi; on yedi, on sekiz, on dokuz...
C. Bir hobi ödülü aldım.
M. Aferim sana. Bana biraz daha babandan söz et.
C. Daha önce de söyledim. Bir firma temsilcisiydi. Büro eşyaları ve fantezi mallar.

M. Gezgin satıcı yani.
C. Bugün temsilci diyorlar.
M. Savaştan önce bir araba kazasında öldü. Annen başka bir adamla kaçtı.
C. İyi bir kadın değildi. Benim gibi. (*Ona buz gibi bir bakış fırlattım. Tanrıya şükür daha sık espri yapmaya kalkışmıyor.*)
M. Sonra halan seni bağrına bastı.
C. Evet.
M. Mrs. Joe ve Pip gibi.
C. Kim?
M. Önemi yok.
C. İyi bir insandır. Beni yetimhaneye düşmekten kurtardı.
M. Ya kuzen Mabel. Onun hakkında bir şey anlatmadın hiç.
C. Benden büyüktür. Otuz yaşında. Bir de ağabeyi vardır, savaştan sonra Avustralya'ya Steve Amca'yı bulmaya gitti. Tam bir Avustralyalıdır. Senelerdir orada oturuyor. Ben kendisini hiç görmedim.
M. Ailenden başka kimse yok mu?
C. Dick Enişte'nin akrabaları var. Ama Annie Hala'yla hiç geçinemezler.
M. Mabel'ın neye benzediğinden söz etmedin.
C. O sakat. Kötürümdür. Belden aşağısı tutmaz. Fena halde meraklıdır. Yaptığın her şeyi öğrenmek ister her zaman.
M. Yürüyemiyor mu?
C. Evin içinde. Dışarı ancak sandalyeyle çıkarabiliriz.
M. Belki de görmüşümdür onu.
C. Görmemiş olsanız da pek bir şey kaybetmiş sayılmazsınız.
M. Ona acımıyor musun?
C. O zaman ona her an acımak gerekir. Bu Annie Hala'nın hatası.
M. Devam et.
C. Sanki etrafındaki her şeyin sakat olmasını ister. Nasıl anlatabilirim bilmiyorum. Hiç kimsenin normal olmaya hakkı yokmuş gibi. Yani açıkça şikâyet etmez. İnsan bakışından anlar, fena halde dikkat etmek gerekir. Mesela... diyelim ki bir akşam az kalsın otobüsü kaçırıyordum, yakalamak için deli gibi koştum, diyecek olsam Annie Hala da yüzde yüz,

koşabildiğine dua et diyecektir. Mabel ise ağzını açmaz. Sadece bakar.

M. Ne rezillik!

C. İnsanın konuşurken dikkat olması gerekir.

M. Dikkatli olması.

C. Yani dikkatli olması.

M. Neden kaçmadın peki? Neden bir oda tutmadın?

C. Sık sık aklımdan geçti.

M. İki yalnız kadın oldukları için, değil mi? Centilmenlik yapıyordun.

C. Daha doğrusu aptallık yapıyordum. (*Alaycı olma çabaları dokunaklı.*)

M. Şimdi Avustralya'da ailenin öteki fertlerine hayatı zehir ediyorlar.

C. Herhalde.

M. Mektup yazıyorlar mı?

C. Evet. Mabel yazmaz.

M. Bir gün birini bana okur musun?

C. Niye?

M. Merak ediyorum.

C. (*Büyük bir iç mücadele*) Bu sabah bir tane aldım. Şu an yanımda. (*Bir sürü nazdan sonra cebinden çıkardı.*) Çok saçmadır bu mektuplar.

M. Fark etmez. Yüksek sesle oku. Hepsini.

Kapının yanında oturdu, ben de ördüm, ördüm, ördüm; kelimesi kelimesine anımsamıyorum, ama aşağı yukarı şöyle bir şeydi: Sevgili Fred (bana böyle hitap eder, dedi, Ferdinand'ı sevmez; sıkıntıdan kıpkırmızı). Mektubunu aldığıma çok sevindim. Son mektubumda da söylediğim gibi para senin; Ulu Tanrının sana çok iyiliği dokundu, sen de onun iyiliğinin kıymetini bilmelisin ve umarım sen de doğru yoldan ayrılmazsın. Steve Amcan mal sahibi olmanın yararından çok zararı olduğunu söylüyor. Temizlikçi kadın hakkındaki sorumu cevaplamadığını görüyorum. Erkeklerin nasıl olduğunu bilirim ve sakın unutma, ne demişler, temizlik imandan gelir. Haddime düşmez tabii; hem sen bize çok cömert davrandın, ama Fred, Steve Amca, çocuklar ve Gertie senin neden bizimle gelmediğini bir türlü anlayamıyorlar. Gert daha bu sabah senin de burada olman gerektiğini söyledi, senin yerin bizim yanımız, ama sakın minnettar olmadığımı zannetme. Tanrı beni bağışlasın, ama bu harika bir tecrübe oldu, Mabel'ı görsen tanıyamazsın, güneşten simsiyah oldu, her şey çok iyi, ama tozu sevmiyorum. Her şey anında pisleniyor ve temizlik anlayışları bizim evdekinden farklı, İngilizceyi bizden çok Amerikalılar gibi konuşuyorlar (Steve Amca bile). Blackstone Road'daki evimize dönmek beni üzmez; rutubeti ve kiri düşünmek beni üzüyor, ümit ederim dediğimi yapmış ve bütün odaları ve çamaşırları dediğim gibi havalandırmış ve dediğim gibi iyi bir temizlikçi kadın tutmuşsundur, bu senin için de iyi olur.

Fred, bu kadar parayla ne yapacağını şaşırmandan korkuyorum, bugünlerde dünya bir sürü dürüst olmayan zeki insanla dolu (kadınlardan bahsediyor, diye açıkladı), seni elimden geldiğince iyi yetiştirdim ve eğer sen kötü yola düşersen, ben düşmüşüm gibi olur. Bu mektubu Mabel'a göstermeyeceğim, senin nasihat sevmediğini söylüyor. Yaşının geçtiğini (yirmi bir yaşından büyük olduğumu söylemek istiyor, dedi) biliyorum, ama bütün olanlardan dolayı da (yetim kalmamı kastediyor, dedi) senin için endişelenmeden edemiyorum.

Melbourne'u sevdik, büyük bir şehir. Gelecek hafta Brisbane'a yeniden Bob ve karısıyla kalmaya gideceğiz. İyi bir mektup yazdı. Bizi istasyonda karşılayacaklar. Steve Amca, Gert ve çocuklar çok selam söylüyorlar. Seni çok seven ben ve Mabel da.

"Para konusunu dert etmememi söylüyor," dedi; "Gayet güzel yetiyormuş. Sonra da iyi çalışan bir kadın bulmamı ümit ettiğini söylüyor, gençlerin bu zamanda güzel temizlik yapmadıklarını söylüyor."

(Sonra uzun bir sessizlik çöktü.)

M. Bunun hoş bir mektup olduğunu düşünüyor musun?
C. Hep böyle yazar.
M. Benim midemi bulandırıyor.
C. Doğru dürüst bir eğitim görmedi hiç.
M. *İngilizcesi* değil. Kötü olan kafasının içi.
C. Bana o baktı.
M. Ona ne şüphe. Sana baktı ve bakmaya devam ediyor. Ve se-

nin deliliğin için de elinden geleni ardına koymadı, bunu başardığı da söz götürmez.

C. Çok teşekkür ederim.

M. Evet, o yaptı!

C. Haklısınız. Her zamanki gibi.

M. Bunu söyleme! *(Örgümü bir kenara bırakıp gözlerimi kapadım.)*

C. O bana, sizin davrandığınızın yarısı kadar sert davranmadı.

M. Ben sana sert davranmıyorum. Bir şeyler öğretmeye çalışıyorum.

C. Bana onu hor görmemi ve sizin gibi düşünmemi öğretiyorsunuz ve çok geçmeden beni bırakıp gideceksiniz ve geriye kimsem kalmayacak.

M. Şimdi de kendi kendine acıyorsun.

C. Anlamadığınız tek şey bu. Sizin gibilerin herhangi bir yere adım atması yeterli, girince herkesle konuşabilirsiniz, olan biteni anlayabilirsiniz, ama iş...

M. Sus! Zırıldanmadan da yeterince çirkinsin.

Örgümü alıp bir kenara koydum. Gözlerimi çevirdiğimde, ağzı açık bana bakıyor, bir şey söylemeye çalışıyordu. Kalbini kırmış olduğumu anladım, bunu hak ettiğini de biliyorum, ama bu kez gerçekten fena kırdığımın farkına vardım. Yüzü *öylesine* asıktı ki. Üstelik bahçeye çıkmama izin verdiğini anımsadım. Kendimi aşağılık hissettim.

Yanına gidip, özür dilediğimi söyledim ve elimi uzattım, ama sıkmadı. Bu ilginçti, o anda bir çeşit gururu vardı, gerçekten kalbi kırılmıştı (belki nedeni buydu) ve bunu da açıkça gösteriyordu. Ben de kolundan tutup, yeniden oturttum ve "Şimdi sana bir peri masalı anlatacağım," dedim.

"Bir varmış, bir yokmuş (diye başladım, o da acı dolu gözlerini halıya dikti), evvel zaman içinde kalbur saman içinde çok çirkin bir canavar varmış. Bu canavar günün birinde bir prensesi kaçırıp, şatosunda zindana kapatmış. Her akşam prensesi yanında oturtup ona 'Çok güzelsiniz, efendim' demesini buyuruyormuş, prenses de her seferinde, 'Çok çirkinsin, ey canavar,' diyormuş. O zaman da canavarın kalbi kırılıp, üzgün üzgün yere bakıyormuş. Bir akşam prenses 'Eğer şöyle şöyle yaparsan güzelleşebilirsin,' demiş, ama canavar 'Yapamam, yapamam,' diye diretmiş. Prenses, 'Bir dene, bir kez dene,' dedikçe canavar 'Yapamam, yapamam,' deyip duruyormuş. Her akşam hep aynıymış. Prensesten yalan söylemesini istiyormuş, ama prenses yalan söylemeyi beceremiyormuş. O zaman da prenses canavarın canavar olmaktan da, çok çirkin olmaktan da aslında zevk aldığını düşünmeye başlamış. Günün birinde, ellinci kere çirkin olduğunu suratına karşı söyledikten sonra, canavarın ağladığını görmüş. Dönüp, 'Yalnızca bir tek şey yaparsan güzelleşebilirsin. Yapmayı kabul ediyor musun?' diye sormuş. Sonunda, canavar, 'Evet', demiş, yapmayı denemeye hazırmış. 'Öyleyse beni serbest bırakın,' demiş. Ve canavar prensesi serbest bırakmış. Ve birdenbire çirkinliği kaybolmuş canavarın, ortaya bir prens çıkmış; meğerse onu büyülemişler. Prens şatodan çıkıp prensesi bulmuş. Ve o günden sonra beraberce mutlu bir yaşam sürmüşler."

Anlattıklarımın ne kadar saçma olduğunu biliyordum. Zırva. Bir şey söylemedi, gözlerini de yerden kaldırmadı.

"Şimdi peri masalı anlatma sırası sende," dedim.

Yalnızca, "Sizi seviyorum," dedi.

Evet, benden daha büyük bir özsaygı göstermişti ve ben kendimi küçülmüş, aşağılık hissettim. Sürekli alay ediyor, iğneliyor, kin duyuyor ve bunu açıkça gösteriyordum. Ne tuhaf, karşılıklı ses çıkarmadan oturmuştuk ve daha önce de bir iki kez hissettiğim bir şeye, ona karşı garip bir yakınlık duygusuna kapıldım; aşk veya çekim veya sempati *değil* kesinlikle. Ama birbirine zincirlenmiş yazgılar. Geminin batmasından sonra birlikte bir sala tutunmuş, ıssız bir adaya düşmüş gibi. *Hiçbir* şekilde beraber olmak istemeyerek. Ama beraber.

Yaşamının hüznünü hissediyordum, gerçekten, korkunç. Sefil halasının ve kuzeninin ve Avustralya'daki akrabalarınınkini de. O müthiş monoton, umutsuz ağırlığını da. Henry Moore'un II. Dünya Savaşı sırasındaki "*blitz*" denilen hava saldırılarında metroya kaçışan insanları betimleyen çizimlerini andırıyordu. Asla göremeyecek, hissedemeyecek, dans edemeyecek, resim çizemeyecek, müzik dinlerken ağlayamayacak, yeryüzünü, batıdan esen yeli duyamayacak insanlar. Orada asla gerçek duygular *olmayacak.*

Yalnızca içten gelerek söylenen şu iki sözcük. Sizi seviyorum. Bütünüyle umutsuzluk dolu sözcükler. Bunu "Kansere yakalandım," der gibi söylemişti.

Onun peri masalı.

31 Ekim

Hiçbir şey. Bu akşam psikanalizini yaptım.

Gergin; yanı başımda oturuyordu.

Goya'nın gravürlerine bakıyorduk. Belki bu gravürlerden rahatsız olmuştu, ama oturdu, resimlere doğru düzgün bakmayı beceremediğini düşündüm. Yalnızca bana çok yakın olduğu vardı aklında.

Kendine koyduğu yasaklar, içine attıkları. Saçma. Onunla sanki kolaylıkla normal olabilirmiş gibi konuştum. Sanki beni burada tutsak eden bir sapık değilmiş gibi. Güzel kız arkadaşıyla biraz hoşça zaman geçirmek isteyen tatlı bir delikanlıymış gibi.

Nedeni başka kimseyi göremiyor olmam. Kriter, o oluyor. Karşılaştırmayı unutuyorum.

G.P. ile bir başka zaman. Soğuk duştan (çalışmalarım için böyle demişti) hemen sonraydı. Bir akşam yerimde duramıyordum. Evine uğradım. Saat on sularıydı. Üzerinde sabahlığı vardı.

"Tam yatmak üzereydim," dedi.

"Canım biraz müzik dinlemek istedi," dedim. "Gideyim ben." Ama gitmedim.

"Geç oldu," dedi.

"Bunaldım," dedim. "Çok kötü bir gün geçirdim ve Caroline akşam yemekte saçmaladı."

Yukarı çıkmama izin verdi ve beni divana oturttu, bir müzik koydu, ışıkları söndürdü ve ay ışığı pencereden içeri süzüldü. Gökyüzünden bacaklarıma, kucağıma dökülen ağırbaşlı, sevimli gümüş renkli ay. Yelken açmış gibi. Odanın öteki ucundaki koltuğa oturdu, gölgede.

Müzikti nedeni.

Goldberg-Variationen.

Sona doğru çok yavaş, çok basit, *çok* hüzünlü, ama sözcüklerle veya çizgiyle veya müzikten başka bir şeyle ifade edilemeyecek kadar güzel bir parça vardı, ay ışığında güzeldi. Ay müziği, öylesine gümüşi, öylesine uzak, öylesine soylu.

O odanın içinde ikimiz. Geçmiş yok, gelecek yok. Yoğun ve derin şimdiki zaman yalnızca. Her şeyin, müziğin, bizlerin, ayın, her şeyin sona ermesi gerektiği duygusu. Bir şeyin yüreğine ulaşıldığında, hep ve her zaman, her yerde hüzün bulunacağı duygusu; ama güzel gümüş renkli bir hüzün, İsa'nın yüzü gibi.

Hüznü kabullenmek... Her şeyin neşe dolu olduğunu iddia etmek ihanetti. O an hüzünlü olan her kişiye, her zaman hüzünlü olan her kişiye ihanetti; böylesine bir müziğe, böylesine bir hakikate ihanetti.

Londra'nın karışıklığından, bunaltıcılığından ve sahteliğinden; kariyer yapmanın, iş yaşamının tedirginliğinden; sanatın, sanat eğitiminin o çılgın kapıp kaçma deneyiminden sonra... ansızın bu müzikle dolu şu sessiz gümüş renkli oda.

İspanya'da açık havada gecelediğimiz zaman yaptığımız gibi; sırtüstü yatıp incir ağacı dalları arasından yıldız kümelerine, engin denizlere ve yıldız okyanuslarına bakmak gibi. Evrenin bir *parçası* olmanın bilincine varmak.

Sessizce ağladım.

Sonunda, "Şimdi yatabilir miyim?" dedi. Yumuşaklıkla, biraz benimle alay ederek, beni yeryüzüne geri döndürerek. Ve gittim. Başka bir şey konuşmadık sanıyorum. Anımsayamıyorum. Alaycı gülümsemesini takındı, duygulandığımı görebiliyordu.

Olağanüstü inceliği.

O akşam onunla yatabilirdim. Eğer isteseydi, eğer gelip beni öpseydi.

Onun hatırı için değil, yaşadığım için duyduğum mutluluktan.

Yeni bir ay ve yeni bir şans. Tünel fikri kafamı kurcalayıp duruyor, ama şimdiye dek çimentoyu kazıyacak bir şey ele geçirmek sorunu vardı. Sonunda dün, dış mahzende tutsak jimnastiğimi yaparken bir çivi gördüm. Kocaman, eski bir çivi dipteki köşede, duvarın dibinde duruyordu. Daha yakından bakabilmek için mendilimi yere attım. Almam mümkün değil, çünkü beni yakından gözlüyor. Hele bu bağlı ellerle. Bugün çiviye yaklaştım (hep basamakların tepesinde oturuyor) ve "Koş ve bana bir sigara getir," dedim (kasıtlı olarak). "Paket kapının yanındaki sandalyenin üzerinde duruyor. Tabii ki getirmeyecekti. "Bu ne oyunu?" diye sordu.

"Buradayım," dedim. "Yerimden bile kıpırdamayacağım."

"Neden gidip kendiniz almıyorsunuz?"

"Çünkü bir zamanlar erkeklerin bana iyi davrandıkları günleri anımsamak hoşuma gidiyor. Hepsi bu."

İşe yarayacağını sanmıyordum. Ama yaradı. Birden yapabileceğim, alabileceğim bir şey olmadığına karar verdi. (Ben dışarı çıktığım zaman, her şeyi çekmecelere kilitler.) Ve kapıya yöneldi. Yalnızca bir saniye. Ama yıldırım gibi atılıp çiviyi kaptım ve eteğimin (özellikle bu eteği giymiştim) cebine yerleştirdim, çabucak geri geldiğinde tıpkı bıraktığı gibi duruyordum. Böylelikle çiviyi ele geçirdim. Bana güvenebileceğine de inandırmış oldum. Bir taşla iki kuş.

Önemli bir şey değil. Ama olağanüstü bir zafer gibi.

Planımı uygulamaya başladım. Günlerdir Caliban'a annemle babamın ve geri kalan herkesin neden hâlâ yaşadığım konusunda habersiz bırakılması gerektiğini bir türlü anlayamadığımı söyleyip duruyordum. Hiç olmazsa yaşadığımı ve iyi olduğumu bildirse yeterdi. Bu akşam yemekten sonra, kâğıdı Woolworths gibi büyük alışveriş merkezlerinden birinden alabileceğini ve eldiven takabileceğini falan söyledim. Her zamanki gibi kaytarmaya kalkıştı. Ama yakasını bırakmadım. Her itirazını çürüttüm. Sonunda da hatırım için bunu yapabileceğini düşünmeye başladığını hissettim.

Mektubu, polisi yanlış iz peşine sürmek için Londra'dan postaya verebileceğini söyledim. Ayrıca Londra'dan almasını istediğim çeşit çeşit şey vardı. Alarm tertibatı yüzünden, buradan en azından üç dört saat uzakta bir yere göndermeliydim. Sonra da tünel kazmayı deneyecektim. Kendi kendime bu mahzenin (ve de dış mahzenin) duvarları taşla örülü olduğuna –kayaya oyulmamış– göre, arkasında toprak olması gerek, diyordum. Bütün yapacağım taşların çevresindeki çimentoyu oymak ve yumuşak toprağa ulaşmaktı (sanıyorum).

Belki bu kurduğum çılgınlıktan başka bir şey değil. Yine de denemeye can atıyorum.

Nielsen denen kadın.

Onunla iki kere daha karşılaştım G.P.'nin evinde, başkaları da vardı; biri kocasıydı, Danimarkalı, bir çeşit ithalatçı. Adam mükemmel İngilizce konuşuyordu, öylesine mükemmeldi ki kulağa yanlış geliyordu. Doğal değildi.

Bir gün kadını berberden çıkarken gördüm, ben de Caroline'e bir randevu almak için içeri giriyordum. Onun tipinde kadınların, özellikle benim yaşımdaki kızlara karşı gösterdikleri sahte hoşnutluk havalarına bürünmüştü. Minny'nin "Kadınlar kavmine hoşgeldiniz bakışı" dediği türden. Yani insana, yetişkin olmadığını biliyorum ama sana yetişkinmişsin gibi davranmaya karar verdim havalarına girerler ve aslında bir çeşit kıskançlık duyarlar.

Birlikte bir kahve içmeyi önerdi. Aptallık ettim, yalan söylemeliydim. Kendi kızı, sanat ve benim üzerime çapraşık bir sohbetti. Bir sürü insan tanıyordu ve adlarını sayarak gözümü boyamaya çalıştı. Ama, konu sanata gelince benim saygı duyduğum, insanların ne hissettiğidir. Neyi ve kimi bildikleri değil.

Lezbiyen olamayacağını biliyorum, ama onların yapışkanlığı var. Gözlerinde söylemeye cesaret edemediği, ama sorulmasını beklediği şeylerin iması.

G.P. ile aramızda şimdiye dek neler geçtiğini ve şimdi neler olduğunu bilemezsin, der gibiydi. İddiaya girerim sormaya cesaret edemezsin.

Charlotte Caddesi'nin 30'lu yıllardaki, savaş sırasındaki ve şimdiki hali üzerine uzun uzun konuştu. Dylan Thomas'tan söz etti. G.P.'den de.

"Senden hoşlanıyor," dedi.

"Biliyorum," diye karşılık verdim.

Ama şaşırmıştım. Hem onun biliyor olmasına (G.P. kendi mi söylemişti acaba?), hem de bunu benimle konuşmaya kalkmasına. Ama kalkıştı işte.

"Gerçekten güzel olanlara asla dayanamaz," dedi.

Fena halde konuşmak istiyordu.

Sonra kızından bahsetmeye koyuldu.

"Şimdi on altısına vardı," dedi. "Bir türlü güvenini kazanamıyorum. Bazen konuşurken hayvanat bahçesinde bir hayvan olduğum izlenimine kapılıyorum. Orada öylece dikilip, bana bakmakla yetiniyor."

Bu cümleyi daha önceden hazırladığını düşündüm. Ya da bir yerde okumuştu. Hemen anlaşılıyordu.

Onun gibi kadınların hepsi aynı. Farklı olan gençler veya kızlar değil. Biz değişmedik, sadece genciz o kadar. Değişenler, kendilerini genç kalmak zorunda hisseden orta yaşlılığa yaklaşan aptallar takımı. Bizim yaşımızda kalmak için umutsuzca boş yere uğraşıyorlar. Bizim yaşımızda kalamazlar. Kalmalarını istemiyoruz. Bizim gibi giyinmelerini, bizim gibi konuşmalarını ve bizimle aynı ilgi alanlarını paylaşmalarını istemiyoruz. Bizi öylesine kötü taklit ediyorlar ki, saygımızı yitiriyoruz.

Ama onunla karşılaşmam G.P.'nin beni sevdiğini (beni istediğini) hissetmemi sağladı. Aramızda derin bir bağ bulunduğunu; onun beni kendince sevdiğini, benim onu kendimce çok beğendiğimi (hatta sevdiğimi, ama cinsel yönden değil) ve el yordamıyla bir uzlaşmaya doğru ilerlediğimizi hissettim. Aramızda bir çeşit doymamış arzu ve hüzün sisi vardı. Başka insanların (Nielsen denen kadın gibi) hiçbir zaman anlayamayacağı bir şeydi bu.

Çölde iki insan, hem kendilerini bulmaya çalışan, hem de birlikte yaşayabilecekleri bir vaha arayan iki kişi.

Gitgide daha çok şöyle düşünmeye başladım; yazgının aramıza yirmi yıl koymuş olması korkunç, büyük bir acımasızlıktı. Neden o benim yaşımda olamazdı sanki ya da ben onun yaşında? Yaş sorunu, aşkı engelleyen çok önemli bir etken olmaktan çıkmıştı benim için; yalnızca yazgının aramıza ördüğü zalim bir duvardı. Aramızda duvar olduğunu düşünmüyorum artık, duvarın bizi ayrı tuttuğunu düşünüyorum.

2 Kasım

Akşam yemeğinden sonra kâğıt çıkardı ve bana saçma sapan bir mektup yazdırdı.

İşte dertler o zaman başladı. En minicik yazımla yazdığım küçücük bir notu, o başka yere bakarken zarfın içine kaydırdım. Ufacık bir kâğıt parçasıydı, en iyi casus hikâyelerinde bile bulunamayacak kadar ufacık.

Ama o gördü.

Bu onu altüst etti. Her şeyi gerçeğin soğuk ışığı altında görmesine neden oldu. Onu en çok sarsan da korkabiliyor olmamdı. Beni öldürmek veya ırzıma geçmek aklının ucundan bile geçemezmiş. Neyse bu bile bir şeydi.

Krizinin geçmesini bekledim, sonra yanına gidip iyi davranmaya çalıştım (çünkü mektubu göndermesini sağlamam şarttı). Bu bir görev *olmuştu*. Onu hiç bu kadar öfkeli görmemiştim.

Her şeye bir sünger çekip beni eve gönderir miydi?

Hayır.

Bana ne yapmak istiyordu o zaman? Yatmak mı?

Artık iyiden iyiye iğrenç şeyler söylüyormuşum gibi bir bakış attı.

O zaman ilham geldi. Pantomim yapmaya başladım. Doğulu kölesi. Aptallık yapmam hoşuna gidiyor. Yaptığım en geri zekâlıca şeyleri esprili buluyor. Hatta oyuna o da katılıyor, bir zürafa sakarlığıyla (ben de pek parlak sayılmam ya) beni taklit etmeye çabalıyor.

Böylece bir mektup daha yazdırmasını sağladım, yine zarfın içine baktı.

Sonra, planım gereği, Londra'ya gitmeye ikna ettim. Satın alması için gülünç bir liste tutuşturdum eline (çoğunu istemiyordum bile, ama bu onu oyalardı). Londra'dan postalanan bir mektubun izinin bulunmasının olanaksız olduğunu söyledim. Sonunda kabullendi. Yaltaklanmam hoşuna gidiyor, adi herif.

Bir şey daha rica ettim; hayır, rica etmiyorum, buyuruyorum. Bir George Paston arayıp bulmasını buyurdum. G.P.'nin eserlerini bulabileceği galerilerin bir listesini çıkardım. Hatta stüdyosuna gitmesini sağlamayı bile denedim.

Ama Hampstead'de olduğunu duyar duymaz, tuzağı hissetti. George Paston'ı tanıyıp tanımadığımı öğrenmek istedi. "Hayır, yalnızca ismen," dedim. Ama pek inandırıcı değildi; arayıp bulmaktan vazgeçeceğinden korktum. "Sadece tanışıklığımız vardır," dedim, "Oldukça yaşlı bir adam, ama iyi bir ressamdır ve şu sıra paraya çok sıkışık, ben de resimlerinden birini almayı çok isterim. Duvarlara asabiliriz. Eğer doğrudan kendisinden alırsan, galerilere para ödemekten kurtulurduk, ama gitmekten çekindiğini görüyorum, o zaman da gereği yok zaten." Doğal olarak buna da kanmadı.

G.P.'nin de duvarlara boya kutuları savuran cinsten bir ressam olup olmadığını sordu. Ters ters baktım.

C. "Sadece şaka yapıyordum."

M. "Bir daha yapma öyleyse."

Biraz durduktan sonra, "Nereden geldiğimi falan sorar mı?" dedi.

Neler söyleyebileceğini anlattım, o da düşüneceğini belirtti. Bu da "hayır"ın Caliban'casıdır. Fazla şey beklemek olurdu bu zaten; ve galerilerin hiçbirinde bir şey bulamadığını da söyleyecekti herhalde.

Pek kaygılanmıyorum, çünkü yarın bu saatte burada olmayacağım. Kaçacağım.

Kahvaltıdan sonra yola çıkacak. Öğle yemeğimi bırakacak. Demek ki önümde dört beş saatim olacak (hile yapıp istediklerimin hepsini almadan gelmezse eğer; ama şimdiye kadar hiç eksik getirmedi).

Bu akşam Caliban için üzüntü duydum. Ben gidince acı çekecek. Geriye hiçbir şey kalmayacak. Bütün cinsel nevrozları ve sınıf nevrozlarıyla, işe yaramazlığı ve boşluğu ile baş başa kalacak. Kendi arandı. Gerçekte üzgün değilim. Ama hiç üzülmüyor da değilim.

Dün yazamadım. Aşırı bezgindim.

Ne büyük aptallık ettim. Bütün gün onu evden uzaklaştırdım. Kaçmak için önümde saatler vardı. Ama karşılaşabileceğim sorunlar üzerine doğru düzgün kafa yormamıştım. Başlamadan önce, yumuşak killi toprağı avuç avuç kazıyacağımı kurmuştum. Oysa çivi işe yaramadı, çimentoyu sökemiyordum. Döküleceğini sanıyordum, ama son derece sertti. Bir tek taşı çıkarmak saatlerimi aldı. Arkasından toprak değil, daha da kocaman bir kireçtaşı çıktı, sınırlarını bile bulmayı beceremedim. Duvardan bir taş daha çıkardım, ama işe yaramadı. Arkasından yine aynı dev gibi taş çıktı. Umudumu yitirmeye başladım, tünel fikrinin beş para etmediğini anladım. Var gücümle kapıya vurdum, çiviyle kilidi zorladım ve elimi yaraladım. Hepsi bu kadar. Elde ettiğim tek sonuç yaralı bereli bir el ve kırık tırnaklar oldu.

Yeterince güçlü değilim araç gerecim olmayınca. Hatta, araç gerecim olsa bile.

Sonunda taşları yerine yerleştirdim ve çimentoyu (yapabildiğimce) toz haline dönüştürdüm ve talk pudrası ve suyla karıştırarak deliği gizlemeye çalıştım. Buradaki halimin tipik bir göstergesiydi bu. Sonra birdenbire kendime kazma işini birkaç güne dağıtabileceğimi söyledim, hepsini bir güne sığdırmaya çalışmaktı işin en aptalca olan yanı.

Kazdığım yeri saklamak için epey zaman harcadım.

Ama pek beceremedim; birtakım yerleri dolduramadım ve en görünür yerden başladığım için, içeri girer girmez fark edeceği aşikârdı.

Ben de bıraktım. Birdenbire tüm bu yaptıklarımın gülünç, aptalca ve yararsız olduğu sonucuna vardım. Kötü bir çizim gibiydi. Kurtarılması olanaksızdı.

Nitekim döndüğünde, hemen fark etti. İçeri girer girmez her zaman ilk yaptığı şey her yanı yoklamaktır. Sonra, nereye kadar gidebildiğimi anlamak için incelemeye başladı. Yatağın üzerine oturup onu seyrettim. Sonunda da çiviyi üzerine savurdum.

Taşları yeniden çimentoladı. Mahzenin çevresinin baştan başa sağlam kireçtaşıyla kaplı olduğunu söyledi.

Paketlerden birinin bir resim çerçevesi olduğunu fark etmiş olsam da aldığı şeylere bakmayacak ve bu gece onunla tek kelime konuşmayacaktım.

Bir uyku hapı aldım ve hemen yemekten sonra yattım.

Sonra, bu sabah o daha mahzene inmeden (erken kalktım) önemsiz bir şeymiş gibi davranarak konuyu kapatmaya karar verdim. Normal ol. Bu boyun eğmek değil.

Aldığı paketlerin hepsini açtım. İlk sırada G.P.'nin resmi vardı. Çıplak bir kız (genç kadın) çizimiydi, daha önce gördüklerimin hiçbirine benzemiyordu ve sanırım eskiden yaptığı bir şeydi. Ama *onundu.* Onun çizgi sadeliğini, gösterişe ve Topolski özentiliğine duyduğu kini taşıyordu. Kız, bir çengelden elbisesini almak veya asmak için hafifçe yan dönmüştü. Güzel bir yüz müydü? Söylemek zor. Kalıncaydı; Maillo'nun bedenleri gibi. O zamandan beri, bundan güzel düzinelerce şey yaptı.

Ama gerçek.

Kâğıdından çıkardıktan sonra öptüm. Çizgilerin bir kısmına çizgi olarak değil, dokunduğu şeyler olarak bakıyordum. Bütün sabah. Şimdi de.

Aşk değil. İnsanca bir dokunma.

Caliban, içeri girdiğinde beni böylesine neşeli görünce şaşırdı. Aldıkları için teşekkür ettim. "İnsan kaçmaya kalkışmazsa gerçek bir tutsak olamaz, şimdi olanları unutalım, anlaştık mı?" dedim.

Listedeki her galeriye telefon ettiğini, bir tek bunu bulabildiğini söyledi.

"Çok teşekkürler," dedim. "Burada kalabilir mi? Giderken de, sana bırakırım." (Bırakmayacağım. Zaten kendi de benim yaptığım bir resmi tercih edeceğini söyledi.)

Mektubu postalayıp postalamadığını sordum. Postaladığını söyledi, ama kızarmaya başladığını fark ettim. Ona inandığımı söyledim ve göndermemiş olmasının iğrenç bir davranış olacağını, ama postalamış olduğundan emin olduğumu ekledim.

Çekte olduğu gibi, bunda da ödlekçe davrandığı hemen hemen kesin. Tam ona uyan bir hareket. Ama söyleyeceğim hiçbir şey postalamasını sağlamayacaktır. Ben de sanki gönderdiğine inanmış gibi yapmaya karar verdim.

Gece yarısı. Yazmaya ara verdim. Aşağı geldi.

Getirdiği yeni plakları çalıyorduk.

Bartók'un *Perküsyon ve Piyano İçin Müzik*'i.

En güzeli.

Bana, geçen yıl Collioure'de geçirdiğim yaz günlerini düşündürttü. Dördümüzün, Fransız öğrencilerle birlikte, mantar meşelerinin altından kuleye kadar yürüyüş yaptığımız gün. Mantar meşeleri. Yer yer soyulup kalkmış kabuklarının altındaki muhteşem yepyeni renk; şaşırtıcı, kızıl, alev alev, kanayan bir kahverengi. Ağustosböcekleri. Ağaç gövdelerinin arasından denizin keskin mavisi, güneşin sıcaklığı ve altında dağlanan her şeyin kokusu. Piers da ben de, Minny dışındaki herkes, biraz çakırkeyif olduk. Ağaçların gölgesinde biraz kestirmiştik ve ben yapraklar arasından kobalt mavisi gökyüzüne bakarak uyanmıştım; gördüğümüz rengi tutturmanın kesin olanaksızlığını, canlı maviye ve gökyüzünün ışıltısına biraz olsun yakın bir mavi tonunu bulmanın olanaksızlığını düşünüyordum. Bir anda resim yapma arzumun kalmadığını, resim yapmanın gösterişten başka bir şey olmadığını, değerli olan tek şeyin yaşamak, her anı dolu dolu yaşamak olduğunu hissettim.

Kan kırmızısı ağaç gövdelerinin altında pırıl pırıl güzelim güneş ışığı.

Dönüşte, tatlı, utangaç bir delikanlı olan Jean-Louis'yle uzun uzun konuştuk. Onun kötü İngilizcesi ve benim kötü Fransızcama rağmen, gayet güzel anlaştık. Fena halde çekingendi. Piers'ten ürküyordu. Onu kıskanıyordu. Onun kolunu belime dolamasını kıskanıyordu, şu salak bir soytarı olan Piers'ı. Jean-Louis onu keşfettiğim zaman rahip olmak üzereydi.

Sonradan Piers çok bayağı davrandı. Yumuşak İngiliz erkeği olarak görünmekten korktuğu içindi aptal hantal acımasızlığını takınması aslında. Elbette zavallı Jean-Louis'nin benden hoşlandığı, cinsel bir çekime de kapıldığı açıktı; ama Piers'ın anlamaktan aciz olduğu başka bir şeydi, delikanlıdaki aslında çekingenlik değil rahip olmaya ve o dünyada yaşamayı sürdürmeye kararlılıktı. Kendiyle uyum sağlamak için sarf ettiği insanüstü bir çabaydı. İnsanın yaptığı bütün resimleri yok edip, yeni baştan başlamasıydı. Ama onun bu çabayı her gün göstermesi gerekiyordu. Her hoşuna giden bir kızı görüşünde. Ve Piers'ın bütün söyleyebildiği, seninle dolu pis düşler gördüğüne iddiaya girerim, olmuştu.

Kolejlere giden oğlanların kurumluluğu, duyarsızlığı ne korkunç. Örneğin Piers durmadan Stowe'dan nefret ettiğini tekrarlar; sanki bu bir çözümmüş, sanki bir şeye nefret duymak insanın o şeyden etkilenmesini önlermiş gibi. Kafasının almadığı bir şey olduğu zaman anında fark ederim. Hemen alaylı bir havaya bürünür, rahatsız edici bir şey söyler.

Çok sonraları olayı G. P.'ye anlattığımda, "Zavallı kurbağa, herhalde seni unutmak için diz çökmüş dua ediyordur," demekle yetindi.

Piers'ı denizde taş kaydırırken seyrederken –neredeydi?– Valencia yakınlarında bir yerde. Siyah saçlarıyla, güneşten tunçlaşmış teniyle çok yakışıklıydı, genç bir Tanrı gibiydi. Üzerinde mayo vardı. Minny (yanımda yatıyordu, her şey ne kadar da açık) "Piers dilsiz olsaydı ne kadar harika olurdu, değil mi?" dedi.

Sonra da, "Onunla yatar mıydın?" diye sordu.

"Hayır," dedim, sonra da "Bilmiyorum."

Tam o sırada Piers geldi ve Minny'nin neye güldüğünü öğrenmek istedi.

"Nanda bana bir sır verdi. Senin hakkında," dedi.

Piers basit bir espri yaptı ve Peter ile birlikte arabaya öğle yemeğini almaya gittiler.

"Bu sırrın ne olduğunu bilmek istiyorum."

"Beden, aklı her zaman yener," dedi.

"Akıl küpü Carmen Grey her zaman ne dediğini bilir."

"Bunu söyleyeceğini biliyordum," dedi. Kumda bir şeyler çiziyordu, ben de yüzükoyun uzanmış, ona bakıyordum. "Söylemek istediğim Piers'ın insana aptallığını unutturacak kadar yakışıklı olduğuydu," dedi. "Onunla evlenir, eğitimini üstlenirim diye düşünürsün. Değil mi? Gene de bunun olanaksızlığını biliyorsun. Ya da safi zevk için onunla yatarsın ve günün birinde ansızın gövdesine âşık olduğunu ve onsuz yaşayamayacağını ve yaşamının sonuna dek salaklığıyla kafanın şişeceğini anlarsın."

Sonra da, "Bu seni ürkütmüyor mu?" diye sordu.

"Bir sürü şeyden daha fazla değil."

"Çok ciddiyim. Ola ki onunla evlenirsen, bir daha yüzüne bile bakmam."

Gerçekten de ciddiydi. Gözlerindeki o bir anlık donuk, çekingen bakış, mızrak gibi insanın içine işliyordu. Ayağa kalktım, oğlanlara doğru gitmek için yanından geçerken onu öptüm. O ise orada oturdu, hâlâ gözleri kuma dikili.

İkimiz de son derece bilinçliydik. Başka türlüsü elimizden gelmiyordu. Minny her zaman "Madem inancım bu, ona göre davranacağım," derdi. "Hiç olmazsa eşitim diye değerlendirdiğim, benim kadar bilinçli biri olmalı. Ve fiziksel çekim yalnızca ikinci sırada gelmeli." Ben de gizlice, "Carmen de evde kalmış bir kız olacak," diye düşünürdüm. Basmakalıp değil, çok daha karmaşıktı düşüncelerimiz.

Ama şimdi G.P.'yi düşünüyorum ve Piers ile karşılaştırıyorum. Piers'ın hanesinde hiçbir şey yok. Sadece amaçsızca denize taş savuran, altından bir gövde.

5 Kasım

Bu akşam ona cehennem azabı yaşattım.

Yukarıda eşyaları etrafa savurmaya başladım. Önce minderler, sonra tabaklar. Uzun zamandır canım onları kırmak istiyordu.

Ama gerçekten deli gibiydim. Şımarık bir çocuk gibi. Hepsine katlandı. O kadar zayıf ki. Suratıma bir tokat patlatması gerekirdi.

Pis tabaklarından bir tanesini daha kırmamı engellemek için, beni yakalayıp tuttu. Birbirimize çok az dokunuyorduk. Nefret ediyorum ona dokunmaktan. Solucana değmek gibi.

Ona vaaz verdim. Kendisi hakkında düşündüğüm her şeyi söyledim ve yaşamını nasıl kullanması gerektiğini anlattım. Ama dinlemiyor. Kendisi hakkında konuşmamdan hoşlanıyor. Ne dediğimin önemi yok.

Yazmayı burada kesiyorum. Jane Austen'in *Sense and Sensibility*'sini okuyorum ve Marianne'ın başına ne geleceğini merak ediyorum. Marianne benim; Eleanor da olmam gereken ben.

Bir kaza geçirse ne olur? Bir kalp krizi. Herhangi bir şey.

Ölürüm.

Dışarı çıkamam. Evvelki gün yaptıklarımın hepsi bunu kanıtlamak içindi.

6 Kasım

Öğleden sonra. Yemek yok.

Başka bir kaçış. Çok yakındı, neredeyse olmuş gibiydi. Ama asla olmadı. O bir şeytan.

Apandisitim tutmuş gibi yaptım. Haftalardır düşünüyordum bu numarayı. Hep son çare gibi bakıyordum buna. İyice hazırlanmam, yüzüme gözüme bulaştırmamam gerekiyordu. Defteri bulabileceğini düşünerek buraya yazmamıştım.

Yüzüme talk pudrası sürdüm. Bu sabah kapıya vurduğunda bir bardak dolusu tuzlu su içtim (tuzu saklamıştım) ve parmağımla dilimi bastırdım, zamanlama çok başarılıydı, içeri girdi ve kusuşumu gördü. Eşsiz bir numaraydı. Saçlarım karmakarışık, ellerim karnımda yatıyorum. Üzerimde hâlâ pijamam ve sabahlığım. Dayanmak için büyük güç sarf ettiğim izlenimini vermek için usulca inliyorum. O da dikilip ikide bir neyiniz var, neyiniz var diye sorup duruyor. Ve aramızda bir anlamda umut kırıcı bir konuşma geçti; Caliban beni hastaneye götürmekten yan çizmeye çalışıyor, ben de götürmesi için üsteliyordum. Sonra, birdenbire kabullenir gibi oldu. Bunun, sonun başlangıcı olduğu hakkında bir şeyler geveleyip koşarak dışarı fırladı.

Demir kapının itildiğini duydum (hâlâ duvara bakıyordum), ama sürgü çekilmedi. Sonra dış kapı. Ve sessizlik. Tuhaftı. Ansızın, bütünüyle başarmıştım. Çoraplarımı ve ayakkabılarımı giydim ve aceleyle demir kapıdan çıktım. Bir iki santim oynamıştı, aralıktı. Bir tuzak olabileceğini düşündüm. Hasta numarası yapmayı sürdürdüm, kapıyı açtım ve alçak sesle ona seslendim, sendeleyerek mahzeni aştım ve basamakları tırmandım. Işığı görebiliyordum, dış kapıyı da kapatmamıştı. Doktor çağırmaya gitmeyip, korku içinde tabanları yağlamanın tam ona uygun olduğu düşüncesi geçti bir an aklımdan. Ama minibüsü çıkarması, benim de motor sesini duymam gerekirdi. Oysa bir şey duymamıştım. Ne olup bittiğini anlamak için biraz sabretmem gerekirdi, ama beklemeye dayanamadım. Kapıyı açıp dışarı fırladım. Orada duruyordu. Gün ışığında. Bekliyordu.

Hasta olduğumu iddia edemezdim, ayakkabılarımı giymiştim. Elinde bir şey vardı (çekiç miydi?), gözlerini acayip bir şekilde açmıştı, bana saldıracağına eminim. Bir an ikimiz de ne yapacağımızı bilemeden harekete hazır kalakaldık. Sonra dönüp mahzene kaçtım. Neden bilmem, düşünecek zaman bulamadım. Arkamdan geldi, ama içeri gireceğimi anlayınca durdu (sanki içgüdüsel olarak öyle yapacağını anlamıştım; güvenli olduğum tek yer aşağısıydı). Gelip sürgüleri çektiğini duydum.

Doğru olanı yaptığımı biliyorum. Bu, hayatımı kurtardı. Haykırsaydım veya kaçmaya kalkışsaydım, beni öldüresiye döverdi. Tersi döndüğünde kendini kaybediyor.

O kazandı.

(Gece yarısı.) Yemeğimi getirdi. Tek söz etmedi. Öğleden sonrayı kahramanı o olan bir çizgi roman yaparak geçirdim. Zararsız Bir Delikanlının Korkunç Masalı. Saçma. Ama gerçeği ve dehşeti uzaklaştırmam şarttı. Sevimli küçük bir memur olarak başlayıp, bir korku filminin aptal canavarı olarak bitiyordu.

Dışarı çıkarken ona gösterdim. Gülmedi, yalnızca dikkatle baktı.

"Normal tabii," dedi. Onunla bu şekilde alay etmemin normal olduğunu kastediyordu.

Sıra sıra kelebekler arasındaki bir örnekten başka bir şey değilim. Hizayı bozduğum zaman bana karşı kin besliyor. Ölü olmam gerekiyor; iğnelenmiş, hiç değişmeyen, sürekli güzel. Güzelliğimin kısmen canlı olmamdan kaynaklandığını biliyor, ama ölü beni istiyor. Beni canlı ama ölü arzuluyor. Bunu fena halde hissediyorum bugün. Canlı ve değişken olmam, farklı bir şekilde düşünmem, ne yapacağımın belli olmaması ve geri kalan her şey canını sıkmaya başladı.

O sağlam; değişmez, çelik irade. Bir gün bana ölüm kavanozu dediği şeyi göstermişti. Onun içinde tutsağım ben. Kanatlarım cama çarpıyor. Dışarıyı görebildiğim için hâlâ kaçabileceğimi sanıyorum. Umut besliyorum. Ama hepsi bir yanılsama.

Kalın, yuvarlak bir cam duvar.

7 Kasım

Günler ne de yavaş geçiyor. Bugün. Çekilmez uzunluktaydı.

Tek avuntum G.P.'nin çizimi. Beni sarmalıyor. Buradaki canlı, biricik, yaratılmış tek şey o. Uyandığımda ilk, yatmadan önce son baktığım şey o. Karşısına geçip, uzun uzun seyrediyorum. Her çizgiyi ezbere biliyorum. Ayaklardan birini biraz uydurmuş. Kompozisyonda hafifçe dengesiz bir şey var, sanki bir yerde küçücük bir parça eksikmiş gibi. Ama canlı.

Akşam yemeğinden sonra (alışkanlıklarımıza döndük yeniden), Caliban *Çavdar Tarlasında Çocuklar*'ı bana uzattı ve "Okudum," dedi. Ses tonundan bunun "Pek hoşuma gitmedi," demeye geldiğini hemen anladım.

Hiç uykum yok. Diyalog yapacağım.

M. Eee?

C. Fazla dikkate değer bir şey bulmadım.

M. Ergenlik çağı üzerine yazılmış en parlak incelemelerden biri olduğunu anlamadın mı?

C. Bence bu çocuk pasaklının teki.

M. Kuşkusuz pasaklı. Ama pasaklı olduğunun farkında, ne hissettiğini dile getirmeye çalışıyor, tüm kusurlarına karşın bir insan. Acımadın mı hiç çocuğa?

C. Çocuğun konuşma biçimini beğenmedim.

M. Ben de senin konuşma biçimini beğenmiyorum. Ama sana karşı ilgi ve yakınlık duymaya değmeyecek biriymişsin gibi davranmıyorum.

C. Herhalde çok akıllı olmak lazım. Böyle yazmak için falan.

M. Bu kitabı o çocukla özdeşleşebileceğini düşünerek verdim

sana. Sen de bir Holden Caufield'sin. Senin gibi, o da hiçbir yerde uyum sağlayamıyor.

C. Hareketlerini görünce, bunda şaşılacak bir şey görmüyorum. Uyum sağlamaya çalışmıyor.

M. Yaşamında bir çeşit gerçek, bir çeşit namus kurmaya çaba gösteriyor.

C. Gerçekçi değil. Koleje giden, ailesinin cebinde para olan bir çocuk. Böyle hareket etmezdi. Bence.

M. Şimdi kim olduğunu biliyorum. Denizin İhtiyarı'sın.

C. Kim o?

M. Sinbad'ın sırtında taşımak zorunda kaldığı iğrenç ihtiyar. Canlı olan, dürüst ve özgür olmaya çalışan her şeyin sırtına çıkıyor ve eziyorsun.

Devam etmeyeceğim. Tartıştık; hayır, tartışmıyoruz, ben bir şeyler söylüyorum, o da söylediklerimden kaçacak şeyler bulmaya çalışıyor.

Doğru. Denizin İhtiyarı o. Bayağı ölü ağırlıklarıyla ve bencillikleriyle ve her konudaki aşağılıklarıyla Caliban gibi budala insanlara katlanamıyorum. Bunun gibileri taşımak zorunda olanların sayısının ne kadar az olduğunu düşününce... Bilim adamları, öğretmenler, sanatçılar; aralarında öteki gruba dahil edilecek hainler olmadığı anlamına gelmiyor bu, ama biraz olsun umut kaldıysa onlara, kendimize...

Çünkü ben de onlardan biriyim.

Ben de onlardan biriyim; kendimi öyle hissediyorum ve kanıtlamayı da denedim. Ladymont'taki son yılımda hissettim bunu. Gerçekten aldırış eden birkaç kişi vardı içimizde; ama çoğunluğu aptallar, snoplar, geleceğin yüksek sosyetesine hazırlananlar, babalarının kuzuları, binicilik sapıkları, mart kedileri oluşturuyordu. Ladymont'a bir daha asla dönmeyeceğim. Çünkü "uygun" şeylerin, "doğru" kişilerin ve "iyi" davranışların boğucu ortamına dayanamam. (Boadicea hakkımda yazdığı raporda "garip politik görüşlerine rağmen" demişti; nasıl cesaret edebilir böyle bir şeye?) Böylesi bir yerin eskilerinden olmayacağım.

Onların iğrenç Caliban'lıklarına neden hoşgörü *göstermemiz* gerekiyor? Her canlı, yaratıcı ve vicdanlı kişinin çevresindeki bayağılığın kurbanı olması neden?

Bu durumda bir temsilcisiyim ben.

Bir kurban. Tutsak edilmiş, gelişmesi önlenmiş. Bu dünyanın Calibanlarının hıncının, kin dolu ağır kıskançlığının lütfuna kalmış. Çünkü hepimizden nefret ediyorlar, farklı olduğumuz için, onlar olmadığımız için, onlar bizler olamadıkları için nefret ediyorlar. Bize işkence ediyorlar, bizi dışlıyorlar, bizi karantinaya alıyorlar, bize hakaret ediyorlar; kendi gözlerini bağlıyor ve kulaklarını tıkıyorlar. Bizi fark etmelerini ve saygı duymalarını engellemek için ellerinden ne gelirse yapıyorlar. Ama aramızdaki büyükler öldükten sonra da emekleyerek peşinden gidiyorlar. Yarattıkları dönemde üstlerine tükürdükleri, kıçlarıyla güldükleri, kaba fıkralar anlattıkları Van Gogh'lar ve Modigliani'lere milyonlar veriyorlar.

Onlardan nefret ediyorum.

Eğitimsizden ve cahilden nefret ediyorum. Kendini beğenmişten ve sahteden nefret ediyorum. Kıskançtan ve kızgından nefret ediyorum. Kabadan, sıradandan ve alçaktan nefret ediyorum. Kalın kafalı ve küçük olmaktan utanç duymayan bütün kalın kafalı ve küçük insanlardan nefret ediyorum. G.P.'nin Yeni Kitle dediği insanlardan; arabaları, paraları, TV'leri, aptal bayağılıkları ve aptal, yaltakçı, burjuva bozuntusu sonradan görmelikleriyle bu yeni sınıftan nefret ediyorum.

Dürüstlüğü ve özgürlüğü ve eli açıklığı seviyorum. Yaratmayı seviyorum, yapmayı seviyorum. Dolu dolu yaşamayı seviyorum, oturmayan, seyretmeyen, kopya çekmeyen ve yüreği ölmemiş olan her şeyi seviyorum.

Bir zamanlar (çok eskidendi) İşçi Partisi'ni tutmama gülmüştü G.P. "Yeni Kitle'yi var eden partiyi desteklediğinin farkında mısın?" dediğini anımsıyorum.

"Yeni Kitle'yi yoksulluğa yeğlerim," dedim (şaşırmıştım, genelde söylediklerinden onun da İşçi Partisi yandaşı olduğunu sanıyordum, zamanında da komünist olduğunu biliyordum).

"Yeni Kitle hâlâ yoksuldur. Bunlarınki yoksulluğun yeni bir şeklidir. Ötekilerin parası yoktur, bunların ise ruhları," dedi.

Sonra birdenbire "*Binbaşı Barbara*'yı okudun mu?" diye sordu.

"İnsanların ruhlarından önce maddi durumlarının kurtarılması gerektiğinin nasıl kanıtlandığını."

"Bir şeyi unuttular," dedi. "Refah Devleti'ni kurdular, ama Barbara'yı unuttular. Bolluk, bolluk, ama ortalıklarda bir tek ruh yok."

Onun bir yerlerde yanıldığını biliyorum (abartıyordu). İnsan sol görüşlü olmalı. Karşılaştığım namuslu her insan tutuculara karşıydı. Ama G.P.'nin ne hissettiğini anlıyorum, yani ben de gitgide aynı şeyi daha güçlü hissediyorum, şişko Yeni Kitle'nin her şey üzerindeki korkunç ölü ağırlığı. Her şeyin kokuşması. Her şeyin bayağılaşması. Babamın insanlardan kaçtığı zamanlarda dediği gibi, kırsal yörenin ırzına geçilmesi. Her şeyde kitle üretimi. Her şeyde kitleleşme.

Sürüye karşı koyup, paniği önlemek durumunda olduğumuzun bilincindeyim; kovboy filmi gibi. Onlar için çalışmak ve onlara katlanmak. Asla Fildişi Kule'ye kapanmayacağım, bu en aşağılık şey; yaşam kendisine uymadığı için, insanın ondan ayrılmayı seçmesi. Ama bazen, yaşamın getirdiği savaşımlar ciddiye alınırsa ürkütücü oluyor.

Tüm bunlar laf. Büyük olasılıkla biriyle tanışacağım ve âşık olacağım ve evleneceğim, her şey değişmiş gibi görünecek ve artık umursamayacağım. Küçük Kadın olacağım. Düşmanlarımdan biri.

Ama bugünlerde hissettiklerim *bu.* Onun dışındaki herkese karşı duran bir gruba ait olduğumu hissediyorum. Kim olduklarını bilmiyorum; doğru şeyler uğruna savaşan ve doğru şekilde yaratan, resim yapan, ölmüş ya da hâlâ yaşayan ünlü insanlar ve tanıdığım, ünlü olmayan, ama gerçek aşkıyla tutuşan, kendilerini kapıp koyvermeyen, insanca ve zeki olmaya çalışan başkaları gibi. Evet, G.P. gibi insanlar, tüm kusurlarına karşın. Onun Kusuru.

İyi insan bile sayılmazlar. Zayıflık anları var. Yalnızca cinsel ilişki veya içki düşündükleri anlar. Korkak oldukları ve paraya düştükleri anlar. Fildişi Kule'de tatile çıkarlar. Ama bir parçaları grupla kalır.

Azıcık.

Kendini beğenmişim. Onlardan biri değilim ben. Onlardan biri olmayı *arzu ediyorum*, bu da aynı şey değil.

Caliban da Yeni Kitle'ye tipik bir örnek değil tabii. Kesinlikle çağdışı (pikaba "gramofon" diyor). Ayrıca kendine güvensizliği. Bu insanlar kendilerinden utanç duymazlar. Babamın, ellerine bir TV ve araba geçmeye görsün, hepsi kendilerini ötekilere eşit, hatta daha üstün görürler, dediğini anımsıyorum. Ama ta derinlerde Caliban da onlardan biri; onda da farklı olana duyulan kini, herkesin aynı olması isteğini sezmek olası. Ve paranın iğrenç kullanımı. Kullanmasını bilmiyorlarsa, neden insanlar para sahibi olur ki?

Caliban'ın kazandığı bunca parayı her düşündüğümde, ona benzer bütün öteki insanların kazandıkları parayı her düşündüğümde midem bulanıyor.

Öylesine bencil, öylesine kötü ki.

O gün, G.P. bana, dürüst yoksullar parasız sonradan görmelerdir, demişti. Yoksulluk onları iyi niteliklere sahip olmaya ve para dışındaki şeylerle gurur duymaya zorlar. Ama servete konarlarsa, parayı ne yapacaklarını bilemezler. Bütün eski erdemleri unuturlar, zaten onlar da gerçek erdemler değildir ya, neyse. Tek erdemin daha çok para kazanmak ve harcamak olduğunu düşünürler. Paranın hiçbir anlam ifade etmediği insanların var olduğunu akıllarının ucundan bile geçiremezler. En güzel şeylerin parayla ilişkisiz olduğunu.

İçten davranmıyorum. Hâlâ para istiyorum. Ama bunun yanlış olduğunu biliyorum. G.P.'nin parayı pek kafasına takmadığına inanıyorum; söylemesine gerek yok, gözlerimle görüyorum. Onun ancak malzemelerini alacak, yaşayacak, her yıl tatile çıkacak, evini çekip çevirecek kadar parası var. Onun gibi düzinelerce başka insan da var; Peter. Bill McDonald. Stefan. Para dünyasında yaşamıyorlar. Paraları olursa harcıyorlar. Olmazsa da onsuz idare ediyorlar.

Caliban gibi insanlarda para kafası yok. Yeni Kitle gibi, biraz paraları olmasın gözleri dönüveriyor. Para toplamak için kapı kapı gezdiğim zaman, metelik vermeyen iğrenç tipleri anımsıyorum. Yüzlerine bakar bakmaz anlayabiliyordum. Burjuvalar peşlerini bırakmazsanız rahatsız olup verirler. Zeki insanlar da verirler ya da dosdoğru gözünüzün içine bakarak hayır derler. Vermemekten utanç duymazlar. Ama Yeni Kitle vermek için çok pinti ve bunu kabullenmek için de çok aşağılıktır. Kimsenin cebine gitmediğini kanıtlarsan, yarım dolar veririm, diyen Hampstead'teki iğrenç adam gibi (onlardan biriydi). Komik olduğunu düşünüyordu.

Arkamı dönüp gitmiştim, ama bu yanlış bir davranıştı, çünkü benim gururum çocuklar kadar önemli değildi. Bu yüzden, daha sonra onun yerine yarım dolar vermiştim.

Ama hâlâ nefret ediyorum adamdan.

Caliban'a gelince, bir şişe viskiyi devirmiş gibi. Kaldıramıyor. Önceleri onu namuslu yapan tek şey yoksul olmasıydı. Bir yere ve bir işe sıkışmış olmak.

Bu tıpkı kör bir adamı süratli bir arabaya koyup, canının istediği gibi sürüp, canının istediği yere gitmesini söylemek gibi.

Güzel bir şeyle bitireyim. Bach plağı bugün geldi, şimdiden iki kere çaldım bile. Caliban hoş olduğunu söyledi, ama "müzikten pek anlamazmış". Yine de yüzünde doğru ifadeyle oturdu. Sevdiğim bölümleri baştan çalacağım. Karanlıkta yatağa uzanacağım, müzik dinleyeceğim ve G.P. ile beraber olduğumu, onun da çiçek bozuğu yanakları, Yahudi burnuyla gözleri kapalı yanı başımda yattığını düşleyeceğim; kendi mezarında yatar gibi. Tek farkla, onun içinde ölü hiçbir şeyin bulunmaması.

Yine de. Bu akşam Caliban geç kaldı.

"Nerede kaldın?" diye bozuk attım. Sadece şaşkın şaşkın baktı, sesini çıkarmadan. "Çok geciktin," dedim.

Gülünç. Gelmesini istedim. Sık sık gelmesini istiyorum.

Böylesine yalnızım.

Bu akşam, parası hakkında tartışmaya girdik. Ben, başkalarına daha çok vermesi gerektiğini söyledim. Biraz vermesi için utandırmayı denedim. Ama hiçbir şeye güvenmeyecek. Gerçek derdi de bu zaten. Hampstead'deki adam gibi, para toplayan insanlara ve toplanan paranın söylenilen amaca yatırılacağına güvenmiyor. Herkesin bozulmuş olduğunu ve parayı alıp kendilerine saklayacaklarını düşünüyor.

Doğru amaca kullanıldığını bildiğimi söylememin yararı yok. Nereden biliyorsunuz, diye sorar. Tabii ki ona anlatamam. Yalnızca emin olduğumu söyleyebiliyorum; nerede gereksinim duyuluyorsa oraya gidiyor olmalı. Haklı olmak için çok safmışım gibi gülümser sonra da.

Nükleer Silahsızlanma Kampanyası'na çeki göndermemekle suçladım onu (fazla sert değil). Makbuz göstermesi için meydan okudum. İsim belirtilmeden yapılan bir bağış olduğunu söyledi, adresini yazmamıştı. Özgürlüğüme kavuştuğum zaman gidip bakacağım, demek dilimin ucuna kadar geldi, ama sustum. Çünkü beni serbest bırakmaması için bir neden daha oluştururdu. Kıpkırmızıydı, yalan söylediğine eminim, anneme ve babama yazdığım mektup hakkında yalan söylediği gibi.

Bu tam olarak eli açık olmamak değil; temel bir cimrilik. Yani (durumun saçmalığını bir yana bırakın), bana karşı eli açık. Benim için yüzlerce sterlin harcıyor. Beni şefkatle öldürebilir. Çikolatalarla, sigaralarla, yemeklerle, çiçeklerle. Geçen akşam "Biraz Fransız parfümü isterdim," dedim; yalnızca küçük bir kapristi, ama bu oda öylesine dezenfektan kokuyor ki. Yeterince yıkanıyorum, ama kendimi temiz hissetmiyorum. "Gidip çeşitli kokuları içime çekmeyi ve en hoşuma gideni seçebilmeyi isterdim," dedim. Bu sabah *on dört* farklı şişeyle geri geldi. Dükkândaki bütün parfümleri boşaltmıştı. Delilik. Kırk sterlin eder. 1001 Gece Masalları'nda yaşamak gibi. Haremin gözdesi olmak. Ama arzuladığım tek parfüm, özgürlük.

Açlıktan ölen bir çocuğu karşısına çıkarabilseydim, değişimini izlemesi için gözünün önünde karnını doyurabilseydim para vereceğini biliyorum. Ama kendi eliyle almadığı, gözüyle görmediği her şeyden şüpheleniyor. Kendi yaşadığı ve gördüğü dünyadan başkasına inanmıyor. Hapiste olan asıl kendisi; iğrenç daracık şimdiki dünyasında.

*12 Kasım**

Sonuncu olsa da bir gece daha. Kaçabileceğimi düşünmeden edemiyorum. Şimdiye kadar bunu hatırlatmaktan kaçınıyordum. Ama şimdi pek beklenmedik bir anda yüzüne savurmam gerektiğini kavrıyorum. Yarın gece küçük bir parti düzenlemeye karar verdim. Ona karşı farklı duygular beslediğimi, arkadaşı olmayı dilediğimi ve Londra'ya dönüşümde onunla ilgileneceğimi söyleyeceğim.

Pek de yalan sayılmayacak, ona karşı tam açıklayamadığım bir sorumluluk duyuyorum. O kadar sık ondan nefret ediyorum ki, sonsuza dek nefret edecekmişim gibi geliyor. Ama doğru değil. Acıma duygum ağır basıyor ve ona yardım etmek istiyorum. Onu tanıştırabileceğim insanları düşünüyorum. Caroline'in psikiyatrist arkadaşına gidebilir. Emma gibi yapar, onu bir güzel evlendiririm ve bu işi de Emma'dan daha iyi başarırım. Yanında kendini mahcup, sağlıklı ve mutlu hissedebileceği Harriet Smith tipinde küçük bir kadıncık.

Ama sözünü tutması gerek.

G.P.

İki aydır görmedim onu, iki aydan fazla. Fransa'ya, oradan İspanya'ya gittim, oradan da eve. (İki kez görmeyi denedim, ama eylül ayı boyunca evde değildi.) Mektuplarıma yanıt olarak bir kartpostal gönderdi. Hepsi bu.

Caroline'le döndüğümüz ilk gece ona telefon edip, uğrayabilir miyim diye sordum. Ertesi gün gelmemi söyledi, o akşam başkaları varmış.

---

* Veda partisinin Miranda'nın günlüğünde 13 Kasım'a rastlayışı (Clegg'de 11 Kasım'dı) Fowles'un gözünden kaçmış görünüyor. (ç.n.)

Beni görmekten hoşnut gibiydi. Güzel görünmek için elimden geleni yapmıştım, ama sanki hiçbir şeyin farkında değilmişim gibi yapıyordum.

Ona Fransa'yı, İspanya'yı, Goya'ları, Albi'leri ve her şeyi anlattım. Piers'ı. Ve dinledi, kendisinin ne yaptığını söylemeye niyeti yoktu, ama daha sonra Hebrides Adaları'nda yaptığı şeyleri gösterdi. Ve utanç duydum. Çünkü hiçbirimiz bir şey yapmamıştık, güneşin altında yatmakla, büyük tablolara bakmakla öyle meşguldük ki (tembellik yapıyorduk demek istiyorum), bir şeyler çizecek zaman bulamamıştık.

(En azından bir saat gevezelik ettikten sonra) "Çok konuşuyorum," dedim.

"Sıkılmıyorum," dedi.

Asit gibi bir şeyle eski, demir bir çarkın pasını temizliyordu. Edinburgh'da bir eskici dükkânında görmüş ve ta oradan getirmişti. Nesnenin garip, geniş dişleri vardı; G.P. bunun eski bir kilise saati parçası olduğunu düşünmüştü. Uca doğru incelen çok zarif parmaklar. Güzelmiş.

Bir süre ikimiz de konuşmadık, yanı başında çalışma masasına dayanmış, pas temizleyişini seyrediyordum. Sonra, "Seni özledim," dedi.

"Olamaz," dedim.

"Düzenimi bozdun," dedi.

"Antoinette'i gördün mü?" diye sordum (piyonunu engellemek üzere at).

"Hayır," diye karşılık verdi. "Onu kapıya koyduğumu sana söylemiştim sanırım." Yan yan baktı o kertenkele bakışıyla. "Hâlâ şoktan kurtulamadın mı?" Başımı salladım.

"Bağışlandım mı öyleyse?"

"Bağışlanacak bir şey yoktu," dedim.

"Hebrides Adaları'nda seni düşünüp durdum. Sana göstermek istediğim bir sürü şey vardı."

"Bizimle İspanya'da olmanı isterdim," dedim.

Dişlerin arasını zımparalamaya kaptırmıştı kendini. "Çok eski bir şey bu, bak nasıl aşınmış," dedi. Sonra da aynı ses tonuyla, "Aslında seninle evlenmek istediğimde karar kıldım," dedi. Bir şey söylemedim ve yüzüne de bakamayacaktım.

"Buraya ben yalnızken gelmeni istememin nedeni bu konuya enine boyuna kafa yormuş olmamdı. Yaşım seninkinin iki katı, böyle şeyleri fazla ciddiye almamalıyım, Tanrı şahidim ya bu ilk kez gelmiyor başıma. Hayır, bırak da bitireyim. Seni görmekten vazgeçmem gerektiğine karar verdim. İçeri girdiğinde sana bunu söylemeyi planlıyordum. Hayatımı altüst etmene göz yumamam. Buraya gelmeye devam edersen de rahatsız olacağım. Sana evlenme teklif etmenin dolambaçlı bir yolu değil bu. Bütünüyle imkânsız kılmaya çabalıyorum. Kim olduğumu biliyorsun, baban olacak yaşta olduğumu biliyorsun, pek sağlam ayakkabı da olmadığım ortada. Zaten sen de bana âşık değilsin."

"Ne olduğunu anlatamam," dedim. "Bunu açıklayacak söz yok."

"Aynen," diye yanıtladı. Ellerini bir doktor gibi, heyecansız bir şekilde gazla temizliyordu. "Yeniden huzura kavuşmam için, beni terk etmeni rica etmem gerekiyor senden."

Ellerine baktım. Sarsılmıştım.

"Bazı yönlerden sen benden daha yaşlısın. Asla derin bir şekilde âşık olmadın. Belki de asla olmayacaksın. Aşk insanın yakasını bırakmaz. Erkeklerin yakasını. Yeniden yirmi yaşına döner insan, yirmi yaşında olduğu gibi acı çeker. Yirmi yaşının bütün saçmalıkları. Şu anda sana çok mantıklı görünüyor olabilirim, ama kendimi hiç de öyle hissetmiyorum. Bana telefon ettiğinde, heyecandan neredeyse altıma kaçırıyordum. Ben âşık olmuş yaşlı bir adamım. Eski neslin komik bir figürü. İyice bayatlamış. Hatta komik bile değil."

"Neden benim asla derin bir şekilde âşık olamayacağımı düşünüyorsun?" diye sordum. Ellerini temizlemesi ne kadar da uzun sürmüştü.

"Belki dedim," dedi.

"Yirmi yaşındayım."

"Otuz santimlik ağaç da ağaçtır. Yine de belki dedim."

"Üstelik sen yaşlı değilsin. Yaşlarımızla ilgili değil."

O zaman bana belli belirsiz yaralı bir bakış fırlattı, gülümsedi ve "Bana bir çıkış kapısı bırak," dedi.

Birlikte o sefil küçük mutfağa kahve yapmaya gittik; ve ben, "Ne olursa olsun burada onunla beraber yaşamaya katlanamam; ev işleri bile yeter," diye geçirdim içimden. Çirkin, aşağılık bir burjuva ödlekliğiydi.

"Sen uzaklara gidinceye kadar sıradan bir serüven olduğunu düşünüyordum" dedi, sırtı bana dönük. "En azından kendimi buna inanmaya zorladım. İşte bu yüzden İsveçli arkadaşınla o kötü şeyi yaptım. Seni içimden atmaya çalışıyordum. Ama geri geldin, zihnime. Tekrar tekrar, kuzeye kadar. Geceleyin çiftlikte bahçeye çıkıp güneye bakmayı alışkanlık edinmiştim. Anlıyor musun?"

"Evet," dedim.

"Sendin nedeni, anlıyor musun? Yalnızca öteki şey değil."

"Sonra, bazen beklenmedik bir anda sende ortaya çıkan şeydi," dedi. "Çocuk olmadığın zamanlarda olan bir şey."

"Nasıl bir şey bu?"

"İleride olacağın kadın," dedi.

"Güzel bir kadın mı?"

"Güzel bir kadından çok daha fazlası."

Bunu nasıl söylediğini ifade edebilecek sözcük yok. Hüzünlü, neredeyse istemeyerek. Sevecenlikle, ama bir parça acı bir tatla. Ve dürüstlükle. Alaysız ve yavanlık etmeden. Ama kendi içinden kopup gelerek. Konuştuğumuz sürede gözlerimi yerden ayırmamıştım, ama beni kendine bakmaya zorladı, gözlerimiz karşılaştı ve aramızda bir şeyler geçtiğini sezdim. Hissedebiliyordum. Neredeyse fiziksel bir temastı. Bizi değiştiren bir şey. Onun bütünüyle içten bir şey söylemesi ve benim de bunu hissetmem.

Gözlerini benden ayırmaması beni utandırmıştı. Hâlâ da bakıyordu. "Lütfen bana böyle bakma," dedim.

O zaman yanıma gelip, kolunu omzuma doladı ve beni yavaşça kapıya yöneltti. "Çok hoşsun, kimi zaman da güzelsin. Duyarlısın, coşkulusun, dürüst olmaya çalışıyorsun, hem kendi yaşında, hem doğal olmaya çabalıyorsun ve aynı zamanda biraz burnu büyük, biraz da eski kafalısın. Hatta satrancı bile iyi oynuyor sayılırsın. Kızım olsaydı, sana benzesin isterdim. Belki de bu nedenle son aylarda seninle birlikte olmayı bu kadar çok arzu ettim."

Yüzünü görmeyeyim diye beni önünde iterek kapıdan çıkardı.

"Böylesi şeyleri yüzüne bakarak söyleyemem. Ama yüzünü dönmemelisin, ne olursa olsun. Hadi, şimdi git artık."

Bir an omuzlarımı sıktığını hissettim. Ve başımın arkasını öptü.

Beni gitmem için itti. Durup geri bakmadan önce iki üç basamak indim. Gülümsüyordu, ama hüzünlü bir gülümsemeydi.

"Lütfen uzun sürmesin," dedim.

Yalnızca başını salladı. "Hayır, çok uzun değil" mi, yoksa "Umutlanma, uzun sürmemesi olanaksız" mı demek anlamına geldiğini bilmiyorum. Belki kendi de bilmiyordu. Ama üzgün bakıyordu. Umutsuzca üzgündü.

Ben de üzgün *görünüyordum.* Ama gerçekten üzgün değildim. Veya can yakan bir hüzün değildi. Umutsuzca hüzünlü değildim. Daha çok zevk alıyordum bundan. İğrenç bir şey, ama doğru. Eve dönerken bir şarkı tutturdum. Romans ve gizem. Canlı.

Onu sevmediğimi bildiğimi sanıyordum. Oyunu ben kazanmıştım.

O zamandan beri ne oldu?

İlk bir iki gün telefon edeceğini sandım; hepsinin bir çeşit kapris olduğunu kurdum. Sonra onu aylarca, belki de yıllarca göremeyeceğimi düşündüm ve bu bana saçma geldi. Gereksiz. İnanılmayacak kadar aptalca. *Onun* zayıflığı olarak gördüğüm şeyden nefret ettim. Eğer böyle bir adamsa, cehenneme kadar yolu var, diye düşündüm.

Pek uzun sürmedi. En iyisinin bu olduğuna karar vermeye karar verdim. O haklıydı. Hepten bitirmek en iyisiydi. İşime konsantre olacaktım. Pratik, etkili ve doğuştan sahip olmadığım her şey olacaktım.

Hiç durmadan, onu seviyor muyum, diye düşündüm. Sonra ortada bu kadar kuşku varsa besbelli ki sevemezdim dedim.

Şimdi ise, şu anda ne hissettiğimi yazmalıyım. Çünkü yeniden değiştim. Biliyorum. Hissediyorum.

Görünüş; insanların görünüşlerine önyargılı yaklaşmanın aptalca yanlış olduğunun farkındayım. Piers beni öptüğü zaman heyecanlanıyordum. Ona dikkatle baktığım zamanlar (o farkında olmadan, fena halde kibirlidir), çok yoğun bir şekilde güzelliğini duyumsuyordum. Çirkin bir şeyin güzel bir çizimi gibi. Çirkinliği unutursunuz. Ahlâki ve psikolojik olarak Piers'ın çirkin olduğunu biliyorum; bütünüyle bayağı ve sıkıcı, sahte.

Ama bu konuda da değiştim.

G.P.'nin bana sarıldığını, okşadığını kuruyorum.

İçimde kötüye yönelen bir merak var; yani birlikte olduğu bütün kadınlar ve yatakla ilgili bildiklerine.

Onun benimle seviştiğini düşleyebiliyorum ve bu midemi bulandırmıyor. Çok usta ve yumuşak. Zevk. Her çeşit şey geçiyor aklımdan ama *bir* şey dışında. Eğer Yaşam boyu olacaksa.

Sonra zayıflığı. Beni aldatma olasılığı çok yüksek. Ve evliliği gençler arası bir serüven diye düşündüm her zaman, aynı yaşta iki insanın birlikte yola çıkmaları, birlikte dünyayı keşfetmeleri, birlikte büyümeleri. Benim ona söyleyebileceğim, gösterebileceğim bir şeyim olmayacaktı. Her şeyi öğretmek ona düşecek.

Dünyayı öylesine az tanıyorum ki. Şimdi G.P.'nin birçok açıdan ideali simgelediğini biliyorum. Değer anlayışı, bağımsızlığı, başkalarının yaptığını yapmama konusunda direnişi. Farklı duruşu. Bir erkeğin bu nitelikleri olmalı. Tanıdıklarımın hiçbiri onun kadar özellikli değil. Slade'deki insanlar öyleymiş gibi *görünüyorlar*, ama bunun için çok gençler. İnsan bizim yaşımızdayken içten olmak ve kuralları hiçe saymak ne de kolay.

Bir iki kere tüm bunlar bir tuzak olmasın diye düşündüm. Satrançta bazı taşları feda etmek gibi. Örneğin merdivenlerde bana ne yaparsan yap, yeter ki bırakma, deseydim ne olurdu?

Hayır, onun bunu yapabileceğine inanmam.

Geri dönüş. İki yıl önce, bu kadar yaşlı bir adama âşık olmak aklımdan bile geçmezdi. Ladymont'ta yaş eşitliğini savunan hep bendim. Susan Grillet, yaşı neredeyse kendisininkinin üç katı İğrenç Baron'la evlendiğinde en çok isyan edenlerden biri de bendim. Minny ile ben "baba" tipi (annem yüzünden) adamlardan ve baba-koca tipi evliliklerden sakınmamız gerektiğini konuşurduk. Artık böyle hissetmiyorum. Benden daha yaşlı bir adama gereksinim duyduğumu, çünkü tanıştığım oğlanların kafasındakileri önceden kestirdiğimi düşünüyorum. Ve G.P.'nin baba-koca olduğunu hiç sanmıyorum.

Yararı yok. Lehte ve aleyhte olanları bütün gece yazabilirim.

Emma. Deneyimsiz genç kız ile deneyimli kadın arasında olma hali ve o müthiş hangi erkek problemi. Caliban Mr. Elton, Piers ise Frank Churchill. Ama G.P., Mr. Knightley mi?

G.P.'nin yaşamı ve görüşleri Mr. Knightley'yi mezarında ters döndürürdü. Ama Mr. Knightley de asla sahte olamazdı. Çünkü o da hile, bencillik, snopluğun baş düşmanıydı.

Ve ikisi de gerçekte hiç tahammül edemediğim bir ad taşıyorlar. George. Belki bundan çıkarılması gereken bir ders vardır.

18 Kasım

Beş gündür hiçbir şey yemedim. Biraz su içtim. Yemek getiriyor, ama *tek kırıntısına* bile dokunmadım.

Yarın yeniden yemeye başlayacağım.

Yarım saat kadar önce, ayağa kalktım ve başım döndü. Yeniden oturmam gerekti. Şimdiye kadar hastalık hissetmemiştim. Yalnızca mide ağrıları, biraz da halsizlik. Ama bu başka bir şeydi. Bir uyarı.

Onun için ölmeyeceğim.

Yemek yemeye gereksinimim yoktu. Onun iğrençliği ve kiniyle öylesine doluydum.

Çirkin korkaklığıyla.

Bencilliğiyle.

Caliban'lığıyla.

19 Kasım

Bugünlerde canım yazmak istemedi. Bazen canım istedi. Sonra zayıflık gibi geldi. Kabullenme gibi. Olanları kâğıda döker dökmez ağlamaya başlayacağımı biliyorum. Ama şimdi yazılması gerektiğini düşünüyorum. Kayıt olarak. Bana *bunu* yaptı.

Zulüm.

Aramızda varolan azıcık arkadaşlık, insanlık, iyi niyet de kalmadı.

Bundan böyle artık düşmanız. Her ikimiz de. *Onun* da benden nefret ettiğini gösteren şeyler söyledi.

Varlığımı çekemiyor. Tam anlamıyla böyle.

Henüz bütünüyle farkında değil, çünkü şimdi bana iyi davranmaya çabalıyor. Ama nefrete eskisinden çok daha yakın. Bugünlerde bir gün uyanacak ve kendine, "Nefret ediyorum ondan," diyecek.

Kötü bir şey.

Kloroformun etkisi geçtiğinde yataktaydım. Üzerimde bir tek iç çamaşırlarım vardı, geri kalan her şeyi çıkarmış olmalıydı.

Öfkeden çılgına dönmüştüm ilk gece. Mide bulantısıyla deli gibiydim. İğrenç şeytani ellerinin bana dokunmuş olması. Çoraplarımı çıkarması. Tiksinti verici.

Sonra yapabileceklerini düşündüm. Ve yapmadığını. Kavga çıkarmamaya karar verdim.

Ama sessiz kalacağım.

Birine bağırmak hâlâ bir bağın bulunduğunu gösterir.

O zamandan beri iki şey düşündüm.

İlki: Hiçbir şey düşünmeden beni soyacak kadar çatlak olduğuydu; "uygun" olanın yapılmasına ilişkin bir çeşit saplantılı düşünce. Belki yatakta elbiselerimle yatamayacağımı düşündü.

Sonra, bunun belki de bir çeşit uyarı olduğunu düşündüm. Yapabileceği, ama yapmadığı şeylere ilişkin. Onun şövalye ruhu. Bunu kabul ediyorum. Gene de şansım varmış.

Ama bir şey yapmamasını ürkütücü buluyorum. Nasıl bir adam?

Şimdi aramızda büyük bir uçurum var. Bir köprü kurulması olanaksız.

Beni yeni bir dört haftanın sonunda serbest bırakacağını söylüyor. Boş laf. Ona inanmıyorum. Onu öldürmeye çalışacağım konusunda uyardım. Deneyeceğim de. İki kere düşünmeyeceğim.

Ne kadar yanıldığımı anladım. Ne kadar kör olduğumu.

Caliban'a orospuluk yaptım. Yani, bütün bu parayı bana harcamasına ses çıkarmadım, her ne kadar kendi kendime haklı olduğumu söylediysem de, doğru değildi. Çünkü belli belirsiz bir minnet duyuyordum, ona kibar davranıyordum. Alay etme şeklim bile kibardı, şakalarım ve aşağılamam bile. Eşyaları kırmam bile. Onunla ilgilenmenin bir çeşidiydi. Aslında davranışım, bundan böyle davranacağım gibi olmalıydı; buz gibi.

Onu ölümüne donduracağım.

Her açıdan benden aşağıda. Tek üstünlüğü beni burada tutabilmesi. Tek gücü bu. Hiçbir şeyi benim davrandığım veya düşündüğüm veya konuştuğum veya yaptığım gibi yapamaz, demek ki iyice sallayıp düşürünceye kadar benim için Denizin İhtiyarı olacak. Bu güçle olacak.

Oturmuş, Tanrı üzerine düşünüyordum. Artık Tanrıya inandığımı sanmıyorum. Yalnızca benim başıma gelenlerden ötürü değil, savaş sırasında benim gibi yaşayan milyonlarca kişiyi de düşünerek. Anna Frank'lar. Ve tarih boyu. Şimdi *bildiğim* Tanrının hiçbir şeye karışmadığı. Acı çekmemize ses çıkarmıyor. İnsan özgürlük için dua ederse, yalnızca dua etmek bile içini rahatlatıyor, veya olaylar öylesine gelişiyor ki insan özgürlüğüne kavuşuyor. Ama Tanrı duaları duymaz. O'nda duymak veya görmek veya acımak veya yardım etmek gibi insanlıktan eser yoktur. Yani Tanrı evreni, maddenin ve evrenin temel ilkelerini yaratmış olabilir. Ama insanlara ilgi gösteriyor olamaz. Kimi insanların mutlu, kimilerinin mutsuz, kimilerinin talihli, kimilerinin de talihsiz olmasını tasarlamıştır, o kadar. Kim mutsuzdur, kim değildir bilmez, bilmek de istemez. Yani gerçek anlamda var olmaz.

Son birkaç gün Tanrısız olduğum duygusuna kapıldım. Kendimi daha temiz, daha az kör, kafamı daha az karışık hissettim. Hâlâ Tanrıya inanıyorum. Ama öylesine uzak, öylesine soğuk, öylesine kaçınılmaz ki. Sanki Tanrı yokmuş gibi yaşamamız gerektiğini anlıyorum. Dua, ayin ve ilahiler, hepsi saçma ve yararsız.

Prensiplerimden neden uzaklaştığımı (şiddete başvurma konusunda) açıklamaya çalışıyorum. Hâlâ aynı prensibe inanıyorum, ama bazen sağ kalmak için prensipleri bir kenara koymak gerektiğini de kavrıyorum. Belli belirsiz talihe, Tanrıya ve iyiliğine güven duymanın yararı yok. İnsanın kendi başına harekete geçmesi ve savaşması gerekiyor.

Gökyüzü kesinlikle boş. Harika bir şekilde saf ve boş.

Mimar ve inşaatçılar yaptıkları bütün evlerde yaşıyorlar mı? Veya hepsinin içinde yaşamaları mümkün mü sanki? Apaçık, gözünüzün önünde. Bir Tanrı var, var olmaya ama bizim hakkımızda hiçbir şey *bilemiyor.*

(Aynı akşam.) Gün boyunca ona berbat davrandım. Birçok kez konuşmaya çalıştı, ama susturdum. Bana bir şey getirmesini ister miymişim? "Hiçbir şey istemiyorum," dedim. "Senin tutsağınım. Bana yiyecek verirsen, canlı kalmak için yerim. Aramızdaki ilişki bundan böyle katı bir şekilde bir tutsakla gardiyanınki gibi olacak. Şimdi beni yalnız bırak."

Şansıma okuyacak çok şeyim vardı. O da bana sigara ve yemek getirmeye devam edecek (getirmezse de istemeyeceğim). Ondan bütün istediğim bu kadar.

İnsan değil; insan kıyafetine bürünmüş bir boşluk.

20 Kasım

Onu, beni gördüğüne pişman ediyorum. Öğle yemeğinde konserve kuru fasulye getirdi. Yatakta kitap okuyordum. Bir an durdu ve dışarı çıkmak için davrandı. Masaya kadar sıçradım, tabağı kapıp üstüne fırlattım. Konserve kuru fasulye sevmediğimi biliyor, herhalde tembelliği tutmuştu. Öfkeli değildim, sadece öyleymişim gibi yapıyordum. O pek temiz elbiseleri pis kavuniçi sosa bulanmış, koyun gibi bakarak kalakaldı. "Öğle yemeği istemiyorum!" diye haykırdım ve sırtımı döndüm.

Bütün öğleden sonra çikolata yedim. Akşam yemeği saatine kadar ortalıklarda görünmedi. Havyar, tütsülenmiş sombalığı ve soğuk tavuk (bir yerlerden hazır satın alıyor) –hepsi sevdiğimi bildiği şeyler– ve yine sevdiğimi bildiği bir düzine başka şey, kurnaz herif. Bunları satın alması değil kurnazlığı, yalnızca benim minnet duymadan edemediğimi bilmesi (doğrusu minnet duyduğumu söylemedim, ama terslik de yapmadım), öyle de alçakgönüllü bir şekilde sunuyor ki hepsini yüzünde bir "lütfen teşekkür etmeyin, siz daha fazlasına layıksınız" ifadesiyle. Akşam yemeğimi masaya yerleştirirken, beni bir gülme isteği sardı. Berbat bir şey. Yatağa yıkılıp haykırmak istedim. O kadar mükemmel bir şekilde kendi ki. Ben de kapalı kalmaktan sapıtmaya başladım.

Bu mahzende ruh durumum çok çabuk değişiyor. Bir saat sonra ne yapacağım hakkında bir karara varıyorum; bir saat geçince bütünüyle başka bir şey yapıyorum.

Yararı yok. Yaradılıştan kin tutan biri değilim. Sanki içimde bir yerde her gün bir miktar iyi niyet ve sevecenlik üretiliyor ve dışarı çıkması gerekiyor. İçimde tutmaya kalkarsam, mantarı patlatıyor.

Ona iyi davranmadım, iyi davranmak istemiyorum, iyi davranmayacağım da. Ama tutumumu değiştirmek için kendi kendimle savaşmam gerekti. (Yani "İyi bir yemekti" gibi küçük şeyler söylerdim normalde.) Ama bu durumda bir şey söylemedim. "Başka bir şey arzu eder misiniz?" dediği zaman (garson gibi), "Hayır, gidebilirsin" dedim ve sırtımı döndüm. Eğer yüzümü görseydi şaşkına dönerdi. Gülümsüyordum ve kapıyı kapatır kapatmaz gülmeye başladım. Engel olamıyordum. Histeri.

Son günlerde çok yaptığım bir şey var. Aynada kendime bakmak. Bazen gerçek olmadığım duygusuna kapılıyorum, ansızın, yalnızca iki üç adım ötemdeki yansı ben değilmişim gibi geliyor. Bakışlarımı çevirmek zorunda kalıyorum. Dikkatle yüzüme, gözlerime bakıyorum, gözlerimin ne söylediğini, ne olduğumu, neden burada bulunduğumu anlamaya çalışıyorum.

Bunun sebebi çok yalnız olmam. Zeki bir yüze bakmam gerekiyor. Böylesine hapse tıkılmış herhangi biri bu söylediğimi anlayacaktır. Garip bir biçimde insan kendi gözünde çok daha gerçek görünmeye başlıyor. Daha önce hiç olmadığı kadar gerçek. Günlük yaşamda, sıradan insanların büyük bir bölümü bunu baskılamak eğilimindedir. Yüzümü seyrediyorum, yüzümün hareketlerini sanki başkasıymış gibi seyrediyorum. Kendi kendime eşlik ediyorum.

Kimi zaman bir çeşit büyü gibi ve bu büyüyü bozmak için dilimi çıkarıp burnumu kırıştırmam gerekiyor.

Mahzenin mutlak sessizliğinde kendi yansımla baş başa, bir çeşit gizli ayinde gibi oturuyorum.

Trans halinde.

Gece yarısı. Uyuyamıyorum.

Kendimden nefret ediyorum.

Bu gece az kalsın katil oluyordum.

Bir daha asla aynı şeyi yapmayacağım.

Zorlukla yazıyorum. Ellerim bağlı. Tıkacı çıkarmayı başardım.

Her şey öğle yemeğinde başladı. Ona iyi davranmamak için kendimle savaştığımı fark ettim. Çünkü biriyle konuşma isteği duyuyordum. Ona bile razıydım. Hiç olmazsa bir insan. Yemekten sonra dışarı çıktığında, konuşmak için geri çağırmak geçti içimden. İki gün önce hissetmem gerekenler konusunda vardığım kararla, gerçekte hissettiğim çok farklıydı. Böylece yeni bir karar aldım. Buradaki herhangi bir şeyle ona vurmam olanaksızdı. Aklımda bu fikirle, o kadar çok seyretmiştim ki onu. Asla sırtını bana dönmüyor. Üstelik, burada silah olarak kullanılabilecek bir şey de yok. Ben de yukarı çıkmam ve bir şey, bir yol bulmam gerektiğini düşündüm. Birkaç şey vardı aklımda.

Aksi halde eskisi gibi ona acıma tuzağına düşmekten çekiniyordum.

Akşam yemeğinde biraz daha nazik davrandım ve banyo almaya ihtiyacım olduğunu (doğruydu) söyledim. Dışarı çıktı, geri geldi, yukarı çıktık. Ve orada küçük bir balta duruyordu, sanki bir işaretti; özel olarak benim için bırakılmış. Mutfak penceresinin dışa bakan çıkıntısının üstündeydi, kapının da hemen yanı başında. Dışarıda odun kırıyordu herhalde, sonra da saklamayı unutmuştu. Ne de olsa ben hep aşağıdaydım.

Ben bir şey yapmaya fırsat bulamadan çabucak içeri girdik.

Ama küvette uzanıp düşündüm. Yapılması gerektiğinde karar kıldım. Baltayı kapıp, kesici olmayan tarafını kafasına indirmeliydim. Vurmak için kafanın en uygun yerinin neresi olduğu ve ne kadar sert bir darbe indirilmesi gerektiği konusunda en ufak bir fikrim bile yoktu.

Banyodan sonra, hemen yerime dönmek istediğimi bildirdim. Mutfak kapısından çıkarken, talk pudramı ve öteki eşyalarımı düşürüp, ararmış gibi yaparak pencere çıkıntısına doğru çekildim. Tam istediğimi yapıp, düşenleri toplamak için eğildi. Sinirli değildim, baltayı duraksamadan kavradım. Ama sonra... kötü bir düşten uyanmak gibiydi. Darbeyi indirmeliydim ve elimden gelmiyordu, ama yapmalıydım.

Sonra doğrulmaya başladı (her şey bir anda oldu, gerçekten) ve darbeyi indirdim. Ama dönüyordu ve darbe yerine oturmadı. Veya yeterince sert değildi. Yani son anda paniğe kapılıp savurmuştum. Yanlamasına düştü, ama bayılmadığını biliyordum, beni hâlâ tutuyordu, birdenbire onu öldürmem gerektiğini, yoksa onun beni öldüreceğini hissettim. Bir daha vurdum, ama kolunu kaldırmıştı, aynı anda bir tekme atıp beni yere düşürdü.

Çok korkunçtu. Hayvanlar gibi soluyor, debeleniyorduk. Sonra birdenbire, bunun, nasıl desem, onurlu olmadığını anladım. Saçma gibi geliyor kulağa, ama öyle oldu. Kaidesinden düşmüş bir heykel gibi. Çimenlerde ayağa kalkmaya çalışan şişman bir kadın gibi.

Ayağa kalktık, kolumu bırakmadan beni sertçe kapıya doğru itti. Hepsi buydu. Onun da bunu mide bulandırıcı bulduğu gibi garip bir hisse kapıldım.

Birinin duymuş olabileceğini düşündüm, her ne kadar bağıramamışsam da. Ama rüzgâr vardı. Yağmurlu ve soğuktu. Dışarıda kimseler olamazdı.

Yatakta uzanıyordum. Çok geçmeden ağlamayı kestim. Karanlıkta yatıp düşünerek saatler geçirdim.

22 Kasım

Utanç duyuyorum. Kendimi çirkin bir şekilde aşağıladım.

Bir dizi karara vardım.

Şiddet ve kaba güç yanlış. Şiddete başvurursam onun düzeyine inmiş olurum. Bu da mantığın gücüne, anlayışa ve insanlığa gerçek bir inancım olmadığı anlamına gelir. İnsanlara yardım etmenin nedeni gururumu okşamaları aslında, sempatime gereksinimleri olması değil. Ladymont'u ve orada ilgi gösterdiğim insanları düşünüyordum. Sally Margison. Ona yaklaşmamın ardındaki tek neden şu Ocak Tanrıçası Bâkireleri'ne kendilerinden daha akıllı olduğumu kanıtlamaktı. Onlar için asla yapmayacağı şeyleri benim için yapmasını sağlayabildiğimi göstermekti. Donald ve Piers (çünkü bir anlamda ona da ilgi gösterdim), ikisi de çekici delikanlılardı. Kuşkusuz bu ikisinden başka ilgime, sempatime muhtaç yüzlerce başka insan vardı. Zaten kızların çoğu bunlara ilgi gösterme fırsatının üzerine atlardı.

Caliban'la çok çabuk vazgeçtim. Ona karşı yeni bir tutum geliştirmeliyim. Tutsak-gardiyan fikri saçmaydı. Bir daha onu aşağılamayacağım. Beni kızdırdığı zaman susacağım. Benim sempatime ve anlayışıma gereksinimi olan biriymiş gibi davranacağım. Sanat konusunda bir şeyler öğretme denememi sürdüreceğim. Birkaç şey daha.

Bir tek yapma şekli vardır. Doğru yapma şekli. Ladymont'ta "Doğru Yol" dedikleriyle aynı şey değil bu. Ama insanın doğru olduğunu hissettiği şekil. Benim kendi doğru yolum.

Ben ahlâklı biriyim. Ahlâklı olmaktan da utanç duymuyorum. Caliban'ın ahlâkımı bozmasına izin vermeyeceğim; her ne kadar kinimi, öfkemi *ve* kafasına bir baltayı hak ediyorsa da.

(Daha sonra.) Ona iyi davrandım. Yani son zamanlardaki gibi cadılık yapmadım. İçeri girer girmez, başındaki yarayı göstermeye ikna ettim, biraz daha temizledim. Gergindi. Bana yakınken diken üstünde. Bana güvenmiyor. Tam da varmamamız gereken nokta.

Gene de çok zor. Ona karşı ters davrandığımda, öylesine üzüntülü bir bakışı var ki, kendimden nefret etmeye başlıyorum. Ama iyi davranmaya başladım mı, sesinde ve hareketlerinde bir çeşit kendine güven (belli belirsiz; gün boyunca alçakgönüllülüğün ta kendisiydi, dün akşam için hiç sitemde bulunmadı tabii) baş gösteriyor, bu da beni çileden çıkarıyor ve bir daha patlatmak geliyor içimden.

Bir cambaz ipi.

Ama ortam biraz yatıştı.

(Gece.) Akşam yemeğinden sonra soyut resimde neye bakılması gerektiğini öğretmeye çalıştım. Umutsuz. Gariban boş kafasına bir şeyi iyice sokmuş: Sanat bir fotoğraf gibi tamı tamına benzerlik sağlanıncaya kadar uğraşılması gereken (neden silgi kullanmadığımı bir türlü anlayamıyor) ve zaman öldürmek için kullanılan bir araçtır; ve sevimli hafif çizimler yapmak (Ben Nicholson) biraz da ahlâkdışıdır. "Güzel bir çalışma olduğunu anlayabiliyorum," dedi. Ama "güzel bir çalışma"nın sanat olduğunu kabullenmiyor. Onun gözünde, kimi sözcüklerin son derece güçlü anlamlar ima ettiği su götürmez. Sanatla ilgili her şey onu rahatsız ediyor (ve sanırım büyülüyor). *Hepsi* biraz da ahlâkdışı ona göre. Büyük sanatın büyük olduğunu biliyor, ama "büyük", müzelerde kilitli tutulacak ve yalnızca hava atmak istenildiği zaman üzerinde konuşulacak bir şey anlamına geliyor. Yaşayan sanat, modern sanat onu sarsıyor. Bu konuyu da onunla konuşmak mümkün değil, çünkü ona göre bütün sarsıcı, günahkâr düşünceler "sanat" sözcüğüyle başlar.

Onun gibi çok insan var mı bilmek isterdim. Ezici çoğunluğun, özellikle Yeni Kitle insanlarının sanatın hiçbir türüne azıcık olsun ilgi duymadığını elbette biliyorum. Ama bunun nedeni onun gibi olmaları mı? Yoksa hiç dert etmemeleri mi? Yani, sanat gerçekten onları rahatsız mı ediyor (ve bu yüzden yaşantılarında hiç yer vermiyorlar), yoksa gizliden gizliye onları sarsıyor ve ürkütüyor da, kendilerini sanatın can sıkıcı olduğuna inandırmak zorunda mı kalıyorlar?

23 Kasım

Alan Sillitoe'nin *Saturday Night and Sunday Morning*'ini yeni bitirdim. Beni sarstı. Hem içeriği sarstı, hem de burada olduğum için sarsıldım.

Geçen yıl John Braine'in *Room at the Top*'ını okuduğum zaman sarsıldığım gibi sarsıldım. Bu kitapların çok zekice yazıldıklarını biliyorum, Alan Sillitoe gibi yazmak harika bir şey olsa gerek. Gerçek, sahtelikten uzak. Neyi kastediyorsan onu söylemek. Ressam olsaydı harika olurdu (John Bratby gibi, daha da iyi), Nottingham'ı tuvale taşırdı ve bu da çok yakışırdı. Gördüğünü tuvale böylesine iyi döktüğü için insanlar ona hayran olurdu. Ama iyi bir yazar olabilmek için iyi yazmak yeterli değil (yani doğru sözcükleri seçmek falan da var işin içinde). Çünkü bence *Saturday Night and the Sunday Morning* tiksindirici. Arthur Seaton iğrenç. Ve en iğrenç olanı da Alan Sillitoe'nun bu delikanlıdan tiksindiğini göstermemesi. Sanırım böyle delikanlıların ilginç olduğu sanılıyor.

Arthur Seaton'ın kendi küçük yaşamı dışında hiçbir şeye ilgi duymamasından nefret ettim. Sıradan, dar kafalı, bencil, zorba herifin teki. Üstelik küstah, işinden nefret etmenin ve kadınları baştan çıkarabilmenin yaşamdaki en önemli şeyler olduğunu sanıyor.

Onun hakkında hissedip de hoşlandığım tek şey eğer su yüzüne çıkarılabilirse iyi yönde kullanılabilecek bir şeyler olması.

Böyle insanların içedönüklüğü. Dünyada, yaşamda ne olup bittiğine zerre kadar ilgi duymamaları.

Kapalı kutuda yaşamaları.

Belki Alan Sillitoe böyle insanları üreten topluma saldırmak istemişti. Ama yeterince açık değil. Ne hissettiğini anlıyorum, resmine âşık oldu. Çirkinliği bütün gerçekliğiyle resmetmeye başladı, ama bu çirkinlik onu tavladı ve aldatmacaya sapıp göz boyamaya başladı.

Beni sarsmasının bir nedeni de Caliban. Arthur Seaton'dan bir şeyler olduğunu görüyorum, ama onda tersine dönmüş. Yani kendine uymayan öteki nesnelere ve insanlara aynı kini besliyor. Onda da aynı bencillik var; üstelik bu dürüst bir bencillik bile değil, çünkü kabahati yaşama atıp, vicdanı rahat bir şekilde bencillik yapıyor. Saplantılı da aynı zamanda.

Şimdilerde *bizden* başka herkeste, gizli, çekingen, sinsi veya alenen ve kaba bir şekilde aynı bencilliğin ve zorbalığın var olduğunu görmek de beni sarstı, ister istemez bu bize de bulaşıyor. Din yok oldu sayılır, Yeni Kitle'yi durduracak bir şey kalmadı, gitgide güçlenip bizi yutacaklar.

Hayır, yapamayacaklar. David sayesinde, Alan Sillitoe gibi insanlar sayesinde (kitabın arka kapağında onun bir işçi çocuğu olduğu yazıyor). Söylemek istediğim zeki Yeni Kitle'nin başkaldırıp bizden yana çıkacağı. Yeni Kitle son derece aptal olduğu için kendi kendini yıkacak. Zeki olanları, özellikle de gençleri ellerinde tutmaları olanaksız. Yalnızca para sahibi olup, Jones'larla aynı düzeyde kalmak için yarışmaktan daha güzel şeyler istiyoruz bizler.

Ama bir savaş bu. Kuşatılmış bir kentte bulunmaya benziyor. Her yanımızı sarmışlar. Dayanıp onları dışarıda tutmak zorundayız.

Caliban ile benim aramdaki bir savaş. O Yeni Kitle, bense Azıcık.

Kendi silahlarımla savaşmalıyım. Onunkilerle değil. Bencillik ve zorbalık, utanç ve hınçla değil.

Arthur Seaton gibilerden daha beter o.

Arthur Seaton beğenmediği modern bir heykel görseydi, kırar dökerdi. Ama Caliban etrafına bir örtü sarar. Hangisinin daha kötü olduğunu bilmiyorum. Ama sanırım Caliban'ınki.

24 Kasım

Kaçma konusunda umudumu yitirmeye başlıyorum. Resim yapmak, plak çalmak veya okumak beni birazcık bile rahatlatmıyor. Başka insanların ihtiyacıyla yanıp tutuşuyorum (bütün tutsaklar da aynı duyguyu paylaşırlar herhalde). Caliban en iyi zamanlarda yarım adam sayılır. Düzinelerce yabancı çehre görmeyi arzuluyorum. Korkunç susuzluk duyup bardak bardak üstüne su içmeye benziyor. Aynen böyle. Bir zamanlar bir yerde, kimsenin on yıldan fazla tutsaklığa veya bir yıldan fazla hücre hapsine dayanamayacağını okumuştum.

Dışarıdan insanın tutsaklığın neye benzediğini tahmin etmesi mümkün değil. İnsan düşünecek ve okuyacak bol bol zamanım olur, o kadar da kötü sayılmaz diye düşünüyor. Ama çok kötü. Zamanın yavaşlığı. Buraya geldiğimden beri, dünyadaki bütün saatler yüzyıllarca geri kaldılar.

Yakınmaya hakkım yok. Burası lüks bir hapishane.

Ve gazeteler, radyo ve öteki şeyler konusunda şeytanca kurnazlığı. Hiçbir zaman çok fazla gazete okumamışımdır, haberleri de pek dinlediğim söylenemez. Ama bütünüyle kopmak. Çok garip, yönümü hepten yitirdiğim duygusuna kapılıyorum.

Saatlerce yatağa uzanıp nasıl kaçacağımı kuruyorum.

Sonsuz.

25 Kasım

(Öğleden sonra.) Bu sabah onunla konuştum. Portresini yapmam için poz vermeye razı ettim. Sonra benden gerçekte ne yapmamı istediğini sordum. Metresi mi olmalıydım? Bu onu sarstı. Kızardı bozardı ve *bunu* Londra'da parayla yapabileceğini söyledi.

Çin Kutusu'na benzediğini söyledim. Doğruydu.

En alttaki kutuya göre onu sevmeliyim; her şeyimle. Bedenimle, zihnimle. Ona saygı duyup, sevgi göstermeliyim. Öylesine olanaksız ki –fiziksel iğrenmenin üstesinden gelsem bile, hor görmemek nasıl mümkün olabilir?

Kafasını taş duvara vurmak.

Ölmek istemiyorum. Dayanıklı olduğumu hissediyorum. *Her zaman* sağ kalmak isteyeceğim. Sağ çıkacağım.

26 Kasım

Onda sıradan olmayan tek şey, beni sevme biçimi. Sıradan Yeni Kitle, hiçbir şeyi onun beni sevdiği gibi sevemez. Körü körüne. Kesinlikle. Dante ve Beatrice gibi.

Bana âşık olmaktan deli gibi bir zevk alıyor. Dante'nin de böyleymiş sanırım, her şeyin umutsuz olduğunu bilerek gezinirken deneyimlerinden bir sürü yaratıcı malzeme çıkarmıştı.

Oysa Caliban'ın kendi sefil keyfinden başka bir şey çıkaramayacağı apaçık.

Bir şey *yapmayan* insanlar. Onlardan nefret ediyorum.

Buradaki ilk günlerimde ölmekten nasıl da korkuyordum. Ölmek istemiyorum, çünkü geleceği aklımdan çıkaramıyorum. Yaşamın bana neler getireceğini öğrenmek için *umutsuzca* bir merak duyuyorum. Başımdan neler geçeceği, nasıl gelişeceğim, beş yıl sonra, on yıl sonra, otuz yıl sonra ne olacağım. Evleneceğim adam, yaşayacağım ve gezeceğim yerler. Çocuklar. Yalnızca bencil bir merak değil. Tarih boyunca en az ölme arzusu duyulacak bir zamanda yaşıyorum. Uzay yolculuğu, bilim, uyanıp gerinen koca bir dünya. Yeni bir çağ başlıyor. Tehlikeli olduğunun farkındayım. Ama bu dünyada yaşamak harika bir şey.

Çağımı çılgınca seviyorum.

Bugün aklıma bir sürü fikir geldi. Bir tanesi: Yaratıcı olmayan insanlara yaratma fırsatı tanınırsa ortaya kötü insanlar çıkar.

Bir başkası: Onu öldürmek, inandığım her şeye karşı çıkmak anlamına gelir. Kimileri, sen yalnızca bir damlasın, sözünde durmaman bir damla, önemi yok, diyecekler. Ama dünyadaki kötülüğü destekleyen bu küçük damlalardır. Küçük damlaların önemsizliği üzerine konuşmak saçmalıktır. Küçük damlalar ve okyanus aynı şeydir.

Bugün G. P. ile yaşamak konusunda hayal kuruyordum (ilk kez de değildi). Beni aldatıyordu, terk ediyordu, bana karşı kaba ve hayasızca davranıyordu, umutsuzluk duyuyordum. Bu hayallerde fazla cinsellik yok, yalnızca birlikte yaşamamız. Daha çok romantik ortamlarda. Deniz ve adalı kuzey manzaraları. Beyaz kulübeler. Bazen Akdeniz. Beraberdik ve ruhen birbirimize çok yakındık. Aslında ayrıntılara bakarsanız gerçekten de tıpkı bir pembe dizi gibi. Ama ruhlarımızın yakınlığı var. Bu gerçek bir şey. Düşlediğim durumlarda (beni terk edişi) gerçek. Yani bunları düşünmek beni yıkıyor.

Kimi zamanlar umudumu bütünüyle yitiriyorum. Kimse hâlâ yaşadığımı bilmiyor. Şimdiye kadar öldüğüme inanmışlardır. Gerçek durum bu. Bir de burada yatağa oturup kurduğum gelecekle ilgili konumlar var: Bir erkeğe duyduğum *katıksız* aşk; yarım yamalak sevemeyeceğimi biliyorum, içimde sevme gücünün olduğunu biliyorum, kendimi bütünüyle vereceğim, yüreğimi ve bedenimi, zihnimi ve ruhumu; tüm bunları beni aldatacağını hissettiğim G.P. gibi aşağılık bir herifin uğrunda harcayacağım. Onunla birlikte yaşadığımı kurduğum hayallerde başlangıçta her şey yumuşak ve akla yatkın, ama gerçeğin böyle olmayacağını biliyorum. Tutku ve şiddet dolu olacak. Kıskançlık. Umutsuzluk. Acı. İçimde bir şeyler ölecek. O da acı çekecek.

Beni gerçekten sevseydi yanından uzaklaştırmazdı.

Beni gerçekten sevseydi yanından uzaklaştırması gerekirdi.

27 Kasım

Gece yarısı.

Asla kaçamayacağım. Bu da beni deli ediyor. Mutlaka, mutlaka, mutlaka bir şey yapmalıyım. Kendimi dünyanın tam ortasında, küçücük bir kutunun içinde hissediyorum. Dünyanın bütün ağırlığı içinde bulunduğum bu küçük kutunun üzerine çöküyor. Kutu ufalıyor, ufalıyor, ufalıyor. Büzüştüğünü hissedebiliyorum.

Bazen haykırmak istiyorum. Sesim kısılıncaya kadar. Ölünceye kadar.

Yazamıyorum. Sözcükleri bulamıyorum.

Tam umutsuzluk.

Bütün gün bu haldeydim. Ağır çekimde bir tür sonsuz panik.

Beni buraya ilk getirdiğinde ne düşünmüş olabilir?

Planlarında bir şeyler ters gitti. Düşlerini süsleyen kız gibi davranmıyorum. Köşeye sıkıştı.

Bu yüzden mi beni tutuyor? Düşlerdeki Miranda'nın ortaya çıkacağını mı umuyor?

Belki de düşlerindeki kız olmalıyım. Kollarımı boynuna dolayıp öpmeliyim. Övgüler yağdırmalıyım, pohpohlamalıyım, okşamalıyım, öpmeliyim.

Niyetim bu değil. Ama beni düşündürüyor.

Belki de gerçekten öpmeliyim. Öpmekten de fazlasını yapmalıyım. Onu sevmeliyim. Peri Padişahının Oğlu'nu ortaya çıkarmalıyım.

Yazdığım her cümleden sonra saatlerce düşünüyorum.

Sonunda onun şövalye ruhundan etkilendiğime falan inandırmalıyım.

Olağanüstü bir şey bu.

Bu oyunu oynamak zorunda kalacak.

Yapabileceğimden eminim. Hiç olmazsa hastalık derecesinde titiz. Sabundan başka bir şey kokmuyor.

Bunun üzerine güzel bir uyku çekip, yarın bu konuyu enine boyuna düşüneceğim.

28 Kasım

Müthiş bir karar aldım bugün.

Onunla yatmam gerektiğini düşündüm.

Yalnızca öpmenin yararı olmayacak. Onda öylesine müthiş bir şok yaratmalıyım ki beni serbest bıraksın. İnsan kendini vermiş birini hapsetmeyi sürdüremez.

Onun elinde olacağım. Polise gidemeyeceğim. Tek isteğim olayı gizli tutmak olacak.

O kadar da açık ki. İnsanın gözüne batıyor.

Satrançta zamanı gelince bir taşı feda etmek gibi bir şey.

Çizmek gibi. Bir çizgi az az yapılmaz. Gözüpeklik çizginin kendisidir.

Bütün cinsel olguları tek tek düşündüm. Erkekler konusunda biraz daha fazla bilgim olsun isterdim, yalnızca işittiğim, okuduğum, yarı yarıya anladığım şeyleri yapmak zorunda kalmayacağımdan kesinlikle emin olmayı isterdim; ama Piers'ın İspanya'da arzuladığı İskoç aşkı denen şeyi, onun yapmasına izin vereceğim. Canı çekerse beni yatağa götürebilir. Canı isterse benimle oynayabilir. Ama sonuna kadar götüremez. Çok ileri gitmeye kalkışırsa, âdet günüm olduğunu söyleyeceğim. Ama sanırım öylesine altüst olacak ki, ona istediğimi yaptırabileceğim. Yani baştan çıkarmayı bütünüyle ben üstleneceğim. Yüz erkekten doksan dokuzuna karşı korkunç bir riske katlanmak olurdu, ama sanırım o yüzüncü erkek. Ben söylediğim zaman duracaktır.

Yine de son noktaya gelmek gerekebilir. Yine de durmayabilir.

Bu riski göze almalıyım.

İki şey önem taşıyor. İlki kendimi serbest bıraktırma zorunluluğu. Öteki de ben. 7 Kasım'da, "Dolu dolu yaşamayı seviyorum, oturmayan ve seyretmeyen her şeyi seviyorum," diye bir şeyler yazmışım. Buna karşın dolu dolu yaşamıyorum. Yalnızca oturuyorum ve seyrediyorum. Bir tek burada değil. G.P. ile beraberken de.

. Şu Ocak Tanrıçası Bakireleri'nin bir kızın kendisini doğru adama "saklaması" üzerine atıp tutmaları. Bunu her zaman aşağıladım, yine de kendimi hep çektim.

Vücudumla cimrilik yapıyorum.

Bu çirkinliği ortadan kaldırmalıyım.

Bir çeşit umutsuzluğa gömüldüm. Bir şeyler olacak, dedim. Ama ben yapmazsam bir şeyin olacağı yok.

Harekete geçmeliyim. Yazdığım bir başka şey (insan bazen yazdıklarının altında yatan anlamların, imaların bas bas bağırdığını fark edince şaşkına dönüyor, sanki bir anda sağır olduğunu keşfetmek gibi bir şey), "Kendi silahlarımla savaşmalıyım. Onunkilerle değil. Bencillik ve zorbalık, utanç ve hınçla değil."

O halde cömertçe (kendimi ona vererek) ve incelikle (hayvanı öperek) ve utanç duymadan (kendi irademle canımın istediğini yaparım) ve hoşgörüyle (elinde değil).

Bebeğe bile razıyım. *Onun* bebeği. Ne olursa olsun. Özgürlük uğruna.

Düşündükçe tek yolun bu olduğundan emin oluyorum.

Bir gizi var. Beni cinsel olarak arzu ediyor olmalı.

Belki de iktidarsızdır.

Her neyse ortaya çıkacak.

Nerede olduğumuzu anlayacağız.

Son günlerde G.P. hakkında pek bir şey yazmadım. Ama bol bol düşünüyorum. Her gün ilk ve son kez baktığım şey onun yaptığı resim. Ona modellik yapan şu tanımadığım kızdan nefret etmeye başladım. Belki de ilk karısıydı. Buradan kurtulduğumda soracağım.

Çünkü yapacağım ilk şey, gerçekten olumlu şey, ailemi gördükten sonra, gidip onu görmek olacak. Aklımdan hiç çıkmadığını söylemek. Hayatımda karşılaştığım en önemli insan olduğunu. En gerçek. Onunla yatmış olan bütün kadınları kıskanıyor *olduğumu*. Onu sevdiğimi hâlâ söyleyemiyorum. Ama şimdi bunun aşkın ne demek olduğunu bilmememden ileri geldiğini anlamaya başladım. Ben aşk ve evlilik konusunda parlak fikirleri olan Emma'yım ve aşk farklı kıyafetlerle, farklı biçimlerle, farklı yüzlerle çıkıyor insanın karşısına ve belki de insanın kabullenmesi, adını koyma cesareti göstermesi uzun zaman alıyor.

Belki iş bu noktaya vardığında kuru ve soğuk davranacak. Çok genç olduğumu, aslında pek ciddi olmadığını ve bin bir şey söyleyecek. Ama çekinmiyorum. Riske katlanacağım.

Belki de başka biriyle *işi* ilerletmiştir şimdiye kadar.

Geri geldim, çünkü seni sevmediğimden artık emin değilim, diyeceğim.

Tiksindiğim bir adamın karşısında çıplaktım, daha aşağı düşmemiştim, diyeceğim.

Benimle yatmasına izin vereceğim.

Yine de onun başka biriyle işi pişirmesine, her şeyi cinselliğe indirgemesine dayanamam. Eğer yaparsa, içimde, ta derinliklerde bir şey kopar, solar.

Pek özgür düşünceli olmadığımı biliyorum.

Duygularım bunlar.

Cinselliğin önemi yok. Ama aşk öyle değil.

Bugün öğleden sonra, Caliban'dan G.P.'ye yazdığım bir mektubu atmasını isteyecektim. Çılgınlık. Yapmayacaktı kuşkusuz. Kıskanacaktı. Oysa merdivenleri çıkıp, atölyesinin kapısını itmeye, çalışma masasına oturmuş, sanki kim olduğumun zerre kadar önemi yokmuşçasına omzunun üzerinden bana bakmasını, belli belirsiz gülümsemesiyle ve her şeyi çabucak kavrayan gözleriyle orada durmasını görmeye öylesine gereksinim duyuyorum ki.

Yararı yok bunun. Resmi yapmadan önce fiyatını hesaplıyorum.

Yarın. *Artık* harekete geçmeliyim.

Gerçekte bugün başladım. Ona üç kere Ferdinand diye (Caliban değil) seslendim ve iğrenç yeni kravatına iltifat ettim. Gülümsedim, görev gereği sanki her şeyinden hoşlanıyormuşum gibi görünmeye çabaladım. Fark ettiğini belli edecek hiçbir şey yapmadı. Ama yarın ona neyin çarptığını anlayamayacak.

Uyuyamıyorum. Yeniden yataktan kalktım ve G.P.'nin sevdiği klavsenli plağını koydum. Belki o da şimdi aynı plağı dinleyip beni düşünüyordur. Envansiyonlar içinde en çok sevdiğim onun en çok sevdiğinden bir sonra geleni; o beşinciyi sever, ben ise altıncıyı. Böylece Bach'ta yan yana uzanıyoruz. Eskiden Bach'ı sıkıcı bulurdum. Şimdi ise beni çok etkiliyor, öylesine insanca, öylesine zenginlik, incelik ve harika ezgiler, basit-derin şeylerle dolu ki, bir zamanlar sevdiğim çizimleri kopya etmek gibi, tekrar tekrar dinliyorum.

Düşünüyorum da belki yalnızca kollarımı boynuna dolayıp öpmeyi deneyebilirim. Fazlasını değil. Ama bu hoşuna giderse iş uzar. Şok etkisi yapmak daha iyi.

Temelde bütün bu hikâye, benim yaşamı yönetme merakımla bağlantılı. Her zaman nereye gittiğimin, olayların nasıl gelişmesini istediğimin bilincindeydim. Ve her şey istediğim gibi *oldu* ve bunları, *benim* nereye gitmek istediğimi bildiğim için gerçekleştiğini düşünerek doğal karşıladım. Ama hep şansım yardım etti.

Her zaman yaşamın içinde olmaya çalıştım; ama artık yaşamı olduğu gibi kabullenmenin zamanı geldi.

30 Kasım

Aman Tanrım.

Korkunç bir şey yaptım.

Yazmalıyım. Dışarıdan bakabilmek için.

Öylesine tuhaf ki. Yapmış olmam. Olanın olmuş olması. Onun o olması. Benim ben olmam. Ve her şeyin böyle olup bitmesi.

Daha öncekilerden de beter.

Bu sabah harekete geçmeye karar verdim. Olağandışı bir şey yapmam gerektiğinin bilincindeydim. Onun kadar kendim de sarsılmalıydım.

Banyo yapma işini ayarladım. Bütün gün ona iyi davrandım.

Banyodan sonra süslenip püslendim. Bir ton Mitsouko süründüm. Ateşin karşısında dikilip, seyretsin diye çıplak ayağımı yana uzattım. Gergindim. Tasarımı uygulayabileceğimden pek emin değildim. Ellerimin bağlı oluşu da işimi zorlaştırıyordu. Ama hızla üç kadeh sherry yuvarlamıştım.

Gözlerimi kapadım ve görevimi yapmaya koyuldum.

Onu oturttum, sonra da ben kucağına oturdum. Öylesine gergin ve şaşkındı ki, sürdürmek zorunda kaldım. Bana sarılsaydı, belki de dururdum. Sabahlığımın açılmasını sağladım, ama ben kucağındayken o kıpırdamadan oturuyordu. Sanki önceden hiç karşılaşmamışız, bu da aptalca bir parti oyunuymuş gibi. Bir partide, birbirinden pek hoşlanmayan iki yabancı.

Bir anlamda, çirkin bir sapkınlıkla bakılırsa heyecan vericiydi. İçimdeki kadın onun içindeki erkeğe ulaşmaya çalışıyordu. Açıklaması zor, ama içimde bir ses ne yapacağını bilmediğini, çok saf bir bakir olduğunu söylüyordu. Bir varmış, bir yokmuş, ülkenin birinde kötü niyetli bir kadın, kendinden genç bir rahibi gezmeye götürmüş. Sarhoş olmalıydım.

Beni öpmesi için zorlamam gerekti. Hiç de inandırıcı olmayan, zayıf bir şekilde, aklının başından gidebileceğini iddia etti. "Benim için fark etmez," dedim. Ve yeniden öptüm. O zaman o da beni öptü, sefil dudaksız korkak ağzını kafama bastırmak ister gibiydi. Dudakları hoştu. Temiz bir koku yayılıyordu ve gözlerimi kapadım. O kadar da kötü değildi.

Ama sonra ansızın benden uzaklaşıp pencere kenarına gitti ve geri gelemedi. Kaçmak istiyordu, ama yapamıyordu, sırtı yarı yarıya bana dönük, çalışma masasının yanında dikildi. Ben de, neyle karşı karşıya olduğunu iyice anlasın diye, ateşin önünde yarı çıplak diz çöküp saçlarımı çözdüm. Sonunda, elinden tutup ateşin önüne geri getirmek zorunda kaldım. Ellerimi çözdürdüm, kendinden geçmiş gibiydi, sonra onu soydum ve kendim soyundum.

"Endişelenme," dedim, "İsteyerek yapıyorum. Doğal ol yeter."

Ama bu onun için olanaksızdı, olanaksız. Elimden gelen *her şeyi* yaptım.

Ama hiçbir şey olmadı. Buzları çözülmüyordu. Bir kere bana sıkıca sarıldı. Ama doğal değildi. Aklınca gerçek olduğunu düşündüğü şeyin umutsuz bir taklidiydi. Dokunaklı bir şekilde inandırıcılıktan uzaktı.

Yapamıyor.

İçinde erkekten eser yok.

Uzandığımız kanepeden kalktım ve yanı başında diz çöküp, dert etmemesini söyledim. Çok anaç davrandım. Yeniden elbiselerimizi giydik.

Ve yavaş yavaş her şeyi ortaya serdi. Hakkındaki gerçekler. Sonra da gerçek kendini.

Bir psikiyatrist, asla yapamayacağını söylemiş.

Sık sık, ikimizi yatakta düşlediğini söyledi. Yalnızca yatarken. Başka bir şey değil. Düşlediği gibi yapabileceğimizi söyledim. Ama istemedi. Ta derinlerinde, zorbalığının, tersliğinin yanında, ürkütücü bir masumluk da var. Davranışını yönlendiren de bu. Bunu koruması gerekir.

Her şeye karşın beni sevdiğini söyledi.

"Sen kendini seviyorsun aslında. Aşk değil bu, bencillik," dedim. "Beni değil, benim için hissettiklerini düşünüyorsun."

"Ne olduğunu bilmiyorum," dedi.

İşte o zaman bir hata yaptım, bütün yaptıklarımın boş bir fedakârlık olduğu duygusuna kapıldım, yaptığım şeyin değerini anlamasını sağlamalıyım ki beni bırakması gereksin diye düşünerek ona anlatmayı denedim. Ve gerçek benliği ortaya çıktı.

Rezil bir adama dönüştü. Bana cevap vermeye yanaşmadı.

Her zamankinden daha da uzaklaştık birbirimizden. Ona acıdığımı söyledim, deliye döndü. Bu korkunçtu. Beni ağlattı.

Ürkütücü soğukluğu, insanlık dışılığı.

Onun tutsağı olmak. Kalmak zorunda olmak. Hâlâ.

Ve sonunda ne olduğunu kavramak.

Anlaşılması olanaksız. Kim o? Ne istiyor? Yapamadığına göre, neden buradayım?

Karanlıkta bizi biraz ısıtsın diye ateş yakmış ve yalazların ışığında yalnızca gerçek yüzünü ayırt edebilmiş gibiydim.

Son söylediğim şeyi anımsıyorum; karşılıklı çıplaktık, "Bundan böyle birbirimize yabancılaşmamız olanaksız."

Ama yabancıyız.

Şimdi kendimi daha iyi hissediyorum.

Başıma daha beteri gelmediği için şükrediyorum. Böylesine bir tehlikeye atıldığıma göre, aklımı yitirmiş olmalıyım.

Sağ çıkmak bile yeterli.

1 Aralık

Mahzene indi ve ben öteki mahzene çıktım. Her şey apaçık. Bana karşı öfke içinde. Daha önce hiç böylesine öfkelenmemişti. Surat asma değil bu, baskı altında tutulan derin bir öfke.

Beni çileden çıkarıyor. Dün kendimden neler verdiğimi kimse anlayamaz. Verme, tehlikeye atılma, anlama çabası. Doğal bütün güdüleri susturma çabası.

Onun suçu. Ve erkeklerin şu garipliği. Bundan sonra iyi değilim. Vermezseniz surat asarlar, verince de nefret ederler. Zeki erkekler böyle oldukları için kendilerini hor görüyorlardır herhalde. Mantıksızlıkları.

Hınç dolu erkekler ve yaralı kadınlar.

Üstelik de gizini açığa çıkardım. Bundan nefret ediyor.

Bu konuda uzun uzadıya düşündüm.

Başından beri benimle bir şey yapamayacağını biliyor olmalı. Buna karşın beni sevdiğini söylemesi. Bunun bir anlamı olmalı.

Bu, düşündüğüm şey. Benden normal bir zevk alması mümkün değil. Onun zevki beni tutsak etmek, bilecek olsalar kendisini kıskanacak bütün öteki erkekleri düşünmek ve beni elinde tutmak.

Yani ona iyi davranmam gülünç. O kadar terslik yapmak istiyorum ki bana sahip olmak ona zevk vermesin. Yeniden açlık grevine başlayacağım. Onunla hiçbir şey yapmayacağım.

Garip fikirler.

Yaşamımda ilk kez özgün bir şey yapmış olmam. Benden önce

neredeyse hiç kimsenin yapamadığı bir şey. İkimiz de çıplakken kendimi çelik gibi sertleştirdim. İnsanın "kendini çelik gibi sertleştirmesi" deyiminin ne anlama geldiğini öğrendim.

İçimdeki son Ladymont'luk. Öldü.

Carcassonne yakınlarında Piers'ın arabasını kullandığım günü anımsıyorum. Hepsi durmamı istiyordu. Ama benim niyetim 130 basmaktı. Yapıncaya kadar da ayağımı gazdan kaldırmadım. Ötekiler korku içindeydiler. Ben de.

Ama bu, yapabildiğimi kanıtladı.

(Akşamüstü.) Bütün öğleden sonra yeniden Shakespeare'in *Fırtına*'sını okudum. Bütün bu olaylardan sonra, artık gözüme bütünüyle farklı görünüyor. Shakespeare'in Caliban'ına duyduğu acımayı, ben (kin ve tiksintinin yanı sıra) kendi Caliban'ıma duyuyorum. Yarım yaratıklar.

– İnsan biçimiyle onurlanmış yaratık yoktu.

– Akıllı uslu cevap vermeyen şu kâlem Caliban'ı görelim.

– Sopadan anlarsın sen, iyilikten değil! (Perde I. sahne 2)*

PROSPERO. ... sana insanca davrandım;
Evladımın namusunu kirletmeye yeltendiğin güne kadar da
Kendi mağaramda barındırdım seni.
CALIBAN. Ah ah ah! –Keşke becerebilseydim o işi!
Bana engel olmasaydın, bu adayı
Caliban'larla dolduracaktım. (Perde I. sahne 2)

Prospero'nun ona duyduğu horgörü. Biliyordu ki iyi davranmak yararsız.

Stephano ile Trinculo müşterek bahis yerine geçiyorlar. Şarapları da, onun kazandığı para.

Perde III, sahne 2.

– Yeniden düş görme arzusuyla ağladım.

Zavallı Caliban. Asla müşterek bahiste kazanamadığı için.

---

* *Fırtına,* çev.: Bülent Bozkurt, Remzi Kitabevi, 2000.

– Artık aklımı başıma toplarım.
– Hey güzelim yeni dünya (Perde V, sahne 1.)
Ey hasta yeni dünya.

Az önce gitti. Yukarı gelmeme izin vermezse, açlık grevine başlayacağımı söyledim. Her gün temiz hava ve gün ışığı. Yan çizdi. İğrenç davrandı. İğneleyici. Hatta, "Kimin efendi olduğunu unutuyorsun," demeye kadar götürdü işi.

Değişti. Şimdi beni korkutuyor.

Kafasını toplaması için yarın sabaha kadar süre tanıdım.

2 Aralık

Yukarı yerleşeceğim. Benim için bir oda düzenleyecek. Bir hafta süreceğini söyledi. Başka erteleme olmaması koşuluyla olur, dedim.

Göreceğiz.

Dün gece yatağa uzanıp G.P.'yi düşündüm. Onunla yattığımı düşündüm. Onunla yatmayı arzuladım. Onun harika, olağandışı sıradanlığını arzuladım.

Onun rasgele cinsel ilişkileri yaratıcı. Yaşam dolu. Yaralasa bile. Çevresinde aşk, yaşam ve heyecan yaratıyor; yaşıyor, sevdiği insanlar onu anımsıyorlar.

Ben de zaman zaman böyleyim. Rasgele cinsel ilişkide bulunan. Metrodaki bir oğlanın ya da adamın birinin yatakta nasıl olduğunu kurarım. Dudaklarına ve ellerine bakarım, ciddi bir havaya bürünür, benimle seviştiklerini düşlerim.

Herkesle yatan şu Toinette. Yaptığının çılgınlık olduğunu düşünürdüm hep. Ama aşk güzel bir şeydir, her çeşidi. Yalnızca cinsel ilişki bile. Çirkin olan tek şey, Caliban ile benim aramdaki donmuş cansız sevgisizlik.

Bu sabah kaçmış olduğumu ve Caliban'ın mahkemede olduğunu kurdum. Onun savunmasını ben üstleniyordum. Durumunun trajik olduğunu, ilgiye, psikiyatrik tedaviye ve bağışlanmaya gereksinimi olduğunu söylüyordum.

Soyluluk değildi yaptığım. Onu nefret edemeyecek kadar hor görüyorum.

Garip. Belki onun savunmasını üstlenirdim.

Bir daha görüşemeyeceğimizin bilincindeyim.

Onu asla iyileştiremem. Çünkü hastalığı benim.

3 Aralık

Gidip G.P. ile bir *ilişkiye* gireceğim.

İsterse onunla evleneceğim.

Macera istiyorum. Onunla evlenme riskini.

Genç olmak canıma tak etti. Deneyimsiz.

Öğrenmek konusunda uyanık olmaktan, ama yaşamda bunu kullanamamaktan bıktım.

Onun çocuklarını taşımak istiyorum.

Artık bedenimin önemi yok. İstediği şey sadece buysa alabilir. Asla Toinette gibi olamadım. Erkek koleksiyoncusu.

Erkeklerin çoğundan ve tanıdığım bütün kızlardan daha akıllı olduğumu sandım (öyle düşünüyordum). Hep daha çok bildiğimi, daha çok hissettiğimi, daha çok anladığımı sandım.

Ama Caliban'ı bile idare edecek bilgiden yoksunum.

Ladymont günlerinden kalma, orta sınıf bir doktorun sevimli küçük kızı olduğum günlerden kalma bir sürü kırıntı. Geriye hiçbir şey kalmadı şimdi. Ladymont'tayken elimin iyi kalem tuttuğunu düşünürdüm. Londra'ya gittiğimde bunun doğru olmadığını kavramaya başladım. Benim kadar, hatta benden daha yetenekli insanlarla çevriliydim. Değil bir başkasınınkini, kendi yaşantımı bile nasıl yönlendireceğimi bilmiyorum.

Yönlendirilme gereksinimi olan benim.

İnsanın oyuncak bebeklerin oyuncak olduklarını anladığı güne benziyor. Eski benimi ele alıyorum ve saçma olduğunu anlıyorum. Çok sık oynadığım bir oyuncak. Bir dolabın arkasına itilmiş eski bir bez bebek gibi, biraz hüzünlü.

Masum ve tükenmiş, gururlu ve aptal.

G.P.

Mutsuz, yitik, hırpalanmış ve sarsılmış olacağım. Ama bu kara delikten sonra, bir ışık fırtınasına tutulmak gibi olacak.

Bu kadar basit. Elinde yaşamın gizini tutuyor. Yaşam dolu bir şeyler. Ahlâkdışı değil.

Şimdiye dek onu yalnızca günbatımında görmüş gibiyim; şimdi ise sanki birdenbire tan sökerken görüyorum. O hep aynı, ama her şey farklı.

Bugün aynaya baktım ve gözlerimde bir değişiklik fark ettim. Hem çok daha yaşlı, hem de çok daha genç bakıyorlar. Sözcüklerle olanaksız gibi geliyor. Ama tam anlamıyla böyle. Hem daha yaşlı, hem de daha gencim. Daha yaşlıyım çünkü öğrendim, daha gencim çünkü kendimi yaşlıların bana öğrettikleri bir sürü şeyden arındırdım. Ayakkabılarıma bulaşan bayatlamış fikirlerin bütün çamurundan.

Yeni ayakkabılarım.

Kadının gücü! Hiç bu kadar gizemli bir güçle dolu olduğumu hissetmemiştim. Erkekler palavra.

Bedensel olarak çok zayıfız, olup bitenler karşısında umarsız. Hâlâ, bugün bile. Ama onlardan daha kuvvetliyiz. Onların acımasızlıklarına dayanabiliyoruz. Onlar bizimkine dayanamaz.

Düşünüyorum da kendimi G.P.'ye vereceğim. Bana sahip olabilir. Bana ne yaparsa yapsın içimdeki kadın hiç dokunulmamış olarak kalır; ona asla dokunamaz.

Bunların hepsi boş laf. Ama beni bir sürü şeyin kışkırttığını hissediyorum. Yeni bağımsızlık.

Şimdiyi, bugünü düşünmüyorum. Kaçacağımı biliyorum, hissediyorum. Açıklayamam. Caliban asla bana karşı kazanamaz.

Yapacağım resimleri düşünüyorum.

Dün gece aklıma bir tane geldi. Gündoğumunda, beyaz parlak bir ışığa doğru yükselen tereyağı sarısı (ev yapımı tereyağı sarısı) bir tarlaydı. Garip bir pembe renk, tamı tamına gözümün önüne geliyor, gizemli bir dinginlikle yüklü, her şeyin başlangıcı, tarlakuşsuz bir tarlakuşu ötüşü.

İki garip ve çelişkili düş.

İlki çok basitti. Tarlalarda geziniyordum, kiminle birlikte olduğumu bilmiyorum ama çok sevdiğim biriydi, bir erkek. Belki G.P. Körpe mısırlar üzerine güneş ışınları düşüyordu. Ve birdenbire mısırlar üzerinde alçaktan uçan kırlangıçlar görüyorduk. Kuyruklarının lacivert ipek gibi pırıldadığını görebiliyordum. Çevremizde cıvıldayarak, çok alçaktan, birlikte aynı yöne doğru uçuyorlardı; alçaktan ve mutlu. Mutlulukla doldum. Kırlangıçlara bak, ne olağanüstü, dedim. Çok basitti, beklenmedik bir anda ortaya çıkan kırlangıçlar, güneş ve yeşil mısırlar. Mutlulukla doluydum. *En saf* bahar duygusu. Sonra uyandım.

Daha sonra, başka bir düş gördüm. Büyük bir evin (Ladymont mu acaba?) birinci katının penceresinden bakıyordum ve aşağıda siyah bir at vardı. Huysuzdu, ama aşağıda ve dışarıda olduğu için kendimi güvende hissediyordum. Ama ansızın dönüyor ve dörtnala eve doğru koşmaya başlıyordu ve dehşet içinde dev bir sıçramayla üzerime atıldığını, dişlerini bana gösterdiğini görüyordum. Pencerenin camını tuzla buz ederek içeri dalıyordu. O zaman bile, kendi kendini öldürecek, ben güvendeyim, diye aklımdan geçirdiğimi anımsıyorum. Ama yay gibi gerilip küçük odada çılgın gibi dört dönmeye başlıyordu ve birdenbire bana saldıracağını anlıyordum. Kaçacak yer yoktu. Yeniden uyandım, lambayı yakmam gerekti.

Şiddetti bu. Bütün nefret ettiklerim ve korktuklarımdı.

4 Aralık

Buradan ayrıldıktan sonra günlük tutmayı sürdüremem. Sağlıklı bir şey değil. Mahzendeyken aklımı kaçırmama engel oluyor bu, bana konuşacak birini sağlıyor. Ama kısır bir uğraş. İnsan duymak istediğini yazıyor.

Garip. İnsan kendini çizerken aynı şeyi yapmıyor. Hileye kaptırmıyor kendini.

Sağlıksız bir davranış böyle kendi hakkında düşünüp durmak, hastalık. Ürkütücü.

Başka şeyleri çizmek, resmetmek için can atıyorum. Tarlalar, güneydeki evler, manzaralar, engin güneş ışığında engin açık düzlükler.

Bugün de yaptığım buydu. İspanya anılarımdan ışık izlenimleri. Güneş ışığının beyazlığında yanan kızıl duvarlar. Avila'nın duvarları. Cordoba avluları. Mekânı değil, ışığı kâğıda dökmeye çalışıyorum.

Fiat lux.

Modern Jazz Quartet'in plaklarını tekrar tekrar çaldım. Müziklerinde gece, kara delikler yok. Yalnızca ışık patlamaları, kıvılcımlar, pırıltılar, yıldız parıltısı ve bazen de öğle güneşi, her yerde harika bir ışık, sanki elmas avizeler gökyüzünde salınıyormuş gibi.

5 Aralık

G.P.

Zekâya Tecavüz. Paralı yığınların, Yeni Kitle'nin tecavüzü.

Söyledikleri şeyler. İnsanı sarsıyor, ama akılda da kalıyor. Yapışıyor kulağa. Sağlam ve uzun süre kalacak biçimde.

Bütün gün gökyüzü manzaraları yaptım. Kâğıdın altından iki santim yukarıya bir çizgi çekiyorum yalnızca. Yeryüzü bu. Sonra da gökyüzünden başka hiçbir şey düşünmüyorum. Haziranda gökyüzü, aralık, ağustos, bahar yağmuru, şimşek, tan sökümü, alacakaranlık. Düzinelerce gökyüzü yaptım. Saf gökyüzü, o kadar. Yalnızca düz çizgi ve üzerinde gökyüzü.

Tuhaf bir düşünce: Bu serüvenin başıma gelmemesini istemezdim. Çünkü eğer kaçabilirsem bütünüyle farklı ve sanırım daha iyi bir insan olacağım. Çünkü kaçamazsam, başıma kötü bir şey gelirse, bu olay başıma gelmeseydi olduğum ve kalacağım insanın, şimdi olmayı arzu ettiğim insan olmadığını bilmeyi sürdüreceğim.

Çömlek pişirmeye benziyor. Çatlama ve çarpılma riskini göze alırsınız.

Caliban çok sessiz. Bir çeşit ateşkes.

Yarın yukarıya çıkmak için izin isteyeceğim. Gerçekten bir şey yapıyor mu merak ediyorum.

Bugün beni bağlayıp, ağzıma tıkacı yerleştirip, mahzen merdivenlerinin dibine oturtmasını ve kapıyı açmasını rica ettim. Sonunda razı oldu. Böylelikle yukarı doğru bakıp gökyüzünü görebildim. Soluk gri bir gökyüzü. Üstümüzden kuşların geçtiğini gördüm, güvercin sanırım. Dışarıdan gelen sesleri dinledim. İki aydır gördüğüm ilk gün ışığı sayılır bu. Yaşıyordu. Beni ağlattı.

6 Aralık

Yıkanmak için çıktım ve benim kalacağım odaya bir göz attım. Bir şeyler yapmış. Antika bir Windsor koltuğu için de aranacakmış. Çizip eline verdim.

Bu beni mutlu etti.

Yerimde duramıyorum. Buraya yazmam mümkün değil. Şimdiden kendimi yarı yarıya özgür hissediyorum.

Beni sandığımdan daha normal olduğuna inandıran diyalog parçacığı şöyleydi:

M. *(Odada ayakta duruyorduk.)* Neden buraya yerleşip bir misafir gibi yaşamama izin vermiyorsun? Sana şeref sözü versem?

C. Gerçekten dürüst, saygıdeğer elli insan gelse ve en sevdiklerinin başı üzerine kaçmayacağınıza dair yemin etse bile güven duymazdım. Dünyada kimseye güvenmemişimdir.

M. Kimselere güvenmeden yaşayıp gitmen olanaksız.

C. Yalnız olmanın ne demek olduğunu bilmiyorsunuz.

M. Son iki ayda ne yaptığımı sanıyorsun?

C. İddiaya girerim birçok kişi sizi düşünüyor, özlüyor. Oysa ben, ben ölsem bile tanıdıklarımın hiçbiri gam yemez.

M. Halan var.

C. O mu?

(Bir sessizlik oldu.)

C. *(Aniden patladı.)* Benim için ne anlama geldiğinizi bilmiyorsunuz. Benim her şeyimsiniz. Siz de giderseniz hiçbir şeyim kalmayacak.

(Ve uzun bir sessizlik oldu.)

7 Aralık

Koltuğu almış. Mahzene getirdi. Güzel bir şey, ama burada bırakmasını istemedim. Bu mahzene ait hiçbir şeyi gözüm görmek istemiyor. Tam bir değişiklik gerekiyor bana.

Yarın temelli yukarı yerleşiyorum. Dün gece sordum, kabul etti. Bütün hafta beklemem gerekmeyecek.

Odaya başka eşyalar almak için Lewes'a gitti. Kutlamak için güzel bir akşam yemeği yapacağız.

Son iki gündür bana çok daha iyi davranıyor.

Aklımı yitirip ilk fırsatta dışarı fırlamaya kalkışmayacağım. Beni gözleyeceğinin bilincindeyim. Ne gibi önlemler alacağını pek kestiremiyorum. Pencerelere tahtalar çakacak, kapıyı da kilitleyecektir kuşkusuz. Ama gün ışığını görmenin başka yolları olacaktır. Er veya geç kaçmak için uygun bir fırsat çıkacaktır önüme (eğer beni kendi isteğiyle bırakmazsa).

Buna karşın, yalnızca tek bir fırsat olacağını biliyorum. Beni kaçarken yakalarsa, gerisin geri mahzene tıkar yeniden.

Yani çok iyi bir fırsat olmalı. Sağlam bir fırsat.

En kötüsüne hazırlanmam gerektiğini söylüyorum kendi kendime.

Ama davranışlarında bir şey, bu kez dediğini yapacakmış gibi bir izlenim uyandırıyor bende.

Nezlesi bana geçti. Önemi yok.

Aman Tanrım, aman Tanrım, kendimi öldürebilirdim.

Beni umutsuzluktan öldürecek.

Hâlâ mahzendeyim. Beni yukarı götürmeyi hiç düşünmemiş.

Fotoğrafımı çekmek istiyor. Bu da onun sırrı. Elbiselerimi çıkarmak ve... aman Tanrım, şimdiye dek nefretin ne demek olduğunu tanımamışım.

Bana ağza alınmayacak şeyler söyledi. Sokak kadınıymışım, kendim kaşınmışım.

Öfkeden deliye döndüm. Bir mürekkep şişesini kafasına fırlattım.

Eğer dediğini yerine getirmezsem yıkanmamı ve dış mahzene çıkmamı yasaklayacağını söyledi. Her zaman burada kalacağım.

Aramızdaki kin. Birdenbire fışkırdı.

Pis nezlesini kaptım. Doğru düzgün düşünemiyorum.

Kendimi öldüremem, ona karşı kızgınım.

Beni hep aldattı. Ta başından beri. Köpek hakkında uydurdukları. Duygularımı kullanıyor. Sonra da dönüp ayaklarının altında eziyor.

Benden nefret ediyor, beni kirletmek, parçalamak, sonra da yok etmek istiyor. Kendimden intihar edecek kadar tiksinmemi istiyor.

Aşağılığın son haddi. Artık bana yemek getirmiyor. Her şeyin üstüne açlık çekmeliyim. Belki de beni açlıktan öldürmeye niyetli. Bunu yapabilecek durumda.

Bu şoku atlatmalıyım. Beni yenemeyecek. Teslim olmayacağım. Beni yıkmasına izin vermeyeceğim.

Ateşim var, midem bulanıyor.

Her şey bana karşı, yine de teslim olmayacağım.

G.P.'nin resmini yanıma alıp yatıyorum. Bir elimle çerçevesini tutuyorum. Haç gibi.

Sağ kalacağım. Kaçacağım. Teslim olmayacağım.

Teslim olmayacağım.

Tanrıdan nefret ediyorum. Bu dünyanın yaratıcısı her neyse, insanlığı yaratan, Caliban gibilerinin varlığını olası kılan her neyse ondan nefret ediyorum.

Eğer Tanrı varsa, karanlıkta kin dolu dev bir örümcek olsa gerek.

İyi olması mümkün değil.

İçimdeki bu acı, bu bilinçlilik illa da gerekli değildi. Saf acı ve bir işe yaramıyor. Hiçbir şey doğurmuyor.

Hepsi boşuna. Harcanmış.

Dünya yaşlandıkça, daha da belirginleşiyor. Atom bombası ve Cezayir'deki işkenceler ve Kongo'da açlıktan ölen bebekler. Gitgide büyüyor ve kararıyor.

Gitgide daha çok insan için, gitgide daha çok acı var. Her seferinde daha da gereksiz.

Sigortalar atmış gibi. Burada kara gerçeğin yüreğindeyim.

Tanrı güçsüz. Bizi sevemiyor. Bizi sevemediği için de nefret ediyor.

Her şey aşağılık ve bencillik ve yalan.

İnsanlar kabullenmeye yanaşmıyor, çünkü sigortaların attığını göremeyecek kadar açgözlülüklerini doyurmaya vermişler kendilerini. Karanlığı ve ardındaki örümcek suratı ve hepsini saran ağı göremiyorlar. İnsan mutluluğun ve iyiliğin yüzeyini kazırsa, altından bütün çıkacak olan bu karanlıktır.

Siyah ve siyah ve yine siyah.

Şimdiye kadar hiç böylesine duygulara kapılmadığım bir yana, olabileceğini aklımdan bile geçirmemiştim. Kinden de çok, umutsuzluktan da çok. İnsan dokunamadığı şeyden nefret edemez, çoğu insanın umutsuzluk sandığını hissetmem bile olanaksız. Umutsuzluktan da öte. Artık duygularımı bütünüyle yitirmişim gibi. Görüyorum, ama hissedemiyorum.

Aman Tanrım, eğer bir Tanrı varsa.

Nefretin ötesinde nefret ediyorum.

Az önce indi mahzene. Yatak örtüsünün üzerinde uyuyakalmışım. Ateşim var.

Oda çok havasız. Grip herhalde.

Öylesine bir kırıklık vardı ki üzerimde sesimi çıkarmadım. Kinimi kusacak enerjim yok.

Yatak nemden ıslak. Göğsüm yanıyor.

Bir tek kelime etmedim. Sözcükleri aştık. Goya olmayı isterdim. Ona duyduğum salt kini ancak onun çizgisiyle kâğıda dökebilirdim.

Öylesine korkuyorum ki. Gerçekten hastaysam ne olacağını bilmiyorum. Göğsümün neden yandığını anlamıyorum. Günlerdir bronşitim var gibi.

Ama bir doktor çağırmak zorunda kalacaktır. Beni öldürebilir, ama ölüme terk edemez.

Aman Tanrım, korkunç bir şey bu.

(Akşam.)

Bir termometre getirdi. Ateşim öğle yemeğinde 38°di, şimdi ise 39°. Kendimi *berbat* hissediyorum.

Bütün gün yataktan çıkmadım.

İnsan değil o.

Aman Tanrım, öylesine yalnız, öylesine yalnızım ki.

Yazamıyorum.

(Sabah.)

Bronşlara inen kötü bir grip. Titriyorum.

Doğru düzgün uyuyamadım. Korkunç düşler. Tuhaf, çok canlı düşler. Birinde G.P. de vardı. Bu beni ağlattı. Çok korkuyorum.

Yemek yiyemiyorum. Soluk alırken ciğerime ağrı saplanıyor, zatürree olasılığı aklımdan çıkmıyor. Ama olamaz.

Ölmeyeceğim. Ölmeyeceğim. Caliban için değil.

Düş. Olağandışı.

Londra'da, Ash Grove'da geziniyorum. Ağaçlar arasından göğe bakıyorum. Mavi gökyüzünde bir uçak görüyorum. Düşeceğini biliyorum. Daha sonra nereye düştüğünü görüyorum. Ama yakınına gitmekten korkuyorum. Bir kız bana doğru ilerliyor. Minny mi? Göremiyorum. Garip, Yunan elbisesine benzer bir kumaşa bürünmüş. Beyaz. Kıpırtısız ağaçlar arasından gün ışığında yürüyor. Beni tanır gibi bir hali var, ama ben kim olduğunu çıkartamıyorum (Minny değil). Yakınıma gelmiyor. Yakınında olmak, onunla birlikte olmak istiyorum. Uyanıyorum.

Ölürsem, kimse asla öğrenemeyecek.

Bunu düşününce ateş basıyor. Yazamıyorum.

(Gece.)

Acıma yok. Tanrı yok.

Ona bağırdım ve çılgına döndü. Durdurabilmek için çok güçsüzdüm. Beni bağladı, ağzıma tıkacı yerleştirdi ve iğrenç fotoğrafları çekti.

Acıya aldırmıyorum. Aşağılanma.

İstediğini yaptım. Bir an önce kurtulmak için.

Artık kendim için endişe duymuyorum.

Ama, Tanrım, tüm bunların iğrençliği.

Ağlıyorum ağlıyorum yazamıyorum.

Teslim olmayacağım.

Teslim olmayacağım.

Uyuyamıyorum. Çıldırmaya başladım. Işığı yanık bırakmalıyım. Korkunç düşler. İnsanlar buradaymış gibi geliyor. Babam, Minny.

Zatürree.

Doktor çağırması gerek.

Cinayet bu.

Yazamıyorum. Sözcüklerin yararı yok.

(Geldi.) Kulak asmayacak. Yalvardım. Cinayet olduğunu söyledim. Çok güçsüzüm. Ateşim 39, 5°. Kustum.

Dün gece hakkında tek söz etmedi. Ne kendinden, ne benden.

Gerçekten oldu mu? Ateş. Sayıklamaya başlıyorum.

Ne yaptığımı bilebilseydim keşke.

Yararsız, yararsız.

Ölmeyeceğim, ölmeyeceğim.

Sevgili sevgili G.P., bu...

Aman Tanrım aman Tanrım ölüme terk etme beni.

Tanrım ölüme terk etme beni.

Ölüme terk etme beni.

III

Söylemek istediğim bütün bunların hiç beklenmedik bir anda olduğudur.

Gün kötü başladı, çünkü saat yedi buçukta aşağı gittiğimde, onu paravanla beraber yerde buldum, düşerken paravana tutunmuş, yere indirmişti herhalde. Yanında diz çöktüğümde ellerinin buz gibi olduğunu fark ettim, ama nefes alıyordu; boğuk ve kesik kesik iç çekmekteydi, yatağa götürmek için kaldırdığımda kendine geldi; gece paravanın arkasına gitmek isterken bayılmış olmalıydı. Her yanı buz gibiydi, fena halde titremeye başladı, sonra da terlemeye ve sayıklamaya; durmadan "Doktor çağır, doktor çağır, lütfen doktor çağır," deyip duruyordu (bazen doktor genel pratisyene dönüşüyordu; G.P., G.P. diyordu ritim tutar gibi tekrar tekrar), sesi değişmişti, kısık bir sesle kesik kesik konuşuyordu; ve gözlerini bana doğru kaldırmaya gücü yetmiyordu anlaşılan. Bir süre sesini çıkarmadı, ardından "Yankee Doodle Dandy" diye tutturdu, ama kelimeler sanki sarhoşmuş gibi yarım yamalak anlaşılıyordu ve tam ortasında kesti. İki kere "Minny Minny" diye seslendi (kız kardeşiydi), sanki yan odadaydı, sonra da bir sürü isim ve sözcük gevelemeye koyuldu, hepsi bölük pörçük cümlelere karışıyordu. Ardından kalkmak isteyince engel oldum. Var gücüyle debelendi. Sürekli konuşuyordum, bazen biraz olsun susmasını sağlıyordu bu; ama çaya veya başka bir şeye göz atmak için uzaklaştım mı yeniden başlıyordu. Çayını içmesine yardım etmek için doğrulttum, bu da öksürmesine neden oldu, başını öte yana çevirdi, istemiyordu. Dudağının bir kenarında çirkin, sarı sivilceler olduğunu söylemeyi unuttum. Üstelik önceden olduğu gibi taze ve temiz de kokmuyordu.

Sonunda haplardan normal dozun iki katını yutmasını sağladım, kutunun üzerinde belirtilen dozu kesinlikle aşmamak gerektiğini yazıyordu, ama bir keresinde yazılanın iki katını almak gerektiğini duymuştum, hukuki nedenlerden dolayı, çok kuvvetli yazmaktan çekiniyorlardı.

O sabah herhalde dört beş kere mahzene inmişimdir, çok endişeliydim. Uyanıktı, ama bir şey istemediğini söyledi, aklı başındaydı, nedense başını sallıyordu. Öğle yemeğinde biraz çay içip uykuya daldı, ben de dış mahzende oturdum. Lambasını yeniden yaktığımda saat beş sularıydı ve uyanıktı. Halsiz görünüyordu, yüzü kıpkırmızıydı, ama nerede olduğunun ve benim kim olduğumun farkında gibiydi; gözleri normal bir şekilde beni izliyordu, ben de kriz dedikleri, hastalığın en beter kısmını atlattığını düşündüm.

Biraz daha çay içti, sonra da paravanın ardına geçmek için yardımımı istedi, zorla yürüyordu, birkaç dakika kadar bekledikten sonra dönüp geri gelmesi için yardım ettim. Bir süre gözleri açık, tavana bakarak yattı, her zamanki gibi nefes almakta güçlük çekiyordu, tam çıkıyordum ki beni durdurdu.

Alçak, kısık bir sesle konuşmaya başladı, aklı başındaydı.

"Zatürreeye tutuldum. Bir doktor çağırmalısın," dedi.

"Beteri atlattınız, çok daha iyi görünüyorsunuz," dedim.

"Antibiyotik gibi bir şey almalıyım," dedi. Sonra yeniden öksürmeye başladı, rahat nefes alamıyordu ve fena halde terliyordu.

Sonra gece ve sabahında neler olduğunu sordu, ben de anlattım.

"Korkunç düşler," dedi.

Bütün gece yanında kalacağımı ve daha iyi göründüğünü söyledim, bana "Gerçekten daha mı iyi görünüyorum?" diye sordu, ben de "Evet," dedim. O sıralar iyileşmesini o kadar çok istiyordum ki, sanırım öyle görüyordum.

Ertesi gün de kendini iyi hissetmezse onu yukarı kata taşıyacağıma ve doktoru çağıracağıma söz verdim. O zaman hemen yukarı çıkmak istedi, hatta saati öğrenmek istedi. Ben de hiç düşünmeden söyleyince, gece yarısı olduğunu ve kimselerin fark edemeyeceğini belirtti. Odaların ve yatakların hiçbirinin henüz havalandırılmamış olduğunu bahane ettim. O zaman hali değişti.

"Çok korkuyorum. Ölüyorum," dedi. Hızlı hızlı değildi konuşması, duraklıyordu ikide bir. "Sana yardım etmeye çabaladım, şimdi sıra sende."

"Elimden geleni tabii ki yapacağım," diye karşılık verdim ve yüzünü ıslak bir bezle yeniden sildim, uykuya dalacak gibi bir hali vardı, ben de dört gözle uyusun diye bekliyordum, ama yeniden konuşmaya başladı.

"Baba? Baba?" dedi yüksek sesle.

"Uyuyun şimdi," dedim. "Yarın kendinizi daha iyi hissedeceksiniz."

Yeniden ağlamaya başladı. Ama bildik ağlama gibi değildi. Gözleri yaşlarla dolu, sanki ağladığının farkında değilmiş gibi yatıyordu öylece.

"Eğer ölürsem ne yapacaksın?" dedi birdenbire.

"Ölmeyeceksiniz. Saçmalamayın," dedim.

"Kimseye söyleyecek misin?"

"Bu konuda konuşmayı reddediyorum."

"Ölmek istemiyorum," dedi. Sonra yeniden "Ölmek istemiyorum," diye tekrarladı. Ve bir üçüncü kere yeniledi. Her seferinde bu konuyu kapatmasını söyledim, ama beni duymaz gibiydi.

"Ölürsem çekip gider miydin?"

"Kaçıksınız siz."

"Paranı ne yapardın?"

"Lütfen başka şeylerden bahsedelim," dedim.

Ama ısrar ediyordu. Kısa bir duraklamadan sonra normal bir biçimde sözünü sürdürdü, ama arada bir garip bir şekilde kesiklikler oluyordu konuşmasında, sonra da ansızın başka bir şey söyleyiveriyordu.

"Bilmiyorum. Hiç düşünmedim," diye cevap verdim. Niyetim karşı çıkmamaktı.

"Paranı çocuklara bırak," dedi.

"Hangi çocuklara?" diye sordum.

"Geçen dönem onlar için para yardımı topladık, toprak yiyorlar," dedi. Bir süre sonra da, "Hepimiz adi insanlarız. Ölümü hak ediyoruz," diye ekledi.

Bunu duyunca topladıkları parayı cebe indirdiklerini düşündüm. Hemen ardından on dakika kadar uykuya daldı. Hiç kımıldamadım, derin uykuya daldığını sanıyordum ki aniden konuştu.

"Yapar mıydın?" dedi sanki konuşmaya hiç ara vermemişiz gibi.

"Orada mısın?" diye seslendi sonra da. Hatta beni görmek için oturmaya bile çabaladı. Tabii ki onu sakinleştirip yatırdım, ama uyanmıştı bir kere ve yine topladıkları para hakkında konuşmayı sürdürdü.

Söylediklerinin saçma olduğunu, ölmeyeceğini söylemekten vazgeçtim.

"Evet yapacağım. Ama ölecek değilsiniz," dedim.

"Söz veriyor musun?"

"Evet."

"Boş sözler. Toprak yiyorlar," dedi duraklayarak. Ben sakinleştirmeye çalışırken, o aynı şeyi iki üç kere tekrar etti, bundan gerçekten kaygı duyar gibi bir hali vardı.

Son söylediği şey, "Seni bağışlıyorum," oldu.

Sayıklıyordu tabii ki, ama bir kez daha yaptıklarım için üzüldüğümü söyledim.

O andan itibaren her şeyin değiştiği söylenebilir. Geçmişte yaptıklarının hepsini unuttum ve haline acımaya başladım, geçen akşam yaptığımdan dolayı pişmanlık duyuyordum, ama gerçekten hasta olduğunu bilemezdim. Geri dönüş yoktu; olan olmuştu.

İşin gerçekten garip yanı, ondan tam bıktığımı sandığım bir zamanda, eski duyguların gerisin geri gelmeleriydi. Aramızda geçen güzel şeyleri, bazen ne kadar da iyi anlaştığımızı, elimde başka bir şey yokken, benim için taşıdığı anlamı düşünüp duruyordum. Karşımda soyunduğu için saygımı yitirdiğim andan sonrası gerçek değilmiş gibiydi, sanki ikimiz de aklımızı kaçırmıştık. Yani, onun hastalığı ve benim bakımını üstlenmem daha gerçek görünüyordu bana.

Önceki gece olduğu gibi dış mahzende kaldım. Yarım saat kadar sakindi, ama sonra kendi kendine konuşmaya başladı.

"İyi misiniz?" diye sorunca sustu, ama daha sonra yeniden konuşmaya, daha doğrusu mırıldanmaya başladı, bağırarak bana seslendi ve nefes alamadığını söyledi, ardından da garip kahverengi renkte bir balgam çıkardı, görünüşü hiç hoşuma gitmedi, ama hapların boyamış olabileceğini düşündüm. Bundan sonra bir saat kadar uyukladı, ama ansızın haykırmaya başladı, sesi çıkmıyordu, ama çabalıyordu, bir acele içeri girdiğimde yarı yarıya yataktan düşmüştü. Tam olarak ne yapmak niyetinde olduğunu bilmiyorum, ama beni tanımaz gibiydi ve zayıflığına karşın kaplanlar gibi didişti. Yeniden yerine yatırabilmek için gerçekten zorlandım.

Sonra korkunç bir ter boşandı, pijaması sırılsıklam oldu ve yenisini giydirmek için üstünü çıkarmaya kalkışınca, yeniden didişmeye başladı, deli gibi yuvarlandıkça daha da fazla terledi. Hayatımda hiç bu kadar kötü bir gece geçirmemiştim, o kadar korkunçtu ki anlatamam. Uyuyamıyordu, cesaret edebildiğim kadar çok uyku ilacı yutturdumsa da etki etmiyor gibiydi, biraz uyuklayıp hemen ardından yataktan kalkmak için çırpınmaya başlıyordu (bir keresinde ben yetişemeden harekete geçip yataktan yuvarlandı). Bazen sayıklıyordu, G.P. diye sesleniyor ve tanıdığı insanlarla konuşuyordu. Sakin olduğu sürece bunları pek umursamıyordum. Ateşine baktım, 40°'ın üzerindeydi. İşte o zaman hasta olduğunu, gerçekten hasta olduğunu anladım.

Sabah beşe doğru, biraz temiz hava almak için dışarı çıktım, başka bir dünya gibiydi. Onu yukarı taşıyıp, bir doktor çağırmaya karar verdim, daha fazla gecikemezdim. Dışarı çıkalı on dakika olmamıştı ki yeniden çağırdığını duydum, kızıl-kahverengi balgamdan biraz daha çıkardı ve kustu. Çarşafını değiştirmek için kaldırmak zorunda kaldım. Bu sırada koltuğun üzerinde bir yığın halinde oturdu. En kötüsü soluk alışıydı, o kadar sık ve kesik kesikti ki, sanki hiç durmadan nefesi kesiliyordu.

Sabaha daha sakindi. Ona söylediklerimi anlıyordu, ben de doktora gideceğimi söyledim, başını salladı, anladığını sandım, yine de konuşmuyordu. Gece bütün gücünü yitirmiş gibiydi, hiç kımıldamadan yatıyordu.

Köye gidip telefonla doktor çağırabileceğimi biliyorum, ama malum nedenlerden dolayı, asla bu insanlarla işim olmamıştı. Köy dedikodularının nasıl olduğunu gayet iyi biliyordum.

Üstelik, o kadar da uykusuzdum ki ne yaptığımın farkında değildim. Her zamanki gibi tek başımaydım, yardımına sığınacak kimsem yoktu.

Neyse, Lewes'a yollandım (saat dokuzu biraz geçiyordu) ve açık gördüğüm ilk eczaneye girip en yakın doktorun nerede olduğunu sordum, kız da elindeki listeden yerini söyledi. Daha önce hiç gitmediğim bir sokaktaydı. Kapıda, muayenehanenin 8.30'da açıldığı yazıyordu, içeride bir sürü insan olacağını tahmin etmeliydim, ama bilmem neden sıranın ilk bende olacağını ve hemen doktoru görebileceğimi sandım. Bekleme salonuna girdiğimde millet beni deli zannetmiştir herhalde, bütün herkes bana baktı. İskemlelerin hepsi doluydu, delikanlının biri de ayakta bekliyordu. Hepsi beni izler gibiydi, doğrudan doktorun yanına gitme cesareti bulamadım ve duvara dayanıp beklemeye başladım. Dosdoğru içeri dalsaydım yapabilecektim, her şey yoluna girecekti. Ama tüm bu insanlarla birlikte bir odanın içinde kapalı kalamadım. Uzun zamandır dükkânlara girip çıkmanın dışında, başka insanlarla aynı yerde bulunmamıştım, çok garibime gitti, dediğim gibi hepsinin bana baktığı izlenimine kapıldım, özellikle yaşlı bir kadın gözlerini benden alamıyordu. Bir şekilde tuhaf bir halim olduğunu düşündüm. Masadan bir mecmua kaptım, ama okumadım tabii ki.

O zaman başıma gelecekleri düşünmeye başladım; bir iki gün her şey iyi giderdi, belki doktorla Miranda beni ihbar etmezlerdi, ama sonra... Doktorun ne diyeceğini biliyordum, hastaneye kaldırılması gerektiğini ve benim yeterince bakamayacağımı söyleyecekti. Sonra bir hemşire tutabileceğimi düşündüm, ama çok geçmeden ne olup bittiğini anlayacaktı hemşire. Annie Hala her yere burun sokmakta hemşirelerin üstüne yoktur, der hep; meraklı insanları kaldıramaz, ben de onun gibiyim. Tam o sırada, doktor bir sonraki hastayı çağırmak için dışarı çıktı, bıyıklı, uzun boylu bir adamdı ve bütün bu insanları bir arada görmek midesini bulandırıyormuş gibi "Sıradaki," diye seslendi. Gerçekten ters bir hali vardı, benim uydurduğumu zannetmiyorum, çünkü doktor odasına döndüğünde, bir kadının yanındakine bakarak yüzünü buruşturduğunu gördüm.

Yeniden dışarı çıktı ve askerliğimi yaparken gördüğüm subaylara benzediğini fark ettim, insana asla metelik vermezler, sadece buyururlar; onlarla aynı sınıftan olmayanlara pislik muamelesi yaparlar.

Üstüne üstlük, yaşlı kadın gözlerini yine üzerime dikmeye başladı, bu da beni tedirgin etti. Bütün gece gözümü kırpmamıştım ve herhalde sinir içindeydim. Her neyse, daha fazla dayanamayacağımı anladım. Dönüp dışarı çıktım ve gidip minibüse oturdum.

Bu insanlar sayesinde gördüm her şeyi. Miranda'nın dünyada beraber olmayı arzu ettiğim tek insan olduğunu anladım, onlar sayesinde. Bütün dünya canıma tak etmişti.

Sonra yaptığım, bir eczaneye gidip çok kötü bir soğuk algınlığına karşı bir ilaç istediğimi söylemek oldu. Daha önce uğramadığım bir yerdi, bereket versin içeride başka kimse de yoktu, böylece rahatça hikâyemi anlatabildim. Doktorlara inanmayan bir mezhebe bağlı bir dostum olduğunu ve fena halde gribe yakalandığını, hatta belki de zatürree olduğunu, benim de gizlice ona ilaç vermem gerektiğini söyledim. O zaman kız daha önce aldığım ilacın aynısını çıkardı, ben antibiyotik gibi bir şey istediğimi söyledim, ama reçetesiz veremeyeceği karşılığını verdi. Ne yazık ki, tam o sırada eczacı geldi, kız da gidip durumu adama anlattı, adam da yanıma gelip konuyu bir doktora açmam gerektiğini belirtti. Karşılığı neyse ödeyeceğimi söyledim, ama adam başını sallayarak kanuna aykırı olduğunu söyledi. Ardından da dostumun o yörede mi yaşadığını sordu, burnunu daha fazla sokmasına fırsat bırakmadan orayı terk ettim. İki eczaneyi daha denedim, her biri de aynı şeyi söyledi, ben de daha fazla diretmeye çekindim ve reçetesiz satabildikleri farklı bir ilacı satın aldım.

Sonra gerisin geri döndüm. Arabayı zar zor sürüyordum, o kadar yorgundum.

Varır varmaz da mahzene indim tabii ki. Önceki gibi nefes almakta güçlük çekiyordu. Beni görür görmez konuşmaya başladı, galiba beni başka biri sanıyordu, çünkü Louise'i görüp görmediğimi sordu (hiç bu kızdan söz ettiğini duymamıştım), bereket versin cevap vermemi beklemedi, modern bir ressamdan bahsetmeye koyuldu, sonra da susadığını söyledi. Aklı başında değildi, sanki her şey kafasına gelip, hemen sonra da yok oluyordu. İçecek bir şey verdim, bir süre sakin yattı, sonra aniden normale döndü (aklı başına geldi demek istiyorum), çünkü "Babam ne zaman gelecek? Gittin, değil mi?" diye sordu.

Yalan söyledim, merhametli bir yalandı, yakında burada olacağını söyledim. "Yüzümü yıka," dedi, yıkadığımda da "Babam kusmuğumu görmesin," dedi. En azından ben öyle anladım, her şeyi fısıldayarak söylemişti.

Uyuyabilmeyi dilediğini söyledi.

Ben ateştendir deyince, başını salladı. Bir süre ne dediğimi gayet iyi anlıyordu. Kimse inanamayacak, ama doktor çağırmak için Lewes'a gitmeye karar verdim yeniden. Paravanın arkasına geçmesi için yardım ettim, o kadar halsizdi ki, kaçamayacağını anladım; o zaman yukarı çıkıp bir iki saat kestirmeye, sonra da onu yukarı taşıyıp, Lewes'a giderek başka bir doktoru çağırmaya karar verdim.

Nasıl olduğunu bilmiyorum, çalar saatin zilini duyar duymaz uyanırım her zaman; uykumda uzanıp durdurduğumu düşünüyorum, bir kere olsun gözümü açtığımı hatırlamıyorum. Her neyse, uyandığımda saat yarım değil, dörttü. Tabii ki ne olup bittiğini görmek için, bir koşu mahzene indim. Üzerinde ne var ne yoksa hepsini çıkarmıştı, bereket versin ki içerisi yeterince sıcaktı, zaten pek önemi olduğunu da zannetmiyorum, ateşten cayır cayır yanıyordu ve beni tanımadı, yukarı çıkarmak için kaldırdığımda debelenmeye ve bağırmaya çalıştı, ama o kadar zayıftı ki, yapamadı. Üstelik öksürüğü bağırmasını engelledi ve sanki bir süre için gerçeğe döndürdü. Taşımakta çok zorlandım ama sonunu getirebildim ve onu misafir odasındaki yatağa yatırdım (odayı önceden ısıtmıştım), orada daha mutluymuş gibi bir hali vardı. Bir şey söylemedi, soğuk hava öksürüğünü artırmış ve biraz kendine getirmişti, yüzü de garip morumsu bir renkteydi. "Doktor geliyor," dediğim zaman anlarmış gibiydi.

Her şeyin yolunda olduğunu görmek için biraz daha yanında kaldım, pencereye kadar gidecek gücü bulmasından ve yoldan geçen birinin dikkatini çekmesinden çekiniyordum. Gerçekte yapamayacağının bilincindeydim, ama gitmemek için bahaneler buluyordum. Kapıyı açık bıraktım ve birkaç kez ne olup bittiğine bakmaya gittim. Karanlıkta yatıyordu, nefes alıp verişini duyabiliyordum, bazen de kendi kendine mırıldanıyordu. Bir seferinde beni çağırdı, gidip başucunda durdum, bütün söyleyebildiği "Doktor, doktor," diye seslenmek oldu. "Yolda, geliyor, merak etmeyin," diyerek yüzünü sildim, durmadan terliyordu. O zaman neden gitmediğimi bilemiyorum, denedim, ama yapamadım, nasıl olduğunu bilememe, canımın istediği zaman görememe düşüncesine katlanamıyordum. Yeni baştan ona âşık olmuş gibiydim. Bütün bu günler boyunca kendi kendime, "İyileşmesi uzunca bir süre alacak, sonra da bana ihtiyacı olacak, tehlikeyi atlattığında her şey iyiye dönecek," diyordum.

Neden bilmem, yeni odanın işe yarayacağını da düşündüm. Bir değişiklik olacaktı.

Mabel'ı tekerlekli sandalyesiyle gezdirmeye çıkarmama benziyordu. Bu işi ertelemek için bir düzine neden bulurdum. "İtmek için bacakların olduğu için minnettar olmalısın," derdi Annie Hala (sokakta tekerlekli sandalyeyi iterken görülmekten hoşlanmadığımı bilirlerdi). Ama ben böyleyim, kişiliğim bu. Elimden başka türlüsü gelmiyor.

Zaman geçiyordu, saat gece yarısıydı veya biraz geçmişti, nasıl olduğuna bakmak ve bir fincan çay içer mi diye sormak için yukarı çıktım, ama bir cevap alamadım, her zamankinden daha hızlı nefes alıyordu. Sık sık soluduğunu görmek dehşet vericiydi, yetmeyeceğinden korkar gibi hava yutmaya çabalıyor sanırdınız. Omuzlarından tutup sarstım, gözleri açık olmasına rağmen uykuda gibiydi, yüzü de mosmordu ve tavanda bir şeye bakıyordu sanki. Bu sefer iyice korkuya kapıldım. Kendi kendime, "Yarım saatimi ona ayıracağım, sonra da gitmeliyim," dedim. Yanına oturdum, terlemesinden ve yüzünün ürkünçlüğünden her şeyin kesinlikle çok daha kötüye gittiğini anlayabiliyordum. O günlerde yaptığı bir başka şey de çarşaflara sarılmasıydı. Dudaklarının her iki kenarında sivilceler çıkmıştı.

Sonunda ne olur ne olmaz diyerek kapısını kilitledikten sonra, yeniden Lewes'a yollandım. Oraya vardığımda saat bir buçuğu geçmişti, tabii ki her yer kapalıydı. Dosdoğru doktorun oturduğu sokağa gittim ve evin az ilerisinde durdum. Karanlıkta durup, kapının zilini çalmaya hazırlandığım ve hikâyemi duraksamadan anlatabilmek için tekrarladığım bir sırada, minibüsün camına vuruldu. Bir polis memuruydu.

Çok kötü bir şoktu. Camı indirdim.

"Sadece burada ne yaptığınızı merak ettim," dedi.

"Park etmek yasak mı yoksa?"

"Ne yaptığınıza bağlı."

Hiç acele etmeden ehliyetime baktı, plakamı not etti. Yaşlı bir adamdı, işini iyi yapamıyordu herhalde, yoksa bu yaşta hâlâ devriye geziyor olmazdı.

"Pekâlâ, burada mı oturuyorsunuz?" diye sordu.

"Hayır," dedim.

"Biliyorum. İşte bu yüzden burada ne yaptığınızı soruyorum."

"Bir şey yapmadım," dedim. "İsterseniz arkaya bakın." Baktı ihtiyar kaçık. Neyse, bu bana bir hikâye uydurmak için zaman verdi. Uyku tutmadığını, bir tur atmaya çıktığımı, yolumu kaybettiğimi ve durup harita aradığımı anlattım. Bana inanmadı veya inanmış görünmedi ve eve gitmemi söyledi.

Sonuçta oradan uzaklaştım, o bakarken dışarı çıkıp doktorun kapısını çalamazdım, anında işin kokusunu alırdı. Yapmayı düşündüğüm, eve gidip durumuna bir göz atmak, eğer daha da kötüyse, alıp hastaneye götürmek ve sahte bir isim vererek çekip gitmekti, sonra da kaçmam, ülkeyi terk etmem falan gerekiyordu; ondan vazgeçersem halimin ne olacağını düşünemiyordum.

Döndüğümde, yine yerde yatıyordu, yataktan kalkmaya çalışmıştı, herhalde ya banyoya gitmek ya da kaçmak için. Neyse, gerisin geri yatağa yatırdım, yarı komadaymış gibi bir hali vardı, bir şeyler söyledi, ama anlayamadım, o da benim söylediklerimi anlamadı.

Hemen hemen bütün geceyi yanı başında geçirdim, zaman zaman uyukladım. İki kere yataktan kalkmak için çabaladı, ama boşunaydı, bir sinek kadar bile kuvveti kalmamıştı. Eski şeyleri tekrarladım, doktorun geleceğini söyledim, bu onu biraz sakinleştirdi galiba. Bir ara hangi günde olduğumuzu sordu, pazartesi diye yalan söyledim (çarşambaydı), biraz daha sakinleşti. Sadece "Pazartesi," dedi, ama bir anlam taşımadığı ortadaydı. Sanki hastalık beynine de sıçramıştı.

O zaman ölmekte olduğunu anladım, gece boyu bunu biliyordum, yemin edebilirdim.

Nefes alıp verişini ve mırıldanmasını dinleyerek orada öylece oturdum (tam uykuya dalamıyordu) ve olayların tersine dönüşünü düşündüm. Kendi kokuşmuş hayatımı, onun hayatını ve geri kalan her şeyi düşündüm.

O sırada beni gören kim olursa olsun, asla şüphelenmezdi. Gerçek umutsuzluktu hissettiğim, her ne kadar bunu ben söylüyorsam da. Elimden hiçbir şey gelmiyordu, yaşamasını o kadar çok istiyordum ki, ama yardım isteme riskine de katlanamazdım, yenik düşmüştüm, gözle görülüyordu. Bütün bu günler boyunca, asla kimseyi böylesine sevemeyeceğimi anladım. Sonsuza dek sadece Miranda vardı. O ana kadar anlamamıştım bunu.

Ayrıca, onu sevdiğimi bilen tek kişi de kendisiydi. Gerçekte nasıl biri olduğumu görmüştü. Başka kimsenin günün birinde anlaması mümkün değildi.

Evet, sabah oldu ve son gün geldi. İşin garip yanı, hava harikaydı, bütün gün bir tek bulut göründüğünü zannetmiyorum; rüzgârsız ve göğün masmavi olduğu soğuk kış günlerinden biriydi. Huzur içinde göçüp gitmesini görmek için özel olarak hazırlanmış gibiydi, öylesine uygun. Saat on civarında son söylediği söz (galiba) "Güneş" oldu (pencereden içeri vuruyordu) ve oturmaya çabaladı, ama beceremedi.

Anlaşılacak başka sözcük çıkmadı ağzından, bütün sabah ve öğleden sonra dayandı ve güneşle birlikte gitti. Soluk alışı çok hafifleşti ve (ne durumda olduğumu göstermek için söylüyorum) sonunda uykuya dalabildiğini düşündüm. Tam olarak ne zaman öldüğünü bilmiyorum, üç buçuk civarında biraz toz alıp kafamdakileri dağıtmak için alt kata inerken nefes alıyordu, dört sıralarında döndüğümdeyse gitmişti.

Başı yana dönük yatıyordu ve görünüşü korkunçtu, ağzı açıktı ve sabit gözleri, sanki son bir defa pencereden dışarısını görmek ister gibi, kocaman açılmıştı. Alnına dokundum, soğuktu, ama bedeni hâlâ sıcaktı. Bir ayna kapıp geldim. Böyle yapıldığını biliyordum ve ağzına tuttum, buğulanmadı. Ölmüştü.

Ağzını kapatıp gözkapaklarını indirdim. Daha sonra ne yapacağımı bilemedim, gidip kendime bir fincan çay hazırladım.

Karanlık basınca, cansız bedenini aşağıya, mahzene taşıdım. Normalde ölüleri yıkamak gerektiğini biliyorum, ama bu pek hoşuma gitmedi, doğru gibi görünmedi, onu yatağa yatırdım, saçlarını taradım ve bir tutam saç kestim. Yüzünü gülümser gibi görünsün diye düzeltmek istedim, ama yapamadım. Neyse, çok huzurlu bir görüntüsü vardı. Sonra diz çöküp bir dua okudum, tek bildiğim Tanrı Babamız'dı, ben de biraz okudum, "Huzur içinde yatsın," dedim, dine inandığımdan falan değil, ama doğrusu bu gibi geliyordu. Sonra yukarı çıktım.

Neden bilmem, küçücük bir şey bunu yaptı; onu ölü görmek veya son kez aşağı taşımak diye düşünebilirsiniz, ama değil. Yukarıdaki odada terlikleri; onları görünce ve elime alınca, bir daha bunları asla giyemeyeceğini anladım. Bir daha asla mahzene inip sürgüleri çekmeyecektim (işin garip yanı, yine de kapılarını sürgülemiştim) ve iyi ya da kötü, bir daha hiçbir şey olmayacak. Aniden öldüğünü kavradım ve ölüm sonsuza, sonsuza dek gitmek demektir.

Son günlerde, onun için üzülmek zorunda kalmıştım (hastalığının numara olmadığını anlar anlamaz) ve öteki şeyi bağışlamıştım. Yaşarken değil, öldüğünü anladıktan sonra bağışladım onu kesin olarak. Bütün güzel şeyleri hatırladım. Her şeyin başlangıcını, Ek Bina'dan bakarken, onun ön kapıdan çıktığını veya caddenin karşı kaldırımından geçtiğini gördüğüm günleri anımsadım ve neler olup bitmişti de o şimdi aşağıda ölü olarak yatıyordu anlayamadım.

Bir zamanlar gördüğüm bir fare kapanı oyunu gibiydi her şey. Fare ilerledikçe etrafındaki şeyler harekete geçiyor, geri dönmesine imkân bırakmıyordu; bütün yapabildiği daha öteye gitmek ve her seferinde daha karmaşık tuzaklara düşmekti, ta ki sonuna erişinceye kadar.

Ne kadar mutlu olduğumu düşündüm, son haftalardaki duyguları daha önce hiç tatmamıştım, bir daha da asla hissetmeyeceğim.

Düşündükçe daha da kötü görünüyordu her şey bana.

Gece yarısı oldu, ama ben uyuyamıyordum; bütün lambaları yaktım; hayalete filan inanmam, ama ışıkların yanması daha iyiydi.

Onu düşünmeyi sürdürdüm, belki de yaptığını yapması ve saygımı yitirmesi benim hatamdı diye kurdum, sonra onun hatası olduğunu düşündüm, başına gelen her şeyi o istemişti. Sonra ne düşüneceğimi kestiremedim, kafam zonk zonk zonkluyordu ve Fosters'ta yaşamayı sürdüremeyeceğimi anladım. Minibüse atlayıp uzaklara gitmek, bir daha da dönmemek istedim.

Evi satar Avustralya'ya giderim, diye düşündüm. Ama önce her şeyi gizlemek gerekiyordu, bu da çok zordu. Sonra, gidip her şeyi polise anlatmak geçti aklımdan, en iyisinin de bu olduğunda karar kıldım. Hatta arabayı çıkarmak için paltomu bile giydim.

Delirmeye başladığımı düşündüm, bunun işaretlerini yüzümde görebilmek için, durmadan aynaya bakıyordum. Deli olduğum, bunu herkesin bildiği, bir tek benim habersiz olduğum düşüncesi takıldı kafama. Bazen Lewes'taki insanların, mesela doktorun muayenehanesindekilerin bana nasıl baktıklarını hatırladım. Hepsi deli olduğumu biliyordu.

Saat iki oldu. Neden bilmem, onun ölmesinin bir yanlışlık olduğunu, belki de sadece uykuya daldığını düşündüm. Emin olmak için mahzene indim. Korkunçtu. Dış mahzene adım atar atmaz, bir sürü şey hayal etmeye başladım: Köşeden elinde baltayla üzerime atılabileceği veya orada olmayacağı, sürgülere rağmen yok olabileceği.

Korku filmlerindeki gibi.

Oradaydı. Sessiz, orada yatıyordu. Dokundum. O kadar soğuk, o kadar soğuktu ki irkildim. Gerçek olduğuna hâlâ inanamıyordum, daha sadece birkaç saat önce yaşıyordu, birkaç gün önce de yürüyor, çiziyor, örgü örüyordu. Şimdi ise bu halde.

Sonra, mahzenin öteki tarafında, kapının arkasında bir şey kıpırdadı. Cereyan yapmıştı şüphesiz, ama içimden bir şey koptu, aklım başımdan gitti ve şimşek gibi merdivene, sonra dış mahzene, oradan da dışarı attım kendimi. Dış kapıyı iki kere kilitledim ve eve döndüm, giriş kapısını da kilitleyip, evdeki sürgüleri çektim.

Bir süre sonra, titremem geçti, sakinleştim. Ama tek düşüncem, her şeyin sonuna vardığımdı. O aşağıda böyle yatarken yaşayamazdım.

İşte o zaman aklıma bir fikir geldi. Her şeyi bitirdiği, dertlerden, yalanlardan, insanın olmak istediği, ama asla olamayacağı şeylerden yakasını sıyırdığı için şanslı olduğu düşüncesi kafamdan çıkmıyordu. Bütün bunlardan kurtulmuştu.

Bütün yapmam gereken, kendimi öldürmek ve başkalarının neye inanacaklarına boş vermekti. Bekleme salonundakiler, Ek Bina'dakiler, Annie Hala ve Mabel, hepsi. Ben bunların dışında kalacaktım.

Nasıl yapabileceğimi, dükkânlar açılır açılmaz Lewes'a gidip, bir sürü Aspro tableti ve çiçek, onun en sevdiği kasımpatlarından satın aldığımı kurmaya başladım. Sonra Aspro'ları yutup, çiçeklerle birlikte onun yanına uzanacaktım. Bundan önce de polise bir mektup yollayacaktım. Böylece ikimizi mahzende beraber bulacaklardı. Öbür Dünyada Birlikte.

Beraber gömülecektik. Romeo ve Juliet gibi.

Gerçek bir trajedi olacaktı. Kirden arınmış.

Böyle yaparsam, biraz saygınlık kazanabilirdim. Fotoğrafları ortadan kaldırırsam, başka da bir şey yoktu zaten, insanlar ona hiçbir kötülükte bulunmadığımı anlardı, gerçekten trajik olurdu.

İyice hesapladıktan sonra, gidip fotoğrafları ve negatifleri aldım, sabaha ilk iş olarak yakmak niyetiyle.

Kesin bir planım olması gerektiği duygusuna kapıldım. Ne olursa olsun, yeter ki kesin bir şey olsun.

Paramın ne olacağını bilmiyordum, ama parayı umursamıyordum. Annie Hala'yla Mabel'a kalırdı. Miranda çocuklara yardım derneklerinden bahsetmişti, ama o sırada aklını yarı yarıya yitirmişti. Bütün bu tür dernekler dolandırmanın peşindeydi.

Paranın satın alamayacağı bir şey istiyordum. Gerçekten kötü bir adam olsaydım, başıma bütün bu dertleri sarmazdım, gazetelerin yazdığı Paddington ve Soho'da kaldırımları arşınlayan kadınları ziyaret edip canımın çektiğini yapabilirdim. Parayla mutluluk olmaz. Annie Hala'dan bunu yüzlerce kere dinlemiş olmalıyım. Ah ah, hep önce bir denemeli diye düşündüm. Al bakalım, denedim işte.

Mutlu olmak için insanın şansının yaver gitmesi gerekir. Müşterek bahiste olduğu gibi; daha bile kötü, çünkü bu işte ne iyi takımlar, ne kötü takımlar, ne de mümkün tahminler var. Neler olacağını kestirmek mümkün değil. Sadece A B'ye karşı, C D'ye karşı, ama kimse A ve B, C ve D'nin ne olduğunu bilmiyor. İşte bu yüzden asla Tanrıya inanmadım. Bizlerin sadece birer böcek olduğumuzu, biraz yaşayıp sonra öldüğümüzü düşünüyorum, hepsi de bu kadar. Doğada merhametten eser yok. Öbür Dünya bile yok. Hiçbir şey yok.

Üçe doğru, uyuklamaya başladım, son bir uyku için yukarı çıktım, yatakta yatıp her şeyi gözümün önünden geçirdim; uyandığımda Lewes'a gittiğimi, geri geldiğimi, ateşi yaktığımı, evi kilitlediğimi (koleksiyonuma son bir kez göz atacaktım) ve mahzene indiğimi. Orada beni bekliyor olacaktı. Polise göndereceğim mektupta, birbirimize âşık olduğumuzu ve beraber intihar etmeye karar verdiğimizi yazabilirdim. "Son" olacaktı.

IV

Hep olduğu gibi, her şey çok daha farklı bir şekilde gelişti.

Uyandığımda saat onu geçmişti. Hava yine çok güzeldi. Kahvaltı ettim ve Lewes'a gittim, Aspro'ları ve çiçekleri aldım, eve döndüm ve mahzene indim; son bir kez eşyalarına bir göz atayım diye düşündüm. İyi ki de yapmışım. Beni asla sevmediğini, bütün bu süre boyunca sadece kendini ve öteki adamı düşündüğünü gösteren günlüğünü buldum.

Zaten uyandığımda, daha mantıklı şeyler düşünmeye başlamıştım; geceleri her şeyin karanlık yanını görmek, sabaha da farklı düşüncelerle kalkmak tam bana göre bir şey.

Bu düşünceler kahvaltı ederken geldi aklıma, önceden kurmamıştım, kendiliğinden geldiler. Cesetten kurtulmanın yolları. Kendi kendime birkaç saat içinde ölecek olmasam, şunları şunları yapardım, dedim. Bir sürü şey geçti kafamdan. Yapılabilineceğini kanıtlamaktan nasıl da hoşlanırdım diye düşündüm. Kimsenin açığa çıkaramaması yani.

Nefis bir sabahtı. Lewes'un etrafındaki kırlar çok güzeldir.

Ayrıca, sanki onu ben öldürmüşüm gibi hareket ettiğimi düşündüm, oysa kendi ölmüştü. Bana sorarsanız, doktorun da yapabileceği fazla bir şey yoktu. Çok ilerlemişti.

Bu sabah Lewes'ta bir başka şey daha oldu, tam bir rastlantıydı. Minibüsle çiçekçiye doğru gidiyordum, yayalar karşıdan karşıya geçsin diye yol verdiğimde, üzerine bir çeşit iş kıyafeti giymiş bir kız bir dükkândan çıkıp önümden geçti. Bir an şok geçirdim, hayalet gördüğümü sandım; onunkiler kadar uzun olmadıklarını saymazsak saçları aynıydı, Miranda'yla aynı boydaydı ve tıpkı onun gibi yürüyordu. Gözlerimi kızdan alamıyordum, nereye gittiğine bakmak için arabayı park edip, gerisin geri döndüm. Şansım varmış, Woolworth's mağazasına girerken gördüm. İçeri girip takip ettim ve şekerci bölümünde çalıştığını öğrendim.

Yine de, aldıklarımla eve döndüm ve Miranda'yı görmek, özellikle çiçekleri yerleştirmek için mahzene indim; öteki şey için havamda değildim, yeni baştan düşünmenin daha iyi olacağını kurdum, zaten sonra da günlüğü buldum.

Günler geçti, olaylardan bu yana üç hafta geride kaldı.

Annie Hala'yla Mabel uzaklarda kalmaya karar verdiler gerçi, ama eve bir daha asla misafir almayacağım tabii ki. İstesem hiç de zor olmazdı.

Sırf merakımdan, Woolworth's mağazasındaki kızla karşılaşabileceğim sorunlar üzerine kafa yordum geçtiğimiz günlerde. Lewes'un öte yanındaki bir köyde, otobüs durağından yarım kilometre kadar uzaktaki bir evde yaşıyor. Oraya varmak için, bir patikadan geçmek gerekiyor. Dediğim gibi, (dersimi almış olmasaydım) bu mümkündü. Miranda kadar güzel değil tabii ki, sadece basit bir tezgâhtar kız; ama ilkinde düştüğüm hata da buydu zaten, gözümü çok yukarılara dikmek, Miranda gibi kibirli ve kurnaz birinden istediğimi elde edemeyeceğimi anlamam gerekirdi. Bana daha çok saygı gösterecek birini bulmam gerekirdi. Bir şeyler öğretebileceğim sıradan biri.

Bundan böyle, elma ağaçlarının altında, onun için yaptığım kutunun içinde yatacak. Çukuru kazmak üç günümü aldı. İşe giriştiğim gece, aklımı kaçıracağım sandım (mahzene inmek, hazırladığım kutunun içine yerleştirmek ve dışarı taşımak). Bunu herkesin yapabileceğini sanmam. Bilimsel bir şekilde yaptım. Ne yapılması gerektiğini planladım ve olağan hislerimi yok farz ettim. Ona bir kez daha bakma düşüncesine katlanamazdım, bir keresinde cesetlerin yer yer mor ve yeşil olduklarını duymuştum. Bu yüzden, bu iş için satın aldığım ucuz bir örtüyü önümde tutarak içeri girdim, yatağın yanına varınca, ölünün üzerine serdim. Etrafına dolayıp bütün yatak takımıyla beraber kutunun içine yerleştirdim, hemencecik kapağı vidaladım. Tütsüler yakıp vantilatörle havalandırarak kokunun da üstesinden geldim.

Şimdi oda her şeyden temizlendi, yepyeni oldu.

Yazdıklarını ve kestiğim bir tutam saçı tavan arasına, ölümüme kadar, yani kırk elli yıl daha açılmayacak bir kasanın içine koyacağım. Marian (bir M. daha, servis şefi seslenirken duydum) konusunda henüz tam bir karara varmadım; ama bu sefer aşk olmayacak, sadece düşünce ilginç olduğu ve ikisini karşılaştırmak için, bir de öteki şey için yapacağım. Bu öteki şey konusunda araştırmaları biraz genişletmek niyetindeyim, nasıl davranması gerektiğini ona göstereceğim. Elbiselerin de üzerine uyacağından eminim. İşin başından kimin efendi olduğunu ve ondan ne beklediğimi anlamasını sağlayacağım tabii ki.

Yine de şimdilik sadece bir fikir. Bugünlük sobayı aşağıya yerleştirmekle yetindim. Zaten odanın rutubetten arındırılması gerekiyor.

John Fowles

Aristos

YAŞAM ÜZERİNE NOTLAR

Lacivert Kitaplar/Çeviren: Serdar Rifat Kırkoğlu/255 sayfa/ISBN 975-539-315-3

Fransız Teğmenin Kadını, Yaratık, Koleksiyoncu ve *Büyücü* adlı romanlarıyla ülkemizde de adını duyurmuş olan ünlü İngiliz yazarı John Fowles, *Aristos* başlığını taşıyan deneme kitabında "yaşam" üzerine tuttuğu notları bir araya getiriyor. Kitabın temel esin kaynağı, MÖ 5. yüzyılda, kendi ülkemizin topraklarında, Efes'te yaşamış olan filozof Herakleitos'un günümüze ulaşan notları. Kitaba ana başlığını veren "aristos" sözcüğü, Yunancada "en yüksek derecede iyi, türünün en iyi ya da en mükemmeli olan bir insan ya da nesne", anlamına geliyor. Fowles'a göre, aristos'u tümüyle barındıran hiçbir kurum yoktur; hiçbir ülke, hiçbir sınıf, hiçbir kilise, hiçbir siyasal parti.

Fowles, kitabında insan özgürlüğünün kendini ortaya koyduğu çeşitli biçimleri irdeliyor ve bu arada, sözgelimi "nemo" gibi, Freud kökenli gölgede kalmış kimi kavramları da, yeni bir boyut –siyasal boyut– katarak geliştiriyor. Fowles'a göre, sanatın kılgısı ve deneyimi, insan için bilimin kullanımı ve bilgisi kadar önemlidir ve sanatın insan için özel değeri onun gerçekliğe bilimden daha yakın olmasıdır. Sanatın en iyi ele geçirdiği şey zamandır. Bir başka deyişle, insan hayatının boşunalığının, gelip geçiciliğinin asli duygusu olan nemo en iyi "sanat" aracılığıyla ortadan kaldırılmış olur.

Fowles bu temel kavramlar çerçevesi içinde; Hıristiyanlık, Lamacılık gibi dinlerin; hümanizm, varoluşçuluk, sosyalizm gibi önemli düşünce akımlarının ya da faşizm gibi bir sosyal hareketin temel görüşlerine tekrar tekrar değinerek günümüze damgasını vurmuş olan materyalist kültürle derinlikli bir hesaplaşmaya girişiyor ve kültürümüzün temellerini enine boyuna sorguluyor. İlk bakışta belki biraz kötümser, ama son derece çarpıcı ve güçlü bir sorgulama bu.

Aristos, bizlere büyük romancı Fowles'ın düşünce dünyasının derinliğini göstermekle kalmayıp geniş hayal dünyasına ilişkin kimi ipuçlarını da veriyor; sırf bu nedenle bile Fowles'ın kurmaca yapıtlarıyla tanışık olanların asla kayıtsız kalmamaları gereken bir yapıt...

John Fowles

Fransız Teğmenin Kadını

Roman/Çev.: Aslı Biçen/425 sayfa/ISBN 975-539-075-8

İngiliz edebiyatının yaşayan belki de en büyük ustası olan John Fowles, anlatı kurmaktaki mahareti, çarpıcı üslubu ve deneyciliğiyle dikkati çeken bir yazar. Hiç abartmadan yüzyılın en iyi romanları arasında sayabileceğimiz *Fransız Teğmenin Kadını*'nda bu özellikler mükemmel bir bileşime ulaşıyor. Bir kere olağanüstü başarılı bir atmosfer yaratıyor yazar, Viktorya döneminde yaşamanın ne anlama geldiğini bütün netliğiyle ortaya seriyor. Sonra eşine az rastlanır bir gizem yaratıyor, kitap bittiğinde bile gizeminden bir şey kaybetmeyen bir gizem bu. Ve nihayet, sizi hemen ikna eden bilge ve son derece zeki bir denemeci üslubuyla varoluşçuluğun "sahicilik" ve özgürlük arayan insan soyutlamasını ete kemiğe büründürüyor, ama tanrı anlatıcı rolünü de sorgulamaktan geri kalmıyor.

Fowles dünya tarihinin en tutucu dönemlerinden biri olan, her şeyin ve özellikle de edebiyatın sıkı kurallara ve "görev" bilincine bağlı olduğu Viktorya döneminden aykırı bir aşk öyküsüyle sesleniyor okura. Roman başarısını büyük ölçüde nefis diyaloglarına ve iki karakter arasındaki gerilime borçlu. Kadınların "görev"lerinin boyun eğme ve çocuk yapmayla sınırlı olduğu bir dönemde, romanın kadın kahramanı Sarah, inanılmaz sezgi gücü, özgürlüğe olan tutkusu ve estetik olana duyduğu sevgiyle hemen romanın çekim merkezine yerleşiyor. Toplumsal kodları umursamaksızın sevmek neyi gerektiriyorsa onu yapmaktan kaçınmayan özgür bir kadın Sarah. Erkek kahraman Charles ise görmüş geçirmiş bir aristokrat, ama görmüş geçirmişlikle bir aristokrattan beklenenler arasındaki dengeyi tutturmakta zorlanan biri. Sarah'yla tanıştıktan sonra bu bıçak sırtındaki denge darmadağın olur. Charles, çağının toplumsal statüsü, eş dost çevresinin talepleri ile yolu aşktan geçen Aşkınlık ve Sahicilik, tek kelimeyle Özgürlük arayışı arasında bir seçim yapmak zorunda kalır...

Roman okumanın benzersiz hazzından haberdar olanlar, Nabokov'un deyimiyle "belkemiğini titreten" kitaplar okumayı özleyenler ve sahici bir aşk yolculuğuna çıkmak isteyenler için...

"*Fransız Teğmenin Kadını* yalnız bu yüzyıl yazılmış en iyi tarihi romanlardan biri değil, hayatta okuduğum en esrarlı ve mantıklı aşk romanı da... Okuyun..."
Orhan Pamuk